Si le Duc le veut

Si le Duc le veut

ANNA HARRINGTON

Traduit de l'anglais par
Janine Renaud

ADA
ÉDITIONS

Titre original anglais : If The Duke Demands

Cette publication est publiée avec l'accord de Forever, une division de Hachette Book Group, Inc.

Éditeur : François Doucet
Traduction : Janine Renaud
Révision linguistique : Isabelle Veillette
Conception de la couverture : Félix Bellerose
Photo de la couverture : © Getty images
Mise en pages : Sébastien Michaud
ISBN papier : 978-2-89803-823-5
ISBN PDF numérique : 978-2-89803-824-2
ISBN ePub : 978-2-89803-825-9
Première impression : 2019
Dépôt légal : 2019
Bibliothèque et Archives nationales du Québec
Bibliothèque et Archives Canada

Éditions AdA Inc.
1385, boul. Lionel-Boulet
Varennes (Québec) J3X 1P7, Canada
Téléphone : 450 929-0296
Télécopieur : 450 929-0220
www.ada-inc.com
info@ada-inc.com

Imprimé au Canada

Québec
Crédit d'impôt livres
Gestion SODEC

Financé par le gouvernement du Canada | Canada

Participation de la SODEC.
Nous reconnaissons l'aide financière du gouvernement du Canada par l'entremise du Fonds du livre du Canada (FLC) pour nos activités d'édition.
Gouvernement du Québec — Programme de crédit d'impôt pour l'édition de livres — Gestion SODEC.

— Qu'y a-t-il chez mon frère qui vous plaît autant ?

Avant que Miranda ne puisse lui répondre, le bout de la langue de Sebastian suivit l'ourlet de son oreille, dessina une boucle et plongea à l'intérieur. La délicieuse sensation la fit frissonner.

Elle savait qu'elle aurait dû s'en aller (c'était *Sebastian,* pour l'amour du ciel !), mais elle ne pouvait se résigner à quitter l'enclos de ses bras vigoureux.

— Robert est viril, souffla-t-elle.

— La plupart des hommes le sont, répondit-il en semant des baisers brûlants sur le côté de son cou.

— Il est séduisant, articula-t-elle péniblement, en espérant qu'il n'entende pas le tremblement de sa voix.

— Hum.

La main qu'il avait posée sur la hanche de Miranda remonta lentement sur le côté de son corps en effleurant au passage ses côtes.

— Nous sommes frères. Nous nous ressemblons.

— C'est un homme fascinant… téméraire.

La voix de Miranda n'était plus qu'un filet étranglé.

— Il est excitant.

— Une foule d'hommes sont excitants, riposta-t-il contre son cou avec un sourire sensuel en sentant la réaction que ses doigts experts déclenchaient en elle. Je suis excitant.

— *Vous ?* protesta-elle avec un rire rauque. Sebastian, vous êtes l'homme le plus réservé, le plus mesuré que je…

D'un geste souple, il la fit pivoter entre ses bras, la plaqua contre le mur, fondit sur sa bouche et la réduisit au silence d'un baiser.

Pour Sarah Younger, qui m'a convaincue d'écrire sur les frères Carlisle, et pour Kayla Haley, qui aime encore plus Milton que moi.

Un très grand merci à la meilleure éditrice au monde, Michele Bidelspach, pour sa patience et pour ses commentaires éclairés, à Jessie Pierce, pour avoir supporté mes demandes étranges et mes déboires techniques, et au professeur Robin Jarvis, pour m'avoir épaulée dans mes recherches sur les aventuriers du XIXe siècle et leurs histoires.

PROLOGUE

Mayfair, Londres
Mai 1820

Sebastian Carliste monta lestement les marches de Park Place à l'instant même où les premières lueurs rosées de l'aube éclairaient le ciel.

Merde, il était plus tard qu'il l'aurait voulu. *Beaucoup* plus tard. Mais comme ses parents n'aimaient pas les femmes dont il appréciait la compagnie, il perdait un temps considérable à brouiller les pistes. L'année précédente, quand il avait été pris en flagrant délit avec Lady Bancroft, la discussion qu'il avait eue avec son père lui avait donné de quoi réfléchir le reste de sa vie. Bon sang, il n'avait toujours pas oublié la honte qu'il avait ressentie ce soir-là. Il se demandait encore ce qui avait été le pire : avoir été provoqué en duel par Lord Bancroft ou avoir lu la déception sur le visage de son père.

Il avait donc promis de faire passer la réputation et l'héritage de la famille avant toute chose. Y compris son propre plaisir.

Mais il était un Carlisle, que diable ! Son père s'attendait-il vraiment à ce qu'il renonce à ses habitudes quelque peu discutables ? Certes, il se contenait et se montrait nettement plus prudent, ce qui voulait dire qu'il se tenait loin des femmes mariées de la haute société. Mais il avait la réputation d'être une canaille, réputation qu'il se devait de soigner, et enfin, qu'y avait-il de si admirable à vivre comme un moine ? Il se sentait merveilleusement bien en entrant dans la maison, avec sur sa peau le parfum de lavande de l'actrice avec qui il avait passé la nuit, et ne doutait pas d'avoir pris la bonne décision la veille au soir. Ce que son père et sa mère ne savaient pas ne pouvait pas leur faire de mal. Et il affectionnait le théâtre.

Apparemment, se dit-il avec un sourire en se rappelant l'avidité de la femme, le théâtre avait aussi de l'affection pour lui.

Tout en prenant grand soin de ne pas réveiller la maisonnée encore endormie, il entra d'un pas vif dans le grand hall d'entrée. Il se figea aussitôt.

Quinton, son frère le plus jeune, était assis sur le plancher au pied de l'escalier, les coudes sur les genoux et la tête dans les mains.

Une terrible prémonition glaça le dos de Sebastian. Son frère n'aurait pas dû se trouver là. Robert et lui auraient dû être encore en train de semer la pagaille sur James Street jusqu'au petit matin.

– Quinn ? l'interpella-t-il doucement, redoutant soudain de rompre le silence de la maison.

Quinton releva la tête et lui jeta un regard vide, comme s'il ne le reconnaissait pas. Il était livide, avait les yeux rougis et tremblait de tous ses membres.

– Père est mort, murmura-t-il d'une voix rauque.

Non. Le corps glacé, Sebastian regarda son frère et tenta d'assimiler les mots qui tournaient follement dans sa tête.

Non, il avait dû mal comprendre. *C'était impossible !* Son père ne pouvait pas être…

— Mort, souffla-t-il d'une voix éteinte.

Quinn appuya la tête contre la rampe, ferma les yeux, et l'angoisse déforma ses traits.

Mon Dieu…

— Mère !

Fou d'inquiétude, il monta l'escalier sans sentir le marbre sous ses pieds, sans entendre autre chose que le bruit assourdissant du sang qui battait à son oreille et le martèlement sauvage de son cœur, si violent que chaque battement lui transperçait la poitrine et lui coupait le souffle.

Sur le deuxième palier, il s'arrêta et scruta du regard le couloir vers les chambres de la famille. Le monde s'écroula sous lui.

Sa sœur, Josephine, affalée dans le couloir devant la porte de la chambre de leurs parents, sanglotait à fendre l'âme dans les bras de son mari, si fort qu'elle semblait sur le point de voler en éclats. Appuyé contre le mur, Robert fixait ses mains d'un regard vide. Sur ses doigts, sur ses vêtements, du rouge, du rouge vif. Du sang. *Le sang de père.* Aveuglé par la douleur qui le poignarda, Sebastian s'agrippa à la rampe pour ne pas tomber.

Il respira profondément pour se ressaisir, passa vivement devant eux et entra dans la chambre. Fort… il devait être *fort* pour eux. Il était l'aîné, l'héritier. Il lui revenait de protéger sa famille. C'était ce que son père aurait voulu. Mais lui, il avait envie de hurler.

À l'intérieur de la chambre faiblement éclairée, Richard Carlisle était allongé sur le lit. Le cœur de Sebastian cessa de battre. Son père ne pouvait pas être mort. Pas avec les paupières aussi lisses, le visage aussi paisible. Il dormait, sans plus, sauf qu'il reposait tout habillé, bottes comprises, sur le couvre-lit. Une serviette maculée de sang se trouvait sous sa tête. Terriblement immobile... Sebastian posa les yeux sur sa poitrine, attendant qu'elle se soulève et s'abaisse, retenant son propre souffle dans l'espoir d'avoir la preuve que tous les autres s'étaient trompés, que son père n'était pas... Mais son père ne respirait plus et Sebastian, incapable de retenir plus longuement son souffle, laissa échapper un soupir qui ressemblait à un sanglot étranglé.

Mère... *Seigneur Dieu, mère.* Assise sur le bord du lit, elle tenait très fort la main de son mari entre les siennes. Si pâle, si faible, si frêle, le visage vide d'expression ; seuls ses yeux luisants comme des miroirs dans la lumière tamisée de la lampe trahissaient qu'elle vivait encore.

Sebastian, consumé par une douleur innommable, s'agenouilla près d'elle et posa la main sur son genou.

– Mère ? murmura-t-il, voyant qu'elle ne le regardait pas.

– Oui ? répondit-elle sans détourner les yeux de son père, son regard vide fixé sur son visage.

– Mère, répéta-t-il en retirant doucement l'une de ses mains de celle de son père pour la prendre dans la sienne.

De ses doigts affreusement froids comme de la glace, elle s'agrippa aux siens comme s'ils avaient été la seule amarre la reliant à ce monde.

Elle baissa les yeux vers lui, et la souffrance qu'il y vit le déchira.

– Sebastian, souffla-t-elle en sortant de sa torpeur, il y a eu un accident...

Les yeux voilés de larmes brûlantes, il hocha la tête, la gorge trop serrée pour parler.

— Où étais-tu ? demanda-t-elle en posant une main tremblante sur la joue de son fils. Nous n'arrivions pas à te trouver.

La culpabilité l'envahit en même temps qu'un mépris de lui-même si cuisant qu'il lui décapa l'âme.

— Je suis navré, dit-il d'une voix étranglée.

— Il a demandé à te voir, murmura-t-elle.

Tout le poids du monde tomba sur lui, lui coupa le souffle, le réduisit en miettes. Un poids insupportable. Chaque parcelle de son corps et de son âme accablée par une culpabilité qu'il craignait ne pouvoir jamais se pardonner, honteux, il posa le visage sur le genou de sa mère.

— Je suis navré… Je suis tellement navré…

CHAPITRE 1

Islingham, Lincolnshire
Janvier 1822

Miranda Hodgkins jeta un coup d'œil prudent depuis l'autre côté de la porte du petit salon. Le couloir était désert. *Dieu merci.* Avec une grande respiration déterminée, elle s'élança vers l'escalier de service en s'assurant de la main que son masque était toujours bien en place.

Le grand bal masqué donné en l'honneur de l'anniversaire d'Elizabeth Carlisle venait de s'achever et les invités se dispersaient. Ceux qui étaient venus uniquement pour le bal s'en allaient dans une longue file de voitures, les rares qui devaient assister à la réception intime montaient dans leurs chambres situées dans l'aile est. Quant aux membres de la famille, ils iraient bientôt rejoindre leurs chambres situées dans l'aile ouest. *Précisément* là où se rendait Miranda.

Elle monta vivement l'escalier obscur qu'elle connaissait comme le fond de sa poche pour avoir joué pendant des années à Chestnut Hill avec les Carlisle alors qu'ils étaient enfants. Elle savait quelles marches craquaient et comment passer par-dessus sans faire de bruit, tout comme elle avait assisté à suffisamment de réceptions en cet endroit pour savoir que les domestiques s'affaireraient dans les pièces de l'étage inférieur de la maison et que la famille mettrait plusieurs minutes à saluer tous leurs invités.

Si ce jour avait été comme les autres, elle ne se serait pas faufilée en douce comme elle le faisait. Elle serait rentrée à la maison avec sa tante et son oncle et y serait restée au lieu de mettre son deuxième déguisement de la soirée et de retourner discrètement à Chestnut Hill. Elle aurait passé par la grande porte et non par la cave, et personne n'aurait été étonné de la voir dans la maison voisine de la ferme de sa tante et de son oncle et qui était en quelque sorte son deuxième foyer.

Mais ce n'était pas un soir comme les autres. Ce soir, elle avait l'intention d'avouer son amour à Robert Carlisle. L'homme qu'elle voulait épouser. Elle désirait passer le reste de ses jours à faire son bonheur.

L'homme avec qui elle avait décidé de perdre sa virginité ce soir même.

Arrivée au sommet de l'escalier, elle chercha à tâtons le loquet qui ouvrait la porte. Elle connaissait Robert depuis qu'elle avait cinq ans, quand ses parents étaient morts et qu'elle avait été recueillie par sa tante Rebecca et son oncle Hamish, quand elle avait fait la connaissance des Carlisle, qui l'avaient accueillie aussi affectueusement qu'une parente depuis trop longtemps éloignée et non pas comme la nièce orpheline de l'un de leurs métayers. Rares étaient les journées où elle ne venait pas à Chestnut Hill jouer dans la pouponnière ou le jardin. Mais le baiser que lui avait dérobé Robert alors qu'elle avait quatorze ans avait tout changé. Pour la première fois, elle avait eu la preuve que Robert ne la considérait pas uniquement comme une amie, bien qu'il n'eût jamais tenté de le refaire. Depuis, elle n'avait cessé de rêver à lui, et durant les deux dernières années, depuis la mort de son père et le retour de Robert à Chestnut Hill, elle s'était permis de rêver encore davantage.

Il était tout simplement merveilleux ! Il avait toujours été magnifique, avec ces cheveux blonds et ces yeux bleus comme des saphirs qu'avaient en commun tous les frères, avec leur haute taille et leurs larges épaules, ce charme fou et cette nature indomptable propres aux Carlisle. Les trois hommes se ressemblaient tellement, jusqu'à en avoir la même voix. Mais leurs personnalités étaient très différentes, tout comme leurs façons de la traiter. Sebastian était déjà à Eton quand elle était arrivée à Islingham et trop occupé pour lui prêter attention, et Quinton était… *Quinton*. Mais Robert était celui qui lui avait accordé le plus d'attention ; il s'était toujours montré gentil et encourageant, même quand il la taquinait sans merci, tout comme il taquinait sa sœur Josephine. Depuis qu'il était revenu à Islingham pour aider Sebastian à gérer le duché, il avait mûri. Les parieurs de chez White's n'auraient *jamais* misé sur cette éventualité. Mais Miranda avait toujours su combien il était exceptionnel, dévoué à sa famille et tout particulièrement à sa mère. Ce soir, elle allait lui montrer ce qu'elle ressentait pour lui.

D'une main tremblante, elle referma doucement la porte derrière elle et s'arrêta le temps que sa vue s'adapte à la pénombre du couloir. Dieu, qu'elle était nerveuse ! Son cœur battait si fort d'angoisse et d'excitation à l'idée de ce qu'elle projetait faire que chaque battement se répercutait dans sa poitrine comme un coup de canon. Elle n'avait jamais tenté de séduire un homme, n'y avait même jamais songé, et tout ce qu'elle savait sur la manière de plaire à un homme lui venait de la serveuse de taverne qu'elle avait payée pour qu'elle lui enseigne ce qu'une femme devait savoir à propos des hommes. Ce qui, en effet, avait été une bonne affaire.

Cependant, Miranda n'avait d'autre choix que d'exécuter son plan. Le temps filait. Elle ne pouvait plus se permettre d'attendre que Robert se lasse de ses aventures éphémères avec la flopée de femmes qu'il avait, selon la rumeur, fréquentées depuis l'université et qu'il se mette à désirer une relation plus profonde et plus durable. Ni d'attendre qu'il comprenne qu'*elle* était la femme pouvant la lui donner. Il rentrerait bientôt à Londres pour la saison mondaine, et recommencerait à courtiser Diana Morgan, la ravissante fille d'un général dont il ne cessait de parler depuis l'automne. La femme avec laquelle il avait bavardé à voix basse pendant la réception, était allé se promener au jardin et avait valsé toute la soirée… Si Miranda ne tentait pas sa chance ce soir, elle courait le risque de le perdre à jamais. Comment alors pourrait-elle continuer à vivre en sachant qu'elle n'avait pas eu le courage de lui avouer ses sentiments ?

Elle savait que les choses pouvaient mal se passer, qu'il ne partagerait peut-être pas ses sentiments pour lui… Mais elle savait aussi que les choses pourraient se dérouler à la perfection. Qu'il pourrait enfin voir en elle la femme qu'elle était devenue, la séductrice qu'elle pourrait être au lieu de l'amie qui était là depuis toujours, qui faisait partie du décor. Comment aurait-elle pu supporter de vivre avec sa propre lâcheté si elle ne *tentait* pas au moins sa chance ?

Avec une grande respiration, elle s'éloigna de la porte, descendit rapidement le couloir en comptant les chambres au passage… deux, trois… *quatre* ! C'était celle-là, celle que le valet de pied lui avait indiqué être la chambre de Robert.

Elle se glissa dans la chambre obscure, referma la porte contre laquelle elle s'adossa pour reprendre son souffle et tenter de calmer les battements affolés de son cœur. Il n'était plus question de faire marche arrière. Dans quelques minutes, Robert entrerait dans sa chambre et y trouverait une femme masquée allongée sur son lit. Lorsque son masque tomberait et que Robert comprendrait que cette femme, c'était elle, il serait trop envoûté pour continuer de la voir comme la bonne vieille Miranda Hodgkins. Elle allait lui prouver que la femme qui était son amie pouvait également être son amante et son épouse.

Il serait enfin à elle.

Sa vue s'adapta à l'obscurité de la chambre à peine éclairée par la lueur du petit feu allumé par le valet en prévision de la nuit. Une nervosité nouvelle, qui n'avait rien à voir avec son projet, l'envahit. Dieu du ciel, elle était dans la chambre de Robert. Dans sa *chambre* ! Dans son espace le plus privé. Mais au lieu de se sentir comme une intruse, elle se sentait chez elle au milieu des meubles lourds et imposants, dans ce décor masculin. Elle s'éloigna de la porte et entreprit de faire le tour de la chambre, incapable de résister à sa curiosité ; elle passa devant sa commode et effleura de la main ses affaires… ses brosses, une pipe qui avait assurément appartenue à son père, puis un objet froid et métallique.

Elle le prit, le tourna dans sa main et sourit. C'était l'un des petits soldats de plomb que Richard Carlisle avait donnés aux garçons à Noël, il y avait plus de vingt ans et longtemps avant qu'elle ne vienne à Chestnut Hill. Sa gorge se serra avec émotion. Cette collection avait toujours été le bien le plus précieux des garçons, et plusieurs des soldats avaient été mis en secret dans les malles de Sebastian à son départ pour l'école, à la grande consternation de Robert et de Quinn. Que Robert soit assez sentimental pour conserver ce souvenir de son père… c'était une raison de plus de l'aimer.

Avec un léger sourire, elle posa le soldat sur ses lèvres et poursuivit son inspection, avide de découvrir son côté intime. La chambre typique d'un aristocrate célibataire, supposa-t-elle. Agréablement surprise, elle éclata de rire en apercevant la pile de livres sur la table de chevet. Évidemment, il avait reçu une bonne éducation ; Elizabeth et Richard Carlisle avaient veillé à ce que tous leurs enfants en bénéficient. Mais Shakespeare, Milton… *de la poésie* ? Son cœur se réchauffa. Elle aussi aimait la poésie, et découvrir que Robert était romantique lui confirma qu'ils étaient faits l'un pour l'autre.

Elle entendit un bruit dans le couloir. Le cœur battant la chamade, elle s'élança vers le lit, se débarrassa de ses chaussures et s'y allongea en prenant une pose aguichante. En fait, aussi aguichante que possible, car elle arrangea délicatement son déguisement sur ses jambes avec des mains tremblantes et elle vérifia encore une fois que son masque était toujours en place.

La porte s'ouvrit, et son cœur cessa de battre.

Miranda regarda l'homme masqué dont la silhouette se découpait sur le seuil et déglutit. Fort. À la fin de la nuit, sa réputation serait irrémédiablement flétrie.

Exactement ce qu'elle espérait.

En priant le ciel qu'il ne s'aperçoive pas que ses doigts tremblaient, elle posa la main sur le col drapé de son déguisement pour attirer son attention sur ses seins… ou plutôt sur ce qu'il y en avait.

Les yeux bleu saphir de Robert clignèrent sous le masque de panthère. L'étonnement qui les avait traversés se mua en amusement polisson et sa bouche sensuelle s'incurva lentement en un sourire carnassier.

Le ventre de Miranda se serra. *Oh là là !*

Sans la quitter du regard, il referma la porte derrière lui.

Oh. Mon. Dieu.

Il s'avança lentement vers le lit avec une grâce qui rappela à Miranda la panthère dont il portait le masque en papier mâché. Il s'immobilisa au pied de l'immense lit à baldaquin, et son regard s'enflamma tandis qu'il l'observait dans la douce pénombre.

— Ça alors, dit-il d'une voix traînante aussi basse qu'un murmure et aussi profonde que la nuit qui les enveloppait. Qu'avons-nous là ?

Elle rassembla son courage en inspirant profondément.

— Je vous ai vu au bal masqué de ce soir, rétorqua-t-elle d'une voix que la nervosité rendit beaucoup plus voilée qu'elle s'y attendait.

Dieu merci ! Elle devait se rendre au bout de son entreprise de séduction. Elle le *devait* !

— Et j'ai eu envie de vous revoir.

Elle marqua une pause dramatique.

— Seule à seul.

Cette finale arracha un sourire à l'homme masqué.

— Vous n'étiez pas au bal d'anniversaire de ma mère.

Il fit lentement glisser sa veste de soirée noire de ses larges épaules et la lança sur le fauteuil devant la cheminée.

— Je me souviendrais de vous.

Miranda faillit laisser échapper un rire moqueur. Il se serait souvenu d'elle ? Parmi les quelque deux cents femmes de tous âges entassées dans la salle de bal de Chestnut Hill pour l'anniversaire de la duchesse de Trent ? Difficile à croire !

Derrière le masque, les yeux de Robert glissèrent sur sa robe et elle sentit sa peau brûler.

Bon... *peut-être* se serait-il souvenu d'elle *si* elle avait porté cette robe de crêpe vaporeuse qui la drapait en ce moment au lieu du déguisement dans lequel elle était arrivée. Moulante, rose et sans manches, cette robe de fine gaze et le masque lui avaient coûté une petite fortune qu'elle avait patiemment économisée sur son argent de poche et le salaire que lui versait l'orphelinat. Elle avait également dû se rendre à quelques reprises et dans le plus grand secret à Helmsworth chez la couturière dont elle avait retenu les services afin que nul à Islingham ne se doute de son projet. Mais le déplacement avait valu le coup, car la robe transformait son corps en une rose à longue tige. Cependant, elle avait fait son entrée au bal vêtue du costume de citrouille confectionné par sa tante et coiffée d'un chapeau avec une tige à l'avenant, après quoi Robert ne lui avait plus accordé un seul autre regard de la soirée.

Mais en ce moment, il la regardait, allongée sur le lit, le dos soulevé par une pile d'oreillers et les jambes honteusement dévoilées par l'ourlet de sa jupe relevé sur ses genoux. Des jambes *nues*, car elle n'avait pas eu les moyens d'acheter les bas de dentelle assortis à la robe.

— Peut-être ne m'avez-vous pas remarquée parce que je dansais avec d'autres hommes, souligna-t-elle avec coquetterie.

Ce soir, sous son masque, elle se sentait impudente et libre de tenir des propos inconvenants que jamais elle n'aurait osé tenir autrement.

— Mais j'aurais préféré danser avec vous.

Elle vit sa main s'immobiliser à peine une seconde alors qu'il la portait à sa cravate.

— C'est infiniment regrettable pour moi.

Il caressa des yeux son profond décolleté, son corps, la courbe de ses hanches et ses jambes.

— Et comment vous appelez-vous, madame ?

Le cœur de Mirande se coinça dans sa gorge. Il était hors de question qu'elle le lui dise ; pas encore ! Si elle portait ce déguisement et ce masque, c'était précisément pour qu'il voie cette autre facette d'elle-même avant de la congédier. Pour qu'il la voie d'un regard neuf, comme une femme et non comme la jeune fille qu'il connaissait depuis toujours. Si elle lui révélait son identité d'entrée de jeu, il n'arriverait jamais à voir en elle autre chose qu'une amie.

Aussi souffla-t-elle :

— Rose.

Il défit sa cravate et la lança au loin.

— Lady Rose, murmura-t-il.

À cette réponse visiblement fausse, la bouche sensuelle de Robert esquissa un sourire d'amusement entendu.

— Est-ce la raison pour laquelle vous êtes dans ma chambre ?

Là où ils se posaient, ses yeux saphir embrasaient sa peau. Juste ciel, ils se posaient partout !

— Parce que vous voulez danser avec moi ?

Danser. Le mot glissa sur son dos frémissant tandis qu'elle l'observait défaire chaque bouton de son gilet noir. Ils savaient l'un comme l'autre ce qu'il entendait par danser.

L'excitation l'électrisa. Ça y était. Dans un moment, l'homme qu'elle aimait lui appartiendrait. Dans un moment, sa vie allait changer à jamais…

Elle prit une respiration tremblotante.

— Oui, souffla-t-elle d'une voix rauque. Ardemment.

Ses lèvres pleines incurvées en un sourire séducteur, il enleva son gilet et le laissa tomber par terre. Les muscles de ses bras et de ses épaules se gonflèrent sous sa chemise noire quand il porta la main à son col pour en défaire les quelques boutons, et la lueur du feu éclaira ses cheveux blonds et son visage séduisant toujours dissimulé sous le masque. Le cœur battant furieusement contre ses côtes, elle le vit sortir les pans de sa chemise de son pantalon noir et les laisser retomber autour de sa taille.

Il se déshabillait. Pas pour dormir. Pendant un moment, elle oublia de respirer.

Quand elle se souvint de le faire, un tout petit soupir s'échappa de ses lèvres. Les yeux bleus de Robert, qui prit ce soupir pour une invitation, s'assombrirent de désir.

Elle déglutit encore. *Très* fort.

Enfin, c'était pour *cette raison* qu'elle était allongée sur son lit, pour l'amour du ciel ! Pour être séduite. Mais Dieu qu'elle était nerveuse ! Tout en essayant de dissimuler le tremblement de ses mains et de se montrer à la hauteur de la séductrice qu'il voulait qu'elle soit, elle se caressa les cuisses, repoussant avec chaque geste sa jupe de crêpe jusqu'à ce que ses cuisses soient nues. Il la regarda se caresser. À cause du masque, elle n'arrivait pas à déceler les émotions qu'aurait pu trahir son visage, mais elle voyait ses yeux et sa bouche, qui lui parurent ardents. Avides. Excités.

Dieu du ciel !

Il fit mine d'enlever son masque.

— Non ! lança-t-elle.

Il se figea en entendant son cri. Puis, il pencha la tête d'un air interrogateur comme s'il ne comprenait pas.

Mais il avait fort bien compris. S'il retirait son masque, elle devrait retirer le sien… et elle n'était pas prête ! Pas avant d'avoir la certitude qu'il la désirait autant qu'elle le désirait, et pas seulement pour une nuit, mais pour la vie.

— Le bal masqué a été tellement amusant, expliqua-t-elle vivement tout en priant le ciel pour qu'il la croie, que je serais désolée qu'il s'achève déjà.

— Il ne s'achèvera pas.

Il laissa errer son regard sur son corps. Ce regard voluptueux portait d'ardentes promesses.

— Je vous en prie, n'enlevez pas votre masque, pas encore.

Puis, elle ajouta d'un ton aussi coquin que possible :

— Lord Panthère.

Il inclina courtoisement la tête.

Un frisson la parcourut. Jamais encore Robert ne lui avait montré un tel respect. Bien entendu, songea-t-elle avec un peu chagrin, il ne savait pas qu'elle était cette femme dans ce déguisement. Mais il l'apprendrait bientôt, et alors tout changerait entre eux.

— Comme vous voudrez, Lady Rose.

Avec un nouveau sourire brûlant, il alla s'appuyer contre la colonne du lit et reluqua ouvertement le corps de Miranda.

— Votre déguisement est très beau.

— Vous l'aimez ?

Elle porta encore la main à son encolure pour attirer son attention sur sa poitrine tout en arquant le dos dans l'espoir qu'elle semble plus pleine.

– Beaucoup, murmura-t-il d'un ton approbateur.

– Bien, dit-elle en faisant glisser ses doigts tremblants jusqu'à son épaule et au nœud de satin retenant son corsage en place. Parce que je l'ai mis uniquement pour vous.

Il entrouvrit les lèvres comme s'il allait parler, mais elle dénoua le ruban de satin d'un geste aguichant qu'elle avait répété tout l'après-midi. Sa robe tomba de son épaule et faillit dénuder son sein droit. Il la regarda avidement, oubliant totalement ce qu'il voulait dire.

Avec un son entre le grognement et le grondement, il attrapa sa chemise et la fit très vite passer par-dessus sa tête, puis il grimpa sur le lit et rampa à quatre pattes vers elle. Comme l'aurait fait une panthère s'apprêtant à fondre sur sa proie.

Les yeux écarquillés, elle s'enfonça lentement dans le matelas à mesure qu'il montait tout le long de son corps jusqu'à ce qu'elle soit prisonnière de ses genoux et de ses mains. Elle ne s'attendait sûrement pas à *ça* ! Ni à la façon dont il pencha la tête pour lui lécher l'épaule, comme pour la goûter avant de décider s'il allait jouer encore un peu avec elle ou la dévorer tout de suite.

– Hum, ronronna-t-il contre sa peau en faisant glisser sa bouche sur toute la longueur de son cou où elle ne douta pas qu'il sentait son pouls s'affoler sous ses lèvres.

– Il est sans doute préférable que je ne vous aie pas remarquée au bal.

– Pourquoi donc ?

Elle frémit quand il lui mordilla la gorge, surprise par la flèche de feu qui la darda jusqu'au bout des pieds. Ce jeu n'avait rien à voir avec le baiser qu'il lui avait donné des années auparavant.

— Je me serais ridiculisé à trop rechercher votre compagnie.

Du bout du doigt, il traça des motifs invisibles sur la peau nue de son épaule en s'égarant vers le renflement de son sein.

— Nous aurions dansé, soyez-en assurée.

Il glissa le doigt sous l'encolure de sa robe, sans en être empêché par des baleines ou un corset, et effleura le mamelon qui se trouvait toujours dessous. Elle hoqueta et il sourit, ravi par sa réaction. Apparemment, il avait finalement décidé de jouer avec elle.

Il glissa sa main au complet sous le corsage de gaze et enveloppa son sein nu.

— Eh bien, murmura-t-il, dansons maintenant.

Tandis qu'il lui pétrissait doucement le sein, la chaleur de sa grande main la pénétra et elle gigota sous lui en réprimant un gémissement de plaisir, incapable soudain de rester immobile. Elle rêvait depuis des années qu'il pose ses mains sur elle, qu'il la touche, qu'il la caresse… mais jamais elle n'avait imaginé que ce serait aussi chaud et délicieux. Si doux et pourtant si pressant.

— Jolie robe.

S'appuyant sur ses genoux, il se servit de sa main libre pour dénouer prestement le ruban sur son autre épaule. Il tira sur le corsage qui tomba, et ses deux seins nus s'offrirent à la lueur du feu. À son regard avide à présent noir de désir.

— Très jolie.

En dépit des frissons qui couraient sur sa peau partout où son regard se posait, elle résista à l'envie pressante de se couvrir. C'était Robert, et lui plus que tout autre avait le droit de la voir. Parce qu'elle le connaissait depuis l'âge de cinq ans. Parce qu'elle l'aimait. Parce qu'elle voulait qu'il soit le seul à la voir ainsi, ce soir et à jamais.

Elle se mordit timidement la lèvre inférieure.

— Je ne suis pas trop… ordinaire ?

Il laissa échapper un rire sourd dont le grondement se répercuta en elle et alla se loger entre ses cuisses. Il pencha la tête vers elle.

— Loin de là.

Elle perdit le souffle. Pendant un moment, elle songea qu'il allait l'embrasser… *là,* sur la peau nue de ses seins. Mais il lui releva doucement le menton et posa si tendrement les lèvres sur les siennes qu'elle en trembla. Sa bouche était chaude, étonnamment douce et exquisément experte, elle goûtait et découvrait langoureusement la sienne sans cette précipitation juvénile du baiser bâclé et inexpérimenté dont elle gardait le souvenir. Cet homme était sûr de lui et savait ce qu'il voulait.

Ce qu'il voulait (elle frissonna), c'était *elle*.

— Vous tremblez.

Il agaça du bout de sa langue le coin de ses lèvres.

Elle tremblait si fort qu'elle devait s'agripper à deux mains au couvre-lit sous elle pour rester immobile.

— Je… ne… tremble… pas.

— Vous mentez, la réprimanda-t-il en souriant contre sa bouche.

Il prit la lèvre inférieure de Miranda entre ses dents et la mordilla en se penchant sur elle.

Non, songea-t-elle quand son corps dur couvrit le sien, il n'avait plus rien d'un gamin.

— Que puis-je faire d'autre pour vous faire trembler ?

De la main, il prit sa jupe et la fit lentement glisser vers le haut de ses cuisses. Tel que promis, il la fit trembler.

Miranda pencha la tête en arrière et s'abandonna à lui. Elle attendait ce moment depuis si longtemps, et voilà qu'il était enfin arrivé ; Dieu soit loué, *il était arrivé* ! Elle avait encore du mal à croire qu'elle ne rêvait pas. Robert dans ses bras, ses lèvres sur les siennes, ses mains qui la caressaient voluptueusement. Son cœur battait si fort qu'elle entendait son sang bourdonner dans ses oreilles, si vite qu'elle savait qu'il le sentait, parce que quand elle posait sa main sur la poitrine nue de Robert, elle sentait battre son cœur à lui sous ses doigts.

Il lui mordilla la gorge, puis descendit lécher la vallée séparant ses deux seins. Quand, tremblante, elle lui prit le cou pour le rapprocher d'elle, il referma la bouche sur la pointe durcie de son sein et l'aspira entre ses lèvres.

Elle gémit et se cambra sur le matelas.

— Robert…

Il se figea, sa bouche cessa ses caresses. Puis, il lâcha lentement son sein et releva la tête. Il plongea ses yeux bleus dans les siens.

— Qu'avez-vous dit ?

— Je n'ai rien dit. J'ai seulement…

— Nom de Dieu !

Il retira son masque pour révéler son visage.

Non !

Les poumons de Miranda se vidèrent de leur air.

— Sebastian.

Mon Dieu non, mon Dieu non, mon Dieu non !

— Qui êtes-vous ?

Sebastian Carlisle attrapa son masque et le baissa.

— Miranda ? dit-il, les yeux écarquillés de surprise.

Il la regardait, incrédule. Oh, il la *regardait* bel et bien ! Les joues de Miranda s'empourprèrent et elle lui frappa la poitrine de la main.

— Lâchez-moi ! *Lâchez...*

Il lui plaqua la main sur la bouche.

— Chut ! ordonna-t-il, les sourcils froncés de colère. On pourrait vous entendre.

— Je m'en moque ! marmonna-t-elle contre sa paume.

— Vous ne vous en moquerez pas si on nous découvre ainsi, riposta-t-il en balayant du regard son corps nu.

Elle leva les yeux au ciel en laissant échapper un grognement mortifié. Elle aurait voulu disparaître !

Il arqua le sourcil pour lui ordonner de se taire, puis il retira sa main et sortit du lit. Il récupéra sa chemise sur le plancher et, tout en jurant dans sa barbe, il la mit promptement.

Miranda s'efforça de se rhabiller, mais ses doigts tremblaient tellement qu'elle peinait à renouer les rubans sur ses épaules. L'un d'eux pendait pathétiquement.

Il se retourna vers elle.

— Que faites-vous ici, Miranda ?

— Moi ? lança-t-elle d'une voix suraiguë. Et *vous,* que faites-vous dans la chambre de Robert ? Je vous conseille de vous rhabiller avant qu'il...

— C'est ma chambre, répliqua-t-il en pointant le plancher d'un doigt possessif.

— Votre... *Non,* protesta-t-elle d'une voix ferme.

N'empêche qu'elle balaya la chambre d'un regard affolé, même si elle n'aurait su faire la différence entre les chambres de chacun des frères à Chestnut Hill. C'était la chambre de Robert, elle en était certaine, avec ses soldats de plomb et ses livres de poésie.

— J'ai demandé au valet. Il m'a dit que c'était *celle-ci.*

Il plissa les yeux.

— Vous avez demandé au valet où se trouvait la chambre de Robert ?

— J'ai été discrète.

Elle renifla dédaigneusement à cette remarque insinuant qu'elle avait été assez irréfléchie pour faire part de son projet de séduction à un valet. Si une femme projetait d'aller se prélasser sur le lit de son futur amant, elle n'allait certainement pas en informer les domestiques. Même elle le savait.

— Et je portais un masque.

Il posa les mains sur le matelas et se pencha vers elle, jusqu'à ce qu'ils soient nez à nez.

— Expliquez-moi donc comment une femme masquée demande à un valet où se trouve la chambre d'un de ses maîtres encore célibataire ?

Ah, ce qu'il était irritant ! Elle poussa sur ses épaules pour l'éloigner d'elle, mais naturellement, il ne bougea pas d'un iota. Cet homme était une véritable montagne de muscles et d'exaspération.

En soufflant violemment par le nez, elle croisa les bras et releva le menton.

— Dissimulée sous *son* masque, elle va voir un valet, lui glisse quelques pièces, lui montre du doigt un homme dissimulé sous *son* masque, et lui demande, sous le couvert de l'anonymat, dans quelle chambre il...

Il leva la main pour lui imposer le silence.

— Puisque l'homme était masqué, comment saviez-vous qui il était ?

— Parce qu'hier, j'ai acheté le valet de Robert pour qu'il me dise quel masque il…

Quand elle comprit son erreur, son visage se vida de son sang.

— Oh non !

— Oh oui !

Avec une grimace, il lança le masque sur le lit au pied de Miranda.

— Nous avons échangé nos masques avant le bal. C'est moi que vous avez montré du doigt ce soir, Miranda.

L'estomac de Miranda se détraqua.

— Sebastian, je ne pouvais pas savoir.

— À l'évidence.

Il se redressa de toute sa taille et, du haut de son mètre quatre-vingt, lui jeta ce regard autoritaire que tous les frères Carlisle (et tout *particulièrement* Sebastian) se croyaient autorisés à lui adresser pour l'unique raison qu'ils avaient grandi ensemble.

— Bien. Nous avons établi comment vous êtes arrivée jusqu'ici, souligna-t-il en croisant les bras dans cette attitude intimidante qu'elle ne connaissait que trop bien. À présent, dites-moi pourquoi.

Il était hors de question qu'elle le lui dise. N'était-elle pas assez humiliée ainsi ?

— C'est sans importance. Je… je dois partir.

Elle se déplaça vers le bord du lit en tirant sur sa jupe avec chaque mouvement de ses hanches pour garder ses jambes couvertes, même si elle se demandait pourquoi étant donné qu'il venait de lui embrasser le sein.

Son visage s'empourpra. Doux Jésus ! Sebastian lui avait embrassé le *sein* !

— Pour l'instant, émit-elle d'une voix étranglée par la panique et l'humiliation, je dois partir. *Tout de suite.*

— Ne bougez pas, lui ordonna-t-il de cet air impérieux que les trois frères tenaient à divers degrés de leur père, la palme revenant à Sebastian, actuel duc de Trent.

Elle s'immobilisa sur le bord du lit, humiliée et silencieuse.

— Vous attendiez que Robert regagne sa chambre et vous découvre sur son lit, attifée de la sorte.

Ses yeux bleus brillaient d'incrédulité.

— Est-ce que vous et lui êtes…, commença-t-il en ayant néanmoins la décence de détourner le regard avant de poursuivre en bredouillant : intimes ?

— Non !

Elle refoula les larmes qui lui brûlaient les yeux. Son humiliation venait d'atteindre un nouveau sommet, même si devenir intime avec Robert était précisément ce qu'elle avait espéré pour ce soir.

— Dans ce cas, que faisiez-vous dans son lit ? insista-t-il.

Avec un grognement, elle se prit la tête entre les mains. Elle rêvait simplement de le séduire, mais son rêve s'était transformé en cauchemar.

— Mais enfin, quelle importance ?

Il arqua le sourcil.

— Parce que c'est mon frère et que je me fais du souci pour lui et, ajouta-t-il d'une voix plus douce, pour vous.

Ha ! Comme si elle allait le croire ! L'aîné des frères Carlisle, Sebastian, était celui qu'elle connaissait le moins, mais celui qui l'agaçait le plus, sans doute parce qu'il avait dix ans de plus qu'elle et que les jeux qui amusaient ses frères et Miranda l'impatientaient. Il avait quinze ans lorsqu'elle était arrivée à Islingham, il fréquentait déjà Eton et était parti le plus clair du temps. Même lors de ses rares séjours à la maison pour les vacances, il passait tout son temps à apprendre de son père comment gérer le domaine et se montrait à peine amical à l'endroit de Miranda. Quand il était entré à l'université, il avait jugé plus intéressant de courir les femmes et de manigancer des coups pendables avec ses frères que de se préoccuper de ce qui se passait à Islingham. Plus leurs coups étaient pendables, mieux c'était.

Jusqu'à ce que Richard Carlisle devienne duc. Alors, les frères turbulents et incontrôlables s'étaient faits plus sérieux, notamment Sebastian qui, en tant qu'héritier, avait toujours senti peser sur ses épaules le poids des responsabilités qui lui incomberaient un jour ou l'autre. Il ne lui prêtait guère attention alors ; et depuis qu'il était duc, c'était à peine s'il remarquait son existence.

— Miranda, soupira-t-il patiemment, je ne comprends pas pourquoi vous êtes dans le lit de Robert.

Elle grimaça.

— Non, bien sûr que non… je veux dire… Bon sang !

Elle ne se souciait pas de jurer devant lui, d'autant plus que c'était les frères Carlisle qui lui avaient enseigné à jurer alors qu'elle était gamine. D'autant plus que Sebastian n'aurait jamais cru qu'elle puisse être timide et bien élevée comme une jeune fille de la haute. D'autant plus qu'elle savait qu'il se contrefichait qu'elle ait créé une telle pagaille ce soir.

Toutefois, elle savait qu'il protégeait impitoyablement sa famille et qu'il ne la laisserait pas partir si elle ne lui disait ce qu'elle était venue faire dans la chambre de son frère.

Elle capitula en grimaçant et avoua d'une voix douce :

– Robert va lui demander sa main, je le sais.

– La main de qui ? questionna-t-il, perplexe.

– De Diana Morgan.

Sous l'effet combiné de la colère et de l'humiliation, ses yeux se voilèrent et ses épaules s'affaissèrent.

– La fille du général Morgan. Il l'a invitée à la fête de ce soir, et il entend la courtiser à Londres, pendant la saison mondaine.

– Et qu'est-ce que cela… Oh.

– Oui, affirma-t-elle en levant les yeux au ciel. *Oh.* C'était ma dernière chance ce soir de me faire remarquer de lui, de lui montrer que j'étais plus qu'une amie. Alors, j'ai mis cette robe.

Elle désigna mollement de la main la robe qu'il avait froissée en s'allongeant sur elle. Dieu du ciel, comment une chose pouvait-elle coûter aussi cher et être si fragile ?

– Le seul qui m'ait vue, c'est vous. Personne d'important.

Il se renfrogna.

– Merci.

– Oh, vous comprenez ce que je veux dire ! se défendit-elle en s'essuyant les yeux. J'ai cru que si Robert me voyait ainsi, que peut-être… *peut-être…*

Elle haussa l'épaule, accablée par le pathétique de la situation.

– Il me remarquerait.

– Mais… *Robert* ?

Ne sachant plus où se mettre, elle le repoussa et s'empressa de descendre du lit. Elle eut tout juste la présence d'esprit de remettre son masque avant de s'élancer vers la porte.

Un sanglot lui monta à la gorge. Quelle affreuse, affreuse nuit ! Elle ne voulait qu'une chose : fuir et ne plus jamais reparaître à Chestnut Hill, ni à Islingham, ni d'ailleurs nulle part en Angleterre, de crainte de tomber par hasard sur Sebastian. Ou sur Robert, car Sebastian allait sûrement tout raconter à son frère. Ce qu'ils allaient se moquer d'elle !

— Attendez.

Il lui saisit le bras et la ramena vers lui.

Déséquilibrée, elle recula et s'empêtra dans sa jupe. Elle s'affaissa contre lui et il referma les bras autour d'elle pour la remettre d'aplomb.

Cette nouvelle humiliation lui chauffa les joues. Elle avait trébuché devant lui telle une sotte sans grâce et avait atterri dans ses bras. Pathétique. Sa vue se brouilla. Cette soirée n'était qu'une suite sans fin d'humiliations.

— Laissez-moi partir, supplia-t-elle.

Mais il continua de la tenir fermement entre ses bras.

— Miranda, je suis navré, s'excusa-t-il d'une voix étonnamment douce. Je ne me doutais pas que vous…

Elle leva les yeux en se préparant à voir de la pitié dans son regard.

À la place, elle vit de la curiosité incrédule.

— Je suis simplement surpris, expliqua-t-il gentiment.

La gorge de Miranda se serra. Sans doute n'avait-il pas voulu l'insulter, mais sa remarque s'ajoutant à toutes les autres humiliations qu'elle avait essuyées ce soir la blessa profondément.

– Surpris de me trouver dans votre chambre ? riposta-t-elle en relevant le nez avec un reniflement agacé. Ou surpris que je puisse avoir des sentiments pour votre frère ?

– Les deux, reconnut-il avec honnêteté.

Avec un grognement de colère, elle poussa sur sa poitrine pour se libérer.

Il lui prit fermement les épaules sans que son corps solide bouge d'un centimètre.

– Et aussi, que vous préfériez Robert à un gentil garçon du village.

Elle se mordit la lèvre pour ne pas hurler. C'était tout ce que les hommes Carlisle voyaient en elle ? Une campagnarde un peu sotte destinée à épouser un pasteur ou un fermier ennuyeux et à passer sa vie à frotter les bancs d'église ou à pourchasser les cochons ? À leur avis, c'était tout ce qu'elle pouvait espérer de la vie ? Oh, mais elle voulait plus, beaucoup plus ! Elle rêvait d'aventure et d'excitation, elle voulait fonder une grande famille, vivre ici même à Islingham entourée des gens qu'elle aimait et pour qui elle serait prête à faire n'importe quoi. Elle n'était pas assez stupide pour s'imaginer qu'elle épouserait un homme de haut rang, comme un riche propriétaire terrien ou un pair.

Mais le *frère* d'un pair…

Pourtant, si Robert ne l'estimait pas plus que Sebastian, jamais il ne verrait en elle une femme avec qui passer le reste de sa vie, et tout ce qu'elle avait enduré ce soir n'était qu'une affreuse et humiliante perte de temps. Et d'argent. On aurait tout aussi bien pu la poser ce soir sur une étagère avec l'inscription *Ne pas toucher,* parce que la vie dont elle avait rêvé lui était définitivement interdite.

Elle détourna le visage en clignant fortement des yeux. Elle en aurait ri ! Ou pleuré, amèrement.

— Quant à ce que j'ai fait tout à l'heure, s'excusa Sebastian en inspirant un bon coup, je suis sincèrement désolé.

Oui, elle n'en doutait pas, à présent qu'il savait que c'était elle et non pas une allumeuse qui se serait glissée dans sa chambre pour s'amuser le temps d'une nuit avec un duc. Car il ne lui avait paru particulièrement désolé quand il relevait sa jupe.

Il lui pressa les épaules dans un geste d'affection amicale. Les mains mêmes qui quelques instants auparavant caressaient ses seins nus, lui apportant un plaisir qui encore maintenant lui donnait des frissons…

— Oh, mon Dieu ! Non !

Elle posa ses doigts sur ses lèvres, horrifiée par sa soudaine exclamation, et plus encore par le fait qu'elle avait aimé qu'il la touche ! *Sebastian* entre tous les hommes !

— Pardon ? dit-il en fronçant les sourcils, dérouté par son comportement.

— Je veux dire que vous n'avez pas à me présenter vos excuses. Ce n'est rien.

Elle recula et cette fois, il la laissa faire.

— Une erreur, sans plus. Toutefois, je vous serais très reconnaissante…

Elle fit encore un pas en arrière, parce qu'à force de s'éloigner de lui elle finirait peut-être par atteindre la porte et s'enfuir dans le couloir avant de fondre en larmes.

— … si vous aviez l'obligeance de garder secret ce qui s'est passé ici ce soir.

— Naturellement, acquiesça-t-il d'un air solennel.

— J'y tiens, Sebastian, prononça-t-elle, les joues brûlantes d'embarras. Si jamais vous le disiez à quiconque, notamment à Robert ou à Quinton, je jure de vous... de vous...

— De me faire quoi ? s'informa-t-il en se moquant de sa faible menace et en baissant la tête pour la regarder dans les yeux.

Qu'il soit maudit d'être aussi grand ! Et aussi... duc !

Une idée lui traversa l'esprit et elle releva courageusement le menton.

— Je dirai à votre mère ce qui est vraiment arrivé à ce vase chinois que votre père lui avait offert à Noël !

Pendant un bref instant, il la regarda d'un air ahuri, apparemment incapable de comprendre de quoi il retournait. Puis, il plissa les yeux, comme s'il jaugeait l'un de ses adversaires au Parlement et non une voisine un peu sotte, et il se redressa de toute sa taille... Ce qu'il était grand ! Curieusement, elle ne l'avait jamais remarqué. Ni que ce grand corps était beaucoup plus solide que celui de Robert, ni que ses cheveux blonds retombaient sur son front comme ceux d'une canaille et lui donnaient envie de les repousser.

Étonnant, les détails qu'une femme remarque chez un homme à demi habillé qui vient de l'embrasser.

— Marché conclu, alors ? insista-t-elle.

Une menace qui ne faisait guère le poids : sa réputation contre un vase qui avait connu un sort honteux des années auparavant au cours d'une folle soirée qu'avaient donné en secret les frères lors d'un séjour de leurs parents à Londres. Mais sa mère adorait ce vase, et Miranda n'hésiterait pas à en tirer parti.

— Marché conclu, céda-t-il.

Dieu merci ! Elle se tourna vers la porte et inspira profondément pour fuir à toutes…

Il allongea les bras au-dessus de sa tête et posa les mains à plat sur la porte pour l'empêcher de l'ouvrir.

— Attendez.

Attendre ? Son cœur rata un battement puis se remit à battre si fort dans sa poitrine qu'elle en grimaça de douleur. Cet homme exaspérant était cruel en plus… *Attendre ?*

Quand elle le regarda par-dessus l'épaule, elle crut le voir reluquer ses seins. Impossible. Jamais Sebastian ne la reluquerait ainsi, plus maintenant. Maintenant qu'il savait qui elle était… n'est-ce pas ?

Aussi, quand il attrapa sa veste et la lui tendit, elle leva les yeux au ciel, se sentant parfaitement tarte. Oh, il regardait bien ses seins… mais en cherchant le moyen de les cacher.

— Il vaut mieux, Lady Rose, qu'on ne vous voie pas sortir de ma chambre, l'avertit-il. Pas dans cette tenue.

Elle mit la veste et son ventre se serra quand elle respira le parfum qu'exhalait la très fine étoffe. Elle réprima un grognement déconfit. Il fallait qu'il sente bon en plus.

Il désigna son masque du doigt et elle le lui donna. Il le posa en place et l'attacha derrière sa tête. Quand il posa une main sur son épaule pendant que de l'autre il entrebâillait lentement la porte, la chaleur de ses doigts pénétra la chair de Miranda et se répandit jusqu'au bout de ses seins. Sous le tissu léger, leurs pointes durcirent traîtreusement au souvenir de ses caresses.

Sur ce, ne pouvant être plus humiliée, son estomac se contracta. Ce soir, même son corps conspirait contre elle et fraternisait avec l'ennemi.

Il jeta un coup d'œil dans le couloir puis lui souffla à l'oreille :

– Prenez l'escalier de service jusqu'au rez-de-chaussée. Sortez par la porte de mon bureau donnant sur la terrasse et longez le mur du jardin où l'ombre est plus dense jusqu'à ce que vous ayez passé les écuries. Et faites en sorte qu'on ne vous voie *pas.*

Sa voix profonde lui chatouilla la joue et elle frissonna.

– Surtout pas ma mère.

– Comment se fait-il que vous en sachiez autant sur la façon de filer à l'anglaise ? demanda-t-elle dans un murmure, étonnée par le détail de ses instructions.

Il lui répondit par un petit rire sensuel qui se répercuta en elle.

– Parce que je suis l'un des frères Carlisle.

Comme elle tournait la tête pour le regarder par-dessus l'épaule, il lui donna une claque sur les fesses. Elle sursauta.

– Allez-y !

Elle fonça dans le couloir et sortit de Chestnut Hill aussi vite que ses pieds pouvaient la porter. Ses pieds *nus.* Elle leva les yeux au ciel, exaspérée par son étourderie. Elle avait oublié ses chaussures dans la chambre de Sebastian. Il n'était pas question qu'elle y retourne.

Jamais.

CHAPITRE 2

Lady Rose.

Sebastian fronça les sourcils. Qu'est-ce qui lui avait pris, à Miranda, la veille au soir ?

Mais cela avait toujours été le problème avec elle, conclut-il en regardant par la fenêtre de son bureau la vaste pelouse bordée de voitures dans lesquels les derniers invités de la réception intime s'apprêtaient à rentrer chez eux. Elle réfléchissait rarement avant de sauter, et la nuit dernière, c'était dans le feu qu'elle avait failli sauter. Il fronça les sourcils avec irritation. Dans *son* feu.

Bon sang, qu'est-ce qui lui avait pris ?

Il expira sèchement et se passa la main dans les cheveux. Et *lui*, qu'est-ce qui lui avait pris, bon sang de bonsoir ?

Il avait été diablement surpris, en entrant dans sa chambre, de la voir allongée sur son lit, affriolante dans cette soyeuse robe de crêpe et de dentelle qui la dénudait plus qu'elle ne la couvrait ; il avait aussitôt pensé à du glaçage à gâteau et s'était mis à saliver à l'idée de la lécher. Il aurait dû savoir qu'il n'avait pas assez de chance pour qu'une telle beauté s'offre ainsi à lui de son plein gré le soir du bal anniversaire de sa mère, mais que *diable*, après s'être obligé toute la soirée à se conduire en pair irréprochable, en réprimant son désir et son besoin de se laisser aller comme ses frères et de s'amuser, il avait eu très envie de goûter ne serait-ce qu'un peu à la luxure à laquelle il était habitué.

Sur le coup, tenté par cette nuit de liberté qui s'offrait à lui, il ne s'était pas soucié de savoir comment elle était arrivée jusqu'à sa chambre. Ni, d'ailleurs, qui elle était sous son masque. Une fois de plus, il avait cédé à son désir de jouir de la nuit. De la dépouiller de sa robe jusqu'à ce qu'elle soit nue, de la couvrir de son corps et...

— Sebastian!

Un petit pain à demi mangé l'atteignit directement dans le dos.

Il se retourna prestement, prêt à lancer un juron bien senti à son jeune frère. Quinton, qui avait en équilibre sur ses genoux sa troisième assiettée du petit-déjeuner, tenait un deuxième petit pain et s'apprêtait à le lui lancer.

Mais sa mère, assise à côté de son frère, lui lança un regard soucieux qui lui imposa aussitôt le silence.

— Tu étais perdu dans tes pensées, déclara-t-elle doucement d'une voix empreinte d'inquiétude. Tu ne m'as pas entendue te saluer, mon chéri, quand nous sommes entrés dans ton bureau?

Par tous les diables, non, il ne l'avait pas entendue.

— Non, reconnut-il à contrecœur.

Il se passa la main dans les cheveux tout en inspirant profondément et calmement. Lady Rose avait réussi à le distraire de sa propre famille, ce qu'aucune femme n'avait fait depuis la mort de son père. Mais il devait reconnaître qu'aucune des femmes ayant visité son lit ne se comparait à Miranda Hodgkins.

Cette fille était dangereuse.

Il s'obligea à sourire comme si de rien n'était et regagna son bureau.

— Je vous prie de m'excuser de cette distraction.

Quinn et sa mère étaient assis dans deux fauteuils de l'autre côté de l'imposant bureau marqueté d'acajou depuis lequel son père avait dirigé leur domaine de Chestnut Hill, et, depuis quelques années, leur nouveau duché dont les terres avaient autrefois appartenu à leur ancien voisin, le comte de Royston, de même que le manoir de Blackwood Hall et les biens s'y rattachant. Sebastian devait désormais gérer tout ça.

Les sourcils froncés, il repoussa ses souvenirs du bal masqué et du doux parfum d'eau de rose afin de se concentrer sur les raisons pour lesquelles sa famille avait été convoquée dans son bureau.

— Je m'assurais que nos derniers invités partaient sans problème, expliqua-t-il.

Un demi-mensonge. À proprement parler, Miranda faisait partie des invités, même si elle vivait sur l'une des métairies du domaine avec sa tante et son oncle. Quand elle était partie la veille, elle avait laissé derrière elle bien des problèmes.

— Pouvons-nous commencer maintenant? demanda Elizabeth Carlisle avec un sourire patient.

Sebastian ne put faire autrement que de lui rendre son sourire. Avec ses cheveux blonds et son teint radieux, en dépit de l'heure tardive à laquelle s'était terminée sa soirée d'anniversaire, sa mère resplendissait dans le rayon de soleil qui tombait de la fenêtre sur sa robe de jour lavande. Sa vue lui serra le cœur et une culpabilité familière lui noua la gorge.

La mort subite de son père remontait à près de deux ans, et bien qu'officiellement elle n'avait plus à porter le deuil, elle préférait tout de même porter du lavande le matin. Une part d'elle pleurerait toujours son père, et il savait qu'elle ne se remarierait jamais. Leur mariage avait été un mariage d'amour, et Elizabeth Carlisle ne pourrait jamais aimer un autre homme comme elle avait aimé son père.

Il s'éclaircit la voix et désigna d'un mouvement de tête le fauteuil vide à côté d'elle.

— Attendrons-nous Robert?

Le cadet des frères Carlisle était sans doute en train de faire ses adieux à Diana Morgan et à ses parents. En tant qu'ancien compagnon d'armes de Richard Carlisle, le général Morgan avait été invité à la réception intime, cependant l'intérêt manifesté par Robert à l'endroit de sa fille avait surpris toute la famille. Surtout sa mère qui, Sebastian le savait, hésitait entre applaudir cette union et pousser la malheureuse à fuir à toutes jambes.

Sa mère secoua la tête.

— Il viendra dès qu'il le pourra, sourit-elle, les yeux brillants. Il ne faudrait qu'il se montre impoli avec les Morgan en les pressant de partir.

Sebastian arqua le sourcil. Sa mère penchait donc en faveur du mariage. Pauvre fille.

— Dans ce cas, commençons.

Il s'assit à son bureau et s'installa confortablement en vue de la réunion.

— Nous devons discuter de ce que fera la famille pendant la prochaine saison mondaine.

Normalement, les discussions portant sur les affaires de la famille ne prenaient pas un tour aussi officiel. Ils préféraient en parler à bâtons rompus en dînant ou après le dîner, en prenant le café au salon, puis laissaient Sebastian régler les détails. Mais cette saison, quelque chose de différent emplissait l'air d'un grésillement électrique, et il tenait à s'assurer que leur séjour à Londres se déroule sans anicroche. Pour une fois.

Par respect pour sa mère et pour son titre (et surtout en mémoire de son père), il tenait à ce que cette année, les frères Carlisle ne se conduisent pas comme… des Carlisle.

Ils terrorisaient la population rurale du Lincolnshire depuis qu'ils avaient appris à marcher, et c'était ensuite Eton et Oxford qui y avaient goûté. Cela n'avait été qu'une question de temps pour qu'ils jettent leur dévolu sur Londres, où le whisky était plus fort, les paris, plus élevés et les femmes, décidément plus dégourdies. Jusqu'à il y avait quatre ans, ce qu'ils faisaient dans la cité n'avait guère d'importance, étant donné qu'en dépit de la baronnie de leur père, le statut social de leur famille n'avait rien de remarquable, ce qui leur laissait toute liberté de jouer, de se bagarrer et de courir le guilledou à cœur joie.

Puis, tout avait changé. Sa famille s'était vue accorder les biens du baron Royston, qui avait été reconnu coupable de trahison. Dans un premier temps, ils n'avaient reçu que les terres et pas le titre, mais quand le régent avait demandé leur avis à Edward Westover, duc de Strathmore, et à Lord Bathurst, secrétaire d'État de l'armée et des colonies, les deux hommes ne s'étaient pas gênés pour lui expliquer combien la famille Carlisle avait contribué à déjouer les plans de Royston et à épargner la vie des meilleurs agents à l'étranger du ministère de la Guerre. Prinny s'était rangé à leurs arguments et avait créé un nouveau duché.

Du jour au lendemain, l'étendue des terres des Carlisle avait quadruplé et leur modeste richesse s'était transformée en fortune. On ne pouvait plus faire fi des frasques des trois frères et s'ils pouvaient prétendre à l'anonymat en tant que fils d'un baron, ce ne leur était plus possible en tant que fils d'un duc riche à craquer. Sebastian l'avait compris bien avant ses deux frères.

Ce que Prinny leur avait donné tenait plus de la punition que de la récompense.

Le pire s'était produit. Son père était tombé de son cheval, s'était fracassé le crâne et était mort. Sa perte les avait tous profondément affligés, et leur douleur les avait accablés pendant des mois. Mais Sebastian n'avait guère eu le temps de s'appesantir. Il avait dû assumer l'entière responsabilité du patrimoine et de la famille et faire son deuil en étudiant les registres du domaine.

Il y avait près de deux ans de cela, et pas un seul jour ne passait sans que la famille ne souffre de l'absence de Richard Carlisle. De ce fait, la réception de la veille (la première depuis la mort de son père) signifiait davantage que l'anniversaire de sa mère. Elle signifiait que, malgré toutes les vicissitudes des dernières années, ils avaient survécu. Sebastian espérait en son for intérieur qu'ils pourraient enfin se tourner vers l'avenir et veiller à protéger la réputation de la famille. D'abord contre eux-mêmes.

Il se cala dans son fauteuil de cuir.

— Pour une fois, nous irons tous à Londres et y demeurerons toute la saison.

Il marqua une pause éloquente.

— Ensemble, souligna-t-il en les laissant assimiler le sérieux de la situation. Je crois donc essentiel que nous discutions de ce que nous prévoyons y faire.

Il darda son frère du regard, conscient des ennuis que ce dernier pourrait causer.

— De *tout* ce que nous prévoyons y faire. De manière à éviter les problèmes qui pourraient survenir.

Jamais auparavant la famille Carlisle ne s'était retrouvée à Londres en même temps. Son père, qui prenait son rôle de baron très au sérieux, assistait à toutes les séances du Parlement, bien qu'il n'eût jamais acquis de réelle influence politique. Sa mère et Josephine y allaient à l'occasion s'acheter des robes, *si* Josie y allait, car elle préférait rester à Chestnut Hall pour s'occuper des enfants du foyer Good Hope. Pour leur part, les trois frères allaient et venaient selon leur bon plaisir, et il leur arrivait de ne pas se voir pendant des semaines alors qu'ils habitaient dans la même maison à Londres.

Mais cette année, les circonstances voulaient qu'ils s'y retrouvent tous en même temps. Josie vivait désormais à Londres avec son mari, Thomas Matteson, le marquis de Chesney, et leurs enfants. Sebastian était attendu au Parlement, où il détenait dans les assemblées un pouvoir que son père n'aurait jamais cru possible, et pendant qu'il siégeait avec ses pairs, Elizabeth Carlisle irait rendre visite à Josie et à sa famille. Robert allait sans doute consacrer tout son temps à courtiser Diana Morgan. Quant à Quinn, il s'y rendait uniquement parce que Sebastian tenait à l'avoir à l'œil.

— Je vais m'installer chez Josephine et Chesney à Audley House, annonça sa mère pour lancer la conversation, et je vais vous laisser Park Place, à toi et à tes frères.

Elle releva les épaules avec un long soupir motivé par toutes ces années où elle avait pâti des frasques de ses fils, et elle lança en guise de mise en garde un regard oblique à son benjamin.

— Je vous serais reconnaissante de ne pas réduire la maison en cendres.

— Adieu ma fête du premier mai, marmonna Quinn, mi-figue mi-raisin.

Sebastian plissa les yeux. Oh que oui, Quinn allait venir à Londres, où Sebastian ne le perdrait pas de vue jusqu'en juin. De l'année suivante.

— Le premier mai ? s'enquit Robert en entrant dans la pièce d'un pas nonchalant, interrompant ce qui avait été un début prometteur à la conversation, la réduisant à présent au chaos.

Quinn lança à son frère un regard déconfit comme Robert se rendait au buffet se servir un café.

— Pas de feu de joie.

Robert, sa tasse à demi remplie, marqua une pause, atterré.

— À quoi bon fêter le premier mai s'il n'y a pas de feu de joie ?

— Je sais, dit Quinn en faisant la moue. Adieu notre arbre de mai.

— A-t-elle aussi interdit la promenade à dos d'âne ?

Elizabeth Carlisle leva au ciel un regard las et exaspéré, et Sebastian ne put retenir un sourire. Depuis toujours, ses jeunes frères rendaient leur mère folle avec leurs projets plus insensés les uns que les autres. Même s'ils étaient à présent des adultes participant à la gestion du duché, ils ne pouvaient s'empêcher de faire enrager leur mère chaque fois qu'ils en avaient l'occasion.

À les voir et à les entendre badiner avec désinvolture, on aurait pu croire qu'ils n'avaient guère changé depuis la mort de leur père. Mais Sebastian savait qu'il n'en était rien. La mort de leur père les avait tous profondément transformés.

Au cours des mois douloureux ayant suivi la mort de leur père, ses deux frères avaient très vite mûri et s'étaient portés volontaires pour assumer une bonne part des responsabilités du duché. En cela, ils s'étaient montrés à la hauteur ; Quinton s'occupait fort bien du train-train quotidien de la propriété et supervisait le travail des employés et des métayers, tandis que Robert, doué pour les affaires, était responsable des affaires bancaires et des investissements dans lesquels était placée une large part de la fortune familiale. Sebastian leur en était reconnaissant, conscient que ni l'un ni l'autre n'avaient besoin de travailler en raison de leur héritage de dix mille livres chacun. Quinton, qui rêvait d'acheter sa propre terre dès que Sebastian lui aurait trouvé un remplaçant, avait mis son héritage en banque ; pour sa part, Robert, qui l'avait investi dans diverses entreprises, avait presque doublé cette somme, ce qui lui avait valu la réputation d'être un homme d'affaires averti.

Mais quand ils se retrouvaient ensemble, ils reprenaient leurs anciennes habitudes et laissaient entrevoir les joyeux lurons qu'ils étaient à peine quelques années auparavant.

Certaines choses ne changent jamais. Sebastian ne pouvait qu'espérer que cette saison-ci, aucun âne ne serait peint en vert. Et qu'il n'y aurait pas de feu.

— Les Morgan sont-ils partis ? demanda-t-il à Robert comme celui-ci versait une généreuse rasade de whisky dans son café et en préparait une seconde tasse pour Quinn, qui le lui avait demandé d'un geste de la main.

— Ils viennent tout juste de partir.

Robert remit le café à son frère et se laissa lourdement choir dans le fauteuil vide en allongeant ses jambes interminables.

– J'ai promis d'aller leur rendre visite dès notre arrivée à Londres.

Au souvenir des confidences désespérées de Miranda, le cœur de Sebastian se serra.

– Est-ce que cela veut dire que tu entends courtiser Miss Morgan ?

Robert sourit.

– Oui, en effet.

Il fronça les sourcils. Dans la famille Carlisle, personne ne s'attendait à un mariage, néanmoins les intentions de Robert avaient semblé assez manifestes aux yeux de Miranda pour qu'elle se lance dans sa folle entreprise. Elle paraissait parfois écervelée, trop turbulente et pleine d'entrain pour son bien. Pourtant, en ce qui avait trait à Robert et à Miss Morgan, Sebastian ne pouvait nier qu'elle avait eu de l'intuition. Elle avait visiblement remarqué quelque chose ayant échappé au reste de la famille.

– Projettes-tu de demander sa main ?

Robert porta la tasse à ses lèvres et éluda la question.

– Si nous en venons à cela. Elle me plaît beaucoup.

Son ventre se serra de sympathie et d'appréhension. L'annonce des fiançailles anéantirait Miranda, qui semblait réellement amoureuse de son frère. Quoique, à voir Robert engloutir son café whisky pour soigner sa gueule de bois, il y avait lieu de se demander pourquoi.

– Tu sais, ça ne presse pas.

Sebastian ne pouvait pas stopper l'inévitable, mais il pouvait le repousser un peu. Pour tout dire, même s'il aimait bien Miss Morgan, il n'était pas certain qu'elle fût la femme idéale pour son frère. Trop timide, trop distinguée… trop crédule.

— Il vaudrait mieux que tu attendes au moins jusqu'au milieu de la saison. Assez longtemps pour qu'elle comprenne dans quoi elle s'engage.

— Et prenne ses jambes à son cou, renchérit Quinn avec un grand sourire.

Et assez longtemps pour permettre au cœur de Miranda de guérir. Sebastian hocha la tête, d'accord pour une fois avec le benjamin de la famille.

— Tu as peut-être raison, reconnut Robert en prenant une gorgée de café. Je suppose que ça ne presse pas.

Sebastian se sentit soulagé. Miranda avait beau l'agacer profondément avec son exubérance immodérée, elle ne méritait pas d'être blessée.

— En fait, le tança Robert, c'est toi qui devrais te marier, Seb, pas moi.

Par-dessus sa tasse de café, il lança à Sebastian un regard faussement innocent qui n'arrivait cependant pas à cacher l'étincelle indiquant qu'il cherchait les ennuis.

— Tu te fais vieux.

— Je ne suis pas vieux, maugréa Sebastian. Je n'ai que trente ans, bonté divine.

— Et grincheux, ajouta Quinn en avalant une bouchée de petit pain, indifférent au regard noir que lui jeta Sebastian.

— Il est temps, poursuivit Robert, que tu te trouves une femme et que tu engendres un héritier…

— Ou six ? acheva Quinn.

Sebastian regarda alternativement ses deux frères en se demandant s'il devait leur faire part de la décision qu'il avait prise au petit matin, après avoir passé la nuit à se retourner dans les draps parfumés à l'eau de rose grâce à Lady Rose.

Il songeait au mariage depuis quelques mois, depuis en fait qu'il avait hérité, quand il avait compris combien une femme lui serait utile. Il ne s'était pas douté que le fait de devenir duc était assorti d'un tel fardeau émotionnel, d'une telle solitude. Il ne pouvait se confier à personne, même pas à sa famille. Ses frères n'avaient pas envers le titre le même devoir que lui et ils n'auraient pas compris qu'il se sente séquestré par lui et parfois si irrité qu'il redoutait de perdre la tête, ni combien il les enviait de pouvoir choisir de quoi serait fait leur avenir alors que le sien lui avait été imposé. Bon sang, il ne pouvait même plus s'enivrer ni passer la nuit avec une femme de crainte d'entacher sa réputation et, partant, son titre. Il avait appris sa leçon la nuit de la mort de son père. Quant à sa mère… il ne pouvait pas lui demander de l'écouter se plaindre alors que ce fardeau lui était venu de la mort de son mari.

Ce qui s'était passé la nuit précédente l'avait poussé à prendre une décision quant à son avenir et à l'absence continuelle d'une femme dans son lit, d'une femme dont ce serait la place et non pas de ces femmes d'autrefois qui lui avaient apporté à peine plus qu'un soulagement physique et l'oubli de ses responsabilités le temps d'une nuit. Ce qu'il avait espéré obtenir de Lady Rose quand il l'avait trouvée si joliment allongée sur son lit.

Il avait besoin d'une épouse, d'une duchesse convenable, d'une conseillère, à qui il pourrait confier ses préoccupations et auprès de qui il trouverait du réconfort. Une femme qui aurait à cœur ce qui était important pour lui. Une véritable partenaire, comme sa mère l'avait été pour son père.

Peut-être alors cesserait-il de se sentir prisonnier de son propre corps.

— En effet, il est temps, reconnut sobrement Sebastian en s'approchant au bord de la falaise.

Il inspira profondément et sauta.

— C'est ce que je prévois de faire cette saison.

Dans la pièce, tout le monde se figea, Robert la tasse en l'air, Quinn la bouche pleine. Le seul mouvement vint de sa mère, qui écarquilla les yeux sous le choc. Rien ne rompit le silence, même pas un souffle.

Puis, sa mère cilla.

— C'est…

Elle cilla encore, incapable de cacher sa surprise.

— C'est…

Elle pencha la tête comme si elle craignait d'avoir mal entendu.

— *Te marier ?*

Ses frères continuaient de le regarder comme s'il venait de lui pousser une deuxième tête.

Il leva les yeux au ciel en grimaçant. *Bon sang*. À en juger par leur réaction, il aurait pu aussi leur confesser son intention d'assassiner le roi. Il s'attendait à ce qu'ils soient surpris. Pas en état de choc. En dépit de ses protestations, à trente ans, il n'était plus jeune et même s'il lui peinait d'admettre que Robert et Quinton avaient raison, il devait engendrer un héritier. Ou six.

— J'y songe depuis quelque temps déjà, expliqua-t-il en tambourinant nerveusement des doigts sur son bureau, et j'ai décidé que le mariage servirait les intérêts du duché.

— Oh, émit doucement Quinn, éberlué et la bouche toujours pleine.

Bon sang de bonsoir. Allaient-ils enfin cesser de le regarder ainsi ?

Finalement, Elizabeth Carlisle sourit gentiment malgré sa perplexité.

– Si tel est ton désir... C'est merveilleux, Sebastian, sincèrement.

Le doute tenace qui lui titilla les entrailles lui apprit que sa mère venait de lui mentir.

Mais étant donné qu'elle en avait plein les bras avec Robert et sa soudaine envie de courtiser Diana Morgan, et avec Quinn, qu'elle devait empêcher de faire la cour à quiconque, il ne pouvait lui reprocher d'avoir été saisie par la nouvelle. Lui-même n'avait pas été à court de surprises dans les douze dernières heures.

– Cela tombe bien. Les jeunes filles les plus convenables seront rassemblées à Londres pour la saison, poursuivit-il, récitant le petit discours qu'il avait répété en esprit pendant que son valet l'habillait ce matin.

Barlow n'avait cessé de se plaindre qu'il n'avait pas aidé Sebastian à se dévêtir la veille au soir, après la réception. C'était aussi bien ainsi, étant donné l'intrusion inattendue de Lady Rose dans sa chambre.

– Tous leurs parents éloignés seront sur place, ce qui me donnera l'occasion d'étudier leur pedigree. Il me faut une duchesse convenable, une femme de haut rang digne du titre et de notre patrimoine.

Quinn éclata de rire.

– On dirait que tu cherches un cheval !

– Mais non, protesta Robert en lançant un clin d'œil à Quinn. Seb exige plus d'intelligence de ses chevaux que de son épouse.

Sans tenir compte de leurs remarques, Sebastian se concentra sur les sourcils de plus en plus froncés de sa mère, ce qui le troublait davantage qu'il voulait l'admettre, et il asséna le coup de grâce aux plaisanteries de ses frères :

— Une femme qui me donnera un héritier.

Cette phrase imposa aussitôt le silence aux deux frères.

Tous les quatre savaient combien il était crucial que Sebastian ait un fils. Sinon, les titres, les biens et les responsabilités reviendraient à ses frères. Ce que personne ne souhaitait. Moins encore ses frères. Certes, ils n'hésitaient pas à lui donner un coup de main au besoin, toutefois ils tenaient à leur liberté et préféraient s'occuper de leurs propres affaires qui déjà étaient des plus florissantes. Mais assumer toutes les responsabilités ? *Jamais.*

Le trouble de sa mère céda la place à l'inquiétude ; et *cela* le perturba encore davantage que ses sourcils froncés.

— Naturellement, engendrer un héritier est un devoir essentiel, reconnut-elle d'une voix empreinte d'amour maternel et d'inquiétude. Il faut toutefois tenir compte d'autres facteurs.

Il hocha la tête.

— Elle devra aussi comprendre l'importance de respecter notre vie privée et prendre son rôle au sérieux.

Une femme à l'opposé de Miranda, songea-t-il, de nouveau interpellé par les évènements de la veille. Mais qu'est-ce qui lui avait pris ? Elle aurait pu déshonorer les deux familles si quelqu'un l'avait vue entrer dans sa chambre ou en sortir.

— Comme nous serons tous à Londres, vous aurez ainsi l'occasion d'approuver mon choix avant que je fasse ma demande.

— Mais, Sebastian chéri, dit doucement sa mère, ce n'est pas à nous de prendre cette décision.

— Votre opinion compte beaucoup pour moi.

Le titre était le leur autant que le sien, son choix d'une épouse aurait des répercussions sur l'ensemble de la famille.

— Nous profiterons de la saison pour trouver, en nous fondant sur la logique et la raison, qui pourrait devenir duchesse.

Robert et Quinn se regardèrent et s'esclaffèrent.

Sebastian les fusilla du regard. Ils auraient pu au moins prendre la question au sérieux, ou sinon garder leur calme.

Il regarda Quinn avec une froideur telle que le malheureux s'étrangla sur son rire.

— Et *toi,* qu'entends-tu faire cette saison pendant que nous serons tous occupés à accomplir quelque chose de productif ?

Quinn eut un sourire narquois.

— Trouver, en me fondant sur la logique et la raison, le plus de femmes possible.

— Bien dit ! approuva Robert en levant sa tasse pour porter un toast. À la santé des maîtresses et des épouses…

— Puissent-elles ne jamais se rencontrer ! acheva Quinn en cognant sa tasse contre celle de son frère.

Sebastian secoua la tête. Se pouvait-il qu'ils soient tous trois nés des mêmes parents ?

Sa mère, qui avait depuis longtemps déjà pris le parti d'ignorer les singeries de ses fils de crainte de les encourager en leur prêtant attention, s'avança sur son fauteuil et tourna ses yeux pervenche vers Sebastian. Ils brillaient à la fois d'amour et d'inquiétude.

— Je suis ravie que tu songes sérieusement à fonder une famille. Mais j'espère que tu épouseras une femme pour les bonnes raisons.

— Naturellement, lui promit-il.

Elle allongea le bras et posa la main sur celle de Sebastian.

— Et que votre union sera aussi aimante et merveilleuse que celle que ton père et moi avons vécue.

— Naturellement, répéta-t-il, mais avec beaucoup moins de conviction.

La gorge serrée, il lui pressa la main puis la retira. En tant que duc, l'amour était un luxe qu'il ne pouvait se payer. Il ne cherchait pas une femme aimante, mais une duchesse respectable. Une épouse dont son père aurait été fier. Quant à espérer trouver ces deux qualités chez une seule femme… le sort ne s'était jamais montré aussi généreux avec lui.

Il s'éclaircit la voix et regarda Robert.

— Et les investissements de la famille ? Quelque chose à dire ?

Robert hocha la tête, et à cette question, il cessa aussitôt d'être le plaisantin qui venait de blaguer avec Quinton sur le premier mai et le mariage. Il était mûr, responsable et sûr de lui. Le changement était manifeste.

— J'ai retiré de l'argent de nos comptes pour le placer dans la banque d'Angleterre. Un investissement à faible risque, comme tu le voulais. Le rendement alimentera le capital et entraînera une croissance modeste, assez pour nous permettre d'acheter de nouvelles terres d'ici quelques années, si tu veux encore accroître le patrimoine agricole de la famille.

Sebastian observa son frère en s'efforçant de lui cacher sa fierté. À voir Robert aujourd'hui, personne ne se serait douté qu'il était un fichu vaurien deux ans plus tôt ni combien il avait fait prospérer les investissements de la famille depuis. Ni combien la mort de leur père avait atteint Robert au cœur.

— Tu me déconseilles d'acheter des terres ? La terre, c'est la richesse.

Robert secoua la tête d'un air aussi grave que celui de Sebastian.

— Nous possédons deux fois plus de terres qu'il n'en faut pour approvisionner le domaine. Ce dont nous avons besoin, ce sont des capitaux qui ne soient pas liés au domaine. La guerre est finie, l'empire se transforme. Chaque jour, de nouvelles occasions d'affaires s'offrent à nous, et nous serions avisés d'investir une part de nos profits dans la transformation, le commerce et les biens de consommation.

Quinn lui donna un coup de coude dans les côtes avec un clin d'œil.

— Les femmes se pâment quand tu parles ainsi.

Robert ne lui répondit pas, mais dissimula son sourire en avalant une gorgée de son café whisky.

— Et de ton côté ? demanda Sebastian en se tournant vers Quinton. Le domaine est prêt pour le printemps ?

— On commencera à retaper la salle de traite dès que le temps se fera plus clément ; nous avons réparé le mur de pierre du pâturage est et creusé le fossé d'irrigation plus tôt que prévu. J'ai décidé d'allouer une indemnité aux métayers au printemps pour compenser la sécheresse de l'an passé. Nous ne sommes pas tenus de le faire, mais…

Il haussa les épaules avec désinvolture comme si ce projet en lui-même n'avait pas mis des semaines à se concrétiser. Quinton s'était découvert un talent caché pour gérer les activités quotidiennes du domaine, et son charme n'était pas étranger aux bonnes relations qu'il entretenait avec les métayers.

— Trent a accepté de fournir gratuitement les semences de cette année.

Sebastian arqua le sourcil, non pas parce qu'il était contrarié que Quinton ait fait des promesses en son nom, mais parce qu'il était fier de la manière dont Quinton avait relevé le défi de gérer le domaine.

— Trent, vraiment?

Quinn lui répondit d'un large sourire.

— Et avec joie, en plus. J'ai également embauché un contremaître pour la durée de notre séjour à Londres, ajouta-t-il d'une voix pleine d'espoir.

Quinn attendait avec impatience de se trouver un remplaçant. Il pourrait dès lors quitter Islingham et aller vivre sa propre vie sur son propre domaine.

— S'il fait bien cela, tu devrais songer à le garder.

— Nous verrons.

Quinton était peut-être prêt à partir de son côté, mais Sebastian n'était pas encore prêt à se passer de lui. En regardant ses deux frères, il comprit combien il aurait été dépassé sans eux au cours des deux dernières années.

— Autre chose?

— De mon côté, j'ai des projets concernant notre séjour à Londres, déclara sa mère.

— Naturellement.

Comme il était conscient que cette saison serait bénéfique à sa mère, les yeux de Sebastian s'adoucirent quand il la regarda. Il s'était fait du souci pour elle cet hiver et savait que Londres lui remonterait le moral.

— Vous souhaitez passer le plus de temps possible avec Josie et les enfants.

— Non, mon chéri.

Ses lèvres s'incurvèrent dans un sourire ravi et ses yeux brillèrent, ce qui rappela à Sebastian la femme joyeuse qu'elle était avant la mort de son père.

— Miranda Hodgkins.

Le cœur de Sebastian cessa de battre.

Quand il recommença, il le fit avec un soubresaut qui lui coupa le souffle. Il s'éclaircit la voix pour réprimer son affolement à l'idée que sa mère ait découvert ce qui s'était passé durant la nuit. Ce qui s'était *presque* passé.

— Quoi donc?

— Elle fait un travail admirable à l'orphelinat depuis quelques années.

C'était donc à *cela* qu'elle songeait? Il sourit avec soulagement.

— En effet. Un travail remarquable.

Le sourire de sa mère devint étincelant.

— J'ai donc décidé que nous allions la parrainer pour la saison londonienne.

L'effroi l'envahit et le pétrifia en un clin d'œil.

— Pardon?

Il pria le ciel d'avoir mal compris, que sa mère ait confondu Miranda avec quelqu'un d'autre, qu'une autre jeune fille avait besoin d'être parrainée cette année.

— Je veux que Miranda nous accompagne à Londres pour la durée de la saison, ce sera notre façon de lui exprimer notre gratitude pour tout ce qu'elle a fait pour les orphelins et le village. De même que pour notre famille.

Inconsciente de la détresse de Sebastian, elle poursuivit avec enthousiasme.

— Elle n'a personne d'autre que Rebecca et Hamish, et ils ne peuvent pas lui offrir la saison qu'elle mérite. Nous le pouvons. Et nous le devons.

— Dans quel but ?

Son cœur se serra. Les jeunes filles faisaient leurs débuts à Londres dans le but de se trouver un mari. Sa mère songeait-elle sérieusement à marier Miranda à un dandy londonien ?

Comme si elle avait deviné ses pensées, elle répondit :

— Uniquement pour l'expérience. Toutes les jeunes filles devraient pouvoir profiter des plaisirs de la saison mondaine de Londres au moins une fois, précisa-t-elle avant d'ajouter, comme si l'idée venait tout juste de lui traverser l'esprit : quoique je ne repousserais pas l'homme qui saurait lui plaire.

Sans dire un mot, il glissa un regard vers Robert. Sa mère savait-elle qui plaisait à Miranda ?

Bien sûr que non. Sa mère n'était pas cruelle. Si elle avait su, elle n'aurait pas imposé à Miranda de voir Robert courtiser une autre femme.

Voyant qu'il ne disait rien, le sourire d'Elizabeth s'effaça.

— C'était ton idée, Sebastian.

Son idée ? Impossible. Cependant, il se souvint vaguement d'une conversation qui avait eu lieu un matin dans la voiture après la messe de Noël, une conversation qu'il avait oubliée, la jugeant sans importance. Il y était question de Londres, de la saison mondaine, de débuts, d'une nouvelle garde-robe… de toutes ces préoccupations qu'il laissait aux femmes, surtout quand son esprit était accaparé par le domaine qu'il traversait, par les écuries qui devaient être réparées, par le pont qu'il fallait ériger sur le ruisseau coupant les prés au sud, par le nouveau toit dont avait besoin Blackwood Hall, par les murets du pâturage ouest qui attendaient d'être consolidés… *Ne serait-il pas charmant, mère, que vous ameniez Miranda à Londres pour la saison ?*

Bon sang. Il l'avait *bel et bien* dit.

— Nous lui devons bien cela, continua Elizabeth Carlisle, les yeux brillants. Elle m'a été d'un grand secours après la mort de votre père, quand Josie est rentrée à Londres. Je ne sais pas ce que je serais devenue sans elle. J'aimerais beaucoup que nous la récompensions de sa gentillesse.

Il lui donna raison. Il était vrai que Miranda avait grandement soutenu sa mère durant cette période difficile. Chaque jour, elle s'arrêtait à Chestnut Hill en revenant du village pour prendre de leurs nouvelles, elle venait souvent dîner avec sa tante et son oncle le dimanche, et parvenait à amener sa mère faire des courses au village ou porter des paniers aux métayers, ce que Sebastian en était arrivé à considérer comme des prétextes pour sortir sa mère de la maison et de son deuil.

Il était *vrai* qu'en raison de sa gentillesse, ils lui devaient beaucoup. Il aurait cependant préféré qu'il y ait une autre façon de le faire que de l'amener à Londres.

— Miranda aurait le cœur brisé de ne pas avoir cette chance, insista-t-elle.

Sebastian grimaça. Elle aurait le cœur brisé de voir Robert courtiser Miss Morgan.

Mais sa mère avait raison. Miranda n'avait que Rebecca et Hamish, aucune relation dans le monde à l'exception de leur famille, et pas assez d'argent pour se procurer les robes, les accessoires et tout le tintouin indispensables à une débutante convenable, et par conséquent aucune chance de vivre une vraie saison sans l'aide des Carlisle.

Néanmoins, Miranda était la dernière personne qu'il avait envie de surveiller à Londres, pendant qu'il se chercherait une épouse et qu'elle rechercherait Robert. Il ne pouvait imaginer une situation plus explosive pour eux tous.

— Nous pourrions attendre à l'an prochain, répliqua-t-il doucement en faisant de son mieux pour se sortir de cette situation inextricable dans laquelle il les avait mis, Miranda et lui, à son corps défendant. Jusqu'au cou.

— Étant donné que c'est notre première saison depuis la fin de notre deuil…

— C'est hors de question.

Sa mère se redressa comme elle le faisait chaque fois qu'elle s'apprêtait à tenir tête à ses fils, qu'il s'agisse de couleuvres dans les paniers de linge à laver ou de course de vaches sur la rue principale.

— Par ailleurs, j'en suis moi-même très heureuse.

Ses traits s'adoucirent à cet aveu quelque peu égoïste, et exprimèrent une flamme et un bonheur que Sebastian ne lui avait pas vus depuis la mort de leur père.

— Josephine n'a pas eu des débuts convenables, et comme aucun de vous n'a fait en sorte de me donner des brus et des petits-enfants à gâter…

Les trois hommes détournèrent les yeux d'un air coupable et portèrent le regard sur le plancher, les murs, la fenêtre ; sur *tout* sauf sur leur mère.

— Je vais donc gâter Miranda, indiqua-t-elle, radieuse à cette perspective. En la parrainant, je vais enfin avoir l'occasion d'accompagner une jeune fille pendant la saison mondaine.

Sebastian secoua la tête en pensant aux ennuis associés à une saison.

— Les invitations à la cour, les dîners chez Almack, tout ce faste pompeux, les vicissitudes sociales à supporter…

— Les boutiques de Bond Street, les jolies robes à essayer chez la couturière, riposta-t-elle les yeux brillants en songeant aux plaisirs de la saison. Les promenades en voiture au parc, les grands bals, les musées, les concerts, le théâtre…

En la voyant compter sur ses doigts les joies qui l'attendaient, Sebastian comprit qu'il avait perdu la partie. À cause de la nuit précédente, il aurait préféré rester aussi loin que possible de Miranda, mais il était prêt à tout pour que sa mère soit heureuse.

Néanmoins, pour qu'on ne l'accuse pas de ne pas avoir tenté de désamorcer cette bombe quand elle leur exploserait au visage dans quatre semaines, il ajouta d'un ton grave :

— Cette fille est une source d'ennuis.

Elle lui sourit patiemment.

— Tu n'as peut-être pas remarqué, mais Miranda n'est plus une petite fille.

Oh, il l'avait remarqué, certainement. C'était là l'ennui.

— Elle a tout bonnement besoin d'être conseillée et de trouver une façon de canaliser son exubérance, affirma-t-elle. Je vais m'occuper d'elle et de tous les détails, et puisque nous habiterons chez Josephine et Chesney, tu ne la verras à peu près jamais. Tu remarqueras à peine qu'elle est à Londres.

Les promesses de sa mère n'arrivèrent pas à calmer l'appréhension qui lui mordait les entrailles, mais il n'avait pas le choix. Il ne ferait rien pour refroidir les premiers signes d'enthousiasme qu'il voyait chez sa mère depuis la mort de son père. S'il fallait qu'il offre à Miranda de beaux débuts à Londres pour faire le bonheur de sa mère, alors il le ferait.

Même s'il devait y laisser sa peau.

— Fort bien, accepta-t-il à contrecœur. Nous allons lui offrir cette saison.

Le bonheur illumina les traits de sa mère, et le cœur de Sebastian se desserra. Peu importait les problèmes que Miranda causerait à Mayfair, cela valait le coup pour revoir sa mère rayonner de bonheur.

Espérait-il.

— Bien. C'est entendu. Si vous voulez bien m'excuser.

Elle se leva, et ses trois fils sautèrent sur leurs pieds.

— J'ai une maison à tenir, et je dois faire en sorte que tout soit à sa place.

Elle se dirigea vers la porte, s'arrêta, regarda par-dessus l'épaule et leur jeta un coup d'œil entendu.

— Y compris cette statue de chérubin ornant la fontaine de la roseraie qui s'est retrouvée on ne sait comment dans le lit de Lord Batten.

Robert et Quinn échangèrent un regard coupable, puis baissèrent les yeux sur le plancher, sans dire un mot susceptible de les incriminer.

En secouant la tête avec un soupir résigné, elle sortit gracieusement de la pièce, image même du pouvoir matriarcal.

Robert et Quinn se laissèrent retomber dans leur fauteuil. Sebastian quitta son bureau pour se rendre à la cafetière où, sans se soucier de prendre une goutte de café, il se versa une pleine tasse de whisky pur.

Il lança un regard noir à Quinn.

— Tu avais vraiment l'intention d'allumer un feu de joie à la fête du premier mai ?

— Seb, répondit son frère en feignant d'être offensé par l'accusation, tu sais bien que jamais nous ne ferions une chose pareille.

— Pas le premier mai, renchérit Robert en se portant à la défense de son frère. Mais pour la fête de Guy Fawkes…

— C'est impératif, déclara Quinn avec force. Mais les promenades à dos d'âne, ça c'était prévu, ajouta-t-il d'un air déçu.

— Plus maintenant, contra Sebastian avant d'avaler une rasade de whisky qui lui coupa le souffle. Je ne veux pas d'ennuis cette année. Ce sera assez pénible pour mère d'être à Londres pour la première fois depuis la mort de père. Je ne veux pas que nous lui rendions la chose encore plus difficile.

Quinn, soudainement sérieux, hocha la tête.

— C'est bien alors qu'elle amène Miranda. C'est vrai, Seb. On sait tous que tu ne l'aimes pas, mais…

— Je l'aime, coupa-t-il beaucoup plus défensivement qu'il n'en avait l'intention.

Il l'aimait bien, en effet. Elle était douce et attachante à sa façon, quand elle ne causait pas d'ennuis. Mais pendant qu'il se chercherait une duchesse, il aurait préféré l'aimer à trois cents kilomètres de distance.

— Mais elle est bonne avec mère, conclut gravement Robert avec cette curieuse habitude qu'avaient les trois frères d'achever mutuellement leurs phrases.

Quinn hocha la tête.

— Miranda va la garder occupée.

— L'empêcher de penser à père, acheva sobrement Robert.

Sebastian acquiesça à contrecœur en soupirant.

— Veillez à ce que Miranda ne *me* cause pas d'ennuis, d'accord ?

— Navré.

Quinn secoua la tête avec un sourire narquois.

— Je vais être trop occupé à me chercher des femmes pour ça.

— Chercher, pas trouver, se moqua Robert en riant.

— Oh, je vais en attraper, c'est sûr.

Quinn posa les pieds sur le coin du bureau, joignit les mains derrière la tête et se cala avec assurance dans le fauteuil.

— C'est aussi facile que d'attraper du saumon en Écosse. Elles vont mordre à l'appât et me supplier de…

— Les rejeter à l'eau quand elles verront la taille de ton hameçon ? acheva Robert.

Quinn éclata de rire. Mais en comprenant que la remarque n'était pas flatteuse à son endroit, il referma sèchement la bouche et fusilla son frère du regard.

— Personne ne rejettera personne dans quoi que ce soit, répliqua Sebastian en donnant une tape sur les pieds de Quinn pour qu'il enlève les bottes de son bureau. Alors, allez vous enivrer là où personne ne vous connaît, et ne jouez pas où on ne joue pas. Et s'il vous faut courir les putes…

— Le saumon en Écosse, le corrigea Quinn.

Robert secoua la tête.

— La taille de l'hameçon…

— Soyez prudents, intervint Sebastian d'un air sombre. Je ne veux pas que quelque chose de mal vous arrive. Ni à mère.

Les deux frères le regardèrent en silence pendant un moment, conscients de la gravité de cette mise en garde, puis ils acquiescèrent d'un hochement de tête. Sebastian, soulagé d'avoir réussi à circonscrire les facéties de ses frères, expira longuement et avala une autre rasade de whisky.

Robert donna une tape sur l'épaule de Quinn.

— Chesney nous fera peut-être entrer chez Boodle's.

— Ou chez White's, ajouta Quinn.

— À quoi servirait d'avoir un marquis dans la famille…

— S'il ne peut pas nous faire entrer chez White's…

— Ou sous une jupe chez Boodle's ?

Les deux frères échangèrent un grand sourire.

— Non, rétorqua fermement Sebastian, qui sentait une migraine poindre derrière ses yeux.

Ces deux-là auraient été capables de venir à bout de la patience de Job.

Au lieu de calmer leur enthousiasme, cette remontrance arracha un rire à Robert.

— C'est parce que tu as peur qu'on s'empare de toutes les jolies femmes avant toi.

Il se renfrogna. Il adorait ses frères et aurait donné sa vie pour eux… à moins qu'il n'eût pris la leur avant.

— Je n'ai pas…

— Faire les quatre cents coups avant de te passer la corde au cou avec la fille collet monté d'un lord quelconque, c'est très bien et très sage, conseilla Quinn à Sebastian avec la feinte gravité d'un doyen d'Oxford prononçant un discours.

Robert ajouta son grain de sel.

— Mais arrange-toi pour qu'on ne t'attrape pas en train de faire des trucs qui te transformeraient en paria aux yeux des jeunes filles de bonne famille.

— Enivre-toi où personne ne te connaît…

— Ne joue pas où on ne joue pas…

– Et si tu couches avec une pute, sois prudent, achevèrent les deux frères d'une seule voix.

Ils échangèrent un regard oblique et sourirent.

Sebastian secoua la tête. *Bon sang de bonsoir.* Ensemble, ils étaient épuisants.

Il se frotta le front pour soulager la migraine qu'ils avaient déclenchée, mais il prit quand même bonne note de leur mise en garde. Il ne pouvait courir le risque de s'exposer ne serait-ce qu'à un soupçon de scandale ; il voulait se trouver une épouse et faire plaisir à sa mère. Il savait que ses frères ne lui causeraient pas d'ennuis. Ils avaient beau être fantasques et insouciants, ils étaient également conscients de l'importance de cette saison. En soi, cela suffirait à ce qu'ils se conduisent bien, du moins jusqu'à la fin juin, si l'on excluait les feux de joie et les promenades à dos d'âne.

Cette saison, le danger venait d'une petite villageoise aux boucles désordonnées d'un blond vénitien, au nez mutin parsemé de taches de rousseur et au don de créer des ennuis.

Il vida sa tasse d'un trait, accueillant avec joie la brûlure de l'alcool dans sa gorge. Il savait ce qu'il devait faire au sujet de Miranda.

Il était temps qu'ils discutent de son comportement et arrivent à une entente.

CHAPITRE 3

— Argn ! Argn !

Miranda leva son épée de bois au-dessus de son chapeau de feutre noir sur lequel elle avait cousu un crâne et deux os en croix et fit de son mieux pour imiter un pirate.

— Qu'ils marchent sur la planche ! C'est ce que méritent les marins d'eau douce ! La planche !

— La planche ! hurlèrent les enfants qui l'entouraient en levant leurs petits bâtons faisant office d'épées.

Ils regardèrent M. Grundy, l'homme à tout faire de l'orphelinat, et le conduisirent vers la courte planche posée sur l'herbe entre les draps et les couvertures épinglés aux cordes à linge situées au fond de la cour. M. Grundy était ligoté, mais ses liens étaient si lâches que lorsqu'il se gratta le nez, ils lui tombèrent sur les chevilles et il dut les remonter et les remettre en place. Autour d'eux, le vent de l'après-midi gonflait les draps comme les voiles d'un navire.

Miranda éclata de rire, le cœur débordant de joie. Ce qu'ils s'amusaient ! Elle s'en réjouissait. Les orphelins, tout comme elle, méritaient amplement une récréation par ce rare après-midi de chaleur au cœur de l'hiver ; les enfants avaient passé toute la matinée à étudier et elle, à faire l'inventaire de la réserve de la cave. Une longue liste de tâches l'attendait, mais elle n'avait pu résister au plaisir d'aller s'amuser une heure avec eux.

– Un dernier mot avant d'aller rejoindre l'abominable Davy Jones au fond de la mer, vil personnage ?

Elle fit tourner son épée sous le nez de M. Grundy. Le malheureux avait eu la malchance de déjeuner en même temps que les enfants, qui en avait profité pour l'entraîner dans leur jeu, quoique à en juger par le grand sourire du vieil homme, il était manifeste qu'il s'amusait autant qu'elle.

– Être ou ne pas être, déclama-t-il, la main sur la poitrine, telle est la question.

– Cesse ton charabia, le gronda-t-elle, méchant Danois !

– La planche ! La planche ! scandèrent les enfants.

Miranda faillit s'écrouler de rire et perdre tout espoir de personnifier un pirate convaincant. Comme elle aimait ces enfants !

Depuis que Josephine Carlisle avait épousé son marquis et s'en était allée à Londres, Miranda dirigeait le foyer Good Hope. Il y avait maintenant trois ans qu'elle s'occupait de l'orphelinat et de sa vingtaine de pensionnaires, et elle s'était attachée aux enfants plus qu'elle l'aurait cru possible. Les responsabilités la stimulaient, les enfants l'adoraient et elle avait enfin une autre raison d'être que de prendre soin de sa tante et de son oncle.

Ce qui lui plaisait le plus, toutefois, c'était les enfants ; toujours pleins d'énergie, d'entrain et d'espoir. Être avec eux la valorisait et lui redonnait confiance dans le monde.

Alors même qu'ils affluaient autour d'elle comme des pirates autour de leur capitaine et obligeaient le pauvre M. Grundy à marcher sur la planche, ils lui donnaient la chance d'entrevoir ce que cela pouvait être d'avoir des frères et des sœurs. Rebecca et Hamish avaient été très bons pour elle, ils l'aimaient et l'élevaient comme si elle avait été leur propre fille, mais ils n'avaient pas d'enfants. Ils ne la comprenaient pas toujours, ni non plus cette formidable énergie qui parfois s'emparait d'elle au point qu'elle craignait d'exploser si elle ne la laissait pas s'échapper. Disposition qui lui attirait plus d'ennuis qu'elle le reconnaissait, comme la plupart des villageois et des métayers pouvaient en attester.

Comment se sentait-on quand on faisait partie d'une grande famille, d'une famille dans laquelle régnaient le bruit et le désordre et tout le merveilleux remue-ménage propre à une maisonnée pleine de vie ? C'était pourquoi les Carlisle l'attiraient autant, songea-t-elle. À Chestnut Hill, il y avait tellement de bonheur et d'énergie, de tendre désorganisation, Josie et ses frères étaient toujours en train d'ourdir des coups pendables dans lesquels ils l'entraînaient. C'était très bien chez sa tante et son oncle, mais trop silencieux, trop posé. Trop sérieux pour elle.

Quel bonheur qu'un chaos organisé ! Elle éclata de rire comme les enfants obligeaient M. Grundy à sauter de la planche dans le prétendu océan de verdure. Eh bien, ce chaos, elle l'avait certes trouvé !

— C'est fait, annonça-t-elle en brandissant dramatiquement son épée. Rosencrantz et Guildenstern sont morts !

Les enfants poussèrent des cris de joie, auxquels même le noyé se joignit, et elle sauta allègrement du faux navire.

Son épée toucha le bord d'un drap. Elle se prit dans le tissu et Miranda perdit l'équilibre. Elle s'empêtra dans le drap, tomba par terre, roula sur l'herbe enveloppée du drap et s'arrêta au pied d'une paire de bottes rutilantes.

Étendue sur le dos et très embarrassée, elle leva lentement les yeux, cilla dans la lumière trop vive du soleil, et croisa le regard noir de… Sebastian Carlisle.

Oh non.

Les enfants se mirent à pousser des cris affolés. Au lieu de venir à son secours, ils s'éparpillèrent entre les draps, à travers le jardin, et s'enfuirent. Ils quittèrent tous le navire comme des rats, y compris M. Grundy, qui la salua en ôtant poliment son bonnet avant de disparaître de l'autre côté de l'immeuble.

Bande de lâches. Pareille à un pirate momifié dans son linceul et totalement impuissante, Miranda grogna. Évidemment, il fallait que ce soit *lui* ! Quelle humiliation ! Elle aurait préféré marcher sur la planche.

L'inquiétude qui assombrissait les traits de Sebastian s'accentua comme il se penchait et lui tendait la main.

— Ça va ?

Avec un soupir, elle jeta son épée pour résister à la tentation de s'en servir sur lui.

— Ça va.

Comme elle n'avait guère le choix, sauf de se tortiller sur l'herbe comme un poisson pour se défaire du drap, elle prit sa main et il l'aida à se relever. Il lui retira son chapeau de pirate avec un regard réprobateur qui fit comprendre à Miranda aussi clairement que s'il l'avait proclamé sur la place du village que le duc n'approuvait pas leurs jeux turbulents.

Puis après ? C'était elle qui s'occupait des enfants, et ils avaient le droit de s'amuser et de se conduire comme des enfants, tout simplement. Le monde des adultes allait rogner leur enthousiasme et leur innocence bien assez vite. Comme cela avait visiblement été son cas à lui.

— Que faisiez-vous là ?

Il lança un regard interrogateur vers le pont du navire que les enfants avaient grossièrement fabriqué avec de vieilles planches, de petits barils et des boîtes.

— Pourquoi les enfants n'étaient-ils pas en train d'étudier ?

— Ils *étaient* en train d'étudier.

Elle lui arracha son chapeau des mains. S'il s'imaginait l'intimider parce qu'il l'avait vue dans cette robe trop légère la veille, il se trompait lourdement. Bien que, songea-t-elle en grimaçant intérieurement, il l'avait vue encore davantage *sans* cette robe. Quoi qu'il en soit, elle ne se laisserait pas intimider. Lord Panthère ou non.

— Ils étudient Shakespeare.

Il cilla comme s'il avait mal compris et baissa les yeux sur le crâne et les os en croix qu'elle avait cousus sur son chapeau.

— Shakespeare ?

— Ils étaient en train de jouer la scène de pirates de *Hamlet.*

Il haussa les sourcils d'un air condescendant.

— Il n'y a pas de scène de pirates dans *Hamlet.*

— Eh bien, il aurait dû y en avoir une, répliqua-t-elle en se penchant pour récupérer son épée.

Encore un peu et elle aurait laissé échapper un grognement d'impatience.

— Shakespeare parle de pirates dans le cinquième acte, mais on ne les voit jamais. Alors, les enfants ont écrit leur propre scène de pirates.

— Je vois.

Les lèvres de Sebastian frémirent, mais elle n'aurait su dire si c'était d'irritation ou d'amusement.

— Vous leur apprenez donc à réécrire Shakespeare.

Il s'arrêta le temps d'un battement de cœur, mais toute la réprobation du monde s'insinua dans ce bref silence.

— Je préfère ne pas savoir ce que vous feriez de Milton.

Miranda réprima son envie de lui dire que les enfants avaient travaillé durement toute la matinée et qu'ils avaient besoin de sortir dehors et d'avoir une récréation. Qu'elle-même avait passé toute la matinée dans une cave poussiéreuse, étroite et sombre tandis que les enfants faisaient leurs devoirs de mathématique. Que lui, surtout lui, aurait dû comprendre combien il était épuisant de travailler sans arrêt, compte tenu de ses lourdes responsabilités qui l'obligeaient à passer tout son temps le nez dans ses livres de comptes et dans les listes de tout ce qui devait être fait au domaine et au Parlement.

Mais étant donné ce qui s'était passé la veille, elle n'était pas certaine de devoir se justifier. En tout cas, pas auprès de *lui*. Panthère, mon œil.

Elle croisa les bras, le bout de son épée de bois pointée vers lui.

— Que venez-vous faire à l'orphelinat ?

— En fait, murmura-t-il, je venais vous voir.

Elle écarquilla les yeux.

— Pardon ?

Il venait (elle déglutit) *la voir* ? Ses paroles firent naître un tourbillon de chaleur en elle et des souvenirs de la nuit jaillirent dans son esprit, le son de cette voix chaude ronronnant à son oreille, lui disant combien elle était belle, combien il désirait danser avec elle…

Petite oie blanche ! Il ne voulait certainement pas dire qu'il *souhaitait* la voir, tout comme il ne pensait pas un mot de ce qu'il lui avait dit la veille quand il la prenait pour une autre. Alors, pourquoi était-il...

– Nous devons parler, annonça-t-il en baissant la voix et en repoussant avec une grimace la pointe de l'épée. De cette nuit.

L'affolement noua l'estomac de Miranda. Quelqu'un avait-il découvert ce qu'elle avait fait ? Ce qu'*ils* avaient presque fait ? Elle chiffonna le chapeau de feutre en se forçant à respirer et à ne pas s'évanouir.

Il sortit du dessous de sa redingote sa chaussure rouge qu'il avait cachée dans sa ceinture, dans son dos, et la fit osciller au bout de son ruban devant Miranda.

– Vous avez oublié votre pantoufle, Cendrillon, et je ne veux pas que vous tentiez de retourner la chercher dans ma chambre, dit-il en lui lançant un regard taquin. Vous pourriez encore vous tromper de chambre et faire mourir de peur Quinton.

Elle se sentit de nouveau humiliée. Tout en s'assurant du regard que personne ne pouvait les voir derrière le mur de draps qui ondulaient sous la brise, elle allongea prestement la main vers la chaussure. Elle la rata de peu parce qu'il la mit aisément hors de sa portée.

Que cet homme soit maudit pour sa taille ! Et pour ses larges épaules. Et pour sa musculature.

– Donnez-la-moi, je vous prie, le supplia-t-elle de ce ton posé qu'elle employait avec les enfants, et elle tendit la main.

Mais il la garda en l'air, hors de portée de ses doigts avides.

– Pas avant que nous parlions.

Consciente qu'elle ne récupérerait sa chaussure que lorsqu'il le voudrait bien, elle laissa tomber et posa les mains sur ses hanches pour bien lui montrer qu'elle n'aimait pas du tout qu'il joue ainsi avec elle. Et qu'en plus, il en soit manifestement ravi.

– Je vous l'ai dit. C'était une erreur.

Elle regarda par terre pour masquer son embarras, quoiqu'elle n'aurait su dire ce qui l'embarrassait le plus : qu'il ait caressé sa peau nue de ses mains et de ses lèvres, ou qu'elle ait aimé cela.

– J'aimerais que vous compreniez...

– Mère et moi avons décidé de vous parrainer pour la saison mondaine. À Londres.

Elle releva vivement les yeux et le scruta du regard. La saison mondaine... impossible !

– Vraiment ? souffla-t-elle, incapable de parler plus fort tant l'excitation faisait battre son cœur trop vite.

Il hocha la tête en souriant lentement.

Une saison à Londres ! Elle en rêvait depuis l'enfance, mais y avait renoncé à son dernier anniversaire, quand elle avait atteint la majorité et compris que cela n'arriverait jamais, qu'elle était trop vieille. Mais voilà qu'il lui faisait cette offre ; oh, c'était tout simplement formidable ! Elle n'imaginait rien de plus extraordinaire, rien de plus féérique... des débuts parrainés par une duchesse et une marquise, accompagnés par un duc, des robes magnifiques et de beaux bonnets, des quadrilles et des valses, des réceptions, des dîners, des petits-déjeuners, des promenades en voiture...

– Oh, merci !

En riant de joie, elle se jeta à son cou et le serra contre elle. Elle n'arrivait pas à y croire !

Elle recula pour se ressaisir. Elle ne pouvait s'empêcher de sourire ! Ni empêcher son cœur de battre de bonheur.

— Merci infiniment de m'offrir cette chance, parvint-elle à dire malgré la gratitude qui lui serrait la gorge. Je ne pourrai jamais vous remercier assez de votre générosité, ni vous dire combien je me réjouis d'avoir une dernière chance de faire mes débuts.

— Une dernière chance ?

Il la regarda et plissa les yeux avec incrédulité, comme s'il la voyait pour la première fois.

— Quel âge avez-vous ?

La poitrine de Miranda se contracta d'irritation. Avait-il oublié la soirée d'anniversaire que sa tante et son oncle avaient donnée en son honneur en novembre dernier et à laquelle tous les Carlisle, lui compris, avaient assisté ? Il était certes très occupé à diriger le domaine, mais tout de même…

— Vingt-et-un ans, soupira-t-elle.

Un sombre éclat traversa le regard de Sebastian, et il la regarda encore, longuement et intensément, du sommet de sa tête jusqu'à la pointe de ses bottillons. Mal à l'aise, elle se dandina sous son regard, même si elle comprenait qu'il voyait finalement la femme qu'elle était et non plus la fillette qu'il avait connue. Pour cela, il avait suffi qu'il la trouve dans son lit.

L'ironie était que c'était précisément ce qu'elle espérait. Mais de la part d'un *autre* des frères Carlisle.

Mais quand ses lèvres formèrent un petit sourire et que, de sa main gantée, il replaça l'une de ses boucles derrière son oreille, son cœur se serra. Elle s'était trompée : jamais il ne la verrait autrement que comme la fille des voisins. Même s'il avait lui-même démasqué Lady Rose de ses mains expertes.

Pourquoi la façon dont Sebastian la percevait avait de l'importance, elle n'en savait rien. Mais cela en avait. Bien des choses avaient changé entre eux la nuit dernière.

— Vous le méritez bien, souligna-t-il, ce qui l'étonna grandement. Et, poursuivit-il doucement, vous l'avez gagné, avec tout le travail que vous accomplissez à l'orphelinat et la gentillesse dont avez fait preuve à l'endroit de ma famille. C'est le moins que nous puissions faire pour vous.

Elle le regarda, bouche bée. Elle ne savait pas quoi répondre.

— Cela fera du bien à mère, reprit-il d'une voix radoucie par l'inquiétude. Faites en sorte qu'elle s'amuse, d'accord? Elle n'a pas eu la vie facile depuis la mort de père.

En voyant son regard inquiet, elle baissa les épaules. Zut, elle ne pouvait même pas continuer à lui en vouloir. Sebastian était parfois arrogant et toujours affreusement convenable, mais il aimait sincèrement sa mère.

— Je ferai de mon mieux, lui promit-elle.

Elle le pensait.

Il hocha la tête, ravi de son assentiment, mais elle savait qu'il n'avait pas compris qu'elle le ferait uniquement pour la duchesse. Certainement pas pour lui.

— Mais qu'est-ce que cela a à voir avec cette nuit?

Elle allongea lentement la main vers la chaussure, mais il l'éloigna aussitôt. Encore. Elle leva les yeux au ciel.

— Robert sera là. Et vous aviez raison.

Il plongea dans ceux de Miranda ses yeux qu'une compassion silencieuse rendait aussi sombres que la nuit.

— Il a l'intention de courtiser Diana Morgan.

Les yeux brûlants, elle hocha brusquement la tête, incapable de dire un mot. Elle savait que cela arriverait; elle le savait depuis l'automne dernier, en fait. Une femme aussi belle que Diana Morgan… *bien sûr* que Robert s'éprendrait d'elle. Et elle de lui. Comment aurait-elle pu faire autrement, étant donné que Robert était parfait ? Mais avoir su que cela arriverait n'adoucissait en rien sa peine. Miranda ne s'attendait pas à se sentir aussi… vide. Aussi mal. Elle pressa ses mains serrées sur sa poitrine, comme pour lutter physiquement contre cette atroce douleur.

– Vous les verrez ensemble, continua-t-il doucement, vous assisterez aux mêmes évènements, vous serez assise auprès d'eux aux dîners… Le pourrez-vous ?

Encore un brusque hochement de la tête. Soudain, sa saison ne lui semblait plus aussi merveilleuse.

– Je suis navré, Miranda. Je sais que vous l'aimez.

Et qu'elle l'aimerait toujours.

Elle hocha la tête et détourna le regard en cillant pour refouler les larmes qui lui voilaient les yeux. Pour l'instant, elle ne savait pas ce qui lui faisait le plus mal : que Robert ait choisi Miss Morgan, ou qu'elle n'ait jamais eu la chance de se faire remarquer de lui. Quand elle avait enfin eu le courage et la détermination de lui montrer la femme qu'elle était devenue, tout était allé de travers. Avec le mauvais frère. Pour un peu, elle aurait ri, mais elle avait trop mal.

Sebastian ajouta alors, d'un ton presque prudent :

– J'irai aussi à Londres.

Elle tendit la main en espérant qu'il fut assez courtois pour lui remettre sa chaussure. Elle pourrait enfin rentrer à l'orphelinat, se réfugier dans son bureau et pleurer sans témoin.

– Cela va de soi. Vous devez siéger au Parlement et accompagner votre mère.

— Et me trouver une épouse, ajouta-t-il doucement.

Elle le regarda dans les yeux. Stupéfaite et incrédule, elle chercha sur ses traits la preuve qu'il la taquinait, mais n'y trouva qu'une sincère gravité.

Une épouse ? *Sebastian ?* Elle ne l'avait jamais vu exprimer son désir de courtiser une femme, de tenter sa chance sur le marché du mariage ni, d'ailleurs, d'épouser qui que ce soit. Même avant d'hériter, il n'avait jamais courtisé sérieusement une femme, préférant les rendez-vous galants et les fréquentations propres à alimenter les vieilles commères de l'Angleterre au complet. Il avait toutefois le don d'attirer les femmes partout où il se rendait et de laisser involontairement dans son sillage un chapelet de cœurs brisés. C'était un Carlisle, après tout. Mais une épouse…

Sa main retomba mollement sur le côté de son corps. Elle ignorait ce qu'elle aurait dû ressentir. Ou dire… sauf :

— Il est vrai que vous vieillissez.

Il grimaça avec exaspération et descendit la chaussure. Le jeu était apparemment terminé.

— Je dois trouver une duchesse et engendrer un héritier.

Ses yeux n'avaient pas quitté ceux de Miranda, mais leur éclat s'était terni. Elle savait combien le duché lui tenait à cœur, mais prise d'une sympathie inattendue, son cœur se serra à l'idée que le mariage ne soit pour lui qu'un devoir de plus à remplir. Une responsabilité supplémentaire sur ses épaules.

— Cette saison est l'occasion idéale. Je pourrai me marier d'ici août.

Août. Sous le pâle soleil de janvier, la chaleur de l'été semblait si loin. Jusqu'à ce qu'elle le regarde dans les yeux, et que cela lui semble être dans une semaine. Pourquoi était-elle aussi stupéfaite de sa décision ? C'était pourtant prévisible. Il était duc, il lui fallait un héritier, quelqu'un qui prendrait la relève.

Mais Sebastian avec une épouse… Miranda n'arrivait pas à se l'imaginer.

De toutes les questions qui se bousculaient dans sa tête, la première qu'elle posa sans pouvoir s'en empêcher fut :

— Mais si vous ne trouvez personne d'ici août ?

Il eut un petit rire, et ce grondement sourd franchit le petit espace qui les séparait, pénétra dans la poitrine de Miranda et se répandit comme une chaude caresse jusqu'au bout de ses doigts et de ses pieds. Encore une fois, elle se souvint avec un certain regret de la chaleur de sa bouche sur son corps, de ses charmants compliments, et des battements de son cœur dans sa poitrine.

— Ne vous en faites pas, je vais trouver, affirma-t-il.

Son rire mourut et il marmonna avec un sourire d'autodérision :

— C'est incroyable ce que le fait d'hériter un duché peut rendre un homme populaire.

Il aurait dû se réjouir que cela facilite sa recherche d'une épouse, songea-t-elle tristement, mais à l'évidence, ce n'était pas le cas. Il était tellement plus détendu avant, plus spontané et convivial… plus libre. *Vivant.* Mais le séduisant jeune homme dont elle gardait le souvenir, celui qui avait un charmant sourire pour tout le monde et qui riait volontiers une bonne partie de la journée avait disparu. Un duc avait pris sa place.

Pendant un moment, elle oublia son embarras de la nuit et son exaspération à son endroit, et son cœur se serra pour lui.

Il lui sourit, mais ce sourire contraint n'atteignit pas ses yeux.

— Je vais devoir les éloigner à coups de bâton.

— Dans ce cas, prenez le mien, dit-elle en lui tendant l'épée de bois.

Il éclata de rire en la prenant puis, les yeux plissés, il joua le cabotin en l'examinant avec ostentation. Elle ne put s'empêcher de sourire à son tour.

— Je vous souhaite bonne chance, Sebastian, prononça-t-elle d'un ton gêné, si vous marier est vraiment ce que vous voulez.

— Ce l'est.

Mais son sourire s'effaça et la légèreté momentanée qu'elle avait vue en lui disparut. Elle la regretta aussitôt. Serait-il plus heureux s'il s'autorisait à redevenir le jeune homme insouciant qu'il avait été autrefois ? S'il riait plus souvent ? Si chaque jour il oubliait pendant quelques heures qu'il était le duc de Trent et redevenait Sebastian tout simplement ?

Mais elle n'arrivait pas à se l'imaginer ainsi, tout comme elle ne l'imaginait pas marié.

Il enfonça le bout de l'épée dans le sol et la laissa plantée là, à osciller à côté de lui.

— Si vous voulez vraiment que ça se passe bien pour moi, je souhaiterais que vous vous conduisiez bien à Londres.

L'exaspération de Miranda rappliqua aussitôt. Elle croisa les bras d'un air indigné.

— Je ne suis plus une enfant que l'on doit tenir en laisse et qui a besoin d'une nounou. Je suis une femme adulte, au cas où vous ne l'auriez pas remarqué.

— Oh, je l'ai remarqué.

Sous son regard ardent, elle sentit un fourmillement électrique la parcourir et elle ne put empêcher son cœur de s'emballer. Ni empêcher la confusion de s'emparer d'elle tout de suite après.

— Mais vous devez reconnaître que vous avez le don d'attirer les ennuis.

Elle le regarda, stupéfaite à la fois par l'accusation qu'il venait de lui lancer sans broncher et par ce qu'elle venait de ressentir.

— Je ne comprends pas.

Il arqua le sourcil.

— N'avez-vous pas mis le feu chez le marchand l'an passé ?

— C'était un accident, riposta-t-elle, atterrée. On avait laissé une lampe allumée sur le plancher où n'importe qui aurait pu la renverser du pied…

— Laissé s'échapper les poules de M. Latimer, lâché les moutons dans le champ d'orge et détruit la tarte de Mme Cooper, celle qui venait de remporter un prix ?

— Rien de ceci n'était intentionnel et vous le savez fort bien.

Elle n'arrivait pas à croire qu'il cherche à utiliser ces incidents anodins contre elle, d'autant plus qu'elle n'avait que voulu aider tout le monde.

Il darda sur elle un regard sévère.

— Détourné le ruisseau ?

Cette fois, elle hésita et sentit une rougeur embarrassée monter depuis sa nuque. Bon, peut-être que *cela* était intentionnel. Mais elle avait agi ainsi dans le seul but d'aider les métayers dont les terres étaient trop loin du ruisseau à arroser leurs champs pendant la sécheresse.

— C'était une erreur, mais mon intention était bonne.

— Je ramasse encore des pierres dans le pré sud.

Elle fit la grimace. Dieu, ce qu'il était rancunier ! Était-ce sa faute si les problèmes semblaient surgir sous ses pas ? Des problèmes dont elle n'était pas (enfin, *presque* pas) responsable ? Elle reconnaissait que, plus jeune, elle avait un peu le diable au corps et s'attirait souvent des ennuis. Ou plutôt, qu'elle attirait les ennuis. Mais elle s'était assagie depuis qu'elle dirigeait l'orphelinat et s'était découvert une vocation et un moyen de canaliser son énergie. Mais comme Sebastian avait toujours le nez fourré dans ses livres, il ne s'en était pas rendu compte.

Puis, avait-elle le choix ? Aurait-elle dû ignorer les problèmes des villageois et de ses voisins qu'elle adorait ? Elle était trop jeune pour aider ses parents quand ils avaient attrapé la fièvre qui les avait emportés, mais aussi longtemps qu'elle en aurait l'énergie (et elle était apparemment *toujours* débordante d'énergie), elle aiderait, peu importe la manière. Comment aurait-elle pu ne *pas* aider ceux qui avaient besoin d'elle ?

Mais peut-être pas en exécutant des travaux d'irrigation.

Elle inspira profondément pour s'armer de patience.

— Tous ces incidents ont eu lieu il y a plusieurs années.

— L'incendie chez le marchand, lui rappela-t-il.

— La *plupart* de ces incidents, se corrigea-t-elle. De toute façon, ils n'ont pas eu de graves conséquences.

Voyant qu'il haussait un sourcil dubitatif devant cet argument, se souvenant à l'évidence des montagnes de linges qui avaient été les seules victimes de l'incendie qu'elle avait involontairement allumé en frappant du pied la lampe dont l'huile s'était répandue, elle ajouta :

– Je ne vous causerai pas d'ennuis à Londres, Sebastian. Je doute en fait que nous nous voyions souvent là-bas. Vous serez donc libre de siéger au Parlement et de courtiser toutes les femmes qu'il vous plaira pendant que je serai avec votre mère et…

Elle s'arrêta au milieu de sa phrase parce qu'une idée venait de jaillir dans son esprit. Une idée fabuleuse, brillante, géniale. Elle entrouvrit les lèvres en songeant que… Oui, ce serait *parfait* !

Sebastian, angoissé et alarmé par son expression enthousiaste, cligna rapidement des yeux. Quand il la vit sourire largement en songeant à ce qu'elle allait faire, il se sentit devenir encore plus angoissé et plus alarmé.

Elle pencha la tête d'un air songeur.

– Est-ce que Robert habitera avec vous à Londres ?

– Oui, à Park Place. Pourquoi ? demanda-t-il les traits assombris par un doute affreux.

Elle faillit éclater de rire. Quelle idée *géniale* !

– Dans ce cas, ma conduite sera parfaitement convenable, promit-elle avec assurance. En fait, je pourrais même vous aider auprès des jeunes filles si vous le voulez bien…

– Et comment donc pourriez-vous m'aider en la matière ?

Il avait posé la question sans manifester le moindre enthousiasme, seulement de l'incrédulité. Et encore plus d'appréhension.

Elle le regarda avec pitié.

– Vous n'avez pas la moindre idée des jeux de pouvoir qui se déroulent dans le boudoir réservé aux dames, n'est-ce pas ?

Sebastian la regarda, la bouche entrouverte et les yeux écarquillés, visiblement à court de réponse.

— Pauvre célibataire, le gronda-t-elle en secouant la tête et en claquant légèrement de la langue pour souligner sa naïveté. Quand je pense que les hommes s'imaginent diriger le pays.

— Nous le dirigeons, répliqua-t-il en croisant les bras sur sa large poitrine. Certains plus que d'autres, en fait.

Elle balaya l'argument du revers de la main.

— Je vous promets de bien me conduire, lui assura-t-elle (même si elle savait que cette promesse était superflue parce qu'elle était certainement capable d'éviter les ennuis pendant six mois, pour l'amour de Dieu), et je vais vous aider de mon mieux à trouver une épouse.

Un sourire de soulagement se forma sur les lèvres de Sebastian.

— Je vous remercie de…

— *Si* vous acceptez de m'aider à conquérir Robert.

Il se figea, sidéré. Puis, il lui décocha un regard dubitatif, comme si elle était folle. Ou follement amoureuse d'un homme qui n'avait pas encore remarqué la femme qu'elle était devenue.

— De quelle manière, au juste ? demanda-t-il posément.

— En faisant en sorte qu'il voie en moi une autre femme… Je veux dire une autre femme que celle qu'il me croit être.

Elle se fit la grimace à elle-même et aussi à l'idée de la mission sans doute impossible qu'elle s'était fixée. Mais elle devait tenter sa chance. Elle ne se pardonnerait jamais de ne pas avoir tenté pour une dernière fois de se faire aimer de Robert.

— En me donnant une chance honnête de l'emporter sur Diana Morgan, rien de plus.

Il laissa échapper un soupir las qui trahissait combien il doutait de ce marché de dupes.

— Miranda…

— Vous n'aurez pas à faire grand-chose, affirma-t-elle, pressée de lui arracher son accord et de le convaincre qu'elle n'était pas folle ; en tout cas, pas *totalement* folle. De toute façon, lui et moi ne serons pas souvent ensemble.

Notamment parce qu'elle habiterait chez Josie.

— Aidez-moi simplement à me faire *remarquer.*

Il se pencha vers elle et baissa la voix.

— J'ai vu comment vous essayez de vous faire remarquer quand il s'agit de Robert.

— C'était une erreur, murmura-t-elle.

— Vous reconnaissez donc que vous n'auriez pas dû vous glisser dans…

— Mais non, le corrigea-t-elle en clignant des yeux.

Il n'avait rien compris.

— Je veux dire que c'était une erreur de ma part de croire le valet. La prochaine fois, je demanderai au majordome.

Il la regarda en plissant les yeux et elle le soupçonna de vouloir l'étrangler ici même, au fond du jardin.

— C'est de la folie.

Une terrible pensée traversa l'esprit de Miranda et elle sentit son estomac se révulser.

— Vous pensez que je ne suis pas assez bien pour votre frère, l'accusa-t-elle, les yeux brûlants de larmes. Vous n'approuvez pas que je puisse l'épouser.

— Ce n'est *pas* la question, dit-il, le regard adouci par la compassion. Nous avons tous beaucoup d'affection pour vous. Y compris Robert. Nous voulons votre bien.

Il marqua une pause.

— *Je* veux votre bien.

Quelque chose dans son ton inquiéta Miranda.

— Robert n'est pas bien pour moi ?

— J'aime mon frère et je lui confierais ma vie sans hésiter. C'est un homme merveilleux qui aurait beaucoup de chance de vous avoir. Mais, ajouta-t-il en arquant le sourcil, je ne suis pas certain que ce soit un homme pour vous.

— Il l'est.

Elle avait prononcé ces mots avec toute la conviction dont elle était capable, pourtant ils sonnèrent quand même une peu faux à son oreille.

— Vous connaissez Diana Morgan et vous me connaissez. À votre avis, laquelle convient le mieux à votre frère ?

Il la considéra intensément pendant un long moment en réfléchissant à la question. Puis, il secoua la tête.

— Vous devrez faire exactement ce que je vous dirai. Vous êtes d'accord ?

L'espoir gonfla le cœur de Miranda.

— Vous allez donc m'aider ?

— Je ne tolérerai pas que le moindre scandale vienne entacher la réputation de la famille, la prévint-il, ou m'empêcher de trouver une épouse convenable.

Ses yeux bleus s'attardèrent sur ceux de Miranda pour bien lui faire comprendre qu'il était sérieux.

— Même si cela doit vous coûter Robert.

— Jamais je ne causerais volontairement du tort à votre famille, déclara-t-elle d'un ton suffisamment honnête pour que la méfiance déserte le regard de Sebastian. J'aime autant votre famille que la mienne, et je serais terriblement peinée que l'un ou l'autre de ses membres souffre. Surtout si c'était par ma faute.

Il laissa échapper un long soupir.

— D'accord, dit-il, succombant à ses arguments. Je vais vous aider à conquérir Robert *si* vous vous conduisez bien.

Par tous les saints du ciel, il revenait *là-dessus* ? Elle enfonça l'index dans la poitrine de Sebastian.

— *Si vous* vous conduisez bien…

Mais le soudain plissement sévère de ses yeux la coupa en plein élan, et elle retira lentement sa main. En certaines occasions, elle savait qu'elle ne devait pas pousser Sebastian à bout, et c'était là l'une de ces occasions. D'autant plus qu'il venait tout juste d'accepter de l'aider.

— Je suis sérieux, Miranda. Je vous aiderai à conquérir Robert uniquement si vous ne causez pas d'ennuis. Par exemple, ajouta-t-il sur un ton qui en disait long, en vous glissant de manière scandaleuse dans la chambre d'un homme vêtue d'un déguisement de bal masqué.

Oh, ça. *Encore.*

— Ce n'était pas scandaleux, riposta-t-elle en écartant sa remarque d'un geste de la main.

Il devait bien savoir qu'il ne pourrait y avoir de scandale que si on le découvrait. Ainsi, personne n'avait jusque-là découvert qu'elle avait aussi inondé involontairement la boucherie à treize ans, et elle n'avait la moindre intention de le lui dire.

— Je me suis assurée que personne ne le saurait. Ce n'était qu'une…

— Fichue surprise, admit-il avec un froncement de sourcils perplexe, de vous trouver, vous, dans mon lit.

Il laissa errer son regard sur le devant de son corps.

– Dans cette robe, murmura-t-il.

Partout où ses yeux bleus s'attardaient, la peau de Miranda s'enflammait, tout comme son corps s'était enflammé quand, la veille, il avait contemplé sa poitrine nue à la lueur du feu. Pensait-il à cela, se souvenait-il… *Impossible.* Pas Sebastian. Jamais il ne flirterait avec elle. Il avait été on ne peut plus clair à ce sujet la veille. Alors qu'elle était Lady Rose, il n'avait eu de cesse de la caresser. Mais dès qu'il avait découvert que l'affriolante Rose n'était autre que Miranda Hodgkins, il n'avait eu de cesse de la voir partir au plus vite.

Les hommes. Arriverait-elle jamais à les comprendre ?

– Avoir su que c'était votre chambre, je n'y serais jamais entrée, l'informa-t-elle en reniflant avec irritation. Vous n'étiez pas le frère que je recherchais.

Sebastian fit grise mine. Au lieu de paraître soulagé, il semblait contrarié.

Ce qui eut l'heur de la rendre encore plus contrariée à *son* endroit.

– Vous et moi ne sommes pas faits l'un pour l'autre, émit-elle en croisant les bras pour résister à la tentation de s'emparer de l'épée. Robert sait au moins s'amuser et profiter de la vie.

Les yeux de Sebastian étincelèrent, une flamme s'alluma au fond d'eux.

– Ne vous laissez pas tromper.

Il fit un pas, un seul, vers elle, ce qui rappela à Miranda la panthère de la veille tandis qu'il s'approchait d'elle jusqu'à ce qu'il n'ait plus qu'à se pencher pour lui parler à l'oreille.

– Je sais très bien m'amuser.

Sa voix rauque ruissela sur elle telle une douce pluie d'été et son souffle chaud lui chatouilla l'oreille.

– Quelques minutes de plus avec le masque la nuit dernière, et vous auriez eu l'occasion de découvrir à quel point je sais m'amuser.

Elle frissonna et une sensation inattendue lui crispa le bas-ventre. Son souffle s'étrangla dans sa gorge et, pendant un moment, elle se sentit incapable de bouger. Elle ne *voulut* pas bouger. Ce qu'elle voulait, c'était entendre encore une fois son chuchotement grave, sensuel, sentir encore une fois cette chaleur liquide se répandre en elle et aller se loger *là,* dans ce creux très intime entre ses cuisses. Ses paroles étaient manifestement une mise en garde, mais son idiot de corps les avait prises pour une ardente promesse. De la part de Sebastian, entre tous les hommes.

Dieu du ciel, elle avait perdu la raison !

Il tenait toujours sa chaussure. Elle voulut s'en emparer, désireuse de la récupérer et de s'enfuir enfin, mais il la leva et elle ne fit que l'effleurer du bout des doigts.

Propulsée par son élan, elle s'affaissa contre lui. Son corps ne toucha que très brièvement le devant du corps de Sebastian, cependant assez longtemps pour qu'elle sente la dureté des muscles de sa poitrine et de ses cuisses contre sa douceur à elle. Assez longtemps pour qu'il l'attrape par la taille de son bras libre et la serre contre lui. Assez longtemps pour qu'elle se souvienne de la chaleur de ses mains caressantes sur ses hanches et sur ses seins, de celle exquise de sa bouche sur son corps…

Elle frémit à ce contact électrisant et s'écarta en reculant vivement pour mettre plusieurs pas entre eux.

– J'accepte vos conditions, souffla-t-elle sans le quitter des yeux en dépit des battements frénétiques de son cœur.

Produisait-il cet effet sur d'autres femmes, les troublait-il autant quand il était trop proche ? Éprouvaient-elles la même crainte de se perdre en lui ? Si tel était le cas, il avait encore plus besoin qu'il ne le pensait qu'elle l'aide à se trouver une épouse. Visiblement, il ne savait rien sur la manière de se comporter avec les femmes.

Sans dire un mot, il lui tendit la chaussure.

Elle s'en empara en prenant grand soin de ne pas le toucher et elle la mit dans la poche de sa veste.

– Et sa jumelle ?

– Je la garde en otage.

– En otage ? dit-elle, effarée.

Il hocha la tête et sous son chapeau de castor, ses cheveux blonds prirent une teinte dorée sous la caresse du soleil.

– Je m'en servirai pour révéler vos sentiments envers Robert si vous ne respectez pas les conditions de notre entente.

– Vous oseriez ! s'exclama-t-elle.

Avouer à Robert ses sentiments pour lui devait se faire au bon moment, de la bonne façon. Avoir la preuve qu'elle s'était rendue dans la chambre de son frère, fortuitement ou non, n'était certainement *pas* la bonne manière.

Il la défia d'un haussement de sourcil ironique et se pencha jusqu'à ce que ses yeux soient à la hauteur des yeux de Miranda.

– Le chantage ne s'applique pas qu'aux vases chinois.

Elle ouvrit la bouche, sidérée par son audace, serra les poings sur ses flancs et chercha des yeux l'épée de bois, désormais hors de sa portée hélas !

— Vous êtes un homme horripilant qui…

— Qui détient votre chaussure, Lady Rose.

Sur ce, il recula d'un seul pas, juste assez loin pour se mettre hors de portée des poings de Miranda. Avec raison, car c'était lui qui lui avait enseigné à boxer quand elle avait dix ans.

— Vous la récupérerez quand j'aurai trouvé une épouse et que ma demande aura été acceptée. Pas une seconde avant.

Elle arqua un sourcil dubitatif.

— Et vous ne renierez pas votre promesse de m'aider à conquérir Robert ?

— Je vous aiderai autant que possible. Cependant, ajouta-t-il, le regard empreint de compassion, je ne peux pas commander son cœur.

Elle le fusilla du regard, consciente qu'elle n'avait d'autre choix que d'accepter. Pas si elle voulait que Robert s'éprenne d'elle. Il n'était pas étonnant que Sebastian s'illustre aussi brillamment au Parlement si c'était là sa façon de manipuler ses adversaires.

— D'accord, concéda-t-elle à contrecœur. Marché conclu, alors ?

— Marché conclu, confirma-t-il en lui adressant un sourire lent et confiant.

Miranda le regarda, une flopée d'émotions se bousculant en elle. Elle avait obtenu ce qu'elle voulait : qu'il l'aide à conquérir Robert. Pourquoi donc avait-elle l'impression d'avoir conclu un pacte avec le diable ?

CHAPITRE 4

Mayfair, Londres
Un mois d'hiver plus tard

En apercevant par la vitre de la voiture la majestueuse maison mitoyenne donnant sur la large avenue bordée d'arbres, Miranda se contraignit à ne pas ouvrir la bouche de stupéfaction.

— Nous sommes arrivés, annonça Elizabeth Carlisle, assise à côté d'elle dans la voiture qui les avait emmenés depuis le Lincolnshire au cours des derniers jours.

Elle se pencha en avant pour serrer la main de Miranda en guise de mot de bienvenue.

— C'est Park Place.

— Dieu merci, marmonna Robert en se penchant en avant sur le siège situé en face du leur, où il avait passé la majeure partie du voyage à dormir.

Miranda l'entendit à peine, car toute son attention était tournée vers l'impressionnante demeure. Haute de quatre niveaux et large de six fenêtres en saillie, la maison géorgienne donnait directement sur l'avenue, et ses briques rouges contrastaient avec ses moulures blanches récemment repeintes et son portique en surplomb. Elle était beaucoup plus invitante que les autres maisons bordant la dernière section de Hyde Park devant lesquelles ils étaient passés. Ces maisons, qui se dressaient loin de la rue derrière leurs grilles de fer forgé, étaient certes grandioses, mais elles semblaient d'une irréprochabilité arrogante alors que Park Place était invitante, claire… tout simplement parfaite.

C'était donc cela, Londres : une ville sale, encombrée, malodorante de bout en bout. Fabuleuse ! Ils avaient mis deux heures à la traverser, ce qui leur avait donné l'occasion d'admirer la Tamise et le dôme de la cathédrale Saint-Paul, l'imposante tour de Londres et le dédale de rues étroites et de ruelles de la Cité qui s'étaient peu à peu transformées en rues et en avenues plus larges à mesure qu'ils progressaient vers l'ouest, vers Mayfair et ses rues bordées d'arbres, ses beaux et vastes squares et ses magnifiques maisons mitoyennes. Elle n'avait jamais rien vu de pareil. Elle en avait le souffle coupé.

À quatorze ans, elle s'était rendue à Lincoln avec son oncle Hamish pour une histoire de taxe, mais cette ville, en dépit de sa grande cathédrale et de son château, n'était qu'un village à côté de Londres, avec ses innombrables maisons et ses grands immeubles, ses rues encombrées de voitures et de chevaux, sa foule de piétons affairés et ses bateaux qui dansaient sur le fleuve. La ville palpitait d'animation et d'énergie, et elle avait du mal à croire qu'elle s'y trouvait enfin. *Londres !* Le mot faisait chanter son cœur.

Elle jeta un coup d'œil à Robert qui, assis sur le bord de son siège, attendait que le valet ouvre la portière, et ses traits tirés lui apprirent qu'il ne partageait pas son enthousiasme.

Il faut dire que rien dans le trajet depuis le Lincolnshire n'avait semblé exciter son imagination. Pour lui, le voyage avait été plus une corvée qu'un plaisir. Aussi, après avoir essayé à quelques reprises d'entamer avec lui une conversation qui n'avait mené à rien, et surtout pas à un tête-à-tête intime signalant qu'il l'avait remarquée, elle avait laissé tomber et passé son temps à regarder défiler le paysage par la vitre.

Évidemment, il avait pour seule compagnie sa mère et Miranda, elle ne pouvait donc pas lui reprocher de tuer le temps en dormant. Sebastian et Quinton étaient partis une semaine plus tôt, laissant à Robert le soin d'accompagner les dames. Miranda se doutait qu'il n'était pas enchanté d'être enfermé dans une voiture avec deux femmes pendant quatre jours, mais pour sa part, elle était secrètement ravie de passer tout ce temps en sa compagnie. Et plus reconnaissante qu'elle aurait voulu l'admettre à l'endroit de Sebastian de lui avoir arrangé cet intermède avec son frère.

Le valet ouvrit la portière et se déplaça sur le côté en s'inclinant légèrement.

Avec un soupir las, Robert mit pied à terre et se retourna, la main tendue.

– Mère.

La duchesse posa la main sur celle de Robert, qui l'aida à sortir de la voiture, à franchir le trottoir et à monter les degrés de marbre conduisant au portique.

Incapable de tempérer son enthousiasme et d'attendre le retour de Robert, Miranda se leva vivement et sortit la tête par la portière ouverte pour examiner la maison. Elle était majestueuse ! Magnifique. Subjuguée par la splendeur de la façade, le regard errant d'une grande fenêtre à l'autre, elle avança le pied pour le poser sur le marchepied…

Et rata son coup.

Avec un petit cri de surprise, elle trébucha et, déséquilibrée, tomba en avant.

Des bras robustes l'entourèrent, la relevèrent gracieusement et la reposèrent doucement sur le trottoir.

À cause de son bonnet qui limitait son champ de vision, elle ne pouvait pas voir le héros qui l'avait rescapée, mais il s'agissait sans aucun doute de Robert. Il *fallait* que ce soit lui ! À l'idée qu'elle soit tombée dans ses bras, son cœur se mit à battre à la fois de bonheur et d'embarras, quoique... ne pourrait-elle pas feindre de s'évanouir pour y rester encore un peu ?

Sur ce, elle vit Robert sur le portique, toujours à côté de sa mère, et son cœur chavira. Ce n'était donc pas Robert qui s'était empressé de la secourir. Dans ce cas, ce devait donc être le valet, sauf que le valet en question s'occupait des bagages à l'arrière de la voiture. Par conséquent...

Zut.

– Vous avez déjà des ennuis, Lady Rose ? murmura à son oreille d'un ton moqueur une voix familière. Et dès votre premier pas dans Londres, rien de moins.

Sebastian.

Sans tenir compte des papillons qu'il lui mettait au ventre, tout en bas, elle leva les yeux au ciel, mortifiée que ce soit lui entre tous qui l'ait vue trébucher.

– Je comprends pourquoi on appelle cela des mules, marmonna-t-elle. Elles n'en font qu'à leur tête.

Il éclata de rire. Le doux son glissa sur le dos de Miranda et fit battre son cœur plus fort qu'avant, d'embarras, certes, mais aussi de... quelque chose d'autre qu'elle refusa de nommer.

Comme il l'aidait à reprendre son équilibre et s'éloignait d'elle, Miranda sentit sur eux le regard de la duchesse qui les observait avec curiosité. Mais Sebastian, qui ne l'avait apparemment pas remarqué, sourit et inclina poliment la tête pour la saluer.

– Soyez la bienvenue à Park Place, miss Hodgkins.

Elle fit la révérence en souriant, reconnaissante de sa gentillesse même si elle était teintée de moquerie.

– Votre Grâce.

Après avoir d'un signe de la main ordonné aux valets accourant de la maison de s'occuper de la voiture, il lui offrit le bras comme si elle avait été une invitée et non pas la jeune campagnarde qu'il parrainait pour la saison. Il l'escorta jusqu'à l'intérieur tandis que sa mère et Robert restaient en arrière pour expliquer quelles valises devaient être apportées dans quelles pièces de la maison et lesquelles devaient être laissées sur la voiture.

– Vous avez fait bon voyage ? demanda-t-il posément en lui faisant franchir le grand vestibule ceint de deux grands escaliers de marbre blanc qui se déployaient avec élégance de chaque côté de la pièce vers les étages supérieurs.

– Excellent, merci.

Miranda tendit le cou. Elle aurait aimé s'arrêter et admirer ouvertement la maison dont les beautés se révélaient à elle, mais elle s'était suffisamment ridiculisée en ne regardant pas où elle mettait les pieds. Si jamais elle trébuchait encore devant lui… elle en mourrait !

– Le paysage était magnifique.

Cette remarque arracha à Sebastian son fameux sourire mi-figue mi-raisin. Comme, pendant qu'il la conduisait au salon, ils étaient momentanément seuls, il se pencha pour lui chuchoter à l'oreille.

– Je voulais dire, avez-vous eu l'occasion de vous entretenir seule avec Robert comme vous l'espériez ?

La déception pinça le cœur de Miranda. Non, cela ne s'était pas passé comme elle l'avait espéré. Robert s'était comme d'habitude montré charmant avec elle, et il avait été aux petits soins avec les deux femmes quand ils s'étaient arrêtés dans une auberge. Mais il l'avait traitée comme une jeune sœur et non pas comme une femme dont il aurait pu devenir amoureux. Bonté divine, il avait osé l'appeler par le surnom que les garçons lui avaient donné quand elle avait six ans : *petite friponne*. Elle grimaça en y songeant.

Peu désireuse d'admettre d'entrée de jeu sa défaite, elle esquiva la question.

– Nous avons un peu parlé quand il ne dormait pas.

Ce qu'il avait fait le plus clair du temps. Mais Sebastian n'avait pas à le savoir. Il s'était donné beaucoup de mal pour organiser leurs déplacements de manière qu'elle soit avec Robert, et elle ne tenait à ce qu'il sache qu'elle avait lamentablement échoué à retenir l'attention de son frère.

Ils arrivèrent au salon. Il la laissa entrer avant lui dans la jolie pièce, décorée dans des teintes de crème et de bleu, habillée de soie et de brocard, éclairée par deux immenses chandeliers suspendus, et avec grands miroirs dorés ornant les murs près des fenêtres pleine hauteur. Elle n'avait jamais vu une pièce aussi belle, une pièce qui ne laissait planer aucun doute sur la fortune et la position du duc de Trent. Si elle avait besoin qu'on lui rappelle qu'à Londres, Sebastian était nettement plus qu'un simple propriétaire terrien, cette pièce le clamait haut et fort.

– De quoi avez-vous parlé ? demanda-t-il avec curiosité, détournant l'attention de Miranda de la pièce exquise et des chérubins joufflus qui se pourchassaient d'un bout à l'autre du plafond peint.

— De pêche, répondit-elle avec un sourire innocent en battant des cils.

Il s'arrêta brusquement en écarquillant les yeux.

— De pêche ?

— Mais non !

Elle éclata de rire et la bouche de Sebastian frémit quand il comprit qu'elle se moquait de lui.

— Ne vous faites pas de souci. J'ai été affreusement convenable. J'ai parlé de sujets qui siéent à une jeune dame.

Elle haussa les épaules et dénoua son bonnet, dont les longs rubans retombèrent sur ses épaules.

— Le temps, la mode, les mondanités de la saison qui vient…

— Avec Robert ? marmonna-t-il avec incrédulité. Il aurait été préférable que vous vous en teniez à la pêche.

Quelle *brute.*

À moins, songea-t-elle d'un air morose, qu'il ait raison, ce qui aurait été plutôt énervant.

Elle baissa les épaules avec découragement.

— Mais ce sont là des sujets de conversation acceptables, ordinaires.

— C'est là votre problème.

Il laissa délibérément errer son regard sur elle, la mangeant des yeux depuis l'ourlet de dentelle de sa robe vert pâle et la pelisse de velours assortie jusqu'à ses joues, qui s'embrasèrent malgré elle.

— Vous n'êtes pas une femme ordinaire, murmura-t-il.

Elle entrouvrit les lèvres en entendant ce doux commentaire et, une fois de plus, elle ne sut qu'en penser. Était-ce une insulte ou un compliment ? Devait-elle le remercier ou le gifler ? Seigneur que Sebastian Carlisle était énigmatique !

Alors, elle tergiversa.

– Pourquoi...

– Ah ! Vous voici !

Il s'écarta d'elle comme la duchesse entrait dans le salon en leur adressant un sourire radieux. Robert, qui la suivait d'un pas traînant, s'arrêta sur le seuil et s'appuya avec nonchalance contre le cadre de la porte.

Le cœur serré, Miranda regarda cet homme duquel le vaste salon la séparait. Il lui parut plus lointain que jamais. Elle avait encore une fois raté l'occasion qu'il la voie sous un autre jour. Qu'il la voie vraiment.

Elle regarda tour à tour les deux frères. Sebastian avait-il raison ? Avait-elle tort de vouloir attirer l'attention de Robert en agissant comme une dame ? C'était ce que Sebastian recherchait, mais Robert ne semblait pas la remarquer en dépit de tous ses efforts. Ni se soucier d'*elle*.

Elle laissa échapper un lourd soupir. Apparemment, elle ne plaisait ni à l'un ni à l'autre des frères Carlisle.

– Les bagages sont rendus dans les chambres et les malles arriveront demain. Miranda et moi pouvons donc partir pour Audley House, annonça sa mère en soupirant.

Miranda décela dans ce son ténu la hâte qu'avait la duchesse d'en finir avec ce long voyage et de s'installer dans la demeure que le marquis de Chesney avait achetée pour y loger sa nouvelle famille et qui se trouvait, au grand plaisir de la duchesse, à quelques pâtés de maisons à peine de Park Place.

Elles logeraient toutes deux chez le marquis. Bien que, pour Miranda, Josie resterait toujours Josie, elle ne pouvait s'empêcher d'être excitée à l'idée d'être le temps d'un été l'invitée d'une marquise, même si Robert habiterait ailleurs. Elle espérait simplement qu'à présent qu'ils étaient à Londres, Sebastian allait respecter leur entente et faire en sorte qu'elle voie plus souvent son frère.

— Aimeriez-vous rester prendre le thé ? demanda Sebastian. Je vais sonner Saunders.

— Non merci, Trent, déclina la duchesse avec un sourire las mais affectueux. J'ai hâte de voir Josie et mes petits-enfants.

Surprise que sa mère utilise son titre, Miranda regarda le duc. À Chestnut Hill, il n'était que Sebastian. Une preuve de plus que Londres était très loin de la vie décontractée du village d'Islingham.

Tandis qu'elle l'observait, grand, impérial et parfaitement en phase avec la ville majestueuse et impressionnante qui les entourait, elle ne put s'empêcher de se demander où il aurait préféré être. Où il était libre d'être lui-même, où il était le plus heureux. Dans le village où tout le monde le connaissait depuis sa tendre enfance, ou dans la ville où l'on voyait et respectait en lui le pair qu'il était devenu. Comment arrivait-il à concilier les deux ?

Sa mère tira sur ses gants de voyage.

— Je vais te faire parvenir une copie de notre horaire et de tous les évènements où tu devras accompagner Miranda. Il nous faudra sans doute deux semaines pour acheter les accessoires et faire faire les robes dont elle aura besoin.

Elizabeth adressa à Miranda le tendre sourire d'une mère ravie de gâter sa fille, et le cœur de la jeune femme se serra d'affection à la gentillesse de la duchesse.

— Tu ne pourras pas être officiellement présentée à la cour, évidemment, mais si tu veux, je vais faire en sorte que nous rencontrions officieusement la reine Charlotte dans son petit salon.

Un sentiment de joie inattendu coupa le souffle de Miranda. Une rencontre avec la reine ? Elle n'aurait jamais osé espérer un tel honneur !

Sebastian, sentant sa joie, lui jeta un regard complice.

— Veillez à vous acheter des chaussures convenables, miss Hodgkins, lui dit-il en lui rappelant discrètement leur entente dans une langue que ni sa mère ni Robert ne pouvaient comprendre. Il serait dommage que vous vous attiriez des ennuis. N'est-ce pas, Robert ?

— Miranda est capable de veiller sur elle-même, rétorqua Robert avec un clin d'œil qui remplit l'estomac de Miranda de papillons affolés.

Elle le regarda, réduite au silence par l'étonnement et incapable de faire quoi que ce soit sauf de rester là à rougir.

— Par ailleurs, n'avons-nous pas enseigné à la petite friponne à boxer quand elle avait dix ans ? Je crois sentir encore le coup qu'elle m'a porté au menton.

Un nouveau clin d'œil taquin… mais cette fois, les papillons replièrent leurs ailes de déception. Même après avoir passé toutes ces longues journées avec elle dans la voiture, Robert continuait à ne voir en elle que sa jeune voisine.

— Miranda est une femme à présent, lui rappela gentiment Sebastian. Au cas où tu ne l'aurais pas remarqué.

La poitrine de Miranda se gonfla. Elle en aurait presque embrassé Sebastian !

Les yeux de Sebastian croisèrent les siens et elle crut voir un sombre éclair traverser leur iris saphir ; elle se sentit soudainement et inexplicablement nerveuse ; d'accord, peut-être pas *embrassé*…

— Je sais quel âge elle a, déclara Robert. Je suis allé à la réception donnée pour son vingt-et-unième anniversaire. Tu y étais aussi. Tu ne t'en souviens pas ?

La bouche de Sebastian frémit à cette remarque.

Celle de Miranda également.

— Robert a raison. Je suis tout à fait capable de veiller sur moi-même, bredouilla-t-elle comme l'agacement faisait battre son cœur trop fort.

N'empêche qu'elle était ravie de se trouver enfin à Londres, et même ce dernier revers avec Robert n'amoindrit son enthousiasme.

— Ne vous faites pas de souci, lança-t-elle à Sebastian avec un sourire assuré. Je sais quelles chaussures il me faut… Je sais même où les trouver.

Sebastian plissa brièvement les yeux, mais Miranda n'aurait su dire s'il était contrarié par sa boutade ou s'il admirait sa détermination. Elle n'eut guère le temps de réfléchir à la question, car Elizabeth planta un baiser sur les joues de son fils et arracha à Robert la promesse de ne pas mettre le feu à la maison, après quoi elle prit le bras de Miranda et l'entraîna vers la voiture qui les attendait.

En sortant de la pièce, Miranda lança par-dessus son épaule son sourire le plus radieux à Robert. Mais celui-ci se contenta de les saluer vaguement de la tête et d'aller s'affaler sur le canapé.

Le cœur de Miranda se serra devant cette nouvelle défaite. Le sort n'était pas de son côté, voilà tout. C'était pourquoi elle pouvait s'entretenir aussi facilement avec Sebastian, et sur toutes sortes de sujets (même les plus secrets apparemment) alors qu'elle n'arrivait même pas à avoir avec Robert une plus banale conversation sur la pluie et le beau temps.

Avec Sebastian Carlisle, bonté divine ! Le frère dont elle se contrefichait royalement… mais dont elle avait désespérément besoin si elle voulait avoir la moindre chance de conquérir Robert.

• • •

Après le départ des deux femmes, Sebastian alla s'asseoir sur le large rebord de l'une des grandes fenêtres, croisa les bras et allongea les jambes. Il contempla son frère, affalé de travers sur le canapé avec une jambe sur l'accoudoir et l'autre jetée sur le dossier, ce qui lui donnait l'allure d'un marin ivre en permission.

Il fut incapable de contenir sa curiosité.

– Comment a été le voyage ?

– Une torture, grommela Robert.

Il ouvrit un œil, comme s'il était trop épuisé pour ouvrir les deux, et lui lança un regard oblique.

– Quatre jours de caquetage féminin et de routes assez cahoteuses pour m'éreinter. J'ai de la chance d'avoir survécu.

La bouche de Sebastian s'incurva avec amusement. En d'autres circonstances, il aurait trouvé réjouissant d'avoir involontairement puni son frère pour toutes les autres fois où il avait dû accompagner sa mère et Josie jusqu'à Londres tandis que Robert et Quinn s'y rendaient de leur côté avec leur père. Mais pour l'heure, il avait d'autres soucis. Des soucis aux cheveux blond vénitien et au nez parsemé de taches de rousseur.

– Miranda s'est bien comportée ?

– Aussi bien qu'on pouvait l'espérer. Comme tu sais, mère l'adore en raison de ce qu'elle a fait pour elle à la mort de père. Elles n'ont cessé de bavarder de tout le voyage.

Il ouvrit l'autre œil et tout en s'appuyant sur un coude pour mieux souligner ses propos, il décocha à son frère un regard à mi-chemin entre celui d'un chien battu et celui d'un homme poussé à bout.

– Quatre jours de bavardage sur la pluie et le beau temps, sur les couturières parisiennes et sur la poésie de John Milton.

– Elle aime Milton ? s'enquit Sebastian, étrangement étonné.

Robert referma les paupières et se laissa retomber sur le canapé en se couvrant les yeux de la main.

– Il y en a d'autres qui l'aiment ?

– Moi, marmonna Sebastian en haussant légèrement les épaules.

– La prochaine fois, tu feras avec elle toute la route depuis le Lincolnshire et tu les écouteras s'étendre sur les nombreux degrés de symbolisme et se demander si, pour Milton, les influences individuelles comptaient plus que les influences sociétales.

Il marqua une pause, puis répéta lentement avec emphase :

– *Influences sociétales*… Ce sont les mots qu'a employés Miranda, elle m'a même demandé mon avis.

– Et quel était-il ?

Robert entrouvrit un œil et regarda son frère comme si celui-ci avait perdu la raison.

– Je n'avais aucune idée de ce dont elle parlait.

Sebastian sourit d'un air amusé. Il aimait Milton, mais il était diablement étonné que Miranda l'aime également.

– Tu n'as donc rien appris à Oxford ?

– Oui, acquiesça-t-il en haussant un sourcil. À faire semblant de dormir en voiture.

En entendant la réponse de son frère, le cœur de Sebastian se serra pour Miranda et son sourire s'effaça.

– Je t'en prie, dis-moi que tu n'as pas fait ça. Pas pendant quatre jours.

– Instinct de survie, Seb. Si j'avais dû supporter une conversation de plus entre mère et Miranda sur les mérites de la dentelle belge, je serais devenu fou.

Pas étonnant que Miranda se soit sentie obligée de faire bonne figure à leur arrivée. L'indifférence de Robert avait dû lui briser le cœur.

– S'est-elle un peu amusée, au moins ?

– Je le croirais, indiqua Robert en refermant les yeux. Elle a eu le nez collé sur la vitre pendant tout le trajet.

Sebastian sourit en imaginant Miranda se conduire comme une gamine dans une confiserie. L'analogie était sans doute juste. Pour une femme aussi vive et curieuse qu'elle, l'Angleterre devait ressembler à une savoureuse gâterie. Elle n'était jamais sortie du Lincolnshire, et chaque kilomètre avait dû lui faire découvrir des paysages et des ravissements dont elle n'avait que rêvé jusque-là. Il imaginait sans mal les histoires qu'elle raconterait aux orphelins à son retour.

Heureusement qu'ils n'avaient pas traversé la lande, sinon allez savoir quelles scènes elle aurait ajoutées au *Roi Lear.*

Sebastian tenta discrètement de lui arracher d'autres renseignements.

– Tu t'es retrouvé seul avec elle ?

– Seulement la nuit.

Son ventre se serra si vite et si fort qu'il en perdit le souffle. *La nuit ?* Avait-il mal interprété cette conversation ? Est-ce que Miranda et Robert avaient... *Dieu du ciel !* Une panoplie d'images les montrant tous les deux en train de batifoler la nuit dans toutes les auberges d'étape de l'Angleterre lui traversèrent l'esprit.

Il inspira profondément et demanda aussi calmement que possible, alors même qu'il aurait voulu pour une raison qui lui échappait tordre le cou de son frère pour avoir osé porter la main sur elle :

– Pardon ?

– Au dîner, dans les auberges où nous arrêtions pour la nuit, expliqua Robert en haussant les épaules avec désinvolture.

Sebastian se sentit aussitôt curieusement soulagé. Il desserra lentement les poings et laissa discrètement échapper un soupir.

– Tu as donc pu lui parler et apprendre à mieux la connaître ?

Robert ouvrit les deux yeux et le regarda comme s'il avait perdu la raison. Mais il avait promis à Miranda de l'aider à conquérir son frère. Peut-être avait-il *bel et bien* perdu la raison.

– Je la connais déjà, Seb. Nous avons grandi ensemble. Mais pas toi. Tu étais au loin, au collège. Peut-être, ajouta-t-il en refermant les yeux et en se laissant retomber, que c'est toi qui devrais apprendre à mieux la connaître.

C'était bien la *dernière* chose que Sebastian devait faire. Après la nuit du bal masqué, mieux la connaître aurait signifié lui prendre sa virginité.

— Je la connais déjà, répliqua-t-il en veillant à parler d'un ton égal. Elle est devenue une charmante jeune femme.

— Avec plus d'énergie que quiconque devrait en posséder. Bon sang ! Elle m'a épuisé, et tout ce que nous avons fait c'est de rester assis dans la voiture.

— Elle s'en donne à cœur joie, c'est tout.

Pourquoi il se sentait obligé de la défendre, Sebastian n'en savait rien. Mais que Robert critique la joie de vivre de Miranda l'agaçait. Sans doute parce qu'au fond de lui, il ne pouvait s'empêcher d'être jaloux du fait qu'elle vive librement sa vie tandis que lui était prisonnier de la sienne.

— En réalité, elle est plutôt brillante, elle aime le théâtre et Shakespeare…

— Dieu merci, elle n'a pas parlé de *lui,* marmonna Robert.

Sans ajouter un mot, Sebastian regarda son frère poser les pieds sur le plancher et s'asseoir. Après quatre jours passés ensemble dans une voiture, Robert ne savait toujours rien de la femme qu'était devenue Miranda. Sebastian en fut désolé pour lui.

Mais il se sentait encore plus désolé pour Miranda. Si elle ne réussissait pas à faire en sorte que Robert la voie sous un autre éclairage, comme une femme nouvelle et excitante et non pas comme la voisine qu'il connaissait déjà, elle n'aurait pas la moindre chance de conquérir son frère.

Avant la fin de la saison, prédit Sebastian, elle aurait le cœur en miettes, peu importe qu'il fasse tout en son pouvoir pour l'aider. Il ne pouvait qu'espérer qu'elle ait la force de se ressaisir et de s'éprendre d'un autre homme. Un homme qui lui conviendrait mieux. Un homme qui tolérerait son enthousiasme et sa joie de vivre. Par exemple, un riche exploitant agricole ou le fils d'un banquier ou…

— Toi ?

Sebastian tourna vivement les yeux vers son frère. Dieu du ciel, avait-il réfléchi à voix haute ?

— Pardon ?

— Comment vas-tu ? Comment se déroule ta chasse à l'épouse ?

Oh. Dieu merci, ce n'était que cela. En expirant silencieusement, il s'éloigna de la fenêtre.

— Plutôt bien jusqu'ici. J'ai dressé une liste des épouses potentielles.

— Pourvu que le nom de Diana n'y figure pas. Je n'ai pas besoin de concurrents chez les coureurs de jupons. Et parlant de coureurs de jupons, reprit Robert avec un grand sourire, où est Quinn ?

— Chez White's, avec Chesney et Strathmore.

Sebastian marcha jusqu'à la cheminée et prit l'un des cigares américains qu'il conservait dans l'humidificateur posé sur le manteau.

— Il cherche à devenir membre.

— A-t-il une chance ?

Il y avait une note d'espoir dans sa voix. Ce qui se comprenait. En effet, si Quinn devenait membre, Robert figurerait sur sa liste d'invités, et les deux frères pourraient alors fréquenter le club à leur gré sans devoir attendre que Sebastian ou Chesney les y accompagnent.

— Oui, confirma-t-il en mordant le bout du cigare, qu'il recracha dans le feu. J'en suis presque certain, en fait.

Robert cilla avec incrédulité à ce que cette remarque sous-entendait.

— Tu en as officiellement fait la demande pour lui aux autres membres ?

— Oui, affirma Sebastian en hochant la tête. Chesney et Strathmore aussi.

— Bon sang, Seb, c'est généreux de ta part.

Sebastian se pencha pour allumer son cigare aux flammes et écarta le compliment d'un haussement d'épaules.

— Tu sais bien que je ferais n'importe quoi pour Quinton.

Robert le regarda avec circonspection.

— Et en lui rendant ce service, ce sera plus facile pour toi de le surveiller puisque vous fréquenterez le même club ?

— Une prime non négligeable, convint-il en arquant le sourcil d'un air entendu.

Il était question de Quinton, là. Dieu seul savait dans quel pétrin il se mettrait dans James Street sans surveillance. Sebastian aimait suffisamment ses frères pour les garder de leurs propres tendances autodestructrices.

Robert s'esclaffa.

— Quand je pense que Quinn deviendra membre chez White's grâce à toi… C'est bon de savoir que le vieux Sebastian n'est pas tout à fait mort.

Le Sebastian en question, soudainement irrité, posa sur son frère un regard dur.

— Que veux-tu dire ? s'informa-t-il en se redressant de toute sa taille.

— Que depuis quelque temps, tu te comportes comme si tu étais vieux comme Mathusalem et t'amusais encore moins que lui. Qu'est devenu le frère qui nous entraînait dans la débauche et les ennuis ? Celui qui savait s'amuser à fond. Celui qui se *permettait* d'avoir du plaisir.

— Il est devenu duc, répondit-il posément.

Robert dut entendre la lassitude dans sa voix, car son regard s'adoucit.

— Profite de cette saison, d'accord, Seb ? On est à Londres, bon sang. Le terrain de jeu des débauchés, des canailles et des nouveaux pairs. Il serait dommage que tu coupes le gâteau de mariage avant d'avoir goûté aux tartes.

L'allusion fit grimacer Sebastian.

Robert se pencha en avant, les coudes sur les genoux et la mine grave.

— Je suis sérieux. Amuse-toi, dit-il, les traits assombris par l'inquiétude. Tu as travaillé dur depuis que tu as hérité. Trop dur. Personne ne te reprochera de ne pas avoir accordé la priorité au titre et à la famille. Ni d'avoir trahi père.

Sans dire un mot, les dents serrées, Sebastian baissa les yeux sur la pointe rougie de son cigare, qu'il fit rouler entre ses doigts. *Bon sang de bonsoir.* Il n'avait pas besoin que son jeune frère lui fasse la leçon, lui qui n'avait aucune idée du poids de son fardeau ni des promesses solennelles qu'il avait faites à son père. Ni de l'emprise que ces promesses exerçaient sur sa vie.

— Alors, amuse-toi un peu cette saison, d'accord ? Tu le mérites bien.

Robert s'extirpa du canapé, prit un cigare, le mit dans sa poche de poitrine et se dirigea vers la porte.

— Je vais aller retrouver Quinn. Joins-toi à nous, plus tard, d'accord ? Comme dans le bon vieux temps. Mais sans danseuse du ventre.

Il sourit en disparaissant par la porte.

— Enfin, on verra.

En le fusillant du regard, Sebastian mordit dans le cigare. Robert avait tort. Il ne se comportait pas comme un vieux grincheux. Il se conduisait comme un pair responsable, un pair devant se soucier de la réputation de sa famille et de son nouveau titre. Un homme qui ne les laisserait plus jamais tomber.

Robert ne comprenait pas la pression à laquelle il était soumis ; *personne* ne le comprenait. Il était un nouveau duc qui avait surtout la réputation d'être un petit morveux qui ne méritait pas ce titre, un pair que tous les membres de la haute surveilleraient comme le lait sur le feu pour voir s'il avait l'étoffe de devenir un chef au Parlement et la personnalité pour être socialement acceptable. Il ne pouvait plus faire un pas ni prendre de décision sans tenir compte de leurs répercussions sur sa famille, ses métayers, ses employés et les villageois… et plus important encore, sur l'héritage de son père. Il ne pouvait plus se permettre d'être insouciant et joyeux comme ses frères l'étaient.

Peu importe à quel point il en avait envie.

CHAPITRE 5

Deux semaines fort occupées plus tard

— Ne trouvez-vous pas le palais tout simplement grandiose ?

Miranda, assise sur le coin de la nappe de pique-nique étendue sur la pelouse de Hyde Park, ne put retenir un sourire radieux. Elle tentait d'engager la conversation avec Robert, qui était allongé sur la nappe à côté d'elle. Sebastian, dans la même position à l'autre bout de la nappe, l'observait et l'écoutait, ce qui la rendait inexplicablement nerveuse, même s'il ne disait pas un mot.

— Toutes ces couleurs et ces feuilles d'or, cette magnifique galerie pleine de tableaux et de portraits. Oh ! Et partout, de la soie et du brocard.

— J'aurais aimé visiter les écuries du palais.

Robert prit un brin d'herbe et se concentra sur la tâche consistant à le plier entre ses doigts.

— Y êtes-vous allée ? Il paraît que le roi George a le plus bel attelage à quatre chevaux de toute l'Angleterre.

Le cœur de Miranda se serra sur un battement sourd. Elle avait espéré l'impressionner avec sa visite à la cour, ne serait-ce qu'un peu, et le convaincre qu'elle était de ce fait aussi distinguée que Diana Morgan. Apparemment, elle aurait mieux fait de prendre le thé dans les écuries royales.

— Non, dit-elle entre ses dents, je n'ai pas vu de chevaux.

— Miranda avait d'autres préoccupations, rappela calmement Sebastian à Robert.

Les deux hommes installés chacun à un bout de la nappe ressemblaient à deux appuis-livres dorés.

— N'oublie pas que c'était sa première apparition à la cour.

— Et ma dernière, soupira-t-elle avec un peu de regret puisque c'était fini.

Néanmoins, le fait que sa seule visite à la cour n'ait été qu'une présentation officieuse en compagnie d'une dizaine d'autres jeunes filles et de leurs marraines n'affectait en rien son humeur, parce qu'il s'agissait là d'un jour qu'elle n'oublierait jamais.

— Mais c'était merveilleux.

Toute cette affaire était pour elle un évènement extraordinaire et elle ne pouvait cesser de sourire. Elle avait été présentée comme une vraie lady ; à la reine ! Elizabeth Carlisle avait été tellement bonne pour elle que Miranda ne pouvait s'empêcher de se demander si c'était ça, avoir une mère. Quelqu'un qui faisait grand cas de votre personne et vous regardait avec fierté et affection. Elle aimait cela, beaucoup.

Aucun des hommes Carlisle n'avait accompagné les femmes la veille, pas même Sebastian, car aucun homme n'était autorisé à entrer dans le salon de la reine. Aussi, voyant que cet après-midi de mars s'annonçait exceptionnellement doux, Elizabeth Carlisle avait tenu à ce que toute la famille se rende au parc pour célébrer. Sur la vaste pelouse qui s'étendait entre la plantation d'arbres et la Serpentine, Josie jouait avec son tout jeune fils et sa fille adoptive de six ans, et Thomas Matteson, en père et en mari attentionné qu'il était, tournait autour d'eux. Quinn et Elizabeth Carlisle étaient partis se dégourdir les jambes dans le parc après le pique-nique familial, dont les restes étaient éparpillés dans des assiettes de porcelaine sur la nappe.

Sebastian lui rendit son sourire.

— Je me réjouis que vous ayez aimé votre visite. Ma première visite à moi a été un désastre.

— Oh ?

Sa curiosité piquée, elle se pencha vers lui, consciente que la jupe de sa robe d'après-midi jaune formait une jolie corolle autour d'elle.

— Que s'est-il passé ?

— Mon père avait été convoqué par le roi, et mère et moi l'attendions dans l'un des salons. J'avais à peine quatre ans, précisa-t-il en plissant les yeux à ce souvenir. J'ignore comment, mais j'ai réussi à échapper à ma nounou et je suis allé me promener.

— Nous passions notre temps à échapper à notre nounou, ajouta Robert en adressant un sourire espiègle à son frère. Sebastian était le chef de la bande de même que celui qui nous tirait d'affaire quand on se faisait prendre.

— Ce qui se produisait tout le temps, avoua Sebastian quand Miranda éclata d'un rire léger en entendant cette description du jeune homme qu'il avait été, longtemps avant qu'elle ne fasse sa connaissance. Mais Robert et Quinton n'étaient pas encore nés, j'étais donc seul à causer des ennuis.

Miranda n'avait jamais entendu cette histoire, et elle eut l'impression de découvrir une toute nouvelle facette de Sebastian. Et, à sa grande surprise, d'aimer cela.

— En avez-vous causé ?

– Et comment ! s'exclama-t-il les yeux brillants en prenant un raisin sur le plateau de fruits. J'ai réussi à gagner la salle à manger officielle, où je me suis endormi sous la table. Quand les valets m'ont finalement trouvé deux heures plus tard, tout le palais était sens dessus dessous.

Il éclata de rire.

– Je pleurais, j'étais inconsolable, car je croyais qu'on enlèverait sa baronnie à mon père parce que je m'étais mal conduit.

Un doux sourire erra sur les lèvres de Miranda. Sebastian, un petit garçon… elle avait du mal à se l'imaginer. Jusque-là, quand elle pensait au bambin qu'il avait été, elle le voyait tel qu'il était aujourd'hui. Mais en plus petit.

Au cours de ces deux dernières semaines passées à Londres, elle avait cependant vu une autre facette de lui et elle avait moins de mal à présent à se l'imaginer enfant. Et à voir combien le titre et ses obligations lui pesaient. Ce gamin (de même que le jeune homme insouciant qu'il était encore à peine quelques années auparavant) se doutait-il qu'il deviendrait un homme guindé et responsable ? Aurait-il aimé cet homme ?

Puis, il y avait Robert. Plus elle passait de temps en leur compagnie, plus elle constatait combien ils étaient différents l'un de l'autre. Certes, ils se ressemblaient, avec leurs cheveux dorés et leurs yeux bleus, leur haute et large stature, surtout en ce moment même où, allongés ainsi, ils faisaient penser à une paire de statues. Mais ils avaient des personnalités totalement différentes, surtout depuis que Sebastian avait hérité. Robert s'était assagi depuis la mort de Richard Carlisle ; Quinton aussi, dans une moindre mesure. Mais pas autant que Sebastian. Ce dernier avait complètement changé sous le fardeau qu'était le titre, et en dépit du fait qu'il l'irritait et l'agaçait souvent, elle avait, du moins pour cet aspect de sa vie, de la peine pour lui. Elle voulait qu'il soit heureux, et elle n'était pas certaine qu'il le soit.

— Et vous, Robert?

Elle tenta encore fois d'engager la conversation avec lui. Elle n'était pas encore prête à s'avouer vaincue; elle ne le ferait pas.

— Êtes-vous allé à la cour?

— Quelques fois. Pas souvent, dit-il en haussant les épaules. La famille royale n'aime guère fréquenter des gens de ma sorte.

— De votre sorte? répéta-t-elle en fronçant les sourcils.

Avec un petit sourire, il lui chatouilla le nez avec le brin d'herbe.

— Un Carlisle.

Elle se frotta le bout du nez en laissant échapper un petit rire contraint. Il la taquinait, comme toujours. Elle aurait dû s'en réjouir, mais le doute lui serrait la poitrine. Perdait-elle du terrain avec lui? Elle savait fort bien que jamais il n'aurait chatouillé le nez de miss Morgan. Ce n'était tout simplement le genre de marivaudage dans lequel un homme s'engageait avec une femme qui lui plaisait assez pour qu'il songe à la courtiser.

— Et chez Almack's?

Ses doigts trituraient nerveusement l'ourlet de dentelle de sa jupe, mais elle continuait de sourire fermement. Poursuivre une conversation avec cet homme s'avérait une tâche quasiment impossible. Elle remarqua qu'elle n'avait jamais fait autant d'efforts avec lui dans le passé, quand ils n'étaient que des amis, et ce fait lui glaça l'arrière des genoux.

À présent que ses sentiments étaient sérieux, que pouvait-elle faire pour qu'il remarque qu'elle était une femme ?

— Nous y allons pour la première fois demain soir.

— Pourquoi donc ? l'interrogea Robert en la regardant d'un air à mi-chemin entre la stupeur et la consternation.

Miranda le regarda avec étonnement. Elle ne s'attendait pas du tout à *cette* réaction, et elle jeta un coup d'œil vers Sebastian pour tenter de comprendre ce qu'elle avait encore fait de mal, mais Sebastian, les sourcils froncés, considérait son frère d'un air réprobateur.

— Parce que c'est là qu'on décidera si je peux faire mes débuts et danser dans les grandes salles, expliqua-t-elle avec un sourire moins ferme. La duchesse a dit... Tout le monde ne va-t-il pas chez Almack's ?

— Uniquement les femmes qui veulent désespérément mettre le grappin sur l'un des moutons du troupeau.

Il jeta le brin d'herbe et s'assit.

— Et ça, ce n'est pas votre cas, petite friponne.

Il posa les coudes sur ses genoux repliés et arqua un sourcil. Enfin, elle avait toute son attention. Mais au lieu de se sentir heureuse et importante, elle se sentait mal à l'aise. Et de plus en plus inquiète qu'il ne voie jamais en elle autre chose que la fille d'à côté. La *petite friponne* qui avait, semblait-il, besoin qu'il la protège des hommes dans les salles de bal.

— Je croyais que votre but pendant cette saison était simplement de bien vous amuser à Londres et non de vous dénicher un mari, poursuivit-il.

— Je suppose, esquiva calmement Miranda, incapable de lui avouer qu'elle voulait se dénicher un mari : *lui*.

Elle se concentra de nouveau sur sa jupe, en baissant la tête afin qu'il ne voie pas la frustration et la déception qui la rongeaient. Ou afin de lui cacher ses sentiments pour lui qui, à cet instant, formaient également un magma de frustration et de déception.

— Je ne savais pas au sujet d'Almack's…

Elle avait été invitée à la cour, ce qui lui avait paru relever du conte de fées. Un véritable rêve. Le lendemain soir, chez Almack's, ce serait sa deuxième sortie officielle dont le but était de recevoir l'approbation des dames patronnesses, après quoi elle pourrait faire ses débuts au bal annuel de la comtesse de St James, recevoir des visiteurs et, surtout, valser ! Elle n'arrivait pas à imaginer qu'il puisse y avoir quelque chose de plus romantique que de tournoyer sur la piste de danse entre les bras d'un homme. Elizabeth Carlisle et Josie lui avaient affirmé que c'était la façon convenable de faire ses débuts.

Mais voilà qu'à présent… elle ne savait plus.

— C'est très bien, chez Almack's, affirma Sebastian en donnant pour la rassurer un petit coup sur la bottine qui sortait de dessous sa jupe.

Il lui sourit et décocha un regard oblique à son frère.

— Robert n'aime pas l'endroit parce qu'on n'y sert pas d'alcool et qu'il ne peut y jouer ou discuter affaires.

Elle se sentit mieux (un peu), et un faible sourire ourla ses lèvres.

— Je ne dois donc pas me faire du souci quant à la présence d'un troupeau de boucs ?

— Pas du tout.

En dépit du sourire qu'il affichait, elle n'eut aucun mal à voir dans son regard qu'il se faisait du souci pour elle. Commençait-il à douter d'elle et de leur entente ? Ou en était-il déjà arrivé à comprendre ce qu'elle-même commençait à penser, c'est-à-dire que Robert et elle ne seraient jamais plus que des amis ?

— De toute façon, tout est déjà arrangé. Strathmore vous accompagnera et le colonel est tout à fait capable de vous garder des boucs.

Il marqua une pause, le temps à peine d'un battement de cœur, mais Miranda le remarqua. Depuis quelque temps, et à son grand déplaisir, elle semblait incapable de ne pas remarquer tout ce Sebastian faisait.

— Je serais désolé que vous ratiez cette expérience.

Devant sa gentillesse, les larmes montèrent aux yeux de Miranda, qui cilla. Elle lui en voulut de se montrer gentil envers elle. Elle savait comment se conduire avec lui quand il était autoritaire et se prenait pour un duc ; elle savait même l'ignorer quand il l'exaspérait. Ce qui arrivait assez souvent. Mais quand il se montrait charmant et agréable comme en ce moment, il la désarmait.

— Merci, souffla-t-elle.

Il lança le raisin dans sa bouche sans mot dire. Mais il posa sur elle un regard étincelant qui, une fois de plus, la fit frémir nerveusement jusqu'au fond de son ventre.

Elle s'éclaircit la voix et tenta encore une fois d'engager la conversation avec Robert.

— J'ai entendu dire qu'en France, la nouvelle mode…

— Vas-tu chez Tattersall's demain ? l'interrompit Sebastian, si brusquement que Miranda en resta bouche bée.

Alors qu'elle ouvrait la bouche pour reprendre la parole, il lui lança un regard acéré et poursuivit :

— Paraîtrait que Nathaniel Reed cherche à vendre un cheval de chasse qu'il a lui-même dressé. On dit que ses chevaux peuvent rivaliser avec ceux de Jackson Shaw.

– C'est ce qu'on m'a dit, répondit Robert avec intérêt. Les cheveux de Shaw sont d'une meilleure lignée, mais ceux de Reed sont mieux dressés.

Miranda, n'en croyant pas ses oreilles, regarda tour à tour les deux hommes qui s'entretenaient de chevaux. De chevaux ! En tant que femme, elle n'était pas censée parler de chevaux. Ne savaient-ils pas…

Oh !

Elle soutint le regard de Sebastian tout en saisissant le message. Robert aimait les chevaux, par conséquent il était porté à aimer une femme aimant les chevaux, et c'était pourquoi Sebastian avait orienté la discussion dans cette direction… pour l'aider. Mais son cœur se serra une fois de plus. Ces énormes bêtes la terrifiaient. Elle ne savait rien des chevaux, par contre elle connaissait…

– La pêche, lança-t-elle d'une voix forte, s'immisçant dans la conversation avec la discrétion du bourdon d'une église en pleine nuit.

Deux paires d'yeux bleus se tournèrent vers elle, avec autant d'ébahissement que si elle venait de se déclarer reine d'Angleterre.

Profitant du fait qu'elle avait leur attention, elle se hâta d'ajouter :

– J'ai entendu dire qu'en matière de pêche au saumon, l'Angleterre n'a rien à envier à l'Écosse.

Le regard de Robert la survola et s'arrêta sur celui de Sebastian avec une lueur d'amusement dont elle ne comprit pas la raison.

– Je l'espère de tout cœur. Quinn aussi.

Sans tenir compte de la grimace réprobatrice de Sebastian et de la perplexité de Miranda, Robert se leva et épousseta son pantalon. Apparemment, la conversation venait de se terminer avant même de commencer.

– Diana Morgan se promène au bord de la Serpentine avec Lady Jane Sheridan. Je vais aller les saluer.

Le cœur de Miranda se déchira de nouveau, un peu plus encore. Combien de temps encore pourrait-elle voir Robert avec Diana avant qu'il ne se sépare carrément en deux ?

Robert baissa les yeux sur Sebastian.

– Lady Jane ne figure-t-elle pas sur ta liste ?

– Oui, confirma Sebastian.

La concision de sa réponse indiquait qu'il n'avait pas l'intention d'ajouter quoi que ce soit sur Lady Jane Sheridan, la fille du comte de Bentham et qui, selon les commérages qui transpiraient du boudoir des femmes, était déterminée à être l'Incomparable de la saison. Et qui, Miranda le savait, avait retenu l'intérêt de Sebastian.

Miranda la regarda se promener dans le parc avec une telle grâce qu'on aurait pu croire qu'elle glissait sur l'herbe, le visage soigneusement protégé du soleil par un grand bonnet et une ombrelle de dentelle, tandis que le bonnet de Miranda gisait, inutilisé, à côté d'elle. Incapable de supporter la chaleur de cet après-midi ensoleillé, elle avait enlevé le couvre-chef raide, étouffant, même si elle savait que le soleil allait gratifier son nez de quelques taches de rousseur supplémentaires. Miranda doutait fort que Lady Jane ait jamais souffert d'une seule tache de rousseur de sa vie.

Elle renifla dédaigneusement et détourna le regard.

– Elle est très belle.

– Pas aussi belle que Diana, déclara Robert, et ces paroles innocentes poignardèrent Miranda en plein cœur. Je vais plaider en ta faveur, Seb.

— Je te le déconseille fortement, lui interdit Sebastian.

La menace fit rire Robert, qui s'en alla après avoir salué Miranda d'un hochement de tête.

Elle le regarda s'éloigner, tout à fait démoralisée. Comment se faisait-il que des femmes comme miss Morgan et Lady Jane attiraient autant l'attention des hommes alors qu'elle devait faire des pieds et des mains pour qu'ils remarquent qu'elle était dans la même pièce qu'eux ? Ces femmes maîtrisaient-elles dès leur naissance l'art de la séduction ou avaient-elles dû l'apprendre ? Et si elles avaient dû l'apprendre, Miranda aurait bien aimé que quelqu'un ait pitié d'elle et le lui enseigne.

Elle regarda Robert marcher d'un pas nonchalant vers les deux femmes qui, telles deux poupées de porcelaine, tenaient gracieusement leur ombrelle sur leur épaule.

Un autre petit coup sur sa bottine attira son attention.

Elle se tourna et vit les yeux bleus de Sebastian, qui l'étudiait curieusement.

— La pêche au saumon ? répéta-t-il gentiment.

Elle lui fut reconnaissante d'avoir la décence de mettre de la surprise dans sa voix et non de la pitié.

Ses épaules s'affaissèrent sous le poids de sa défaite.

— Je devais tenter quelque chose.

Pendant ces deux dernières semaines à Londres, elle s'était bien amusée, avait eu le sentiment de vivre un conte de fées, et tout avait été encore plus agréable et excitant qu'elle l'avait imaginé.

Sauf avec Robert.

Il continuait de la traiter comme sa jeune sœur et elle n'avait pas encore réussi à retenir son attention. Encore moins son intérêt. Encore plus agaçant, elle se figeait dès qu'elle était avec lui ou tenait des propos tellement ineptes qu'il devait la croire stupide. *La pêche au saumon*... Une vraie tête de linotte!

— Qu'y a-t-il, Miranda? demanda Sebastian avec curiosité. Pourquoi n'arrivez-vous pas à converser normalement avec lui?

Elle se détourna, découragée, et des larmes lui piquèrent les yeux. C'était si simple, à l'entendre. Comme s'il lui suffisait d'ouvrir la bouche et d'ensorceler Robert avec son charme et son esprit. Comme le faisait miss Morgan. Sebastian ne savait combien c'était difficile pour elle.

Difficile? *Impossible*.

— Parce que je suis trop nerveuse, reconnut-elle posément. Je veux qu'il croie que je suis... En fait... Je ne pense pas... Si seulement je pouvais...

Elle agita les mains avec frustration. Elle n'arrivait même pas à parler *de* lui sans en perdre son latin. Comment arriverait-elle à *lui* parler?

— Avec Robert, la pression est trop grande pour que je sois...

— Pour que vous soyez quoi? s'enquit-il.

Elle laissa échapper un gros soupir et, les épaules basses, elle lui confessa ses insuffisances.

— Intéressante.

— Mais vous l'êtes, la rassura-t-il gentiment.

Elle leva les yeux au ciel. Il mentait, elle en était certaine. Sebastian Carlisle trouvait qu'elle était une foule de choses (agaçante, embêtante, beaucoup trop pleine d'entrain pour son propre bien), mais elle était certaine qu'intéressante n'était pas l'une d'elles. Néanmoins, c'était gentil de sa part.

— Mais pas aux yeux de Robert.

Elle grimaça, peu fière d'elle, en constatant combien au cours des trois dernières semaines, elle avait lamentablement échoué à avoir une conversation intéressante avec lui. En fait, une conversation, point.

— Je n'arrive pas à lui *parler.*

Sebastian prit un raisin sur le plateau de fruits en détournant le regard.

— Vous n'avez pas ce problème avec moi.

— C'est parce que vous ne comptez pas.

— Merci bien, répondit-il ironiquement d'une voix traînante en jetant le raisin dans sa bouche.

— Vous savez ce que je veux dire, rouspéta-t-elle. Je n'ai aucune raison d'être nerveuse avec vous parce que je ne veux pas vous impressionner.

— Merci bien, répéta-t-il de la même voix traînante et sarcastique.

Elle éclata de rire, tant à cause de l'expression sardonique de Sebastian que de sa propre sottise, et posa la main sur sa bouche.

— Veuillez me pardonner, l'implora-t-elle d'une voix étranglée tout en tentant de réprimer son fou rire. C'est seulement que vous... eh, bien, vous êtes un duc, je n'ai donc pas à vous faire bonne impression.

Il fronça un sourcil en silence, la laissant s'enfoncer elle-même. À ce rythme, elle atteindrait la Chine avant la tombée du jour.

— Ce n'est *pas* que ce je voulais dire ! Je voulais dire que Robert est plus important que vous.

Comprenant ce qu'elle venait de dire, elle porta la main à sa bouche, effarée. Apparemment, elle n'arrivait pas à parler ni à l'un ni à l'autre des frères Carlisle sans faire la sotte.

— Oh, je ne voulais pas dire *cela* !

La mine stoïque, il prit de nouveau un raisin et jeta par-dessus l'épaule de Miranda un coup d'œil sur la pelouse et sur sa famille éparpillée ici et là pour s'assurer que personne ne leur prêtait attention. Puis, il s'assit et porta le raisin aux lèvres de Miranda.

— Ouvrez, ordonna-t-il.

Elle hésita, se méfiant de sa soudaine affabilité. Puis, elle lui obéit et il mit le raisin dans sa bouche.

— C'est mieux ainsi, souligna-t-il pendant qu'elle mâchait le raisin, ce qui l'empêchait de parler et de s'enfoncer davantage.

En voyant la lueur d'amusement dans ses yeux, elle s'esclaffa de nouveau et faillit s'étouffer avec le raisin.

Il lui adressa un grand sourire, l'un de ses anciens sourires du temps qu'il était jeune et insouciant, et pas encore trop sérieux. Un sourire charmant. Très charmant.

Elle mâcha et avala prestement le raisin en laissant échapper un dernier éclat de rire.

— Sebastian, je suis navrée, sincèrement. Je ne voulais pas dire ce que j'ai semblé dire.

— J'accepte vos excuses.

Il s'allongea de nouveau, dans une pose que seul Sebastian pouvait faire paraître à la fois désinvolte et impériale. L'image parfaite d'un noble au repos.

— Je suppose que je devrais vous appeler Trent pendant notre séjour à Londres, dit-elle, songeuse, frappée de constater combien chaque centimètre de sa personne clamait qu'il était duc, même alors qu'il était allongé sur une nappe de pique-nique.

Sebastian perdit aussitôt son air amusé.

— Je vous en prie, n'en faites rien.

— D'accord, répondit-elle posément.

Mais à cet instant très bref, elle sentit combien son titre lui pesait et combien il devait apprécier les rares fois où il n'avait pas à se comporter comme un pair. Comme en ce moment même. Quand il n'était que Sebastian.

— Mais uniquement quand nous serons seuls, sinon je crains que votre mère, jugeant que je ne respecte pas le protocole, m'oblige à mémoriser d'autres passages du Debrett's.

Il la regarda d'un air incrédule.

— Elle a fait ça ?

Miranda hocha la tête en soupirant avec lassitude et prit un quartier d'orange enrobé de sucre sur le plateau de fruits.

— Elle est bien intentionnée, je n'en doute pas. Elle croit que si je sais qui est chacun, cela m'évitera de me ridiculiser en disant des âneries.

Pour fuir son regard, elle baissa les yeux sur le quartier d'orange et enleva distraitement un peu de sucre du bout des doigts.

— Je ne le suis pas, vous savez, fit-elle doucement observer.

— Quoi donc ? demanda-t-il gentiment.

— Une fautrice de trouble.

Elle n'eut pas à le regarder pour savoir qu'il se raidissait. Elle pouvait le sentir tant elle était sensible à lui depuis la nuit du bal masqué.

— Vous n'avez donc pas à craindre que je me conduise scandaleusement cette saison et que je vous cause des ennuis. Du moins, pas de mon propre chef, précisa-t-elle en souriant faiblement au quartier d'orange. Mais il est vrai que je semble attirer les ennuis, n'est-ce pas ?

Comme il ne disait rien, elle prit son silence pour une confirmation et, levant les yeux, elle croisa son regard qui la contemplait d'un air grave.

— Je l'ai peut-être déjà été avant d'assumer la direction de l'orphelinat, confia-t-elle, mais je ne le suis plus.

Tout comme elle commençait à croire que Robert ne la verrait jamais telle qu'elle était, elle commençait aussi à croire que Sebastian verrait toujours en elle une source d'ennuis, même si depuis son arrivée à Londres deux semaines auparavant, elle avait réussi à ne pas se mettre les pieds dans les plats.

— Mais vous m'avez connue alors que je n'étais qu'une gamine, et vous êtes au courant de toutes les sottises que j'ai faites avant de devenir adulte. J'ai dix ans de moins que vous, cinq de moins que Robert et quatre de moins de Quinn… Vous étiez tous beaucoup plus vieux que moi, et chaque fois que j'allais à Chestnut Hill…

— C'est-à-dire tout le temps, la coupa-t-il en esquissant un sourire.

Elle lui rendit son sourire, incapable de faire autrement.

— Oui, je suppose.

Elle inspira profondément et reporta son attention sur le quartier d'orange.

— Lorsque j'ai cessé d'être une enfant, vous étiez tous partis ; Eton, Oxford, Londres. Mais à vos yeux, je suis encore une gamine, n'est-ce pas ? Pour vous, je suis toujours la petite voisine maladroite et énervante que j'étais.

Elle leva les yeux vers lui et en voyant son air coupable, elle sut qu'elle avait visé juste.

— Je veux simplement aider ma tante et mon oncle, les villageois et votre famille… tous ceux que j'aime. Parfois, j'en fais trop.

Elle jouait distraitement avec l'orange, tout comme Robert l'avait fait avec le brin d'herbe.

— Je n'ai pas pu aider mes parents, voyez-vous. J'étais trop jeune lorsqu'ils ont attrapé la fièvre. Le médecin m'interdisait même d'aller les voir dans leur chambre tant il avait peur que je l'attrape à mon tour.

Elle n'osait plus le regarder à présent, de peur de voir sur ses traits… de l'incrédulité, de l'ennui, de la pitié. Surtout de la pitié. Car elle ne lui racontait pas cela pour obtenir sa pitié ; elle voulait simplement qu'il la comprenne. Si elle n'arrivait pas à amener Sebastian à voir en elle une femme forte et compétente, comment pourrait-elle en convaincre Robert ?

— Chaque jour, la gouvernante me faisait m'asseoir sur une chaise dans le couloir, près de leur porte, pendant des heures et des heures. Les jours sont devenus des semaines… Je n'en pouvais plus. Devoir rester assise comme ça était déjà assez pénible, mais entendre mes parents dans leur chambre, à quelques pas de moi, et ne pas pouvoir aller les voir peu importe combien je pleurais…

Sa voix s'étrangla sur ces mots.

— Je suis désolé, Miranda, murmura-t-il d'une voix douce.

Il allongea la main et la posa sur le pied de Miranda, et ce contact physique la réconforta.

— Je n'en savais rien.

— Je n'en ai jamais parlé, souffla-t-elle.

Quel bien cela lui aurait-il apporté ? Quel bien y avait-il à faire pitié ?

— Je suppose que depuis, j'essaie de me racheter, de faire tout en mon pouvoir pour aider les autres.

Elle s'obligea à sourire malgré les larmes qui lui brûlaient les yeux au vague souvenir qu'elle conservait de ce terrible épisode.

— Honnêtement, je ne cherche pas les ennuis. Mais on dirait qu'eux finissent par me trouver.

Elle croqua un bout du quartier d'orange et le mâcha d'un air songeur en fronçant les sourcils.

— J'ai l'impression qu'ils me guettent et attendent l'occasion de se jeter sur moi.

Il rit doucement. Son rire chaleureux ruissela sur elle comme une douce pluie d'été.

— Mais non, ils n'attendent pas dans l'ombre l'occasion de vous sauter dessus, la rassura-t-il d'une voix grave teintée d'amusement.

— Ah non ? objecta-t-elle moqueusement en haussant le sourcil. Contrairement à une certaine panthère, alors ?

Il se figea et cessa de rire.

— Très juste, reconnut-il en se raclant la gorge. Personne ne vous considère comme une enfant, Miranda. Nous ne savons tout simplement pas que faire de vous.

Sa remarque la piqua au vif.

— Que voulez-vous dire ?

— Par exemple, vous n'arrivez pas à rester tranquille. Un homme s'épuise à simplement vous observer. Chaque nouvelle expérience vous enthousiasme, chaque jour est pour vous une nouvelle aventure…

— En effet.

Elle le considéra d'un regard vide, ne comprenant pas où il voulait en venir. La vie était faite pour qu'on la vive pleinement, pour qu'on la prenne à bras le corps. La mort de ses parents le lui avait enseigné. Peu importait que *lui* semble l'avoir oublié depuis qu'il était duc.

— Quel mal y a-t-il à cela ?

— Aucun. Sauf que si peu de gens sont ainsi que personne ne sait au juste que faire de vous.

— Y compris vous, apparemment, l'accusa-t-elle en reniflant avec agacement.

Il arqua un sourcil.

— *Surtout* moi.

Faux, il savait très bien que faire… la faire chanter avec sa chaussure en échange d'un comportement irréprochable. Elle devait toutefois admettre que sa saison londonienne se déroulait à merveille, probablement grâce à l'influence et à la supervision de Sebastian. Il avait tenu parole, fait tout en son pouvoir pour l'aider à conquérir Robert, même si leurs efforts conjugués n'avaient encore rien donné. Elle devait lui en attribuer le mérite. Mais elle n'allait certainement pas l'en remercier.

— Vous avez un joli rire, remarqua-t-elle plutôt d'une voix douce.

Renonçant à manger l'orange, elle la mit de côté et suça les gouttes de jus sur ses doigts.

— Vous devriez rire plus souvent.

— Merci, murmura-t-il d'une voix rauque.

Elle leva les yeux sur lui et voyant qu'il avait les yeux fixés sur sa bouche, elle se figea, les doigts sur les lèvres. Une chaleur si intense se répandit sur son visage qu'elle en frissonna. Le pétillement qu'elle avait ressenti la nuit du bal masqué se réveilla faiblement en elle, et son cœur bondit dans sa gorge. Quand ses yeux remontèrent lentement vers les siens pour y rester, le pétillement se transforma en désir.

— Je vous en prie, souffla-t-elle sans le quitter des yeux.

Elle n'avait tout simplement pas la volonté de regarder ailleurs. Quelque chose en elle, une sensation étrange, brûlante, pétillante, ne le voulait pas non plus. Ressentait-il la même chose ? Était-il aussi troublé qu'elle ? Prenant son courage à deux mains, elle lui demanda :

— La nuit du bal masqué, quand j'étais dans votre chambre, vouliez-vous... avez-vous songé à...

— Londres vous plaît-elle ? demanda-t-il abruptement en arrachant son regard du sien et en se rasseyant.

Elle cilla, et sa question mourut sur ses lèvres. Il l'avait coupée avant même qu'elle ne puisse lui demander s'il pensait parfois à cette nuit-là, à ce qu'ils avaient fait ; à ce qu'ils avaient *presque* fait. Parce qu'elle y songeait, chaque nuit ou presque, en se demandant ce qui serait arrivé si elle n'avait pas laissé échapper ce prénom, si elle ne s'était pas elle-même involontairement dénoncée.

Elle dut s'arrêter un moment, le temps d'absorber ce soudain changement de sujet, et ce soudain changement en lui. Mais n'était-ce pas tout simplement Sebastian qui rendossait l'habit de duc ? Le plus étonnant, en fait, était qu'il se soit montré pendant quelques instants un homme attentif, compatissant, qui l'eut écoutée exprimer sa déception par rapport à Robert et qui eut compris que son passé puisse la hanter. Qui, pendant un bref moment, s'était senti assez libre pour rire.

— Oui, beaucoup, affirma-t-elle sans tenir compte du pincement de déception dans sa poitrine. C'est merveilleux, en fait.

— Je suis heureux de l'entendre, dit-il d'une voix qui n'était en accord avec ses mots.

— Et vous ? questionna-t-elle, incapable de faire taire la diablesse en elle. Vous avez choisi une épouse ?

— Mon Dieu, grimaça-t-il, on dirait que vous parlez d'un harem.

Elle éclata de rire, et il fronça encore plus les sourcils, ce qui la fit rire davantage.

— C'est ce que c'est ; son équivalent anglais, en tout cas. Il est question de mariage et vous êtes un duc. À l'évidence, conclut-elle en haussant les épaules, vous pourriez traîner dans votre sillage un véritable harem si tel était votre désir.

— Mais ce n'est pas mon désir, protesta-t-il en lui jetant un regard indigné.

Les mots qu'avait prononcés Robert en partant revinrent à l'esprit de Miranda.

— Mais vous avez dressé une liste.

Il inclina brièvement la tête.

— Il est toujours utile de dresser une liste quand on doit prendre une grave décision.

— Je n'en doute pas, approuva-t-elle avec une gravité feinte en tentant de réprimer le frémissement de ses lèvres.

Il lui jeta un regard oblique qui lui enleva toute envie de rire. Visiblement, sa recherche d'une épouse n'était pas un sujet de moquerie.

Elle s'éclaircit la voix.

— Il va de soi que je vais vous aider dans la mesure du possible.

Ils avaient respecté leur marché, Sebastian l'aidant de son mieux à conquérir Robert et Miranda lui rapportant ce que lui apprenaient les commérages du boudoir des femmes et les autres rumeurs qu'elle entendait aux évènements auxquels elle assistait. À ce jour, apparemment toutes les dames célibataires de Londres avaient le cœur qui battait à l'idée que le duc de Trent se cherchait une épouse cette saison-là. Y compris Lady Jane Sheridan.

— Si j'ai bien compris, Lady Jane figure sur votre liste.

— Oui.

Le regard de Sebastian balaya le parc et s'arrêta sur la ravissante fille du comte toujours debout sous sa délicate ombrelle près de l'étang où, un sourire serein aux lèvres, elle bavardait avec Robert et miss Morgan.

— Elle possède toutes les qualités nécessaires à une duchesse.

— Je vois.

Miranda fronça les sourcils en observant la femme. Toutes les qualités nécessaires… Curieusement, elle n'avait jamais pensé qu'une duchesse devait posséder des *qualités* précises. Elle avait toujours cru qu'elle devait simplement être aimée, comme son père avait aimé sa mère.

— C'est la fille d'un comte, dont la lignée est ancienne et la famille, fort respectée, énuméra-t-il comme pour justifier son choix. Elle saura quel est son rôle, tant en société que dans le mariage.

Elle se mordit la lèvre. Certes, Lady Jane était tout cela et plus encore. Elle ferait sans aucun doute une admirable duchesse de Trent.

Mais Miranda n'était pas certaine qu'elle ferait une bonne épouse pour Sebastian.

— Elle sait aussi comment diriger une vaste demeure comme celle de Blackwood Hall, poursuivit-il.

– Chestnut Hill, voulez-vous dire, le corrigea-t-elle, surprise, en reportant son regard sur lui.

– Lorsque nous serons mariés, nous logerons à Blackwood Hall, expliqua-t-il. Chestnut Hill deviendra le petit manoir.

– Oh ! dit-elle, désarçonnée.

Blackwood Hall était le grand manoir qu'avait reçu la famille en même temps que le titre. Il était actuellement fermé, la famille préférant le petit manoir de Chestnut Hill, où ils vivaient depuis plus de trente ans. Mais il allait de soi que Sebastian s'installerait dans la grande maison avec sa duchesse. Pourquoi donc n'avait-elle pas compris qu'il s'en irait de Chestnut Hill ? Mais c'était ainsi, et un sentiment de perte inexplicable l'atteignit de plein fouet. Il vivrait donc avec sa nouvelle épouse, dont il ne serait peut-être pas amoureux, dans une maison qui n'était pas son foyer, dans un lieu où Miranda ne l'imaginait pas être *jamais* heureux.

Le cœur serré, elle éprouva soudain le besoin pressant de lui faire entendre raison, de lui dire qu'il se trompait, que sa quête d'une épouse lui avait fait perdre de vue ce qui comptait vraiment. Mais il ne lui revenait pas de remettre en cause son choix, de le convaincre de faire passer son bonheur en premier. Ils n'étaient que des amis d'enfance…

Il méritait tellement mieux !

– Lady Jane n'est pas du tout faite pour vous, lança-t-elle sans pouvoir se retenir.

– Oh ? émit-il en la regardant avec curiosité. Et quel genre de femme devrais-je choisir dans ce cas ?

– Le genre dont vous ne serez pas las dans six mois, riposta-t-elle avec un peu trop d'audace. Une femme dont vous serez amoureux.

– L'ennui n'est pas un critère dans mon choix d'une duchesse, rétorqua-t-il en détournant encore une fois le regard. Ni l'amour.

– C'est possible.

Elle se leva aussi gracieusement que possible et lissa le devant de sa jupe jaune pour effacer les plis. Bien sûr, Lady Jane ne savait pas ce qu'était une robe froissée. Tout comme les taches de rousseur, cette affliction ne faisait pas partie de son univers.

– Je crois néanmoins que vous devriez y réfléchir.

– Pourquoi donc?

Il se leva en même temps qu'elle. Un parfait gentleman, songea-t-elle avec chagrin. Même quand elle ne voulait pas qu'il le soit.

– Parce que je vous connais, Sebastian, et que votre vie ne sera jamais aussi simple que vous le souhaitez.

Comme si elle venait d'y penser, elle se pencha pour récupérer son bonnet et ses gants.

– Pourquoi la compliqueriez-vous davantage en choisissant la mauvaise épouse?

Elle posa son bonnet sur ses cheveux, bien que le soleil de l'après-midi ait déjà gâché son teint. Toujours est-il que mettre son bonnet lui semblait être ce que ferait une dame avant de quitter son compagnon pour aller se promener dans le parc, et elle voulait qu'il sache, même si la comparaison était quelque peu boiteuse, qu'elle pouvait se montrer aussi distinguée que Lady Jane Sheridan.

Sebastian, les lèvres pincées, regarda sa mère et Quinn, qui, ayant fini leur promenade, se dirigeaient vers eux.

– Ma vie n'est *pas*…

– Que préférez-vous être, Sebastian ? insista-t-elle sans se laisser démonter, assez bas pour que sa famille, qui était presque rendue, n'entende pas, et assez tard pour qu'il n'ait plus le temps de rétorquer. Un duc avec une duchesse que tout le monde respecte… ou un homme heureux ?

CHAPITRE 6

— Faites la révérence à tous ceux qui sont nobles, instruisit Elizabeth Carlisle à Miranda, qui l'écoutait avec grande attention dans la voiture qui traversait Mayfair. Adressez-vous à eux en leur disant monsieur ou madame suivi de leur titre, par exemple, monsieur le baron, madame la comtesse, mais seulement la première fois, quand vous leur êtes présentée. Si vous leur dites trop souvent, vous aurez l'air d'une domestique.

Sebastian leva les yeux au ciel. En tant qu'escorte de ces dames au bal annuel de la comtesse de St James, il avait dû, en raison de sa proximité, écouter les rappels des règles de l'étiquette depuis leur départ d'Audley House. Il aurait dû monter avec Josie et Chesney, songea-t-il, et obliger Robert à monter avec les dames de manière que Miranda puisse passer un peu de temps avec lui étant donné que son entreprise de séduction n'avait pas été jusqu'ici très fructueuse.

Son regard se porta de nouveau sur Miranda et il remarqua une fois de plus à quel point elle était belle ce soir-là.

Non. Il était ravi d'être avec elles.

Miranda, perplexe, plissa son joli front.

— Mais je ne vous fais pas la révérence, à vous et à Trent.

– J'espère bien que non! s'offensa sa mère, après quoi elle se radoucit et pressa affectueusement la main de Miranda. Sauf ce soir, bien entendu, où vous le ferez.

– Oh! émit Miranda, de plus en plus perplexe. Mais, si je suis censée faire la révérence aux nobles, comment saurai-je qu'ils sont nobles si personne ne les appelle par leur titre?

Sebastian se mordit la langue pour ne pas rire. On pouvait se fier à Miranda pour déceler ce qu'il y avait d'illogique dans les manières pompeuses de la noblesse anglaise.

Sa mère cilla, prise au dépourvu par cette question légitime.

– Eh bien… faites la révérence à tous ceux qui semblent importants.

Miranda hocha gravement la tête à ce sage conseil.

– Oh, et je dois vous présenter au duc de Wembley. Un homme des plus intéressant. Il a quatre fils, trois filles, deux femmes…

– Et un moineau tout en haut du pommier, marmonna Sebastian à bout de patience.

Encore une règle du Debrett's et il perdrait la raison. Ce soir, Miranda ferait officiellement ses débuts, et naturellement, il tenait à ce que tout se passe bien pour elle. Mais les directives de sa mère avait pour seul effet d'aggraver sa nervosité, et sachant d'expérience ce qu'une Miranda nerveuse pouvait faire… *Personn*e ne voulait de cela. Et sûrement pas les planchers de St James House si elle n'arrivait plus à tenir son verre de punch.

Cette réception serait une épreuve pour chacun d'eux.

Elizabeth Carlisle soupira patiemment.

– Elle doit être prête à rencontrer n'importe qui.

— Pas Wembley, objecta-t-il. Cet homme est aussi vieux que…

Bon sang, il avait failli dire Mathusalem, mais s'était arrêté en se rappelant que Robert *lui* avait très précisément reproché cela. Wembley avait vingt ans de plus que lui. Était-ce ainsi que ses frères et la haute société le percevaient, barbant et vieux ?

— Il est trop vieux pour Miranda, se reprit-il. Il faut lui présenter des hommes de son âge.

— Je ne tiens pas à rencontrer d'hommes. J'en ai déjà plus qu'assez de me rappeler mes pas de danse.

À l'idée qu'elle puisse avoir des prétendants, Miranda éclata d'un rire léger dont le chant cristallin remplit la voiture de musique.

— De toute façon, comment saurais-je à qui accorder ma préférence ?

Elle baissa les paupières et lui jeta à travers ses cils un regard provocant censé paraître innocent, mais qui, à son insu, lui donnait un air charmant. Ses yeux brillaient de malice.

— Je n'ai pas encore dressé de liste.

Il serra les dents. Une *terrible* épreuve

— Contentez-vous de vous amuser ce soir, ma chère. Vous méritez des débuts mémorables.

Elizabeth l'étreignit chaleureusement et posa sur sa joue un baiser qui fit littéralement rayonner Miranda. Après quoi elle regarda par la vitre.

— Bonté divine, nous sommes arrivés !

Avant même que la voiture ne soit tout à fait arrêtée et que le valet qui attendait ne se soit avancé pour leur offrir son assistance, Sebastian avait déjà ouvert la portière et sauté par terre. La voiture de Chesney s'arrêta derrière la leur et le reste de la famille en descendit. Tandis que Thomas Matteson conduisait Josie vers la demeure, Robert se hâta d'offrir sa main à sa mère, que Sebastian confia à son frère afin qu'il l'accompagne à l'intérieur.

Puis, il tendit la main à Miranda.

Lorsque ses doigts gantés se glissèrent sur les siens, il sentit qu'elle tremblait et son cœur se serra de compassion pour elle. Pourtant, lorsqu'elle émergea de la voiture, elle était l'image même du calme et de l'élégance dans sa robe de soie verte assortie à ses yeux qui mettait en valeur ses courbes et la teinte rousse de ses cheveux, qui avaient été enroulés et épinglés sur le sommet de sa tête en une superbe cascade de boucles d'or rouge. Une étole d'hermine doublée de soie gardait ses épaules au chaud, mais elle l'enlèverait dès son entrée, donnant ainsi à la foule d'invités massée à l'intérieur l'occasion d'admirer ses épaules crémeuses, dénudées par les rubans de sa robe sans manche, et le discret renflement de sa poitrine au-dessus de son corsage ajusté. Elle était d'une beauté et d'une distinction parfaites, dignes de la noblesse.

Elle lui adressa un sourire, à la fois tellement nerveux et tellement heureux qu'il atteignit Sebastian en plein cœur. En dépit de tout, il se réjouissait qu'elle ait la chance de vivre cette saison. Elle attendait ce moment depuis beaucoup trop longtemps. Et ce soir, elle était superbe et resplendissante.

Il glissa le bras autour de sa taille et l'aida à descendre.

— Faites attention, lui murmura-t-il à l'oreille d'un ton taquin. Ce n'est pas parce que vous portez des mules que vous devez marcher comme si vous portiez des sabots.

— Taisez-vous, Sebastian, le gronda-t-elle en lui frappant l'épaule de son éventail comme il lui offrait le bras et la conduisait vers la porte. Je suis déjà assez nerveuse comme cela.

Il lui adressa un sourire en coin et se pencha de nouveau vers elle.

— Vous êtes charmante.

Il sentit le discret parfum d'eau de rose sur sa peau et son sourire disparut tandis que son ventre se contractait au souvenir de la nuit du bal masqué.

— Très belle, en fait.

— Taisez-vous, répéta-t-elle, mais d'une voix plus douce et sans le frapper de son éventail.

Ses joues rosirent joliment.

Il leva sa main jusqu'à ses lèvres et posa un léger baiser sur ses doigts, la trouvant mignonne de rougir si facilement pour un compliment auquel chaque femme présente au bal s'attendait et estimait qu'il lui était dû.

— Je n'ai pas pour habitude de mentir à ce sujet.

Puis, elle faillit trébucher sur les marches et elle tourna vers lui un regard proprement stupéfait.

— Faites attention, réitéra-t-il en lui cachant combien sa réaction lui avait fait chaud au cœur.

S'il réussissait à la faire rougir avec un banal compliment, qu'arriverait-il s'il lui disait la vérité, à savoir qu'aucune des femmes présentes ce soir n'arrivait à la cheville de sa vivacité ? Et qu'il commençait à l'admirer pour cette raison. D'un hochement de tête, il attira son attention sur l'entrée de la demeure.

— Vous êtes arrivée au bal, Cendrillon.

Illuminé par les flammes des lampes, St James House était bondée, et la foule des invités se répandait déjà dans le grand vestibule et s'échappait en dépit de la brise hivernale dans les jardins éclairés par des lanternes. Le bal de la comtesse était l'évènement le plus attendu de la saison, un évènement qu'Olivia Sinclair planifiait soigneusement des mois à l'avance. Sebastian espérait que sa femme pourrait en faire autant lorsque leur tour viendrait de donner de grandes réceptions.

Il jeta un regard de côté à Miranda, dont les yeux verts remuaient sans cesse tant elle désirait ne rien manquer.

Elle aurait des prétendants, il en était certain. Comment aurait-il pu en être autrement ? Elle était tellement belle ce soir, tellement pleine de vie et rayonnante de bonheur. Une fois mariée, aurait-elle l'occasion de revivre quelque chose d'aussi somptueux ? Cette femme qui jouait aux pirates avec les orphelins ?

Avec une pointe de déception pour elle, il se rappela que cette vie ne lui convenait pas. Cette saison, elle ne faisait qu'une brève incursion dans le monde, et le marchand ou le riche agriculteur qu'elle épouserait n'aurait guère besoin de bals ou de réceptions. Pourtant, Sebastian ne doutait pas que Miranda s'y serait donnée entièrement. C'était ce qu'il admirait le plus chez elle.

Une fois à l'intérieur, Miranda remit son étole au valet. Après quoi, Sebastian lui fit monter le grand escalier menant au premier étage et traverser le vestibule jusqu'au second escalier qui descendait en s'incurvant vers la salle de bal bondée.

— Vous serez merveilleuse, ce soir, dit-il à voix basse.

Dieu qu'elle tremblait !

— Détendez-vous, soyez vous-même et amusez-vous.

— Et vous, vous allez vous détendre, être vous-même et vous amuser ? rétorqua-t-elle dans un murmure en cherchant son souffle.

Non. Ce temps-là était bel et bien fini. Son but ce soir était de se trouver une duchesse. Il pouvait tout au plus jouir du bal à travers Miranda.

– Je ne suis pas une débutante, rétorqua-t-il.

– Dommage, renchérit-elle en regardant droit devant elle, mais Sebastian vit un petit sourire frémir au coin de ses lèvres. Vous seriez charmant avec des rubans et de la dentelle rose.

Il se retint de rire. Seule Miranda pouvait le rendre heureux d'arriver à un bal.

Le maître de cérémonie, posté au sommet de l'escalier, prenait l'invitation de chacun et annonçait ensuite son entrée.

Miranda se tendit au bras de Sebastian. Quand il la regarda, il vit que ses joues roses étaient maintenant livides de nervosité et de terreur. Mais elle souriait fermement, comme sa mère le lui avait ordonné. Même en ce moment, alors qu'elle était complètement terrifiée à la perspective de faire son entrée, elle faisait de son mieux pour plaire aux autres, et le cœur de Sebastian se serra. Il comprenait, pour la subir, cette même obligation de plaire. Mais comment Miranda arrivait-elle à plaire aux autres tout en restant fidèle à elle-même, en préservant sa joie de vivre ? Il aurait aimé le savoir, car peut-être alors aurait-il pu apprendre à le faire.

En espérant qu'elle ne s'évanouisse pas avant qu'ils n'arrivent au pied de l'escalier, il tendit leurs invitations au maître de cérémonie. Celui-ci, vêtu d'une tenue tape-à-l'œil, perruque poudrée et talons hauts compris, se tourna, frappa le sol de son long bâton puis annonça d'une voix assez forte pour être entendue malgré la rumeur montant de la foule :

– Sa Grâce, Sebastian Carlisle, duc de Trent… et miss Miranda Hodgkins !

Pendant qu'ils attendaient posément au sommet de l'escalier avant de descendre, Sebastian entendit Miranda laisser échapper un hoquet quand la foule des invités se tourna pour les regarder.

— Respirez, lui rappela-t-il en souriant et en lui serrant la main comme ils avançaient.

Un murmure s'éleva de la salle de bal tandis qu'il la conduisait en bas ; tous les invités tendirent le cou pour entrevoir le nouveau duc et la femme qu'il parrainait cette saison. La *belle* femme qu'il parrainait, songea-t-il avec chagrin en voyant le regard des hommes se teinter d'intérêt.

— Pêcheurs de saumon, maugréa-t-il dans sa barbe avec irritation.

— Pardon ? dit-elle en le regardant.

Ses joues retrouvaient peu à peu leur couleur comme on annonçait le couple suivant et que l'attention de la foule se détournait d'eux.

— J'ai dit… ça sent le savon, mentit-il.

Il n'aurait pu dire si elle le crut, mais elle était trop nerveuse pour insister. Heureusement. Ce n'était pas le moment de lui expliquer la théorie saugrenue de Quinton sur les coureurs de jupons et la rendre encore plus sceptique sur les vertus de la haute.

Lorsqu'ils arrivèrent en bas, elle respirait de nouveau normalement, son corps était plus détendu et ses joues étaient de ce rose vif qu'il trouvait si charmant.

Il la conduisit jusqu'à sa mère qui l'attendait en périphérie de la salle.

— Miss Hodgkins, la salua-t-il en inclinant la tête.

— Votre Grâce, répondit-elle en faisant gracieusement la révérence.

Il grimaça intérieurement. Pour une raison qui lui échappait, il grinçait des dents chaque fois que Miranda lui rappelait son titre. Quand il était avec elle, il souhaitait n'être que Sebastian.

— Amusez-vous, lui intima-t-il. Je reviendrai pour la première danse.

Elle hocha la tête et l'angoisse altéra de nouveau ses traits. Ce soir, elle faisait officiellement ses débuts, et le comte et la comtesse de St James leur avaient accordé l'insigne privilège d'être l'un des six couples choisis pour ouvrir le bal sous les regards curieux de toutes les personnes présentes. Étrangement, Sebastian attendait ce moment avec impatience, ravi d'être son partenaire pour sa première danse dans la haute société.

Il se retira en saluant poliment sa mère et sa sœur d'un hochement de tête et se fraya un chemin dans la foule à la recherche de ses frères.

Il les trouva près du bar, un verre de vin de Madère à la main ; Quinn, usant de tout son charme, tentait de convaincre un valet de lui apporter une bouteille de cognac de la réserve personnelle de St James. Sebastian, voyant la foule massée devant le bar et comprenant qu'il lui faudrait un bon quart d'heure pour se faire servir, prit le verre de Quinn.

— Tu vas être follement occupé ce soir, le nargua Quinn en lui donnant une claque dans le dos. Avec Miranda dont tu dois être la nounou…

— Et toutes les femmes de ta liste avec qui tu ne dois *pas* être une nounou, acheva Robert avec un grand sourire.

Sebastian leva le verre et en avala avec joie une longue gorgée.

— Ce soir, je dois seulement inviter ces dames à danser.

Il passerait ainsi assez de temps avec chacune pour voir laquelle lui plairait suffisamment en vue d'une relation plus sérieuse.

Quinn éclata de rire.

— C'est censé être amusant?

— Il ne doit pas s'amuser, le corrigea Robert d'un ton exagérément sérieux, en posant le bras sur les épaules de Quinn. Il doit se trouver une épouse.

— Précisément, confirma Sebastian.

Il aurait bien aimé que Quinn ait mis la main sur le cognac. Cette soirée promettait d'être affreusement longue.

Il balaya du regard la salle de bal et ses yeux s'arrêtèrent sur Lady Jane Sheridan qui, debout, était entourée d'une foule d'admirateurs. Elle avait décidément un port de reine dans sa robe de satin rose pâle et son bandeau orné de perles qui retenait ses cheveux couleur sable dans la coiffure grecque qui était à la mode. Son sourire, mélange d'amabilité réservée et de modestie affectée, trahissait son sang bleu.

Debout à quelques pas des admirateurs de Jane, mais manifestement détachée du groupe, Miranda riait joyeusement aux éclats de quelque remarque taquine que venait de lui adresser Thomas Matteson. Sebastian fronça les sourcils en la voyant plonger dans une révérence exagérée et rieuse devant la marquise. Il n'y avait *rien* en elle de réservé ou d'affecté.

— Ah, la charmante Lady Jane, marmonna Robert en suivant le regard de Sebastian.

Quinn tendit le cou sans chercher à cacher sa curiosité.

— Ce sera elle, l'élue, alors?

— Je n'ai pas encore décidé, répondit-il en détournant les yeux de Miranda pour les reporter sur la fille du comte.

Mais Jane figurait indéniablement au sommet de sa liste, et il devait aller la retrouver avant que son carnet de bal ne soit rempli. Avec Jane, il voulait une valse. S'il devait la courtiser (et pour le moment, elle était l'Incomparable non seulement de la saison, mais également la sienne), il voulait passer du temps en tête-à-tête avec elle avant d'annoncer ses intentions.

— Mais elle a toutes les qualités que je recherche chez une épouse. Bonne famille, réputation impeccable, influence politique…

Robert et Quinn éclatèrent de rire. Sebastian leur lança un regard acéré qui mit un terme à leur hilarité. Ce soir, il n'avait vraiment pas besoin que ses frères se mêlent de ses affaires.

Ni Miranda. Son regard se tourna une fois de plus vers elle, à l'instant même où elle agitait son éventail d'un air coquin à l'intention d'un jeune dandy qui venait de lui demander une danse. L'irritation lui crispa le ventre.

— C'est regrettable…, commença Robert.

— Qu'on ne vende pas les épouses aux enchères chez Tattersall's, acheva Quinn en s'étranglant de rire.

Sebastian, préférant ignorer les singeries de ses frères, ne répondit pas et avala une nouvelle gorgée de vin. Ils pouvaient le taquiner autant qu'ils le voulaient, mais le fait était que le choix de sa femme ne lui appartenait pas, mais devait être fait dans le respect de son titre et du prestige de sa famille. Et de son père, pour s'être trouvé, la nuit de sa mort, non pas avec sa famille, mais avec une actrice, une femme si peu recommandable pour lui qu'il avait dû tromper sa famille pour être avec elle.

Ce qu'il désirait en tant qu'homme n'avait aucune importance.

— On va bientôt commencer à danser, annonça-t-il en vidant le verre de vin. Allez retenir vos danses auprès de Miranda et assurez-vous qu'elle ait suffisamment de partenaires pour bien s'amuser.

— Ce ne sera pas difficile, observa Quinn en hochant la tête pour attirer l'attention de son frère sur les hommes qui, ayant remarqué son arrivée, fendaient la foule vers elle.

— Tant mieux pour elle, murmura Robert en la reluquant d'un regard appréciateur.

Une flèche de profond agacement traversa Sebastian. Ce soir, la dernière chose dont il avait besoin était de se soucier de Miranda et de ces hommes qui réclamaient ses faveurs, se bousculaient pour danser avec elle et multipliaient les simagrées pour attirer son attention. Pourquoi diable Robert la reluquait-il ainsi ? Il avait promis de l'aider à conquérir son frère, mais pas… de *cette* façon-là.

— Va l'inviter à danser, Robert, ordonna-t-il en commençant à détester l'accord qu'il avait conclu avec Miranda. Et fais en sorte que ce soit une valse.

Il remit son verre vide à Quinn et entreprit de se frayer un chemin jusqu'à Lady Jane dans la foule compacte.

Quand il arriva près d'elle, le groupe de femmes qui l'entouraient s'ouvrit pour lui céder la place.

— Lady Jane, dit-il en s'inclinant devant elle, vous êtes ravissante ce soir.

— Je vous remercie, votre Grâce, sourit-elle, le regard étincelant. Je suis ravie de vous revoir, Trent.

Ils avaient été officiellement présentés deux semaines auparavant, lors du déjeuner offert par le duc et la duchesse de Strathmore pour marquer la reprise des travaux du

Parlement. Le repas s'était fort bien déroulé, et Lady Jane avait grimpé en tête de liste. En la regardant, il sut qu'il avait pris la bonne décision.

L'énergie qui courait parmi le groupe des admirateurs de Lady Jane changea notablement à l'arrivée de Sebastian. Les hommes fusillèrent du regard leur rival, les femmes jetèrent un regard jaloux à Jane. Bon sang qu'il serait ravi de prendre femme et de ne plus devoir se plier à ces jeux puérils.

Ignorant leurs regards, il lui sourit.

— J'aimerais que vous m'accordiez une danse, Lady Jane, s'il vous en reste.

— J'en serais honorée.

— Puis-je espérer une valse ? insista-t-il.

Un sourire entendu erra sur les lèvres de Lady Jane.

— La première vous conviendrait-elle, Votre Grâce ?

Les lèvres de Sebastian frémirent. Elle lui avait manifestement réservé cette danse. Ainsi, non seulement Lady Jane acceptait-elle d'être courtisée cette saison, mais lui aussi figurait en tête de sa liste. Au lieu d'être soulagé de ne pas avoir de véritable rival, il se sentit consterné par les manigances entourant la comédie du mariage que tramait saison après saison la haute société. Manigances dans lesquelles il avait été entraîné à son corps défendant.

Il accepta d'un hochement de tête.

— Tout ce qui vit doit mourir, marmonna-t-il dans sa barbe comme *Hamlet* surgissait étrangement dans son esprit.

— Je vous demande pardon ?

— Rien, sourit-il. Avant que la danse commence, je serais ravi si nous allions faire un tour…

Il s'interrompit. Il venait de voir du coin de l'œil Diana Morgan entrer au bras de son père, le général Morgan, et d'entendre les murmures de la foule saluer son arrivée. Dans sa robe de satin blanc, avec ses cheveux blonds remontés en une cascade de boucles dorées, elle avait tout à fait l'air d'un ange, et sa présence captivait l'attention de la salle entière.

Y compris celle de Miranda, qui se tourna vers le mur et releva son éventail, mais pas avant que Sebastian ne voie son expression angoissée. Son cœur se brisa pour elle.

• • •

Miranda cligna vigoureusement des yeux derrière son éventail qu'elle agitait très vite prétendument pour se rafraîchir, mais en vérité pour masquer la douleur qui lui comprimait le cœur. Diana Morgan… belle comme un ange. Miranda savait qu'elle viendrait au bal ; elle s'en était discrètement informée auprès d'Elizabeth Carlisle deux jours plus tôt. Mais le fait de le savoir ne l'avait en rien préparée à son entrée spectaculaire.

Miss Morgan, ravissante dans sa robe blanche, descendit vers la salle de bal comme portée par un nuage ; ses cheveux semblables à des fils d'or étincelaient sous les chandeliers, et tous s'arrêtèrent pour la contempler. Y compris Robert, qui abandonna Quinn au bar et s'empressa d'aller l'accueillir en s'inclinant profondément et en lui baisant la main. À en juger par le temps qu'il mit à leur parler, à elle et à son père, avant d'aller retrouver Quinton, il lui réclama plusieurs danses.

Mais cela allait de soi, et qui aurait pu le lui reprocher ? Apparemment, les commérages de boudoir que Miranda avait transmis à Sebastian étaient faux. Lady Jane n'était pas l'Incomparable de la saison. Miss Morgan l'était. On pouvait compter sur les frères Carlisle pour ravir les deux femmes les plus convoitées de la saison, alors qu'elle… alors qu'elle…

Rien ! Elle n'était rien du tout. Comment avait-elle pu penser soutenir la comparaison ? Même ce soir, dans la plus jolie robe qu'elle eut jamais portée, avec ses cheveux impeccablement coiffés par la femme de chambre de Josie et les émeraudes que lui avait prêtés Elizabeth Carlisle, elle n'avait pu retenir l'attention de Robert.

— Veuillez m'excuser, bredouilla-t-elle en s'éloignant précipitamment du groupe formé par les amis de la famille Carlisle qui s'étaient rassemblés autour d'elle, de la duchesse et de la marquise.

Elle devait trouver le boudoir des femmes. Sans tarder. Elle avait besoin d'un moment de tranquillité et de silence pour se ressaisir, respirer, refouler les larmes qui lui brûlaient les yeux, et trouver le moyen de finir la soirée sans que nul se doute…

— Miranda.

Sebastian. Elle leva ses yeux pleins de larmes au ciel comme il se plaçait devant elle et bloquait sa fuite. Il fallait que ce soit lui entre tous qui la voie ainsi !

— Votre Grâce.

Avec un sourire forcé, elle agita furieusement son éventail devant sa figure pour se donner de l'air et refouler ses larmes.

Mais il fronça les sourcils d'un air soucieux, percevant visiblement son angoisse malgré les apparences.

— Nous devons ouvrir le bal, déclara-t-il posément, mais le regard grave.

Il posa la main sur le bas de son dos pour l'éloigner des autres avant qu'ils ne puissent voir la souffrance qui altérait ses traits.

— Nous y allons ?

Elle hocha la tête, la gorge trop serrée pour retrouver l'usage de la parole, et le laissa la conduire. Heureusement, il lui fit également emprunter un long détour pour lui permettre de se ressaisir avant que tous les regards ne se fixent sur eux. Il était trop bien élevé pour commenter sa détresse, mais il était venu à son secours et elle lui en était plus reconnaissante qu'elle aurait su l'exprimer.

Il l'escorta à travers la foule jusqu'à Lord et Lady St James, qui attendaient à côté du maître de cérémonie le moment d'ouvrir officiellement le bal. Ils seraient le premier couple à danser dans le premier groupe, celui-là même où Miranda allait danser avec Sebastian pour son entrée dans le monde.

– Elle est ravissante, chuchota Miranda, la mine défaite.

– En effet.

Elle n'arrivait pas à le regarder, trop humiliée par la futilité de ses efforts des dernières semaines. Des larmes brûlantes lui mouillèrent les cils.

– Je ne parlais pas de Lady St James.

– J'avais compris, souligna-t-il gentiment d'une voix douce. Miranda, il est peut-être temps que vous renonciez à Robert.

Elle secoua la tête. Il avait raison ; sa tête le savait, mais son cœur n'était pas encore prêt à renoncer au rêve qu'elle caressait depuis l'âge de quatorze ans.

– Pas encore.

Il hocha la tête, à la fois compatissant et compréhensif.

– Alors, permettez-moi de vous demander une deuxième danse. Que vous reste-t-il ?

Les épaules de Miranda s'affaissèrent. Sebastian, étant son escorte et l'homme qui parrainait ses débuts, était obligé de danser la première danse avec elle. Et voilà qu'en plus il la prenait en pitié.

— Vous n'avez pas à le faire.

— Je veux le faire.

Ça, c'était un *mensonge*. Mais c'était délicat de sa part de le lui offrir, et sa gentillesse lui fit chaud au cœur et rendit plus léger le poids qui lui plombait la poitrine.

— J'ai encore mes deux valses.

— Les deux ?

Il plissa les yeux et, de nouveau humiliée, elle prit conscience de ce qu'il avait compris. Que Quinn avait retenu le quadrille, de même que le marquis de Chesney et le duc de Strathmore, sans compter plusieurs autres hommes qu'elle n'avait jamais rencontrés avant ce soir et qui voulaient tous danser avec elle. À l'exception de Robert, qui ne s'était pas encore manifesté.

— Je croyais que vous aimiez valser ?

— En effet, confirma-t-elle en baissant les yeux et en feignant de lisser ses gants. Je les gardais pour Robert afin qu'il puisse choisir.

Après avoir tiré ses gants au-dessus de ses coudes, elle garda longtemps les yeux baissés, incapable de supporter de voir de la pitié sur les traits de Sebastian.

— Toutefois, votre mère m'a assurée qu'il m'accorderait une valse étant donné qu'il est le second de la famille et que ce sont mes débuts.

— Il aurait dû le faire. Et il le fera, affirma-t-il fermement.

Cependant, Miranda doutait qu'il puisse, tout duc qu'il était, persuader son frère de lui prêter attention ; à présent que miss Morgan était là, il ne voyait plus qu'elle.

— Peu importe, dit-elle en secouant la tête d'un air défait. Je suis certaine que certains des hommes présents ici ce soir voudront valser avec moi.

— Je n'en doute pas, marmonna-t-il entre ses dents avant de la regarder d'un air soucieux. Soyez prudente avec les hommes ce soir, Miranda.

Elle laissa échapper un soupir et se prépara à recevoir une autre salve de ces mises en garde qu'il n'avait cessé de lui donner depuis son arrivée à Londres, une suite apparemment interminable de conseils sur la manière de se conduire dans le monde et d'observer ses règles tacites. Seul Sebastian Carlisle arrivait à gâcher son plaisir en… en étant tout simplement *lui-même.*

— Amusez-vous, mais pas trop. N'attirez pas l'attention et ne buvez pas trop de champagne.

Il récita sa litanie de mises en garde sans reprendre son souffle, et Miranda se demanda depuis combien de temps il s'y exerçait. Sans doute depuis que sa mère et lui avaient décidé de lui offrir ses débuts.

— Restez dans la salle de bal sauf si mère ou Josie vous accompagne, n'allez pas sur la terrasse ni dans le jardin…

— Restez près du mur avec les chaperons et les vieilles filles, poursuivit-elle sur le même ton que lui en agitant sa main gantée, cachez-vous dans un coin sans rouspéter, devenez une vieille dame avec pour seule compagnie un bataillon de chats… Mieux encore, entrez au couvent.

— C'est cela, dit-il en arquant le sourcil. Je me réjouis de voir que nous nous sommes compris.

Elle ouvrit la bouche, atterrée.

— Ce n'est pas du tout le cas !

Il lui décocha un sourire, visiblement soulagé de l'avoir enfin distraite de Robert.

— Et je serais honoré que vous m'accordiez votre deuxième valse.

Elle referma la bouche et le regarda, les yeux écarquillés et incapable de parler. Cependant immensément reconnaissante. Les larmes de chagrin qui lui piquaient les yeux se transformèrent en larmes de gratitude. Elle devait reconnaître que Sebastian pouvait faire montre d'une grande élégance de cœur. Quand il ne se prenait pas pour un duc.

— Merci, souffla-t-elle.

Sans dire un mot, en la regardant dans les yeux, il porta la main de Miranda à ses lèvres et la baisa. Un doux picotement se répandit dans le bras de la jeune femme.

— Mesdames et Messieurs, le comte et la comtesse de St James ! annonça depuis le sommet de l'escalier le maître de cérémonie soutenu par quelques accords de l'orchestre.

Une rumeur joyeuse s'éleva de la foule, qui libéra la piste de danse pour laisser passer les six couples qui allaient faire les premiers pas et ouvrir le bal.

Miranda, consciente qu'on la regardait de nouveau, inspira nerveusement et suivit Sebastian sur la piste de danse.

— Ne dansez pas deux fois avec le même homme, poursuivit Sebastian sans tenir compte du regard exaspéré de Miranda alors qu'ils prenaient place l'un en face de l'autre au bout de la rangée de danseurs. Il croira qu'il vous plaît.

Elle arqua le sourcil.

— Vous allez danser deux fois avec moi ce soir. Allez-vous en déduire que vous me plaisez ?

Il fronça les sourcils en silence, trop avisé pour répondre à la question. Ha ! Cette petite victoire remonta le moral de Miranda.

— Je vous ai vu tantôt parler avec Lady Jane, insista-t-elle, enhardie.

Elle releva le menton comme la musique commençait et que les danseurs exécutaient les saluts et les révérences marquant le début de la danse.

— Lui avez-vous donné le même conseil ?

Les yeux de Sebastian étincelèrent, mais Miranda n'aurait su dire si c'était d'amusement ou de contrariété. Les couples s'avancèrent.

— Bien sûr que non, répondit-il entre les pas tandis qu'ils tournaient l'un autour de l'autre. Lady Jane connaît l'étiquette sur le bout des doigts. Elle est très bien élevée, ajouta-t-il comme ils s'éloignaient.

Ils reprirent leur place initiale puis s'avancèrent de nouveau.

— Elle est d'un ennui mortel, rétorqua Miranda avant de faire un pas de côté pour aller tourner autour du duc de Chatham.

Après tous les conseils qu'il lui avait donnés, Sebastian méritait amplement qu'elle le nargue.

— Elle est éduquée, riposta Sebastian avec une lueur d'amusement dans les yeux quand elle revint tourner autour de lui.

La danse les obligeait à se séparer pour aller danser avec les autres couples, mais chaque fois qu'ils se retrouvaient, ils se renvoyaient la balle. Miranda y prenait plus de plaisir qu'elle l'aurait dû. Le fait de provoquer Sebastian lui était d'une joie infinie.

— Insipide, ajouta-t-elle en faisant tournoyer sa jupe avant de s'éloigner de nouveau.

— Délicieusement raffinée, lui souffla-t-il à l'oreille lorsqu'ils se retrouvèrent.

Elle releva moqueusement le nez pour caricaturer Lady Jane dans le seul but de l'énerver avant de se reculer.

— Affreusement snob.

À son retour quelques instants plus tard, il l'accueillit avec un sourire.

— Belle… comme vous.

Lorsqu'il frôla de la main le dos de Miranda en tournant autour d'elle, elle retint son souffle devant ce petit flirt. La possessivité de cette légère caresse et la chaleur des doigts de Sebastian à travers sa robe la prirent au dépourvu. De même que le plaisir qu'elle en tira.

Le bout de sa chaussure refusa de glisser sur le plancher de marbre, Miranda manqua un pas et trébucha. Aussitôt, Sebastian glissa sa main sous son bras gauche, sa main droite sur ses reins et la fit doucement tournoyer.

Il baissa la bouche vers l'oreille de Miranda et lui souffla d'une voix taquine, mais nettement plus rauque qu'il en avait l'intention :

— Gracieuse.

Incapable de riposter sans revenir sur sa propre maladresse, elle plissa les yeux et le fusilla du regard, puis elle s'éloigna pour aller rejoindre le comte de St James, le premier et le dernier couples devant se réunir pour la fin de la danse. Sebastian tourna sur lui-même pour faire danser la comtesse.

— Gracieuse ? lança-t-il comme ils se retrouvaient l'un devant l'autre dans leur position initiale.

Manifestement, Sebastian appréciait autant qu'elle leur prise de bec. Du moins l'avait-elle appréciée jusqu'à ce qu'il la compare sans s'en rendre compte à Lady Jane. Au détriment de Miranda. Cela l'avait blessée plus qu'elle était prête à l'admettre.

Sur une dernière envolée de l'orchestre, les couples achevèrent la danse en s'inclinant et en faisant la révérence devant leurs partenaires.

— Une enfant gâtée, réussit-elle à glisser.

Mais elle aurait voulu dire : *Pas du tout faite pour vous.* Cependant, si une femme comme Lady Jane n'était pas faite pour lui, quelle femme l'était ?

Il arqua le sourcil, sans se douter de ce qu'elle pensait.

— D'une conduite irréprochable.

Cette pique la laissa bouche bée, indignée et irritée. Oh, le vilain ! Mais la danse se termina avant qu'elle ne trouve une répartie cinglante. Sebastian avait eu le dernier mot. Un mot particulièrement méchant.

Relevant le menton d'un air de défi, elle plongea dans une révérence assez profonde pour faire la fierté de la mère de Sebastian, même si son fils aîné était insupportable. Puis, elle le laissa mettre sa main sur son bras pour la ramener à la duchesse.

— Je reconnais, concéda-t-elle même si cela mettait sa fierté à mal, que Lady Jane semble effectivement charmante.

Visiblement étonné qu'elle complimente, bien qu'à contrecœur, celle qui allait peut-être devenir sa femme, il lui glissa un regard en coin.

— Merci…

— Il est cependant regrettable que la folie sévisse dans sa famille.

Sebastian ralentit un peu le pas, seul signe qui trahit sa surprise.

— Je vous demande pardon ?

— Il le faut, dit-elle avec un reniflement hautain, pour souhaiter épouser un vieux duc collet monté comme vous.

Avec un petit rire, il lui adressa un large sourire. Et pas n'importe lequel. Un sourire si chaleureux et si amusé qu'elle sentit ses entrailles fondre.

Son cœur rata un battement. Ah, non, pas ce sourire ! Pas *son* sourire ! Il était impossible que Sebastian fasse battre son cœur. Sinon, cela signifiait que… *Non !* Qu'entre tous les hommes, elle soit attirée par Sebastian… Absurde ! C'était tout bonnement en raison de l'excitation de la danse, rien de plus, parce qu'il ne pouvait y avoir quoi que ce soit de plus. Certainement pas avec lui. Conquérir Robert était déjà difficile ; conquérir Sebastian était impossible.

— Avez-vous l'intention de danser avec elle, ce soir ? lança-t-elle très vite pour penser à Lady Jane et oublier le duc.

— Oui. La première valse.

Il la regarda en haussant les sourcils.

— Allez-vous tenter de m'en dissuader ?

— Mais non, répondit-elle innocemment avec cependant une pointe d'ironie susceptible d'éveiller la méfiance de Sebastian.

Il serra les dents, visiblement peu enclin à la croire.

— En fait, je suis ravie pour vous qu'une femme accepte de danser avec vous.

— Plus d'une fois, d'ailleurs, rétorqua-t-il avec une pointe d'arrogance moqueuse.

Elle s'éloigna de lui comme il allait rejoindre sa mère, mais ne put se retenir de lancer une dernière pique à voix basse.

— Dans ce cas, c'est que la folie se répand.

Elle l'entendit réprimer un rire. Mais avec un calme impénétrable, il salua poliment sa mère et Josie.

— Si vous voulez bien m'excuser, mesdames.

Puis, il s'inclina profondément et avec une courtoisie exagérée devant Miranda, allant jusqu'à refuser de lâcher sa main jusqu'à ce qu'il l'ait portée à ses lèvres et baisée, même si elle tirait très fort dessus pour l'en empêcher et que ses joues naturellement roses s'empourpraient. Il faisait cela pour l'énerver, saperlipopette ! Et devant sa mère et sa sœur, en plus.

Une lueur espiègle dansa dans les yeux bleus de Sebastian.

— Je dois aller retrouver ma prochaine partenaire. Avant qu'elle ne soit internée à Bedlam, conclut-il avec un clin d'œil en s'éloignant.

Miranda ouvrit la bouche, renversée par son audace. Oh, que le diable emporte cet homme.

CHAPITRE 7

Une heure plus tard, non seulement Sebastian avait-il dansé avec plusieurs des femmes figurant sur sa liste, mais il en avait mentalement éliminé la plupart. Oh, elles étaient toutes charmantes, gracieuses, mais il manquait à chacune un petit… *quelque chose*. Une chose indéfinissable qu'il n'arrivait pas à identifier, mais dont il sentait l'absence.

Qui plus est, parce qu'il avait ce soir dansé plus qu'à aucun des bals auxquels il avait assisté depuis son héritage (probablement, en fait, depuis toujours), la rumeur s'était répandue encore plus vite que la Tamise traversait Londres que le duc de Trent se cherchait une épouse, ce qui avait précipité toutes les mères de filles à marier, et leurs filles par conséquent, dans la frénésie. Ce qui lui donnait l'impression d'être une proie.

Et parlant de proie… *Miranda.*

Même en dansant, il n'avait pu s'empêcher de remarquer l'intérêt que lui portaient les hommes qui tournaient autour d'elle et qui rivalisaient pour obtenir son attention. Ou une danse. Ou l'un de ses adorables éclats de rire. Ou l'un des frissons coquins de son éventail qui le mettaient en rogne chaque fois qu'il la voyait en gratifier l'un des hommes qui lui parlaient.

C'était diablement agaçant. Comment était-il censé se concentrer sur sa recherche d'une épouse alors qu'elle se conduisait avec une telle insouciance ? Une telle coquetterie. Une telle... *joie de vivre*. Ne voyait-elle pas qu'elle attirait l'attention de tous ?

Sauf celle de Robert.

Sebastian jeta un regard mauvais à son frère qui se trouvait de l'autre côté de la salle. Il n'avait pour ainsi dire pas quitté miss Morgan de la soirée ; en cet instant même, ils bavardaient en tête-à-tête près des portes-fenêtres ouvertes donnant sur la terrasse obscure. Robert avait à peine regardé Miranda. Toute son attention était tournée vers la superbe fille du général. Sans doute essayait-il de la convaincre d'aller se promener seule avec lui au jardin.

Comprenant qu'il était vain d'interrompre Robert et de lui rappeler ses obligations envers Miranda, sauf s'il souhaitait se quereller avec lui, Sebastian saisit un verre de punch sur le plateau d'un valet qui passait par là et entreprit de traverser la salle de bal.

Miranda lui tournait le dos, mais le demi-cercle d'admirateurs qui l'entouraient se dispersa à l'arrivée de Sebastian. *Ils avaient intérêt*. Il n'était pas d'humeur à supporter une bande de débauchés avoués prêts à se jeter sur une innocente jeune fille de la campagne comme Miranda. Il savait fort bien ce qu'ils attendaient d'elle, et ce n'était pas de discuter de pêche au saumon.

Miranda se raidit, comme si elle avait senti sa présence avant même de le voir.

— Trent.

— Miss Hodgkins.

Incapable de se retenir de prendre une intonation légèrement narquoise, il ajouta d'une voix traînante :

— À ce que je vois, vous vous êtes fait beaucoup d'amis ce soir.

Elle se tourna vers lui et leva les yeux au ciel tout en agitant son éventail avec une impudence que les dames de la haute ne maîtrisaient pas encore. À la voir ainsi, debout dans sa jolie robe, ses yeux verts illuminés par les flammes des chandeliers et son nez couvert de taches de rousseur à peine levé en l'air, il ne put retenir un sourire. Ce qui eut pour seul effet d'accentuer l'irritation de Miranda.

Pour le contrarier, elle plongea dans une profonde révérence.

— La jalousie ne vous sied pas, Votre Grâce, souligna-t-elle avec un reniflement dédaigneux en se relevant.

Jalousie ? Cette femme était folle.

— Je ne suis pas jaloux.

Il lui tendit le verre de punch et ajouta de manière appuyée :

— Je suis prudent.

À la façon dont elle arqua le sourcil devant le verre de punch sans le prendre, il s'attendit presque qu'elle lui demande s'il y avait mis du poison. Au lieu de quoi, elle l'accepta.

— Merci.

— Vous vous amusez ?

Il le souhaitait sincèrement.

Elle sourit lentement, de ce même sourire radieux qu'il l'avait vue adresser au moins une dizaine de fois au cours de la dernière heure aux hommes qui réclamaient son attention.

Mais quand elle le lui adressa, il le sentit se répandre en lui jusqu'au bout de ses orteils dans ses bottes à la hussarde. Il comprit alors pourquoi autant d'hommes s'agglutinaient autour d'elle : uniquement pour qu'elle leur fasse la faveur de son sourire.

— Beaucoup, acquiesça-t-elle doucement. Oh, Sebastian, poursuivit-elle en se penchant vers lui comme pour lui confier un secret, c'est la plus belle soirée de ma vie !

Cette remarque fit chaud au cœur de Sebastian, et l'étincelle qui dansait dans les yeux de Miranda excita son imagination. Elle était si pleine de vie et d'énergie, de bonheur et de joie… et tout cela à cause d'un bal semblable à la dizaine de grands bals qui seraient donnés au cours de la saison mondaine. Pour la moitié des jeunes femmes présentes, le bal de ce soir n'était qu'un évènement ennuyeux de plus parmi la longue série de réceptions prévues. Mais pour Miranda, c'était un conte de fées.

— Je m'en réjouis, répondit-il sur le même ton de confidence. Vous méritez bien de vivre une soirée extraordinaire.

Il marqua une pause, puis s'enquit prudemment :

— Et votre première valse ? On vous l'a demandée ?

Elle hocha la tête avec un grand sourire.

— Robert me l'a demandée.

— Bien.

Il aurait dû se sentir soulagé que son frère ait rempli son devoir. À la place, il craignit qu'en raison de son appréhension, Miranda redevienne nerveuse, et il ne croyait pas que son frère puisse supporter une autre conversation sur John Milton ou la dentelle belge.

— N'hésitez pas à vous amuser avec lui, conseilla-t-il en dépit de l'étrange pincement au cœur qu'il éprouvait.

– M'amuser ? répéta-t-elle en feignant d'être offensée. Je croyais devoir me conduire extrêmement bien ce soir et éviter tout comportement potentiellement scandaleux avec les messieurs. Ne pas attirer l'attention sur moi, ne pas aller sur la terrasse ou dans le jardin et ne pas rester seule avec un homme, dit-elle en soulignant d'un petit coup d'éventail chacune des mises en garde de Sebastian qu'elle prenait plaisir à lui rappeler d'un ton moqueur. Bref, de ne rien faire.

Sebastian serra les dents. *L'impertinente.*

– Robert ne compte pas. C'est un Carlisle.

Malheureusement pour Miranda, il aurait aussi pu être sa nounou tant il n'avait pas remarqué sa présence depuis l'arrivée de miss Morgan.

– Nous sommes vos chaperons, cet été. *Nous* avons le droit d'être seuls avec vous.

En voyant Miranda hausser le sourcil pour s'insurger contre cette règle tacite de la noblesse touchant à la propriété de sa personne, il se hâta d'ajouter :

– Soyez vous-même avec lui.

Une ombre voila le joli visage de Miranda.

– C'est là le problème, n'est-ce pas ? Je suis toujours moi-même quand il est là, c'est-à-dire jamais…

Elle ouvrit grand les yeux parce qu'une idée venait de lui traverser l'esprit.

Le cœur de Sebastian sauta un battement. Chaque fois que Miranda avait cet air-là, cela annonçait des ennuis.

– Je ne devrais peut-être pas être moi-même.

Pendant qu'elle réfléchissait à son idée, son corps se raidit visiblement, comme si l'excitation, tel un ressort logé en elle, s'apprêtait à se détendre.

– Je devrais peut-être être Lady Rose et…

– *Non.*

Elle le regarda en cillant, surprise par sa rudesse.

Bon sang. La brusquerie avec laquelle il avait prononcé ce seul mot le surprit lui-même.

– Amusez-vous, corrigea-t-il en se ressaisissant et en repoussant l'espèce de folie qu'il l'avait saisi à la mention de Lady Rose… avec Robert. Mais ne vous compromettez pas.

Par chance, l'orchestre poussa quelques accords annonçant la première valse, ce qui lui fournit un prétexte pour partir avant d'ajouter quelque chose qui le ferait passer pour un jaloux. Ce qu'il n'était pas. Évidemment.

– Votre première valse dans le monde va bientôt commencer, miss Hodgkins.

Il regarda par-dessus l'épaule de Miranda. Il ne vit aucune trace de Robert dans les environs, mais son frère était sans doute en train de se frayer un chemin dans la foule jusqu'à elle. Tout comme lui devait se frayer un chemin jusqu'à Lady Jane.

– Amusez-vous.

Mais pas trop.

Laissant cette mise en garde implicite flotter dans l'air entre eux, il se dirigea vers Jane, qui attendait à la périphérie de la salle de bal, entourée de ses nombreux admirateurs. Tout en le cherchant des yeux derrière son éventail, elle murmura quelques mots à l'oreille de sa sœur.

Mais alors que l'orchestre lançait les premières notes de la valse, il regarda par-dessus son épaule et vit que Miranda était là où il l'avait laissée et que Robert n'était pas dans la salle, ce qui voulait dire qu'il l'avait abandonnée sans partenaire.

Sebastian jura dans barbe.

— Quinton.

Il attrapa son frère par le bras et l'entraîna à l'écart du petit groupe de propriétaires terriens qui discutaient du prix du blé.

— J'ai besoin que tu danses cette valse avec Lady Jane et que tu lui présentes mes excuses.

— Pourquoi?

Quinn regarda Jane, qui souriait discrètement à Sebastian en attendant patiemment de danser avec lui.

— Parce que Robert sera mort d'ici minuit, maugréa-t-il, et que je serai emprisonné à Newgate pour meurtre.

Quinton eut un grand sourire. Avec un hochement de tête, et visiblement peu soucieux de la raison pour laquelle il devait danser avec Lady Jane pourvu que ce soit Robert qui essuie la colère de Sebastian, il se dirigea d'un pas nonchalant vers la jeune femme. Sebastian attendit de voir Quinn s'incliner devant Jane avant de tourner les talons et d'aller retrouver Miranda.

Elle avait aux lèvres un sourire radieux dont il savait qu'il cachait son chagrin de s'être fait poser un lapin pour sa valse. Il ne s'agissait pas d'une valse quelconque, mais de sa première dans le monde. En le voyant approcher, son sourire vacilla. Tout autre que lui n'aurait pas vu la lueur de détresse dans ses yeux, mais lui la vit, et cela le chagrina plus qu'il aurait voulu l'admettre.

Il lui prit la main et la posa sur son bras, refusant qu'elle la retire.

— Votre valse commence.

Elle cilla, perplexe.

— Mais Robert est censé…

— Robert ne viendra pas, déclara-t-il d'une voix ferme, la mâchoire serrée de colère contre son frère.

Elle hésita, puis hocha la tête sans mot dire en comprenant ce que cela voulait dire.

Comme il la conduisait vers la piste de danse, le sourire de Miranda s'effaça pour céder la place à une gravité qui la fit soudainement paraître plus vieille de plusieurs années, subitement lasse du monde. *Malheureuse.* Cela déplut à Sebastian. À ce moment-là, il aurait fait n'importe quoi pour voir renaître son sourire radieux.

— Vous n'avez pas à faire cela, Sebastian, l'informa-t-elle d'une voix sourde que lui seul pouvait entendre dans la musique et le bruit qui les enveloppaient. Je ne suis pas votre œuvre de bienfaisance.

— Non, en effet.

Il s'inclina alors qu'elle faisait la révérence avec raideur, et il la fit prendre sa position.

— Mais nous avons conclu un marché. Nous nous sommes promis de nous aider mutuellement pendant cette saison.

Il plongea le regard dans ses yeux verts lumineux et vit dans leurs profondeurs tumultueuses un mélange étonnant de tristesse et de gratitude qui lui coupa le souffle. Il l'admira d'arriver à supporter la grossièreté de son frère avec une telle grâce et un tel aplomb.

— Je tiens toujours mes promesses.

Avant qu'elle n'ait le temps de répondre, il l'entraîna dans la valse. Ils tournoyèrent sur la piste, les jupes de sa robe flottant autour de ses jambes avec chaque glissement et chaque virage, et il prit soin de la tenir à une distance respectueuse. Elle était plus gracieuse qu'il s'y attendait, et ses pas s'harmonisaient parfaitement aux siens.

— Robert est au jardin, n'est-ce pas ? vérifia-t-elle en baissant la tête alors qu'ils se dirigeaient vers le côté opposé de la piste de danse. Avec miss Morgan.

Il se raidit, sachant très bien ce qu'elle entendait par là. Miss Morgan et Robert s'étaient sans doute faufilés dehors pour être seuls et hors du champ de vision des invités, et sans penser une seule seconde à la valse de Miranda. Certes, Robert aimait bien Miranda et ne lui aurait pas fait de mal intentionnellement. Mais Sebastian était de plus en plus convaincu que son frère ne verrait jamais en Miranda autre chose que la fillette avec des tresses avec laquelle il avait grandi.

— Sans doute, répondit-il doucement.

— Peu importe, insista-t-elle, le regard fixé sur son épingle à cravate.

Mais son ton manquait de conviction, comme si elle-même n'était pas encore convaincue et devait le dire à voix haute pour le croire.

— Quelqu'un d'autre m'aurait invitée à danser, je crois.

En voyant les regards admiratifs que lui adressaient les hommes alors qu'ils passaient devant eux, il n'en douta pas. Elle avait fait sensation ce soir, et pendant les deux prochaines semaines, les commérages des femmes dans leurs boudoirs et les commérages des hommes sur St James Street ne porteraient que sur elle. Ils se poseraient tous des questions à son sujet. Une femme parrainée par un duc, une femme sans fortune dont personne n'avait entendu parler auparavant. Une femme avec une silhouette et un visage que la plupart des hommes jugeaient assez attrayants pour tenter de les revoir.

— Choisissez soigneusement avec qui vous danserez ce soir, conseilla-t-il en reportant son regard sur elle à temps pour la voir lever les yeux au ciel, agacée par cette nouvelle mise en garde. Je suis sérieux, Miranda. Ne flirtez avec aucun.

Cette dernière remarque la fit rire, et le charmant son coula sur lui comme une douce brise d'été.

— Vous n'avez pas à vous faire de souci à ce sujet puisque j'ignore comment faire.

— Oh oui, vous le savez fort bien, contra-t-il en lui serrant les doigts. Lady Rose a flirté avec moi.

— Mais vous ne…

— Comptez pas, acheva-t-il en grimaçant, ce qui lui arracha un autre rire charmant qui adoucit presque l'insulte involontaire. Oui, je sais, continua-t-il en l'entraînant dans un cercle serré. Vous pensiez que j'étais Robert, et vous avez fort bien su flirter avec moi, avec lui, alors.

— Parce que je n'étais pas moi-même. J'étais Lady Rose et… provocante.

Oh, oui, elle l'avait été, et le corps de Sebastian s'enflamma au souvenir de combien elle l'avait été.

— Vous êtes la même personne.

Miranda fronça un peu ses lèvres pleines, ce qui ne l'empêcha nullement de bouger avec la légèreté d'une plume entre les bras de Sebastian et de déplacer gracieusement les pieds sur le plancher au même rythme que les siens.

— Lady Rose portait un masque, et vous ne saviez pas qui j'étais. C'est facile de flirter avec un homme qui ne sait pas qui l'on est.

Il plongea le regard dans ses yeux verts pailletés d'or par les flammes des chandeliers. Comment se faisait qu'il n'avait jamais remarqué combien ses yeux étaient beaux, combien ils étaient grands et expressifs ?

— Mais cela va à l'encontre du but du flirt, murmura-t-il, si l'homme ne connaît pas l'identité de la femme.

Perplexe, elle plissa le front.

— Quel est ce but ?

— Séduire, bafouilla-t-il d'une voix beaucoup plus rauque qu'il l'avait voulu.

Il fallait reconnaître qu'il faisait ou disait toujours des sottises quand il était avec Miranda. *Séduire ?* Dieu du ciel… mais il n'avait pu s'en empêcher. D'autant que les lèvres de Miranda s'étaient délicatement entrouvertes de surprise à l'audace de sa réponse. Il regarda sa bouche sensuelle et se rappela à quel point elle était douce le soir du bal masqué. Tout comme sa peau. Et à quel point son corps sentait la rose et à quel point il avait respiré son parfum tout au long de sa nuit blanche. Plus que son apparence physique, son énergie pure. L'excitation qu'elle irradiait. Ses boutades et son rire qui lui déliaient la poitrine comme rien n'avait réussi à le faire récemment. Telle était Miranda Hodgkins entre toutes les femmes : époustouflante.

— Exercez-vous avec moi, là, maintenant, demanda-t-il, conscient qu'il jouait avec le feu, mais incapable de résister à l'envie d'entendre le chant de cette sirène insoupçonnée.

Elle hésita et regarda longuement les portes de la terrasse. Ce regard griffa les entrailles de Sebastian, car il savait qu'elle attendait encore Robert. Mais Robert ne viendrait pas. Sebastian s'en réjouit égoïstement.

— Allez, Rose. Faites comme si je n'étais pas un vieux duc guindé, la taquina-t-il avec un grand sourire en dépit de sa boutade peu flatteuse. Faites comme si je comptais.

— Vous comptez, le rassura-t-elle, mais pas de cette façon-là.

Il serra les lèvres, piqué au vif par sa remarque.

— Ce n'est *pas* une bonne entrée en matière pour un flirt.

Elle éclata d'un rire léger, et son hésitation céda la place à un sourire radieux. Ce qui était une bonne entrée en matière.

— C'est mieux, murmura-t-il d'un ton admirateur. Vous avez un charmant sourire. Vous devriez en tirer avantage.

— À vous entendre, on croirait que le flirt est une sorte de stratégie guerrière, remarqua-t-elle d'un ton moqueur.

— Ce l'est, rétorqua-t-il en arquant le sourcil comme un homme qui s'y connaissait en la matière. L'inconscient qui tombe dans le piège que lui tend la femme risque tout autant d'y laisser sa peau.

Elle rit encore, cela lui fit encore chaud au cœur. Cette fois, lorsqu'il la fit tournoyer dans l'angle de la piste de danse avant de repartir vers le centre, elle se blottit plus étroitement dans ses bras et il la laissa faire. Pas assez toutefois pour que les gens le remarquent. Mais *lui* le remarqua.

— Donc, poursuivit-il effrontément, vous savez flirter avec votre rire.

Feignant d'être offensée, elle lui donna un petit coup d'éventail sur l'épaule, ce qui arracha à Sebastian un grand sourire.

— Et avec votre éventail.

Elle éclata de nouveau de ce rire doux comme un ronronnement qui coula en lui comme un chaud frémissement et qui lui donna inexplicablement envie de suivre Robert et miss Morgan dans le sombre jardin avec elle. Bon sang, qu'elle était belle ce soir. Tout simplement ensorcelante.

Sauf quand elle pensait à Robert. Il valait donc mieux l'empêcher de penser à celui qui serait bientôt son défunt frère.

– Nous allons ensuite nous exercer à la flatterie, l'instruisit-il.

– Mais vous m'avez déjà dit que j'ai un charmant sourire, lui rappela-t-elle en lui en offrant un.

Il était en train d'apprendre très vite à aimer ses sourires.

– Pas de ma part. De la vôtre.

Elle cilla, surprise.

– De ma part ?

– Si vous voulez qu'un homme sache que vous vous intéressez à lui autrement qu'en vous glissant dans sa chambre au cœur de la nuit…

– Je vous ai dit que c'était une erreur, objecta-t-elle en soufflant par le nez avec irritation.

– Vous devez le lui faire savoir plus subtilement. *Subtilement,* Rose, répéta-t-il pour souligner son propos.

– D'accord, dit-elle avec méfiance. Par exemple ?

– En faisant à l'homme en question un petit compliment qui lui donne le sentiment d'être viril et séduisant. Qui lui donne confiance en lui, précisa-t-il en la faisant gracieusement tournoyer. La plupart des hommes aiment qu'on leur fasse ce genre de compliments, même s'ils savent que ce sont des balivernes.

Elle plissa les yeux en entendant ce conseil discutable et y réfléchit d'un air studieux et concentré. Pendant un moment, alors qu'elle cherchait quel compliment lui faire, elle eut l'air perplexe, comme si elle n'avait jamais vu en lui un homme. Ce qui, pour une raison inconnue, irrita infiniment Sebastian. Enfin quoi, n'avait-elle jamais remarqué qu'il n'était pas que le duc de Trent, qu'un ami d'enfance ?

— Vous me demandez une chose impossible.

Elle secoua la tête avec un léger soupir d'impuissance.

— Tous les hommes présents dans cette salle connaissent votre rang, votre pouvoir et votre influence au Parlement. Quant aux femmes, vous auriez dû voir combien elles vous observaient quand vous êtes venu m'inviter à danser.

Elle haussa les épaules.

— Que pourrais-je ajouter alors que tous ces gens vous ont déjà dit combien vous êtes extraordinaire ?

Il la regarda, sidéré et sans voix. Elle venait précisément de dire le genre de compliment qu'un homme voulait entendre de la bouche d'une jolie femme…

Il n'en croyait pas un mot. En voyant les lèvres de Miranda frémir d'amusement, il plissa les yeux.

— Vous êtes incorrigible.

Elle éclata d'un rire joyeux.

— C'est possible.

Les yeux brillants, elle se rapprocha brièvement de lui et, sans cesser de danser, elle se haussa sur la pointe des pieds pour lui murmurer à l'oreille :

— Mais sachez que c'est la *vérité*.

Puis, elle reprit sa place et le regarda timidement à travers ses cils baissés tout en se mouillant les lèvres du bout de la langue. Ce mélange paradoxal d'innocence et de séduction était à ce point envoûtant que pendant un moment, il en oublia qu'ils étaient en train de danser dans une salle de bal bondée. Pendant un moment, il n'y eut plus que Miranda. L'attirance qu'elle exerçait était indéniable.

— Vous êtes un duc merveilleux, Sebastian, et votre famille est très fière de vous, reconnut-elle, soudainement sérieuse.

En raison de la musique qui les enveloppait, il entendait à peine sa douce voix, pourtant chaque mot se répercutait douloureusement en lui.

— Quant aux dames, je crois qu'elles sont toutes jalouses que m'ayez accordé deux danses.

Elle lui sourit en refermant légèrement ses doigts autour des siens, totalement inconsciente que ce doux contact atteignait Sebastian en plein ventre.

— Je vous remercie de m'avoir invitée à danser. Vous êtes venu à mon secours alors que j'en avais besoin.

La bouche de Sebastian se dessécha. Pris au dépourvu par la candeur et la spontanéité de Miranda, il sentit la tête lui tourner et eut l'impression d'être un héros. Oh, elle savait très bien flirter, même si *elle* ne s'en rendait pas compte.

— Il n'y a pas de quoi, articula-t-il d'une voix étrangement rauque.

Elle porta les yeux sur leurs mains jointes, où la sienne reposait en sécurité dans celle de Sebastian.

— Je suis navrée que vous ayez renoncé à votre valse avec Lady Jane.

— Il n'y a pas de quoi, répéta-t-il, confus de ne pas avoir songé un seul instant à Jane depuis le début de la danse.

Et par ailleurs stupéfait que Miranda arrive sans mal à le troubler d'un simple sourire alors qu'elle n'arrivait pas à retenir l'attention de Robert en dépit de tous ses efforts.

— Dans le boudoir des dames, les femmes vont sûrement être dans tous leurs états, déclara-t-elle. Voulez-vous que je glisse un mot en votre faveur ou préférez-vous vous en tenir à votre plan ?

Il cilla. Le seul plan qu'il nourrissait en ce moment consistait à trouver le moyen de la serrer davantage dans ses bras.

— Je vous demande pardon ?

— Notre marché, lui rappela-t-elle avec un doux sourire. Vous étiez censé faire en sorte que Robert me remarque ce soir, et ce n'est pas votre faute s'il ne l'a pas fait. Cependant, je suis toujours prête à vous aider si vous le souhaitez.

Il baissa les yeux vers elle, l'esprit vide. Il ne savait pas du tout quoi lui répondre. Pour l'instant, elle était la seule femme qui habitait ses pensées.

La valse s'acheva, et il la fit tournoyer une dernière fois d'un geste ample qui la fit rire aux éclats et la rendit aussi étincelante que les chandeliers de cristal suspendus au-dessus de leurs têtes. Il s'inclina, elle fit la révérence, et il la raccompagna auprès de sa mère. Il continua de sentir la chaleur de sa main sur ses doigts longtemps après l'avoir laissée.

Il fit le tour de la salle en fouillant la foule du regard avec une seule idée en tête, de plus en plus en colère avec chaque pas qu'il faisait. Ne voyant pas Robert à l'intérieur, et sachant que Miranda avait raison de croire qu'il avait fait ce qu'il avait fait au lieu de danser avec elle, il sortit sur la terrasse faiblement éclairée par les portes-fenêtres ouvertes.

Tout au fond, dans l'ombre, Robert, nonchalamment adossé au mur de la maison, s'y trouvait seul. Il était manifestement sorti avec miss Morgan, à qui il laissait à présent le temps de rentrer seule pour couper court aux rumeurs si on les avait vus revenir ensemble.

— Hé, Seb, lança Robert avec un grand sourire en voyant son frère approcher. Comment va la chasse…

— Tu as abandonné Miranda sans partenaire pour sa première valse. Pourquoi ? demanda-t-il en serrant les poings sur ses flancs.

Les traits assombris par la culpabilité et les yeux écarquillés, Robert se rendit soudainement compte de sa bévue.

— Dieu, reconnut-il d'une voix sourde, j'ai complètement oublié. J'ai réussi à convaincre Diana de venir sur la terrasse avec moi pour quelques minutes et…

Il laissa échapper un gros soupir et se frotta la nuque.

— La friponne est furieuse contre moi ?

— Ce n'est pas une *friponne,* cracha Sebastian, donnant libre cours à la colère que Miranda avait eu la grâce de taire. C'est une femme adulte. Et non, elle n'est pas furieuse. Tu l'as blessée, dans sa fierté et dans son cœur.

Robert eut au moins la décence de paraître honteux.

— Je n'ai pas vu le temps passer. Je n'ai pas…

— Qu'est-ce t'a pris, *bon sang,* de sortir en douce avec une autre femme alors que tu étais censé t'occuper de Miranda ce soir ?

Robert, saisi, le regarda sans dire un mot. Sebastian se mettait rarement en colère, mais son jeune frère savait, pour avoir trop souvent perdu contre lui, qu'il était préférable de ne pas lui tenir tête. Sebastian, lui, savait que son frère avait intérêt à se taire. Cette maudite soirée l'avait mis à cran, il se sentait sur le point d'exploser, et un seul mot de travers de la part de Robert, encore une seule impolitesse envers Miranda…

— Si jamais tu la mets dans l'embarras encore une fois, lâcha-t-il d'une voix menaçante, tu devras répondre de moi. C'est compris ?

Robert, visiblement sidéré par l'attitude de Sebastian, hocha lentement la tête.

— Je te prie de m'excuser, dit-il posément. Ça n'arrivera plus.

Sebastian desserra les poings.

— Assure-toi d'aller l'inviter pour la seconde valse.

Robert fronça les sourcils d'un air perplexe.

— Mais elle est déjà prise.

— Alors, reprends-la à celui qui l'a, gronda-t-il en tournant les talons pour rentrer au plus vite.

Par tous les saints du ciel, il avait besoin d'un verre, et pas de ce foutu Madère mollasson. S'il le fallait, il irait lui-même dévaliser à la hache le placard à alcools de St James...

— C'est toi, Seb, lança Robert dans son dos. Elle m'a dit que tu l'avais invitée à danser. C'est avec toi qu'elle doit danser la seconde valse.

Sebastian s'arrêta à mi-chemin. Il hésita le temps d'un battement de cœur, déchiré entre le désir irrationnel de danser encore avec Miranda et la prudence de celui qui a d'autres obligations. Par l'enfer, ce qu'il aurait voulu danser encore avec elle. La tenir encore dans ses bras, rire avec elle, avoir encore la joie d'être pendant quelques minutes non pas un duc guindé, mais tout simplement lui-même.

Mais Miranda voulait Robert. Il avait promis de l'aider en ce sens.

— Prends-la, prononça-t-il sèchement avant de partir à grands pas.

• • •

Miranda se déplaçait sur la piste de danse dans les bras de Robert pour la deuxième (et dernière) valse de la soirée.

Comme Sébastian avait retenu cette danse, elle s'attendait à ce qu'il revienne la chercher et, pour tout dire, elle avait hâte de danser de nouveau avec lui. Elle avait aimé leur première valse, beaucoup plus qu'elle l'aurait cru possible. Ainsi que la leçon de flirt. Que ce soit Sebastian entre tous les hommes qui l'encourage à flirter avec lui… elle aurait presque ri tant la chose était inattendue ! Depuis le début de la saison, Sebastian n'avait cessé de la surprendre.

Mais c'était Robert qui était venu la chercher alors que Sebastian était allé danser avec Lady Jane la valse dont il l'avait privée tout à l'heure. Le temps d'un battement de cœur, elle se sentit étrangement déçue que Robert ne soit pas Sebastian.

— Je suis désolée, Miranda, s'excusa Robert d'une pression de la main en la faisant virevolter. J'aurais dû danser la première valse avec vous, je regrette de vous avoir fait faux bond.

Le ventre de Miranda se serra. Robert lui présentait ses excuses, des excuses *sincères,* et elle aurait dû être folle de joie qu'il se soucie assez de ses sentiments pour regretter son attitude. Toutefois, elle se sentait vaguement agacée de l'avoir tellement peu impressionné qu'il l'ait oubliée aussi facilement. Sebastian avait-il raison ? Était-il temps de renoncer à ses rêves envers Robert ?

— Il n'y a pas de quoi, souffla-t-elle, parce que c'était ce qu'il voulait entendre, et elle se détourna pour balayer la salle du regard.

Danser avec Robert n'était pas comme elle l'avait imaginé. C'était certes charmant, Robert était un danseur accompli et il la guidait bien. Mais il n'avait rien de la grâce de Sebastian. Sebastian et elle dansaient comme s'ils ne faisaient qu'un.

Avec Robert, ils restaient deux individus dansant ensemble. Il n'y avait pas de taquineries, comme avec Sebastian, rien pour qu'elle se sente à l'aise.

Certainement pas de flirt.

D'ailleurs, elle n'avait même pas essayé de flirter avec Robert. Parce que malgré les conseils que lui avait donnés Sebastian sur l'art de flirter avec un homme, il lui avait tu ce qu'elle savait être le plus important, à savoir qu'une femme ne pouvait flirter qu'avec un homme qui le voulait bien. Au cours des dernières semaines, Robert lui avait clairement montré qu'il ne voyait pas en elle une femme avec qui il aurait voulu flirter.

Le cœur de Miranda se brisa. Alors même qu'elle dansait avec lui, elle refoula les larmes qui lui piquaient les yeux et continua de sourire fermement, de ce sourire que Sebastian lui avait dit trouver si charmant. Son cœur se brisait, mais elle ne permettrait à personne, y compris à Robert, de s'en rendre compte. Surtout pas à *Sebastian*.

En ce moment même, alors qu'il dansait avec elle, Robert ne pouvait s'empêcher de chercher du regard Diana Morgan, qui le regardait à son tour sans chercher à s'en cacher. Ce qui était plutôt ironique, car de l'autre côté de la piste de danse, Lady Jane regardait Sebastian, qui pour sa part regardait Miranda et Robert au lieu de la regarder elle.

Quant à Miranda, elle ne savait plus où regarder.

CHAPITRE 8

Deux journées de frustration plus tard

Sebastian fronça les sourcils. Il n'arrivait pas se concentrer sur l'opéra. C'était pourtant la première de *La Flûte enchantée,* mais même cet évènement ne parvenait pas à le captiver.

Ce soir, c'était les femmes qui accaparaient son attention. Il avait eu la chance de réserver une loge pour toute la durée de la saison. Elle était située au milieu de l'opéra, deux niveaux en bas et à droite de celle du comte de Bentham, où Lady Jane était assise à la première rangée. Tandis que sur la gauche de Sebastian était assise Miranda Hodgkins.

Chacune des deux femmes portait une robe au décolleté plongeant et au corsage ajusté (le dernier cri pour les soirées à l'opéra), mais la ressemblance s'arrêtait là. Lady Jane avait l'air d'une reine imperturbable dans sa robe de satin dont le bleu saphir mettait en valeur la blancheur de son teint et le châtain de ses cheveux. Miranda, avec sa robe de velours émeraude et ses boucles d'or vénitien nouées en un chignon vaporeux, avait l'air douce et chaleureuse.

Il fronça les sourcils. Ce soir, elle était tout simplement ravissante.

Elle était parfaitement inconsciente des murmures et des regards qu'elle suscitait dans la foule qui les entourait, et qui était venue à l'opéra moins pour entendre Mozart que pour commérer… car tous se demandaient qui elle était, comment elle était, et si elle était aussi charmante en personne qu'elle semblait l'être de loin. Évidemment, une bonne part des rumeurs circulant dans la salle portait sur lui ; on aurait bien aimé savoir s'il était pour elle davantage qu'un parrain. De plus, ce qui n'arrangeait rien, elle regardait les chanteurs avec émerveillement ; ses traits exprimaient sans retenue les émotions de chaque aria, alors que les gens de la haute n'étaient pas là pour *assister* à l'opéra. Une singularité de plus qui la distinguait des autres spectatrices. En ce qui le concernait, c'était tout à son avantage.

Depuis qu'elle était à Londres, Miranda s'était épanouie. Sebastian ne pouvait le nier. Grâce au ciel, et au grand soulagement de Sebastian, elle n'avait pas prêté le flanc aux critiques, bien que son exubérance continuait d'attirer l'attention, au grand dam des rombières guindées et ennuyeuses qui voyaient en elle une rivale aux jeunes filles de leur famille. Mais Sebastian n'aurait eu aucun mal à couper court aux rumeurs voulant qu'il se soit entiché d'elle. Certes, elle était ravissante dans ses beaux atours londoniens et, contre toute attente, très brillante et pleine d'esprit. Toutefois, sous ses toilettes et son intelligence, elle demeurait la jeune campagnarde qui avait mis le feu à la boutique du marchand.

C'était pourquoi il l'avait fait asseoir à côté de lui, au milieu de la première rangée de la loge, où il pouvait l'avoir à l'œil tout ayant Lady Jane à l'œil.

Derrière eux étaient assises Josie et sa mère, ravies de bénéficier du flafla entourant son futur mariage. Même s'il n'était pas absolument certain que sa mère croie qu'il avait la ferme intention de se marier d'ici août, il n'en demeurait pas moins déterminé. Au cours des semaines précédentes, il avait encore raccourci sa liste d'épouses possibles, et Lady Jane demeurait la favorite. Selon ce que Miranda lui avait dit avoir entendu à diverses réceptions, Jane se montrait réceptive à l'idée. Il ne la courtisait pas encore officiellement, mais il lui accordait une attention particulière et veillait à lui parler en tête-à-tête à chacune de leur rencontre. Toutefois, il ne lui avait pas encore rendu visite ni déclaré ses intentions. Rien ne pressait et il voulait s'assurer qu'aucune autre femme ne ferait une meilleure duchesse qu'elle.

Robert, qui était moins déterminé à se marier sous peu, mais courtisait néanmoins ouvertement miss Morgan, s'entêtait à affirmer à ses frères qu'il n'avait pas l'intention de la demander en mariage dans un avenir rapproché. Sa mère, toutefois, nourrissait d'autres espoirs.

Puis, il y avait Miranda.

Elle avait beau dire qu'elle ne voulait pas de prétendants, elle était sollicitée par plusieurs jeunes hommes qui, ayant fait sa connaissance à l'un ou l'autre des évènements auxquels elle avait assisté, s'étaient entichés d'elle, assez, dans certains cas, pour qu'ils commencent à lui rendre visite à Audley House. Quelques courageux avaient même eu l'audace de venir à Park Place demander à Sebastian s'ils pouvaient la courtiser, mais il les avait éconduits. *Bon débarras !* Aucun n'était digne d'elle. De toute façon, Miranda n'en aurait certainement pas voulu, ne serait-ce qu'à cause de Robert.

Cependant, sa mère n'était du même avis. Il avait l'impression qu'aussitôt qu'il avait le dos tourné, elle faisait en sorte qu'un homme s'intéresse à Miranda. Elle avait même encouragé celle-ci à se laisser courtiser et demandé à

Sebastian de lui constituer une dot si jamais un jeune homme la demandait en mariage et que, contre toute attente, Miranda accepte.

Car Robert continuait d'ignorer qu'elle était amoureuse de lui.

Il y avait aussi Charles Downing, en ce moment même assis à la gauche de Miranda. Le jeune homme l'avait rencontrée à une exposition d'œuvres d'art, et quand il était venu à Park Place demander la permission de l'accompagner à l'opéra, Sebastian n'avait trouvé aucune bonne raison de la lui refuser. Cadre de banque respecté et issu d'une bonne famille de la classe moyenne, Downing était conventionnel et sage, agréable et plutôt intelligent, il avait de bonnes valeurs morales et un caractère égal ; dans l'ensemble, il était parfaitement inoffensif.

Il n'en irritait pas moins Sebastian, et plus encore depuis que Miranda avait accepté qu'il l'accompagne à l'opéra. Elle cherchait sans aucun doute à plaire à sa mère, qui la poussait à accueillir des prétendants. Sebastian se demandait si ses sentiments pour Robert s'étaient refroidis parce que, depuis le bal, elle faisait moins d'efforts pour attirer son attention.

Il avait donc décidé qu'une soirée à l'opéra serait une bonne idée pour Miranda et Downing… et que toute la famille irait avec eux.

En entendant des applaudissements enthousiastes sur sa droite, il se tourna vers elle à temps pour voir combien elle était éblouie par le premier aria de la reine de la nuit. Miranda était peut-être une source intarissable d'ennuis, mais il se réjouissait d'assister avec elle à son premier opéra. De le voir à travers ses yeux, c'était… *féerique*.

Elle tourna vers lui un visage rayonnant de joie. Sebastian en fut bouleversé. Dieu qu'elle était belle. Comment se pouvait-il qu'il n'ait jamais remarqué jusqu'ici combien elle était séduisante ?

— Vous aimez la musique ?

Il se pencha vers elle pour qu'elle l'entende malgré les applaudissements et aussi parce qu'il avait envie d'être près d'elle ce soir.

— Elle est magnifique, répondit-elle avec ce sourire radieux qu'il était venu à apprécier.

Qu'elle aime Mozart autant que lui le réjouissait énormément.

— Dommage, cependant, la taquina-t-il, la bouche contre son oreille, qu'il n'y ait pas de scène de pirates.

Elle lui frappa doucement l'épaule de son éventail.

— Ne sous-estimez pas les vertus d'une bonne scène de pirates, lui reprocha-t-elle.

Les lèvres de Sebastian frémirent et il dut se retenir de rire.

— Jamais de la vie, prononça-t-il d'un ton faussement grave.

— Hamlet aurait été nettement meilleur s'il y avait eu une scène de pirates, dit-elle en laissant échapper un soupir navré. La pièce aurait peut-être eu du succès.

Cette fois, il éclata de rire, incapable de se retenir plus longtemps. Elle lui jeta un regard en coin avec un sourire espiègle aux lèvres. *La coquine.* Seule Miranda pouvait le faire rire pendant Mozart.

Mais son rire s'étrangla dans sa gorge quand il remarqua que Charles Downing les observait avec curiosité. Puis, le jeune homme le fusilla du regard.

Sebastian en prit pour son rhume. Il se racla la gorge et s'éloigna de Miranda. Il tourna les yeux dans la direction opposée…

Son regard tomba sur Lady Jane, qui l'observait d'un air pensif depuis la loge familiale. Il la salua en inclinant la tête avec raideur et elle lui retourna son salut d'un discret mouvement de son éventail.

Bon sang. Miranda était-elle la seule à regarder l'opéra ?

Miranda, inconsciente qu'au moins deux paires d'yeux les épiaient, se pencha vers lui pour lui murmurer à l'oreille :

– Tous les opéras sont-ils aussi divertissants que celui-ci ?

Profitant de la pénombre, il la dévora des yeux, notant la délicatesse de ses traits soulignée par les ombres qui tombaient sur son visage, le vert foncé de sa robe qui accentuait sa douceur et sa chaleur, l'émeraude solitaire qui attirait le regard sur son long cou gracieux. La flamme basse de la lampe jetait des reflets roux dans ses cheveux relevés en une cascade sans prétention sur le sommet de sa tête et dont quelques boucles retombaient sur ses joues. Mais surtout, surtout, son air extasié, sa façon de savourer chaque note, de s'émerveiller du spectacle se déroulant sur la scène.

– Non, reconnut-il à voix basse.

Sauf quand vous êtes là…

– Mais il compte parmi mes préférés. En fait, c'est mon préféré.

Elle soupira.

– Moi aussi.

– C'est le seul opéra auquel vous ayez assisté, objecta-t-il, un sourire amusé aux lèvres.

– C'est pourquoi c'est mon préféré, confia-t-elle.

Il gloussa doucement tout en continuant à l'observer regarder l'opéra, aussi diverti par le spectacle de son visage expressif que par l'opéra en lui-même. De la part d'une autre femme, il aurait pris son commentaire pour la remarque d'une jeune fille sans éducation et trop immature pour retenir l'attention d'un homme comme lui. Ou pour une lamentable flatterie. Mais de la part de Miranda, il lui parut charmant en raison de son honnêteté et de sa simplicité.

Shakespeare. Milton. À présent Mozart. Il commençait à entrevoir ses nombreuses qualités et sa complexité, même s'il n'arrivait pas encore à saisir la femme dans son ensemble. Il savait cependant qu'elle n'était pas l'écervelée qu'il avait toujours cru qu'elle était. Miranda n'était ni capricieuse ni immature. Elle aimait tout simplement la vie et les nouvelles expériences, ce que les autres, lui y compris, n'appréciaient plus car trop blasés.

Lui, plus que quiconque, savait à quel point elle était mature.

Quand elle se pencha vers lui pour lui murmurer quelque chose, le côté de son sein frôla accidentellement le bras de Sebastian. Il se raidit à ce contact innocent qui pourtant le traversa avec la violence d'un courant électrique.

— Pourquoi les gens n'écoutent-ils pas ?

Sa voix était à peine plus qu'un murmure, mais Sebastian frissonna. Elle n'avait pas idée de la façon dont le ventre de Sebastian se nouait à seulement sentir son souffle chaud lui chatouiller doucement l'oreille.

— Ne voient-ils pas combien cet opéra est magnifique ?

— Leurs goûts ne sont pas aussi raffinés que ceux des vieux ducs barbants et des directrices d'orphelinat, répliqua-t-il avec ironie en secouant exagérément la tête. Ils ne sont pas sensibles à l'art. Ni aux pirates.

Miranda répondit à sa taquinerie par un rire de gorge qui ruissela sur lui comme une chaude pluie.

Son ventre se serra sous le coup de l'excitation. Elle n'avait pas eu l'intention de flirter en riant de cette façon, mais on aurait pourtant pu le croire. Il avait aimé cela. Immensément.

Défiant la plus élémentaire prudence, il chercha à poursuivre dans le même sens. Il se pencha vers elle, jusqu'à sentir le parfum de rose de sa peau.

– Certaines personnes ne sont pas venues là pour écouter la musique, chuchota-t-il.

– Mais pourquoi sont-ils venus ? demanda-t-elle, stupéfaite.

– Pour parader dans leurs plus beaux atours et voir les autres faire de même, pour échanger des ragots et se tenir au courant des dernières rumeurs…

Incapable de se retenir, il ajouta en la regardant :

– Et pour des rendez-vous galants.

– Pour des rendez-vous galants ? répéta-t-elle, le souffle court.

Il sourit de son innocence, une qualité qu'avaient rarement les femmes qui lui couraient après dans l'espoir de mettre le grappin sur un duc.

– Ne vous êtes-vous pas demandé pourquoi tant de loges ont leurs rideaux fermés ?

Avec un froncement de sourcils incrédule, elle balaya du regard la salle d'opéra.

– Non. Pourquoi donc…

Comprenant enfin ce qu'il voulait dire, elle poussa un petit cri de surprise.

Elle écarquilla les yeux, comme si elle voyait pour la première fois la salle dans laquelle ils se trouvaient depuis deux heures, en s'imaginant ce qui devait se passer à l'instant même dans le noir, derrière des rideaux fermés. Ses lèvres roses s'arrondirent en forme de « O », mais nul son n'en sortit si ce n'était un léger soupir.

Il fut pris d'une envie folle de sourire. Il la regarda avec amusement et se demanda si la pénombre qui régnait dans la loge le privait de voir ses douces joues s'empourprer. Il aurait bien aimé que ce soit le cas, car il appréciait grandement (trop, en fait) cette conversation indécente. S'il avait eu la preuve qu'elle aussi la trouvait excitante, il aurait pu être tenté de lui donner une autre leçon de flirt. Une leçon nettement plus érotique et scandaleuse que la précédente.

— Mais les rideaux de la loge du roi sont aussi… *Oh.*

Il se mordit la joue pour ne pas rire.

N'osant pas le regarder, elle fixait un point droit devant elle. Mais les coins de sa bouche esquissèrent un sourire charmeur, licencieux. Les yeux brillants de connivence, elle chuchota :

— Qui eut cru que l'opéra pouvait être à ce point… inspirant ?

Il rit alors, et les gens autour de lui firent les gros yeux. Mais il n'en avait cure. Parler ainsi avec elle était trop libérateur pour qu'il arrête. Pendant quelques instants, là, dans le noir, à chuchoter avec elle, il redevenait la canaille espiègle qu'il avait autrefois été et qui lui manquait. Beaucoup. Ce soir, avec Miranda, il remarquait combien cela lui manquait.

— Je ne les comprends pas, chuchota-t-elle avec une pointe de perplexité. Enfin, ces gens peuvent être *inspirés* n'importe où, mais derrière leurs rideaux fermés, ils se privent de la plus exquise des musiques.

Il se retint, malgré son envie, de lui dire que plusieurs des amants inspirés l'un par l'autre ce soir n'avaient pas d'autres occasions de l'être sauf derrière ces rideaux fermés, mais il se tut parce que cette jeune femme curieuse lui aurait alors demandé comment se faisait-il qu'il le savait. Sebastian n'était pas disposé à lui révéler combien de nuits il avait passées derrière des rideaux fermés à ne pas assister à l'opéra.

— C'est à cause des chanteuses, poursuivit-il même s'il savait devoir s'arrêter.

Cette conversation convenait aux courtisanes et aux demi-mondaines, pas à une jeune fille pure comme Miranda. Mais il ne pouvait s'en empêcher. Elle l'émoustillait trop.

— Toutes ces notes aiguës, murmura-t-il avec impudence, peuvent rendre un homme fou.

Elle se figea un moment, apparemment insensible à ce flirt flagrant et tout à fait inconvenant. Le temps d'un battement de cœur, il se demanda s'il n'était pas allé trop loin et n'avait pas franchi les limites de leur amitié toute neuve…

Mais elle souffla alors :

— C'est à cause de toute cette passion, n'est-ce pas ?

Elle parlait si doucement qu'il l'entendait à peine, mais chacun de ses mots se répandait en lui comme de la poix brûlante.

— À force de la regarder, de l'entendre, de la sentir vous emporter…

— En effet, murmura-t-il, ravi de l'entendre pousser un soupir frémissant, premier signe d'une discrète excitation.

— Dans l'ombre, dans le noir, où nul ne peut voir ni même savoir… j'imagine qu'une femme pourrait aussi se laisser tenter.

Il savait que la question était effrontée, mais il avait tellement envie de voir encore combien ses mots la bouleversaient.

— Tentée de faire quoi ?

— Tentée de demander ce qu'elle veut.

Sa respiration était de plus en plus courte et rapide.

— Par exemple, si elle le veut, demander à l'homme qui est avec elle qu'il l'embrasse ou qu'il la caresse… ou autre chose.

Le parfum d'eau de rose de Miranda excita les sens de Sebastian.

— Le feriez-vous, Miranda ? insista-t-il, enivré par sa proximité. Le demanderiez-vous ?

Malgré la pénombre, il vit qu'elle rougissait et qu'elle tremblait.

— Ça… ça se pourrait.

Le cœur de Sebastian cessa de battre. Inexplicablement, à cet instant, il ne voulait qu'une chose : être seul avec elle dans l'une de ces loges aux rideaux fermés, l'entendre lui demander ce qu'elle voulait, n'avoir pour unique souci que de lui donner du plaisir.

C'était ce que l'homme désirait. Mais le duc savait qu'il ne le pourrait jamais. Le temps de s'adonner aux jeux de l'amour dans des loges était pour lui révolu. Il s'était éteint en même temps que son père. Le fait d'en être conscient ne fit qu'exacerber sa frustration.

— Et vous ? demanda-t-elle dans un souffle, parfaitement inconsciente du trouble qu'elle suscitait en lui, mais incapable de le regarder. L'opéra vous rend-il fou ?

— C'est vous, Miranda, qui me rendez fou.

Elle se figea, mais ses lèvres s'entrouvrirent sur un cri silencieux. Puis, elle se tourna lentement vers lui et, les yeux écarquillés, le regarda dans les yeux. Son souffle s'était mué en petits halètements.

— Sebastian...

Soudain, des applaudissements éclatèrent et détruisirent l'illusion d'intimité qu'avait créée la pénombre les enveloppant. Il reporta vivement son attention sur la scène ; le rideau tombait pour l'entracte et une armée de domestiques accourait dans la salle pour allumer les lampes. Le théâtre s'anima, les gens se levèrent pour aller chercher un verre dans le hall, examiner de plus près les autres spectateurs et échanger quelques ragots.

Toutes les personnes présentes dans la loge de Sebastian les imitèrent. Sauf Miranda, qui, troublée et sidérée, continuait de le regarder. Il ne pouvait le lui reprocher. Lui-même se demandait ce qui lui avait pris et accusait Mozart de lui avoir fait perdre la tête.

Il regarda Downing, qui s'était levé et souriait candidement à Miranda. Il n'avait visiblement rien saisi des propos scandaleux que Sebastian et Miranda s'étaient échangés à quelques pas de lui. Sebastian aurait sans doute dû se sentir coupable, étant donné que Downing était tout près et qu'il était venu avec l'intention de conquérir Miranda, et non pas pour qu'un autre lui coupe l'herbe sous le pied.

Mais il ne se sentait pas le moindrement coupable. La conversation l'avait trop enchanté pour qu'il la regrette.

— Vous aimez l'opéra, chère ? s'enquit Elizabeth Carlisle en venant retrouver Miranda et en lui serrant affectueusement la main.

— C'est merveilleux, acquiesça-t-elle, radieuse.

Elle semblait avoir complètement oublié leur conversation osée, mais *lui* allait y songer tout le reste de la soirée.

— J'aimerais aller en coulisses voir les costumes, les musiciens, les décors… Pensez-vous que cela les importunerait si…

— Non, refusa fermement Sebastian. Il n'est pas convenable pour une dame de fréquenter les chanteurs et les acteurs.

Ni pour un duc, songea-t-il avec contrition.

— Elles apprécient leur art depuis leurs sièges.

Mais la mine résolue de Miranda l'alarma et il sentit ses cheveux se dresser sur sa nuque. Il reconnaissait cette expression. Il l'avait vue dans ses yeux verts sous son masque la nuit où elle s'était introduite dans sa chambre.

Quand sa mère et Josie se dirigèrent vers la porte pour gagner le hall avec le reste de la foule, Miranda fit mine de les suivre.

Oh, non ! Cette petite force de la nature n'irait nulle part.

Sebastian se glissa entre elle et la porte à l'instant même où sa mère et Josie sortaient dans le couloir. Elles disparurent dans la foule qui se hâtait vers les boudoirs et le grand hall.

— Je ne doute pas que vous préférerez rester dans la loge pendant l'entracte, déclara-t-il poliment mais fermement.

Il savait très bien que, poussée par la curiosité, elle trouverait le moyen de se rendre en coulisses et de s'attirer des ennuis s'il la perdait de vue ne serait-ce qu'une seconde. Il jeta un regard oblique à la droite de Miranda et adressa un sourire froid au banquier, qui n'avait pas quitté la gauche de Miranda depuis son arrivée à Audley House.

— M. Downing vous tiendra compagnie.

Inconscient de la véritable teneur de leur échange, M. Downing arbora un grand sourire.

— Quelle excellente idée.

— Mais j'ai envie d'un verre de punch, protesta Miranda d'une voix qui trahissait sa contrariété que son projet soit ainsi anéanti.

— Je vais vous en chercher un, proposa Downing avec empressement.

— Bonne idée.

Sebastian sourit à Miranda. Il se pouvait qu'il en vienne à aimer ce type.

Les yeux plissés, les poings serrés sur ses flancs, elle le fusilla du regard.

— Vous allez me laisser seule, sans chaperon, avec un homme dans une loge d'opéra ? Et si, le défia-telle en arquant le sourcil, la musique nous *inspirait* ?

Sebastian s'obligea à ravaler le rire que la consternation de Miranda et ses insinuations à propos de Downing lui faisaient monter aux lèvres. Ce type était parfaitement inoffensif.

Il arqua le sourcil à son tour.

— Il faudrait que la flûte soit réellement enchantée.

Elle laissa échapper un cri étranglé de fureur et de mortification. Ciel, qu'il aima cela ! Elle devint écarlate si vite.

— Ne vous faites pas de souci, dit-il en se dirigeant vers la porte. Je serai juste de l'autre côté de la porte si jamais vous avez besoin de quoi que ce soit.

Avant de sortir, il eut le temps de voir Downing adresser un sourire ravi à Miranda et cette dernière lui décocher, à lui, Sebastian, un regard noir. Il retint son rire mais pas son sourire. Il se sentait plus libre ce soir que depuis des années. Qui eut cru que ce serait à cause de Miranda Hodgkins ?

Stupéfiant.

• • •

Le deuxième acte commença, mais Miranda n'arrivait pas à se concentrer sur ce qui se déroulait sur la scène.

Ils avaient tous changé de place ; Josie avait proposé qu'ils se déplacent de deux fauteuils pour offrir à chacun une vue différente de la scène. Miranda était assise en arrière avec Charles Downing, et Sebastian, au bout de la première rangée, c'est-à-dire le plus loin d'elle.

Charles se pencha vers elle et tenta d'engager la conversation, mais il avait beau être gentil et séduisant, il ne pouvait la distraire de l'opéra. Ni lui faire oublier la conversation indécente dans laquelle Sebastian l'avait entraînée, celle qui avait fait battre son cœur très vite à cause de ses allusions scandaleuses à ce qui se passait derrière les rideaux fermés de certaines loges.

Et parce qu'il lui avait dit qu'elle le rendait fou.

Les sourcils froncés, elle regarda la nuque de Sebastian qui, lui, fixait la scène. De tous les hommes qui auraient pu lui tenir de tels propos, il avait fallu que ce soit Sebastian. Elle s'y était prêtée de bon gré, émoustillée par le frôlement de ses lèvres chaudes contre son oreille et la sensation que son souffle faisait naître entre ses cuisses. Cette même sensation qu'elle avait ressentie la nuit du bal masqué quand il lui avait parlé de danser avec elle alors qu'il sous-entendait lui faire l'amour. Plus intense, en fait, parce que ce soir, il ne s'agissait pas seulement d'attirance physique, mais de connivence intellectuelle. Ce que, commençait-elle à croire, elle n'aurait jamais avec Robert.

Elle se sentait troublée, bouleversée. Quelle cruelle ironie du sort que le frère qu'elle désirait ne voie pas en elle une femme attirante, tandis que l'autre flirtait avec elle à lui en donner le vertige. Mais tout ceci n'avait aucune importance. Parce que Robert voulait Diana Morgan et que Sebastian voulait une duchesse. Et un seul homme semblait la vouloir, elle…

Elle tourna la tête et vit que M. Downing lui souriait.

Elle s'obligea à lui sourire avec modestie, puis se détourna. *Dieu du ciel.* Courtiser, se faire courtiser, aimer, tout ça était loin d'être aussi facile qu'on s'imaginait quand on avait les deux pieds dedans.

Elle avait besoin d'air et de quelques minutes de répit pour se ressaisir avant que l'opéra ne s'achève et qu'elle ne soit obligée de se plaquer un sourire sur les lèvres dans la voiture qui les ramènerait à Audley House. Elle se pencha et donna une petite tape sur l'épaule de Josie.

— Je m'en vais au boudoir, chuchota-t-elle.

— Je vous accompagne, répondit Josie, toute à son rôle de sœur.

— Restez et profitez de l'opéra, s'empressa de dire Miranda, qui ne voulait pas que Josie rate quoi que ce soit. Ça ne prendra qu'un moment.

Avec un sourire d'excuse aux autres personnes présentes, elle se leva et sortit de la loge.

À l'exception des domestiques postés à l'extérieur des loges et d'un couple regagnant tardivement sa loge, le couloir était désert. Elle traversa à la hâte la salle et gagna le boudoir des femmes. Elle profita de ce bref moment de solitude pour s'asperger le visage d'eau froide et apaiser les battements fous de son cœur. Seule dans la pièce, assise à la coiffeuse devant le miroir, elle se regarda d'un air grave. Dire qu'elle avait promis à Sebastian de lui rapporter tous les ragots de boudoir en échange de son aide avec Robert ; dans quel état affligeant se trouvait leur marché à présent.

Quand elle put enfin respirer normalement, elle avait eu le temps de se convaincre que Sebastian lui avait menti en lui disant qu'elle le rendait fou. Il avait été, tout comme elle, emporté par la ferveur de l'opéra. Il n'y avait pas d'autre explication.

Toutefois, lorsqu'elle sortit du boudoir, elle constata qu'elle n'avait pas du tout envie de retourner dans la loge. De revivre son trouble et d'y retrouver M. Downing. Donc, elle demanda à un domestique comment on se rendait dans les coulisses, et s'empressa de partir dans cette direction.

L'opéra était un vrai labyrinthe, mais il n'était pas question qu'elle renonce. Elle voulait aller dans les coulisses observer de près les chanteurs et admirer les décors et les costumes. Ce n'était certes pas un endroit convenant aux dames respectables, mais peu lui importait ! C'était sans doute là sa seule chance d'aller dans les coulisses d'un opéra et elle n'avait pas l'intention de la rater.

Elle fut à peine surprise que personne ne garde la porte menant aux coulisses ni ne tente de l'empêcher de se faufiler dans l'aile obscure. Mais qui donc, à part elle, aurait fait une telle chose ? D'un pas hésitant, le cœur battant à tout rompre, elle longea le mur du fond et s'approcha autant que possible de la scène illuminée. L'obscurité et les décors du premier acte que l'on avait mis là lui fournirent une cachette à l'abri des regards. Même les musiciens jouant dans la fosse et les ouvriers accaparés par les aspects techniques de l'opéra ne pouvaient la voir.

C'était tout simplement extraordinaire ! Dans le noir, elle pouvait observer à loisir les chanteurs qui se trouvaient à quelques pas d'elle, et sentir leurs voix puissantes et vibrantes se répercuter dans sa poitrine. L'effet était fascinant, et même si elle savait qu'elle devait très vite regagner la loge, elle n'arrivait pas à se résoudre à partir. Les lampes étaient éblouissantes et les ombres, mouvantes, et sa poitrine se soulevait et se baissait au rythme de chaque phrase musicale que chantaient les deux femmes sur la scène. Elle en oubliait de respirer.

Derrière elle, une main se posa sur son coude. Elle sursauta et se retourna, prête à crier…

— Chut, émit Sebastian en posant un doigt sur ses lèvres.

Puis, sans ajouter un mot, il désigna la scène d'un hochement de tête, lui donnant ainsi la permission tacite de continuer à regarder.

Avec un sourire de gratitude, elle se retourna vers la scène. Le fait qu'il lui fasse cette petite concession et ne lui demande pas de retourner sur-le-champ dans la loge la remplit de bonheur. Cependant, il ne la laissa pas seule ; il resta derrière elle, tout près d'elle. Si près qu'elle pouvait sentir la chaleur de son corps contre son dos.

Puis, il se rapprocha, et le cœur de Miranda se mit à battre violemment. Quand il baissa la bouche vers son oreille et posa les mains sur le haut de ses bras, ce bidule idiot bondit jusque dans sa gorge !

— Je savais que vous étiez ici.

Son souffle chaud lui chatouilla la joue et lui donna le frisson.

— Je n'ai pas pu résister, murmura-t-elle à son tour.

Il était si proche… Pouvait-il sentir combien un seul de ses murmures affolait son cœur ou combien son odeur d'homme la troublait ?

— Avez-vous déjà tellement désiré quelque chose qu'il vous était impossible de résister ?

Les doigts de Sebastian se resserrèrent presque imperceptiblement sur les bras de Miranda. Mais elle le remarqua. Avec ses sens exacerbés par la musique qui les enveloppait et par le jeu de la lumière et de l'ombre, elle remarquait tout en lui, chaque petit mouvement de son corps, chacune de ses profondes respirations. Sa proximité la troublait… et lui plaisait plus qu'elle aurait voulu l'admettre.

— Oui, lui murmura-t-il à l'oreille.

À ce seul mot, Miranda sentit comme une brûlure se répandre dans son corps et y semer l'émoi. Son ventre se contracta.

Elle garda pourtant le regard fixé sur les chanteurs, incapable de tourner la tête pour le regarder. Si elle l'avait fait, il aurait vu l'effet qu'il lui faisait, et elle serait morte de honte. D'autant plus que, s'il était là, c'était pour jouer au chaperon et lui ordonner de regagner la loge.

— Alors, vous comprenez pourquoi je suis venue ici.

Les lèvres de Sebastian s'incurvèrent dans un sourire taquin contre son oreille.

— Vous avez abandonné ce pauvre Downing ?

Oh, ce sourire ! Il glissa telle une caresse sur son dos et lui donna envie de sentir ses lèvres sur les siennes.

— Il m'apparaît capable de supporter cet abandon, répliqua-t-elle dans un souffle.

Les mains de Sebastian glissèrent lentement sur ses bras, semant la chair de poule sur leur passage.

— Vous n'appréciez pas sa compagnie ?

— Je ne pourrais pas...

Elle laissa échapper un petit hoquet quand ses mains atteignirent ses poignets puis, au lieu de la lâcher, se glissèrent sous ses bras pour se poser sur ses hanches. Ce contact-*là* n'était pas du tout celui d'un chaperon. Elle déglutit pour déloger la boule de nervosité dans sa gorge, avant de lui confesser avec un peu d'embarras :

— Je ne pourrais pas avoir avec lui les mêmes conversations qu'avec vous.

— J'espère bien que non, riposta-t-il en posant sa main aux doigts largement écartés sur son ventre. Vous risqueriez de mettre le malheureux dans tous ses états.

Elle tremblait, ne savait plus ni quoi faire ni quoi dire. Sebastian la tenait dans ses bras, sa poitrine dure effleurait son dos, et sa main... Dieu du ciel, sa main ! Seigneur, ne comprenait-il pas combien ce contact était indécent ? Même si sa seule intention était de l'empêcher de remuer afin que nul ne la voie, ne les surprennent dans les coulisses, où il la tenait entre...

Soudainement *très* nerveuse, elle laissa échapper un petit rire, un rire beaucoup plus sensuel qu'elle l'aurait voulu. Saperlipopette ! Même son rire jouait contre elle.

— Charles Downing ? Je ne crois pas.

— Vous ne l'aimez pas ? insista-t-il en effleurant son oreille de ses lèvres.

Elle ferma les yeux sous la chaleur de sa bouche, qui la faisait frissonner de la tête aux pieds.

— Il est gentil, mais...

— Mais il n'est pas Robert, acheva-t-il d'une voix étrangement maussade.

Le cœur de Miranda cessa de battre. Était-il jaloux ? Impossible ! Pas Sebastian. Néanmoins, ce ton lui plaisait, et elle comprit que ce n'était pas le moment de lui dire qu'elle commençait à croire que Robert ne serait jamais à elle, pas si elle voulait continuer d'entendre cette voix. Et elle le voulait. *Beaucoup.*

— Non, murmura-t-elle pour le tourmenter un peu, il ne l'est pas.

Il la surprit en frôlant son oreille de sa bouche, et elle perdit le souffle. Oh, *cette fois,* ce n'était pas fortuit ! Il avait voulu la caresser, et le désir qu'elle éprouva qu'il la touche encore faillit lui faire perdre la maîtrise d'elle-même. Faisant fi de la plus élémentaire prudence et du bon sens, elle respira profondément et inclina la tête pour lui offrir son cou et son épaule, incapable de résister à l'envie de sentir sa bouche sur sa peau.

Elle le sentit sourire avec ravissement contre son oreille, et il répondit à son invitation en lui mordillant le lobe.

— Qu'y a-t-il chez mon frère qui vous plaît autant ? murmura-t-il.

Avant que Miranda ne puisse lui répondre, le bout de la langue de Sebastian suivit l'ourlet de son oreille, dessina une boucle et plongea à l'intérieur. La délicieuse sensation la fit frissonner, et la main de Sebastian se pressa plus fermement sur son ventre pour l'empêcher de bouger.

Son désarroi fut remplacé par une chaleur presque douloureuse dans son bas-ventre. Une petite caresse de la langue de Sebastian, et voilà que son sang bourdonnait, que son corps frémissait et que ses cuisses se serraient comme elles s'étaient serrées cette nuit-là, dans sa chambre, alors qu'elle croyait être avec Robert. Mais cette fois, elle savait qui l'embrassait, mais qu'il ne soit pas le bon frère Carlisle n'empêchait nullement son corps déloyal de s'enflammer. Elle savait qu'elle aurait dû s'en aller (c'était *Sebastian,* pour l'amour du ciel !), mais elle ne pouvait se résigner à quitter l'enclos de ses bras vigoureux.

— Robert est viril, souffla-t-elle, ses mots à peine audibles avec l'aria tourbillonnant autour d'eux et embrasant le désir qu'elle avait d'être touchée à tous les endroits les plus coquins.

— La plupart des hommes le sont, répondit-il en semant des baisers brûlants sur le côté de son cou.

Quand il posa la bouche sur sa peau nue, dans le creux entre son cou et son épaule, quelque chose entre ses cuisses se mit à battre très fort. Elle se mordit les lèvres pour retenir un gémissement. Elle n'aurait pas dû autant aimer sentir ses mains sur elle, les laisser se promener aussi librement sur son corps… encore moins désirer qu'il la touche plus intimement. Mais elle le voulait et arrivait à peine à rester immobile entre ses bras.

— Il est séduisant, articula-t-elle péniblement, en espérant qu'il ne perçoive pas le tremblement de sa voix ni son désarroi.

— Hum.

La main qu'il avait posée sur la hanche de Miranda remonta lentement sur le côté de son corps en effleurant au passage ses côtes. Elle frissonna sous la torture de ses doigts frôlant le côté de son sein. D'instinct, elle arqua le dos contre la poitrine de Sebastian.

— Nous sommes frères. Nous nous ressemblons.

Oh, oui, il était *jaloux !* Mais l'esprit troublé par ses baisers, elle n'arrivait pas à comprendre la raison de sa jalousie.

Moins encore quand il lui mordilla l'épaule tout en continuant à lui caresser le côté du sein.

— Pas tant que cela, répliqua-t-elle.

Elle avait cependant toujours pensé que Sebastian serait plus séduisant s'il avait été moins sérieux, moins sombre, s'il n'avait pas toujours froncé les sourcils d'un air réprobateur. S'il avait été plus spontané et fait des choses inattendues... comme embrasser une femme sur la nuque à l'opéra. *Mon Dieu !* Elle tressaillit sous les caresses audacieuses de sa bouche et sous la chaleur intense qui glissa tout le long de son dos.

— Nous sommes presque identiques, marmonna-t-il, les lèvres sur son épaule et sa main suivant l'encolure de sa robe.

Sous cette caresse, aussi inattendue qu'excitante, le cœur de Miranda bondit à quelques centimètres à peine de doigts de Sebastian.

— C'est un homme fascinant... téméraire.

La voix de Miranda n'était plus qu'un filet étranglé. Elle savait qu'à cause de sa rivalité avec son frère, il ne la caressait pas tant parce qu'il le désirait, mais plutôt parce qu'il voulait le faire avant Robert. Mais pour l'heure, alors qu'il caressait du bout des doigts le renflement de ses seins, cela n'avait aucune importance pour elle. En tout cas, pas assez pour lui dire d'arrêter.

— Il est excitant.

Il glissa les doigts entre ses seins. Il se mit à tracer lentement du bout des doigts des cercles sur le renflement intérieur de ses seins, et elle ne put retenir un gémissement.

— Une foule d'hommes sont excitants, riposta-t-il contre son cou avec un sourire sensuel en sentant la réaction que ses doigts experts déclenchaient en elle. Je suis excitant.

— *Vous ?* protesta-elle avec un rire rauque. Sebastian, vous êtes l'homme le plus réservé, le plus mesuré que je…

D'un geste souple, il la fit pivoter entre ses bras, la plaqua contre le mur, fondit sur sa bouche et la réduisit au silence d'un baiser. Les mains de Miranda s'agrippèrent aux muscles durs des épaules de Sebastian tandis qu'il pressait son corps contre le sien. Elle se raidit sous l'assaut de ses lèvres, de ses lèvres écrasant les siennes, de ses lèvres qui voulaient posséder les siennes. La posséder elle.

Un désir presque douloureux envahit Miranda, l'électrisant jusqu'au bout des doigts et des pieds. Elle se fondit dans son baiser en gémissant. Ses mains, au lieu de le repousser, l'attirèrent vers elle.

Tout en lui flattant les flancs pour l'inciter à lui rendre son baiser, il marmonna contre ses lèvres quelque chose qu'elle ne comprit pas…

— Ouvrez, dit-il d'une voix caressante. Ouvrez pour moi.

Il recula. Elle laissa échapper un gémissement de protestation jusqu'à ce qu'elle sente le pouce de Sebastian caresser son menton, le tirer doucement vers le bas et lui écarter les lèvres.

Il reprit possession de sa bouche, mais cette fois, il glissa doucement la langue entre ses lèvres pour explorer l'intérieur de sa bouche humide et l'inviter à savourer à son tour cette nouvelle intimité. Une intimité qui laissa Miranda frémissante, ardente, avide.

Elle toucha timidement sa langue du bout de la sienne, et il laissa échapper un grognement. Ce réflexe mâle fit follement battre le cœur de Miranda. Il aimait cela… Dieu du ciel, il *aimait* ce qu'elle faisait ! Prise d'un urgent besoin exaspéré par leur comportement indécent et le rythme électrisant de l'opéra, elle caressa sans retenue sa langue de la sienne et, délaissant ses épaules, elle glissa les doigts dans les cheveux soyeux de sa nuque.

Le corps tour à tour frissonnant et brûlant, elle avait soif de ses baisers, de ses caresses, même si elle savait qu'elle aurait dû partir en courant. C'était Sebastian. *Le duc*. L'homme qui jusque-là ne s'était jamais soucié d'elle sauf pour lui reprocher de créer des ennuis. Un vieil ami qu'elle connaissait pratiquement depuis toujours. Elle n'aurait pas dû éprouver ces sensations avec lui, ce plaisir indécent… un tel plaisir ! Quand il prit ses seins en coupe dans ses mains et caressa leurs pointes de ses doigts, elle cessa de réfléchir et se contenta de ressentir.

– Sebastian, souffla-t-elle comme les notes aiguës de l'aria la pénétraient.

Elle arqua le dos pour se rapprocher de ses mains et accroître le plaisir incommensurable qu'il lui donnait en pinçant doucement les pointes durcies de ses seins entre son pouce et son index.

– Je vous ai dit que vous me rendiez fou, Miranda, murmura-t-il d'une voix ardente de désir.

Il l'embrassa encore, cette fois en mordillant sa lèvre inférieure pour ensuite la caresser de la langue.

– Vous avez cru que je mentais ?

– Oui, admit-elle franchement.

Il rit et son rire vibra contre ses lèvres.

– Quelque chose en vous m'attire… votre joie de vivre, votre façon de me faire rire…

– Et aussi parce que je vous permets de m'embrasser, souligna-t-elle avec un peu de honte.

— Ça aussi, dit-il en souriant.

Il l'embrassa encore, longuement, profondément, avec possessivité, pour bien lui montrer combien il aimait cela.

— Vous êtes très inspirante, Rose, dans tous les sens.

Elle frissonna de froid quand ses mains chaudes délaissèrent ses seins pour se poser sur son ventre.

— C'est vrai ?

— Incroyablement.

Sa main traçait des cercles sur son ventre en descendant de plus en plus bas à chacun.

— Infiniment.

Il fit glisser ses lèvres sur la mâchoire de Miranda et alla les poser sur ce point sensible derrière son oreille, ce qui la fit tressaillir de plaisir.

— Tellement que si nous avions une loge juste pour nous…

Sa main descendit sur son ventre, en quête du feu qui la consumait tout entière.

— Je serais tenté de vous montrer à quel point.

Cette proposition indécente la fit gémir. La chaleur de la main de Sebastian traversait le mince velours de sa robe comme si elle avait été nue, et se répandait dans son bas-ventre, exacerbant le désir qui palpitait entre ses cuisses tout près du bout des doigts de Sebastian. L'existence de Miranda se résumait à ce corps dur et puissant qui la pressait contre le mur, à son odeur masculine de cognac et de tabac qui excitait ses sens à chacune de ses respirations, et à la caresse de ses doigts sur son ventre.

Tremblante, impuissante, elle posa le front sur l'épaule de Sebastian, tout son sang affluant et palpitant entre ses cuisses. Un peu plus bas, là où elle voulait qu'il la touche, la caresse…

— Rose, murmura-t-il d'une voix rauque, son corps tremblant autant que celui de Miranda.

Il sourit contre sa tempe.

— Laissez-vous tenter, lui intima-t-il en faisant allusion à leur récente conversation. Dites-moi ce que vous voulez…

— Je ne…, bredouilla-t-elle, à la fois perplexe et extrêmement excitée. Je ne sais pas.

— Voulez-vous que je vous embrasse ?

— Oui, souffla-t-elle.

Terriblement.

La bouche de Sebastian prit la sienne dans un baiser si intense, si profond, que les orteils de Miranda se retroussèrent dans ses chaussures. Elle s'agrippa à lui, le souffle court et les jambes molles.

— Voulez-vous que je vous touche ? murmura-t-il contre ses lèvres.

— Oh, oui, répondit-elle dans un souffle qui se mua en gémissement quand il lui obéit, quand sa main descendit et alla se loger entre ses jambes, là où elle voulait qu'elle soit.

Il mit sa main en coupe entre ses jambes sur sa jupe, mais le velours aurait aussi bien pu ne pas être là compte tenu de la chaleur qu'elle sentit. Pendant un moment, ils restèrent sans bouger et Miranda n'entendit plus que le bruit de leurs respirations et celui du sang qui lui battait dans les oreilles. Puis, il commença à la caresser doucement, en augmentant peu à peu la pression jusqu'à ce que sa paume soit fermement appuyée contre elle. Un frisson délicieux et indécent la parcourut, et elle céda à l'envie d'écarter les jambes pour lui donner un meilleur accès à ce point palpitant entre ses cuisses. Sebastian poussa un sourd grognement de plaisir.

— Dites-moi ce que vous voulez d'autre, Rose, ce que je peux faire d'autre pour vous plaire.

Sans interrompre ses caresses, qui étaient à la fois une torture et un plaisir, il alla lui murmurer à l'oreille :

— Voulez-vous... autre chose ?

Ces mots tombèrent sur Miranda en même temps que les dernières notes de l'aria, et elle sortit brusquement de la rêverie dans laquelle Sebastian l'avait entraînée.

Autre chose... Elle savait pertinemment ce qu'il sous-entendait, quelle tentation il lui offrait. Tout comme elle savait qu'il avait succombé ce soir à la passion de l'opéra et à la jalousie, et qu'il ne pensait plus comme un duc en quête de la parfaite duchesse, mais comme un homme en quête d'un instant de répit. Cruelle ironie du sort. Contrairement à Robert, Sebastian voyait en elle une femme désirable et non plus la petite voisine insupportable avec des tresses. Mais il ne la voyait toujours pas, *elle*.

Ce qu'il vit dans ses yeux lorsqu'il la regarda était du désir, certes, mais le désir de fuir.

Le tonnerre d'applaudissements qui éclata atteignit Miranda de plein fouet. Envahie par un sentiment de déception, elle sortit de l'étreinte de ses bras.

— Non, je ne le veux pas.

Il la regarda d'un air exprimant à la fois une grande excitation sexuelle et la confusion la plus totale ; apparemment, il ne la comprenait pas. Et cela atteignit Miranda en plein cœur.

— À cause de Robert ? demanda-t-il, à court d'explication, d'une voix douce mais amère.

— Non, souffla-t-elle, et le beau visage de Sebastian fut brouillé par les larmes brûlantes qui lui montaient aux yeux. À cause de vous.

CHAPITRE 9

Deux journées de frustration (et de totale confusion) plus tard

Miranda, penchée sur la balustrade, éclata d'un rire joyeux à la vue des jongleurs qui donnaient leur spectacle sur l'allée devant leur salon privé de Vauxhall Gardens.

— Ne me dites pas que vous voulez apprendre à jongler, dit Sebastian de ce ton grognon qu'il avait eu avec elle toute la soirée.

Depuis, en fait, deux jours. Depuis qu'il l'avait embrassée dans les coulisses de l'opéra et qu'elle l'avait repoussé et blessé, semblait-il, dans son orgueil de mâle.

Ce n'était pas différent ce soir.

Elle laissa échapper un reniflement vexé, furieuse contre lui qu'il l'ait embrassée aussi passionnément alors qu'il savait que cela ne les mènerait à rien. Embrassée ? Oh, le diable d'homme avait fait bien plus encore !

— Je n'oserais jamais apprendre à jongler.

Toutefois, ne pouvant se retenir de l'énerver comme il l'énervait depuis deux jours, elle ajouta :

— Mais le lancer du couteau ! *Ça,* c'est un art que j'aimerais beauc…

Il lui lança un regard noir qui lui cloua le bec au beau milieu du mot.

Elle déglutit et décida qu'il était préférable d'en rester là.

Cet homme était incompréhensible. Il lui recommandait de ne rien faire qui puisse provoquer un scandale, et une minute plus part, il l'embrassait au risque de lui faire perdre sa réputation si on les prenait en flagrant délit. Il la traitait comme si elle avait été une gamine, puis la caressait jusqu'à la faire gémir comme une femelle en rut. Il acceptait de l'aider à conquérir Robert, puis se montrait jaloux. Jaloux ? *Ha !* Il l'était nettement moins quand la belle Lady Jane, son invitée de ce soir, était pendue à ses côtés. Pourtant, au lieu de s'occuper de Jane et de lui tenir les mêmes propos grivois qu'il avait tenus à Miranda le soir de l'opéra, il avait passé la soirée à ronchonner contre Miranda et à lui reprocher ses moindres faits et gestes.

Dieu du ciel. Cette énigme qu'était Sebastian Carlisle avait de quoi rendre une femme folle.

Elle se leva en poussant un gros soupir. Il l'attrapa par le bras.

— Où allez-vous ? demanda-t-il.

Elle arqua le sourcil, le mettant au défi de la provoquer en présence de leurs famille et amis.

— Me chercher un verre de punch.

Il lui lâcha le bras.

— Ne sortez pas de cette loge.

— Quelle triste perte pour l'humanité que vous soyez duc.

En passant devant lui, elle pencha la tête aussi près de son oreille qu'il lui était possible sans se faire remarquer.

— Vous auriez dû être geôlier.

Il pivota sur son fauteuil comme pour tenter encore de la retenir, mais elle était déjà partie en contournant la table où ils avaient pris le dîner à titre d'invités du comte de St James.

La comtesse avait fait parvenir à Audley House et à Park Place des invitations les conviant tous à retrouver le couple dans un salon particulier de Vauxhall pour l'ouverture officielle de l'établissement de divertissements. Tous les membres de la famille Carlisle et leurs invités (à l'exception de Josie et de Chesney, qui avaient préféré rester tranquillement à la maison) s'étaient entassés dans plusieurs voitures et avaient traversé la Cité et la Tamise pour se rendre aux jardins.

Oh, l'endroit était tout simplement féérique ! Les jardins étaient remplis de lanternes colorées, de jets d'eau, de jeux de miroirs lumineux et de gens vêtus de toutes les façons. Les artistes défilaient sur l'allée sise au cœur des jardins, tandis que les acrobates se produisaient sur les câbles et les fils de fer tendus entre les galeries où ceux qui avaient eu la bonne fortune de louer un salon privé invitaient à dîner. Plus loin, les lanternes chinoises éclairaient le promenoir menant à la tribune où le concert donné par un orchestre s'achevait. Derrière la tribune s'étendait entre les arbres un labyrinthe de sentiers étroits et sinueux où Sebastian lui avait interdit d'aller dès leur arrivée à la grille principale.

Malgré la mauvaise humeur de Sebastian, Miranda s'amusait. Elle avait tenté de convaincre Quinn de l'amener faire un tour de montgolfière, mais il avait beaucoup trop de plaisir avec ses amis de Boodle's pour les abandonner. Puis, il y avait Robert qui, assis au fond du salon privé, se consacrait entièrement à Diana Morgan, assise à côté de lui.

Ce soir, aucun des hommes Carlisle ne faisait le bonheur de Miranda.

Elle remercia d'un sourire le domestique qui lui avait remis un cocktail à base d'arack et retourna de mauvaise grâce s'asseoir à côté de Sebastian. Comme le salon était bondé, le fauteuil à côté du sien était le seul qui restait, et elle avait le choix entre aller s'y asseoir ou rester debout à côté du serviteur. Ce qui lui parut une bonne idée.

Surtout quand Sebastian déclara :

— Et ne *pensez* même pas à marcher sur un fil de fer.

Les hommes ! Elle commençait à croire qu'ils n'étaient d'aucune utilité, sauf pour attraper des objets rangés trop haut ou changer les roues des voitures.

— Si vous tenez absolument à être d'humeur massacrante toute la soirée, rétorqua-t-elle à bout de patience, je vous prie d'aller tourmenter quelqu'un d'autre. Je ne le mérite pas.

Comme il ne répondait pas, elle lui jeta un regard en coin et vit qu'il l'observait d'un air indéchiffrable. Ses yeux sombres la scrutèrent si longuement qu'elle ne savait plus où se mettre.

Mais elle n'avait pas la naïveté de s'imaginer qu'il éprouvait des remords ou de la culpabilité pour l'avoir traitée ainsi. Oh, non ! Pas un homme capable d'utiliser des chaussures pour la faire chanter.

Il se leva.

— Si vous voulez bien m'excuser. Je reviens dans un instant.

Miranda se retint de lui dire de prendre son temps et reporta son attention sur le spectacle.

De nouveaux artistes venaient d'arriver sur l'allée. Un homme tout de noir vêtu et une femme en une robe rouge ornée de plumes étaient assis au sommet d'une petite charrette tirée par des ânes. Un gros coffre de bois et une petite table se trouvaient également sur la charrette.

Sous le regard attentif des spectateurs, l'homme, secondé par la femme vêtue de rouge, exécuta divers tours de magie ; entre autres, il extirpa une pièce d'un souverain d'une orange non pelée et fit sortir d'un chapeau une colombe qui survola la foule avant de disparaître dans la nuit. La foule acclama chacun de ses tours, de plus en plus difficiles, et Miranda ne ménagea pas ses applaudissements. Elle savait que tout cela n'était qu'illusion et tour de passe-passe, mais le spectacle la captivait. La nuit serait peut-être magique, après tout.

Fascinée par le dernier tour, elle s'assit sur le bout de son fauteuil et se pencha sur la rampe pour regarder l'homme qui se préparait à installer la femme dans le coffre et à la faire disparaître.

— Tenez-vous loin des magiciens, lui conseilla une voix grave à l'oreille.

Ce ne pouvait qu'être Sebastian, aussi se renfrogna-t-elle et garda-t-elle le regard fixé sur l'illusionniste. Il était revenu, et beaucoup trop vite à son goût.

— Il faut les éviter à tout prix.

— Pourquoi donc ? dit-elle en levant les yeux au ciel et en se résignant à l'entendre encore lui ordonner de bien se conduire.

— Parce qu'il s'agit de la pire espèce de crapules et de goujats, prononça-t-il gentiment.

Surprise, elle se tourna pour le regarder. Il allongea la main vers ses cheveux, réunis ce soir dans un modeste chignon, et tira doucement sur l'une des boucles d'or vénitien qui retombaient sur ses joues. Quand il éloigna sa main, une petite rose en papier parut entre ses doigts.

Elle entrouvrit les lèvres sans dire un mot, sidérée par son tour de magie.

— Vous avez raison, Miranda. Je n'ai pas le droit de gâcher vos soirées, ni celle de ce soir ni celle de l'opéra.

Ses yeux bleus fixés dans les yeux de Miranda en un échange intime, il lui tendit la rose.

— J'ai bien peur de ne pas valoir mieux qu'un magicien. Je vous prie sincèrement de me pardonner.

L'esprit tiraillé, elle regarda la rose de papier mâché rouge. Elle ne le comprendrait sans doute jamais, mais elle n'arrivait jamais à lui en vouloir très longtemps, surtout quand il lui présentait de telles excuses. Les doigts tremblants, elle prit la rose.

— Merci, souffla-t-elle.

Il la regardait affectueusement dans les yeux.

— Il n'y a pas de quoi, dit-il.

Après une courte pause, incapable de s'en empêcher, il ajouta :

— Mais n'allez pas marcher sur la corde raide, c'est compris ?

Elle éclata de rire et serra la rose sur sa poitrine, émue aux larmes par son repentir.

— Je vous le promets.

Elle ne s'attendait certainement pas à un tel geste de sa part ! Une fleur en gage de paix. Et surtout, des excuses. Elle se sentit soulagée. Ils pouvaient donc redevenir des amis, comme ils le devaient, et il n'irait pas raconter ce qui s'était passé entre eux le soir de l'opéra.

Pour preuve de sa bonne foi, Sebastian reporta aussitôt son attention sur Lady Jane, qui lui avait donné une petite tape sur l'épaule pour l'interroger sur l'un des membres du

Parlement présent dans la foule. Elle lui sourit de cet air distingué qui lui était si naturel. Belle et londonienne jusqu'au bout des doigts. Assise là, dans sa robe gris clair et son étole d'hermine, des rangées de perles dans ses cheveux foncés, elle était parfaitement gracieuse et raffinée. Tout à fait le genre de femme que Sebastian voulait épouser.

Miranda s'affaissa dans son fauteuil, les épaules basses. Ce qui eut pour seul effet de la démoraliser davantage, parce que Lady Jane, elle, se tenait bien droite de l'autre côté de Sebastian. Aussi se redressa-t-elle aussitôt, tira les épaules vers l'arrière, et regretta une fois de plus les robes amples qu'elle portait à la campagne.

— Les femmes audacieuses accrochent ces roses derrière l'oreille, la taquina Robert en se penchant sur son épaule.

Il y avait à peine quelques semaines, le fait que Robert lui parle ainsi à l'oreille l'aurait rendue follement nerveuse. Mais étrangement, pas le moindre papillon ne battit des ailes dans son ventre.

Sans prendre la peine se demander pourquoi, elle coinça la fleur derrière son oreille.

— Comme ça ?

— Très joli.

Il lui sourit puis pointa le pouce en direction de la tribune.

— Diana et moi allons nous chercher des glaces. Vous venez avec nous ?

Cela voulait dire qu'il leur fallait un chaperon. Le cœur de Miranda se serra. Être le chaperon d'un autre couple d'amoureux était la dernière chose dont elle avait envie.

Mais un coup d'œil vers Sebastian lui apprit qu'elle ne supporterait pas non plus de rester avec lui et Lady Jane.

Elle s'obligea à sourire.

— Oui, avec plaisir.

Comme Robert et Diana sortaient de la loge, Miranda se leva et vit que Sebastian s'apprêtait à lui servir une autre de ses mises en garde. Mais elle le défia silencieusement en arquant le sourcil et sortit à son tour.

Bourdonnant d'excitation et d'activités, les jardins parurent à Miranda, qui suivait Robert et Diana sur le sentier plein de monde, un véritable pays des merveilles pour l'ouïe et la vue. Elle les perdit très vite de vue dans la foule, mais sans en être vraiment bouleversée. Pas alors qu'enfin libérée de la surveillance exagérée de Sebastian, elle allait pouvoir explorer tous les jardins, vivre une multitude d'expériences exaltantes. De toute façon, Diana et Robert allaient chercher des glaces, ce qui signifiait qu'elle pourrait toujours aller les retrouver chez le glacier, près de la tribune, à partir d'où tous les promenoirs éclairés se transformaient en sentiers sombres et étroits s'enfonçant dans les bosquets, loin des galeries marchandes et des scènes.

Autour d'elle, des hommes et des femmes vêtus avec élégance (mais aussi des femmes déguisées et masquées) se promenaient. Des arlequins la dépassèrent en dansant. De même qu'une troupe de marionnettistes animant des poupées de la taille d'un être humain. Deux acrobates qui se tenaient mutuellement par les chevilles et formaient un cerceau humain passèrent devant elle. Un jongleur lançait des torches allumées dans les airs, et deux hommes sur des échasses se poursuivaient sur le promenoir. Des accords de musique, joués par différents quatuors et différents orchestres, venaient de partout. Plus tard, il y aurait des feux d'artifice, mais à son avis, la foule haute en couleur était le plus joli des feux d'artifice.

Comme elle approchait de la tribune, elle aperçut Robert et Diana qui marchaient sur l'un des sentiers s'enfonçant dans les bosquets. *Pas du tout* pour aller chercher des glaces. Elle hâta le pas en soupirant. En tant que chaperon, elle se devait de rester avec eux que cela leur plaise ou non. Elle ne voulait surtout fournir à Sebastian une raison de plus de lui faire des remontrances.

À mesure qu'elle avançait, le sentier devenait plus étroit et plus sombre. Des lanternes étaient suspendues aux arbres, mais quelqu'un les avait éteintes, plongeant ainsi le sentier dans le noir ; elle marchait avec précautions, tout en sachant que Robert et Diana ne devaient pas être très loin. Devant elle, le sentier s'incurvait, et elle vit leurs deux silhouettes se diriger entre les arbres vers un petit pavillon rappelant un temple grec en ruines. Elle les suivit. En arrivant au bout du mur du temple, elle ouvrit la bouche pour les appeler…

Robert prit Diana dans ses bras et l'embrassa. Pas aussi passionnément que Sebastian avait embrassé Miranda le soir de l'opéra, mais avec une telle tendresse, une telle douceur, que le cœur de Miranda se brisa.

Ou plutôt, il aurait dû se briser. Robert n'était-il pas l'homme de ses rêves depuis des années ? Alors, pourquoi le fait de le voir embrasser une autre femme ne la bouleversait-il pas comme il se devait ? Se pouvait-il qu'elle ne l'aime plus ? Ou qu'elle ne l'ait jamais aimé ?

Oh, elle avait mal, c'était vrai. Renoncer à un rêve que l'on caresse depuis aussi longtemps était douloureux, mais elle n'était pas aveuglée de douleur, ni folle de jalousie, ni malheureuse au point de tomber à genoux, en larmes. N'était-ce pas ainsi que les poètes décrivaient ce que c'était que d'avoir le cœur brisé ? Une peine dévastatrice ?

Tout ce qu'elle ressentait, c'était ce que l'on ressent quand un rêve s'éteint, une impression de perte. Et elle savait depuis toujours que c'était ainsi que ça finirait.

Et, étrangement, du soulagement.

Ayant besoin de temps et d'espace pour réfléchir, elle se baissa derrière le mur avant qu'ils ne la voient. Elle s'adossa aux pierres froides, respira profondément et tenta de se remettre du choc de ne pas être… comment dire, choquée.

Puis, elle les entendit parler, chuchoter en fait, et il lui fallut quelques instants pour se faire à ces sons assourdis, à les saisir et à comprendre qu'ils parlaient… *d'elle*.

— Elle est éprise de Trent, disait Diana.

À cette affirmation candide, le cœur de Miranda sauta un battement.

— Miranda ? dit Robert, si étonné qu'il en oublia de baisser la voix. Impossible.

— Je suis portée à le croire, à la façon dont elle le regarda parfois…

— Miranda est comme une petite sœur pour nous. On la considère tous ainsi. Surtout Sebastian.

Miranda ferma les yeux et posa la main sur sa poitrine. Contre toute attente, ces mots-là lui faisaient mal. Affreusement mal.

— De toute façon, il a arrêté son choix sur Lady Jane, continua Robert. Il a besoin d'une duchesse. Miranda ne peut pas être cela pour lui.

Et *cela* était insoutenable, même si Miranda savait que c'était vrai.

— Trent n'est pas amoureux de Lady Jane, affirma doucement Diana. Il n'y a rien dans ses yeux quand il la regarde, et elle n'arrive pas à retenir son attention. Mais quand il regarde Miranda, ses yeux lancent des étincelles.

— C'est parce qu'il veut l'étrangler, la taquina Robert.

— Non, le réprimanda Diana.

Diana se portait à sa défense. Miranda se sentit coupable de lui en avoir voulu de plaire à Robert. Elle ne lui avait jamais donné sa chance, et elle le regrettait.

— Il a des sentiments pour elle. Il lui a donné une fleur ce soir.

Un petit sourire aux lèvres, Miranda porta la main à la rose de papier toujours coincée derrière son oreille. Oui, il lui avait donné cette rose, et comment il la lui avait donnée la rendait encore plus unique. Oh, elle n'était pas folle au point de croire que Sebastian avait des sentiments pour elle, du moins pas de la façon dont Diana l'entendait. Mais il en avait assez pour lui présenter ses excuses.

— Ça ne veut rien dire, affirma Robert. La mendiante qui les vend derrière la galerie marchande en guise de souvenirs n'en demande qu'un penny.

Le cœur déchiré, Miranda retira lentement la fleur et la regarda. Dans la pénombre, les pétales rouges semblaient noirs. Peu lui importait que ce ne soit qu'un souvenir bon marché ; c'était la pensée qui comptait, et Sebastian était sorti l'acheter uniquement pour elle.

— Ça n'a aucune importance, protesta doucement Diana. Il la lui a tout de même donnée. C'était romantique.

— Ce n'était pas romantique, la corrigea Robert. C'était de la corruption : il a besoin qu'elle se comporte convenablement en présence de Lady Jane.

Une flèche la traversa. De la corruption… et non pas des excuses. Elle eut l'impression qu'on venait de lui arracher le cœur et que dans le vide ainsi laissé grouillaient des sentiments d'humiliation et de colère. Pour ne pas tomber, elle dut s'appuyer contre la pierre et penser à respirer.

Dieu qu'elle avait mal ! Elle plaqua la main sur sa poitrine pour contenir l'angoisse qui l'envahissait, mais sans résultat. Sa saison entière n'avait été qu'une suite d'erreurs, dont la pire était…

Miranda regarda la fleur foncée. Une goutte d'eau tomba sur un pétale, trempa le papier et dilua la teinture. Elle comprit qu'elle pleurait.

— Robert, je suis sérieuse. Je crois réellement que votre frère est attiré par elle.

— Miranda Hodgkins n'est rien d'autre qu'une amie de la famille. Elle est la dernière personne dont mon frère pourrait s'éprendre.

Elle referma la main sur la rose de papier et la froissa. Puis, elle la mit dans sa poche, se retourna et s'en alla.

• • •

Les sourcils froncés, Sebastian scrutait l'allée menant à la tribune. Il n'aurait jamais cru qu'aller chercher des glaces pouvait prendre autant de temps.

Ils étaient partis depuis près d'une demi-heure et il commençait à se faire du souci. Miranda avait beau être avec Robert et miss Morgan, il savait fort bien que, même enfermée seule à double tour dans une pièce, elle aurait trouvé le moyen de se mettre dans le pétrin. La laisser vagabonder en liberté dans les jardins de Vauxhall était très risqué. La curiosité de Pandore lui avait causé moins d'ennuis que Miranda était capable d'en provoquer dans ce contexte.

Il avait au moins profité de son absence pour s'entretenir avec Lady Jane. Malheureusement, leur conversation avait été nettement moins intéressante que celles qu'il avait eues avec Miranda. Quand il avait osé flirter un peu, Jane n'avait remarqué aucun de ses sous-entendus de nature sexuelle. Ou si elle les avait remarqués, elle avait fait comme si de rien n'était.

Il en avait conçu une nouvelle inquiétude : il ne trouvait pas Lady Jane attirante. Certes, elle avait de la classe. Elle était belle et raffinée. Mais elle n'était nullement… *inspirante.* Un malheur ne venant jamais seul, songea-t-il en poussant un profond soupir, elle ne l'inspirait ni sexuellement ni intellectuellement. Il aurait été étonné qu'elle puisse émettre un commentaire personnel ou argumenter avec lui sur quoi que ce soit, notamment sur Milton ou Shakespeare.

Mais son indifférence était peut-être causée par le fait qu'ils n'avaient jamais été seuls. Si *lui* était conscient de tous ces regards fixés sur eux, elle devait l'être également, et en fille de bonne famille bien éduquée, elle savait se montrer réservée en société.

La solution était simple : ils devaient se retrouver en tête-à-tête.

— Accepteriez-vous de venir vous promener avec moi au jardin ? proposa-t-il en se levant et en lui tendant la main. Nous croiserons peut-être les autres.

— Charmante idée, Trent.

Avec un sourire ravi, elle mit sa main dans celle de Sebastian et se leva gracieusement. *Tout* ce qu'elle faisait était gracieux. Et convenable. Elle fit donc signe à la femme qui l'accompagnait ce soir de leur servir de chaperon. La femme austère, vêtue d'une robe de laine brune, se leva de son fauteuil dans l'angle de la loge et les suivit dans la nuit.

La femme était certainement un chaperon apprécié de ces dames, songea Sebastian, car moins de dix minutes plus tard, alors qu'ils atteignaient les sentiers s'enfonçant dans le bosquet, elle les avait perdus de vue dans la foule. Un chaperon tellement apprécié qu'il était certain de ne pas la revoir avant leur retour à la loge, où elle les attendrait pas très loin de la porte.

Une séparation fort commode et que Jane avait dû arranger avec la femme en prévision de se retrouver seule avec lui. Ce qu'il espérait également, et cette connivence le soulagea d'un poids. Qui plus est, son désir d'être seule avec lui signifiait qu'elle était réceptive au mariage.

Jane ne protesta pas lorsqu'il la mena dans la jungle des sentiers fermés, où les lanternes avaient été éteintes ; si elles avaient jamais été allumées. L'obscurité procurait l'intimité nécessaire aux plaisirs qui avaient valu au boisé de Vauxhall sa réputation sordide.

– Vous êtes distrait, ce soir, Trent, observa-t-elle doucement.

Sebastian faillit rétorquer qu'il n'en était rien, au lieu de quoi il lui présenta ses excuses. Car il *était* bel et bien distrait ce soir.

Ce soir ? Il éclata presque de rire. Il était distrait depuis le soir du bal donné à Chestnut Hill en l'honneur de l'anniversaire de sa mère. Sa distraction venait d'une jeune fille insupportable aux cheveux d'or vénitien qui avait le don de surgir en des lieux interdits et de le rendre fou. Au cours des deux derniers jours, soit depuis sa première apparition à l'opéra, l'attention dont elle était l'objet s'était encore accrue. Des hommes, même de haut rang, lui rendaient visite. Elle était la sensation de la saison. Dès qu'il mettait le pied chez White's, quelqu'un venait lui poser des questions sur elle, et les invitations en provenance des dames de la haute affluaient chez elle. Ainsi que les visiteurs.

Sa mère avait beau lui affirmer que cette popularité était inoffensive, le fait était que Sebastian n'aimait pas cela. Pas du tout.

Mais pouvait-il s'opposer aux désirs de sa mère et interdire à Miranda de recevoir des visiteurs ? Il n'avait aucun droit sur elle, ni n'en aurait jamais. Cet accès de folie qui l'avait poussé à quasiment séduire Miranda dans les coulisses de l'opéra n'était que cela, de la folie ; la folie de croire qu'il pourrait être avec une femme uniquement parce qu'il se sentait bien avec elle. Parce qu'elle le faisait rire et le stimulait intellectuellement. Parce qu'avec elle, il oubliait le poids de ses responsabilités et redevenait lui-même.

Mais être lui-même, c'était être en tout moment un *duc*. Plus tôt il s'y résignerait, mieux ce serait. Après quoi il ne serait plus jamais inquiété par le désir d'être ce qu'il ne pouvait plus être.

— La saison a été un peu éprouvante, expliqua-t-il en songeant que le terme *frustrante* aurait été plus juste.

Il s'était efforcé de respecter sa promesse à son père de toujours faire passer le duché en premier, particulièrement en ce qui avait trait aux femmes qu'il fréquentait. Mais Miranda avait mis son univers sens dessus dessous. Quand il ne rêvait pas d'être avec elle, il se reprochait sa façon de se conduire avec elle. Qu'aurait pensé son père du fait que chaque fois qu'il se retrouvait seul avec elle, il risquait de la déshonorer ? Ce n'était certainement pas ce que le duc son père aurait attendu de lui.

— Je n'en doute pas, acquiesça-t-elle avant d'ajouter après un bref silence : On ne parle plus que de miss Hodgkins. Je comprends qu'elle puisse être une distraction.

— Ah bon ?

Il la regarda du coin de l'œil. Qu'entendait-elle au juste ? Était-elle en train d'insulter Miranda ?

Mais son sourire était patient et compréhensif, sans la moindre trace d'animosité.

— Vous avez été fort occupé ; le Parlement, vos obligations envers votre mère et votre sœur, vos frères que vous devez surveiller… et miss Hodgkins. Il est surprenant que vous ayez du temps à m'accorder.

Elle lui toucha le bras avec bienveillance.

— Je ne vous reproche aucunement d'être distrait par tout ce qui vous incombe, et j'espère que vous n'en doutez pas.

Les épaules de Sebastian se relâchèrent. Dieu merci, Jane saisissait l'ampleur de ses responsabilités. Un point de plus pour elle.

— Je vous remercie.

Elle tira sur ses longs gants. Tout en elle était à la fine pointe de la mode, jusqu'aux nœuds de satins ornant ses chaussures.

— Il n'empêche qu'elle est devenue le principal sujet des conversations. Apparemment, tout le monde s'interroge sur son… *exubérance.*

Irrité, il se porta aussitôt à la défense de Miranda.

— Elle s'amuse, rien de plus. Ses parents sont morts alors qu'elle était enfant, et la tante et l'oncle qui l'ont accueillie n'ont pas d'enfants.

Ils n'avaient donc pas su comment l'élever ; ils se montraient parfois très stricts pour ensuite la laisser faire les quatre cents coups avec les Carlisle, et ni l'une ni l'autre de ces attitudes n'étaient ce qu'il lui fallait. Cependant, elle s'était plutôt bien conduite durant leur séjour à Londres.

— Elle cherche simplement son point d'équilibre.

— J'espère pour vous qu'elle le trouvera bientôt.

Le ton de Jane lui parut quelque peu glacial. Tout comme son manque de sympathie pour le passé de Miranda.

— Elle le trouvera, affirma-t-il en attribuant son attitude au fait qu'elle ne connaissait pas vraiment Miranda. Je vous suis reconnaissant de ne pas vous être laissée décourager par les commérages.

Elle lui sourit avec hauteur.

— Jamais je ne permettrai qu'une autre femme décide de mes prétendants.

Son prétendant. C'était ce qu'il voulait être, alors pourquoi le fait qu'elle voie en lui son prétendant ne le rendait-il pas particulièrement fou de joie ? À vrai dire, après avoir passé la soirée avec elle, il ne ressentait rien pour Jane si ce n'était qu'elle était d'agréable compagnie. Il fallait que ça change s'il voulait en faire sa femme.

Ils arrivèrent près d'une charmille recouverte de plante grimpante et il la conduisit en dessous.

— Cela vous convient-il ici ?

Elle était très au fait des règles de la haute société en matière de sexualité. Il n'avait pas à lui expliquer pourquoi il l'avait entraînée là, assez loin pour leur assurer une certaine intimité, mais pas assez pour mettre sa réputation en péril. Il ne la séduirait certainement pas ce soir, mais ils pourraient vivre un moment d'intimité qui le rassurerait peut-être sur le fait que le courant passait entre eux. Il le fallait. Non seulement se devait-il d'avoir un héritier, mais il n'avait par ailleurs pas la moindre intention d'avoir une maîtresse. Par conséquent, sa femme devait être tout pour lui… une compagne, une conseillère et une amante. Il ne se contenterait pas de moins.

— Tout à fait, murmura-t-elle.

Elle mit ses bras autour du cou de Sebastian et lui adressa le même sourire réservé qu'elle avait eu toute la soirée.

Soudain, il éprouva le besoin pressant de voir son visage exprimer autre chose, de la passion, de l'excitation sexuelle. Cet abandon, ce plaisir et cette avidité qui altéraient les traits de Miranda chaque fois qu'il l'embrassait. Il prit le visage de Jane entre ses mains et baissa la tête pour l'embrasser. Il espérait retrouver sur ses lèvres ce doux parfum de vanille dont il était récemment devenu affamé, de sentir en elle ce feu qui consumait Miranda chaque fois qu'il la touchait.

Avec un soupir, elle détendit ses lèvres et lui rendit son baiser, sa bouche se posa sur la sienne avec une aisance qui apprit à Sebastian qu'elle avait embrassé plus d'un homme dans des jardins obscurs avant lui. Mais alors qu'il l'embrassait, attendait que la passion jaillisse entre eux, il ne sentait rien. Ce désir irrépressible qu'éveillait en lui le moindre effluve d'eau de rose, ce serrement familier dans son bas-ventre… tout ça manquait. Bon sang, s'il le ressentait avec Miranda, n'aurait-il pas pu le ressentir avec Jane ?

Mais non. Rien. Pas de passion, pas d'ardeur. Pas de désir dévorant, presque violent, de se perdre, corps et âme, en elle.

Rien.

Oh, elle embrassait bien. Sa bouche était douce, agréable, et elle ne résista pas quand il écarta ses lèvres de sa langue et la glissa dans sa bouche, désireux de lui arracher un gémissement de plaisir, un râle de désir. Une réaction qui lui montrerait qu'elle aimait se trouver entre ses bras ou qui attiserait son désir pour elle de la manière dont les doux miaulements de Miranda enflammaient son sang. Elle lui rendait son baiser, mais sa bouche ne trahissait pas l'avidité qu'il voulait, son corps ne se fondait pas au sien. L'expérience n'était pas désagréable, mais elle était… vide.

Il se recula et la regarda. Hormis ses lèvres rougies par le baiser, elle avait la même expression sereine qu'avant leur baiser. Impossible de savoir si elle avait aimé cela, si elle voulait qu'il l'embrasse encore ou qu'il s'aventure plus loin, qu'il la touche comme il avait touché Miranda, qui pour sa part ne se souciait guère de dissimuler ce qu'elle éprouvait. Même seule avec lui dans la nuit, Jane restait assez distinguée pour ne pas céder à une passion débridée.

Mais elle n'en demeurait pas moins la femme qu'il lui fallait, n'est-ce pas ? Une femme respectée et respectable, la duchesse qu'il recherchait. Un choix que son père aurait approuvé, peu importe que son cœur ait soif d'ardeur et de passion.

Elle ouvrit les yeux et lui adressa le même fichu sourire qu'avant. À cette seule différence que, cette fois, elle passa ses doigts gantés dans les cheveux de sa nuque.

— C'était bien, souffla-t-elle.

Bien ? Il se mordit les lèvres pour ne pas rire. *Bien* était la dernière chose qu'il voulait.

— Je crois que nous devrions retourner à la loge avant que l'on ne remarque notre absence, souligna-t-elle d'une voix douce.

Comme si elle avait perçu les émotions qui se livraient bataille en lui, elle posa une main possessive sur son bras.

— Je vous en prie, comprenez-moi. Je dois veiller sur ma vertu, surtout avec vous, Trent.

— Surtout avec moi ?

Que diable voulait-elle dire ?

— Vous et vos frères avez une certaine réputation.

Ses yeux brillaient, comme si la perspective de capturer l'un des Carlisle lui plaisait, comme si elle avait adhéré à cette idée sotte selon laquelle les canailles repenties font les meilleurs maris. Il n'en était rien. Ils ne font que des canailles repenties.

Les meilleurs maris étaient des hommes comme son père. Des hommes ordinaires, sans prétention, solides et généreux qui subvenaient aux besoins de leur famille et assuraient sa sécurité, des hommes indulgents pour leur entourage et exigeants envers eux-mêmes, des hommes qui…

Sebastian prit une grande respiration pleine de tristesse… Des hommes qui aimaient leur femme.

Jane posa la main sur sa poitrine et joua avec les boutons de son gilet pour l'aguicher, mais son corps resta de glace, son cœur ne battit même pas un tout petit peu plus vite. Être seul avec elle ne l'avait pas du tout excité. Mais cela l'avait drôlement frustré.

— Je pars la première et vous, dans une quinzaine de minutes. Nous prétendrons avoir été séparés par la foule.

— Bien sûr.

Elle avait apparemment préparé leur tête-à-tête dans ses moindres détails. Il l'embrassa une dernière fois dans l'espoir d'avoir raté quelque chose lors du premier baiser, mais sa réaction fut tout aussi nulle.

Elle quitta la charmille et se dirigea vers le promenoir où elle allait sans aucun doute retrouver sa compagne derrière la tribune et lui donner l'explication prévue à leur séparation.

Tout en ravalant un juron bien senti, Sebastian se mit à faire les cent pas sous la petite charmille. Il n'avait pris en compte la passion dans le choix de son épouse. Il avait simplement cru que la femme de son choix serait aussi ardente que lui au lit. Mais à cause de sa froideur envers Jane, il commençait à croire qu'ils ne partageraient même pas cela. Il songea qu'il arriverait peut-être à lui enseigner à l'apprécier, à y prendre plaisir, afin que lui aussi puisse y prendre plaisir.

Dieu savait qu'il n'avait rien à enseigner à Miranda en la matière.

Il se renfrogna. Qu'est-ce qui lui prenait ? Bon sang, *pourquoi* pensait-il à Miranda et pas à une autre ? Alors qu'avec elle, il se comportait en imbécile, ce qu'il n'aurait *jamais* dû faire, d'autant plus qu'après, il se sentait frustré et furieux.

Il entendit des éclats de voix près de lui dans le jardin obscur. Sebastian sortit du couvert végétal de la charmille et scruta l'étroit et obscur sentier dont les lanternes avaient été éteintes. Les voix (celle d'une femme et celle d'un homme) se rapprochèrent. L'homme et la femme se disputaient violemment. Il sourit avec une certaine satisfaction. C'était bon de savoir qu'il n'était le seul homme à passer une mauvaise soirée. Sans doute se querellaient-ils parce que l'un des deux avait trouvé l'autre dans le bosquet avec quelqu'un d'autre. Ce qui se produisait souvent à Vauxhall.

Ils se rapprochaient de plus en plus, mais n'étaient encore que des voix courroucées et sans corps dans la nuit. Puis, la femme s'écria :

— Allez-vous-en !

Miranda.

Elle sortit de la nuit en marchant si vite qu'elle courait presque. À côté d'elle, un homme, qui n'avait aucun mal à la suivre, marchait. Burton Williams, le plus jeune fils du vicomte de Houghton.

— Je vous en prie, le supplia-t-elle. Je n'ai pas besoin que vous m'escortiez jusqu'à…

Le reste de la phrase se perdit quand ils atteignirent le mur de pierre qui divisait le bosquet et fournissait un peu plus d'intimité à ceux qui tenaient à rester dans l'ombre.

Sebastian se précipita en avant, furieux.

Williams s'adressa à Miranda, mais elle secoua violemment la tête sans cesser de marcher. Soudain, l'homme lui saisit le bras et l'attira contre lui. Il tenta de l'embrasser et elle le repoussa.

Elle le gifla de toutes ses forces.

Williams se recula juste assez pour se mettre hors de sa portée et lui lança d'une voix rageuse :

— Tu aimes ça quand c'est brutal, hein ?

Il la plaqua ensuite durement contre le mur de pierre.

Sebastian attrapa le type par l'épaule, le fit pivoter, et son poing alla percuter sa mâchoire. Sous la violence du coup et l'effet de la surprise, Williams tomba par terre.

— Présentez-lui vos excuses, gronda Sebastian entre ses dents, debout au pied de Williams et fou de rage.

— Allez vous faire foutre, s'écria Williams.

— Ce n'est rien, lui assura Miranda en posant la main sur le bras droit de Sebastian pour l'empêcher de frapper une seconde fois le malotru. Ce n'est qu'un malentendu.

Sebastian n'en crut pas un mot. Ce soir, à cran comme il l'était, il se sentait d'humeur à se bagarrer pour brûler la frustration et le trop-plein d'énergie dont il n'arrivait pas à se défaire. Qui le consumaient depuis le soir du bal masqué.

— Présentez-lui vos excuses, répéta-t-il.

Williams porta la main au filet de sang coulant de sa lèvre fendue et cracha :

— Veuillez m'excuser.

— Bien, s'empressa de répondre Miranda.

Elle tira Sebastian par la main pour l'éloigner. Mais il n'avait pas encore fini.

— Ne portez plus jamais la main sur elle, dit-il d'un ton menaçant comme Williams se relevait péniblement. Et n'allez pas dire du mal d'elle, sauf si vous avez envie d'un duel.

Williams éclata de rire et jeta un regard méprisant à Miranda.

— Cette catin ne vaut pas que je gaspille une balle.

Ne pouvant pas se servir de son bras droit puisque Miranda y était pendue, Sebastian se servit du gauche. Son poing frappa durement l'autre côté de la mâchoire de Williams. Cette fois, Burton ne se releva pas, ayant compris que c'était mieux ainsi.

Sebastian, fou de rage, les tempes battantes, prit Miranda par le poignet et l'entraîna derrière lui sur le sentier. Refusant de la lâcher, même quand elle le lui demanda, et sans regarder derrière lui, il avançait à grands pas, ce qui obligeait Miranda à courir ou presque. Personne ne leur accorda la moindre attention. Une femme tirée des jardins par un homme furieux était aussi un fait banal à Vauxhall.

— Nous partons ! lança-t-il en passant devant leur loge à Quinn, qui était assis sur la balustrade entouré de ses amis.

Heureusement, ni Lady Jane ni sa mère n'étaient là.

– Je raccompagne Miranda à la maison.

– Pourquoi ? cria Quinn pour se faire entendre malgré dans le bruit.

Les feux d'artifice commençaient et le premier éclata dans le ciel dans une cascade d'étincelles brillantes rouges et bleus. La foule poussa des cris de joie.

– Migraine, ragea Sebastian.

Quinn fronça les sourcils d'un air soucieux.

– Miranda a la migraine ?

– Non, marmonna Sebastian dans sa barbe. Moi.

CHAPITRE 10

— Audley House ! ordonna Sebastian au cocher.

Il ouvrit la portière à la volée et fit asseoir Miranda sur le siège. Il monta d'un bond dans la voiture, claqua la portière, frappa du poing le toit, et la voiture s'élança en bringuebalant.

Le cœur de Miranda battait follement. Il était furieux, beaucoup plus furieux qu'elle l'avait vu jusque-là. Dans la pénombre, il se pencha en avant, les coudes sur les genoux, et lui jeta un regard mauvais.

— Bon sang, que s'est-il passé entre vous ?

Il bouillait d'une colère telle que sa voix en tremblait.

Elle releva le menton, prête à se battre. Il n'était pas question (mais alors, là, *pas* question !) qu'elle lui montre la moindre faiblesse en détournant les yeux. Aussi le fusilla-t-elle du regard à son tour, le mettant silencieusement au défi de la pousser à bout… parce qu'après ce qu'elle avait vécu ce soir, elle aurait été ravie de lui rendre la pareille.

— Je n'ai rien fait de mal, s'indigna-t-elle. J'ai laissé Robert et miss Morgan à ce pavillon ridicule et je retournais à la loge quand Burton Williams m'a croisée sur le sentier et s'est souvenu de m'avoir rencontrée au bal des St James. Il a insisté pour me raccompagner, pour me protéger.

Elle faillit éclater de rire tant cela lui parut ironique.

— J'ai poliment refusé. Mais, apparemment, il n'est pas habitué à ce qu'une femme lui refuse quelque chose.

Il avait les mâchoires si serrées qu'en dépit de la pénombre, elle pouvait voir bouger les muscles de son cou.

— Vous a-t-il fait mal ?

— Seulement au bras.

Elle grimaça en se frottant l'avant-bras, là où Williams l'avait attrapée. Elle aurait sûrement une ecchymose au matin.

— Avant que je n'arrive, précisa-t-il lentement.

Il serrait et desserrait les poings dans un geste de colère froide, contenue, qui la fit frissonner. Ses yeux étaient noirs.

— Ce salopard vous a-t-il contrainte à faire quelque chose ?

Cette remarque lui fit l'effet d'une douche froide qui engloutit sa propre colère. Sebastian n'était pas en colère contre elle ; il était furieux contre Burton Williams. Tellement furieux que si elle avait le malheur de prononcer le mauvais mot, il ferait faire demi-tour à la voiture, retournerait à Vauxhall et tuerait de ses mains l'homme qui avait osé la toucher.

— Non, souffla-t-elle, sans le quitter des yeux. Il ne l'a pas fait.

Il laissa échapper un soupir âpre, s'adossa aux coussins rembourrés et se frotta le visage.

— Le père de Williams est l'un de mes collègues à la chambre des lords. Nous travaillons dans les mêmes comités.

Il jura dans sa barbe et secoua la tête.

— Que dirait mon père de cette affaire ?

— Il serait fier, souffla-t-elle, que vous ayez volé au secours d'une femme en détresse.

— Une femme que j'ai moi-même failli séduire à l'opéra ? rétorqua-t-il posément.

Le cœur de Miranda se serra de compassion pour lui, parce qu'il ne cessait de croire que son père le critiquerait sévèrement.

— Vous et Williams n'avez *rien* en commun. Vous êtes un gentleman qui n'obligerait jamais une femme à faire quoi que ce soit.

Malgré la pénombre, elle pouvait voir les émotions qui altéraient ses traits, mais ses épaules continuaient d'être raides, sa silhouette restait rigide dans la voiture qui se balançait. Il ne la croyait pas.

— Si vous n'êtes pas un gentleman, pourquoi alors m'avez-vous donné cette rose de papier ce soir ?

— Parce que je ne m'étais pas conduit en gentleman avec vous, lança-t-il d'une voix aussi grondante que le bruit des roues de la voiture sur les pavés. Je n'avais pas le droit de vous parler comme je l'ai fait.

Un sourire étira les lèvres de Miranda. Toutes ses mises en garde stupides…

— Vous voyez ? Williams n'aurait jamais…

— Et encore moins le droit de faire ce que j'ai fait à l'opéra. Je me suis égaré, dit-il en soutenant son regard. C'était une erreur.

De douleur, le cœur de Miranda sauta un battement. Dans l'espoir d'avoir mal entendu, ou mal compris ce qu'il voulait dire, elle répéta avec effarement dans un souffle :

— Une erreur ?

— Oui, répondit-il sobrement.

Le mot s'enfonça dans la poitrine de Miranda, la déchira et lui serra si fort le cœur qu'elle crut qu'il allait jaillir de son corps. Elle cilla pour refouler les larmes qui lui brûlaient les yeux.

— Qu'est-ce qui était une erreur ? réussit-elle à articuler en dépit du chagrin qui lui serrait la gorge. M'embrasser, me toucher... ou me laisser croire que vous me désiriez ?

— Tout ça.

Il avait la figure complètement dans l'ombre, ce qui empêchait Miranda de voir son expression, mais sa voix trahissait sa frustration.

— Je n'aurais jamais dû vous embrasser ainsi, ni vous dire toutes ces choses. Je ne le pensais pas.

— Pourquoi l'avez-vous fait, alors ? riposta-t-elle en veillant à ce que sa voix ne vacille pas même si elle tremblait de l'intérieur.

— J'ai perdu la tête. J'ai été emporté par la musique. C'est tout.

Il marqua une pause avant d'ajouter posément :

— Je vous suis reconnaissant d'avoir eu le bon sens d'y mettre un terme.

Elle le regarda, mais les larmes qui s'accumulaient dans ses yeux rendaient flou son visage déjà sombre. Elle n'aurait pas dû accorder d'importance à ce qu'elle représentait pour lui, à ce qu'il pensait d'elle, ou même s'il pensait tout simplement à elle : Sebastian Carlisle, duc de Trent, ne lui était pas destiné. Il était destiné à épouser une femme comme Lady Jane. Mais elle en était venue à accorder de l'importance à ce qu'il pensait d'elle. Entre leurs querelles et leurs intrigues pour aider l'autre à conquérir le partenaire qu'ils pensaient vouloir, elle en était venue à se soucier de lui. Plus qu'elle l'aurait cru possible. Et de l'entendre dire que ce qu'ils avaient vécu était une erreur...

— *Menteur.*

Sa voix était à peine plus forte qu'un murmure, mais à cause du ton tranchant avec lequel elle avait proféré l'accusation, elle retentit dans la voiture comme un coup de canon. Sebastian tressaillit.

— Je sais pourquoi vous prétendez que c'est une erreur, pourquoi vous...

Sous le coup de l'émotion, sa voix s'étrangla. Elle s'obligea néanmoins à poursuivre.

— Parce que vous refusez d'admettre que vous me désirez. Moi, la nièce orpheline de votre métayer. Et vous, un duc... quelqu'un qui est censé n'être attiré que par des dames convenables et des filles de bonne famille.

En voyant les yeux de Sebastian étinceler dans la pénombre, elle sut qu'elle avait raison et, se rappelant ce que Diana avait dit dans le bosquet, elle lança :

— Mais vous me désirez.

Il serra les poings.

— Il me faut une épouse qui saura aussi être une duchesse.

— Une duchesse idéale qui ne fera jamais rien d'inconvenant, qui n'alimentera jamais les commérages, qui ne s'attirera jamais d'ennuis ? Oui, c'est bien ce que le duc veut.

Son cœur battait de colère, mais aussi d'autre chose d'aussi sombre, d'aussi puissant. Qui la poussait à attiser le feu de la colère qui brûlait en lui jusqu'à ce qu'il éclate.

— Mais l'homme me veut, *moi*, souffla-t-elle avec audace.

— Non, lâcha-t-il d'un ton coupant.

Elle secoua la tête pour lui signifier qu'elle n'en croyait rien.

— Je suis la jeune voisine qui n'est ni très convenable ni issue d'une longue lignée, une fille ordinaire qui a des taches de rousseur et des cheveux roux. Mais je suis aussi celle qui vous fait rire, qui vous rend heureux. Une femme qui ne convient pas du tout au duc, mais qui plaît à l'homme.

— Je ne vous désire *pas*, gronda-t-il, les yeux étincelants.

— Oui, vous me désirez. Et, ajouta-t-elle pour l'achever, c'est précisément ce qui vous insupporte.

Avec un grognement de colère et de frustration, il l'attrapa et la tira brusquement vers lui. Elle poussa un cri de surprise et atterrit sur les genoux de Sebastian.

— Je ne peux pas vous désirer, nom de Dieu ! lança-t-il entre ses dents serrées, la bouche à un cheveu de celle de Miranda.

— Mais vous me désirez, souffla-t-elle si doucement que ses mots se perdirent presque dans le noir.

Elle tremblait de tous ses membres.

— Et ce n'est pas une erreur.

Il baissa les yeux sur ses lèvres, puis sa bouche se posa sur la sienne, dure, exigeante. Cet assaut, de même que la colère et l'excitation sexuelle qui les consumaient à parts égales, donna le vertige à Miranda. Elle ouvrit la bouche sous la passion avide de son baiser et entendit un gémissement de désir s'échapper de sa gorge.

Quand il plongea la langue entre ses lèvres, elle l'accueillit avec bonheur, enroula sa langue autour de la sienne et l'aspira plus profondément dans sa bouche. Au lieu d'être effrayée par le fait qu'il ait perdu la maîtrise de lui-même, elle en fut ravie. Elle remonta les mains jusqu'à son cou et glissa les doigts dans les cheveux soyeux de sa nuque pendant qu'il continuait à lui dévorer la bouche dans un baiser plus avide, exigeant et possessif qu'elle aurait pu imaginer. Un baiser dont elle avait aussi soif que lui.

À bout de souffle, elle arracha sa bouche à la sienne pour reprendre sa respiration. Elle tira sur sa cravate et sur son col afin que sa gorge nue s'offre à sa bouche affamée. En sentant son pouls battre follement sous ses lèvres, son excitation monta d'un cran. Il avait un goût exquis (le goût d'un homme qui aime le porto et le tabac) dont elle n'arrivait pas à se rassasier. Tout comme elle n'en finissait plus de le torturer et d'attiser de ses baisers le violent désir qui flambait en lui.

— Je vous rends fou, murmura-t-elle contre sa gorge, excitée de constater combien c'était vrai. Vous me l'avez dit.

Elle passa la langue sur sa pomme d'Adam en se délectant de sa manière de haleter sous ses lèvres. Ses baisers le torturaient, ce qui la faisait jubiler. Elle voulait l'entendre avouer qu'elle avait raison, qu'il n'avait pas commis une erreur en l'embrassant et en la caressant, qu'il la désirait…

— Je me suis trompé, grogna-t-il.

Il posa la bouche sur celle de Miranda. Cette fois, au lieu de l'embrasser, il suivit du bout de sa langue le contour de ses lèvres dans un baiser inversé qui électrisa Miranda tout en la laissant dans un état de manque.

Quel mensonge ! Sebastian se mentait à lui-même autant qu'il lui mentait à elle. En ce moment même, dès qu'ils se touchaient, leur peau prenait feu. Elle n'était pas comme Lady Jane ni comme les autres dames. Elle n'était ni convenable ni réservée, et certainement pas passive. Mais il la désirait quand même, et le cœur de Miranda en tressaillait de bonheur.

Elle se releva pour reprendre sa bouche et l'embrassa goulûment, s'abandonnant sans réserve à son désir pour lui. Cette fois encore, il l'embrassa à lui faire perdre haleine et, agrippée à lui, elle lui rendit baiser pour baiser, coup de langue pour coup de langue, morsure pour morsure. Il n'arrivait plus à cacher l'effet qu'elle lui faisait et commençait à trembler et à perdre son précieux sang-froid. Elle sentit un changement s'opérer au plus profond de lui. Un changement qui, elle le savait, l'atteignait dans sa fierté.

— Je ne peux pas vous prendre, Miranda.

Se contredisant lui-même, il glissa les mains dans le dos de Miranda et défit d'une main experte la rangée de petits boutons fermant sa robe.

— Votre réputation serait détruite et je serais quand même obligé d'épouser une autre femme.

Il baissa son corsage autour de sa taille et s'attaqua à son corset. Elle se mit à haleter et à trembler nerveusement d'excitation en sentant ses mains se poser sur les rubans ornant le devant du corset. La chaleur de sa caresse se propagea en elle à travers l'étoffe rigide, comme si elle avait été nue.

Tout en tirant les rubans hors de leurs œillets, il lui murmura à l'oreille dans un souffle brûlant :

— Mais je vous veux quand même.

Puis, il posa les lèvres sur son oreille et plongea la langue dans son creux dans le baiser le plus érotique qu'elle ait jamais reçu, et elle dut s'agripper à lui pour ne pas tomber. Mais son cœur, lui, était au septième ciel. Elle avait presque du mal à le croire : Sebastian Carlisle la désirait. Le voisin agaçant était devenu son ami, puis encore beaucoup plus.

Il lui enleva son corset et tira sur sa camisole pour lui dénuder les seins. Miranda ne put retenir la plainte sourde qui jaillit de sa gorge. Son regard lui brûlait la peau partout où il se posait. Dieu, qu'il la regardait ! Il dévorait littéralement des yeux la femme posée sur ses genoux qui s'offrait à lui sans pudeur. Il arbora un sourire sensuel quand il vit la pointe de ses seins durcir dans l'air froid sous son regard brûlant.

— Nous sommes dans un endroit sombre et isolé, murmura-t-il d'une voix rauque qui l'enveloppa et la réchauffa depuis l'intérieur. Dans le noir, où nul ne peut ni nous voir ni savoir.

Elle frissonna, car elle se souvenait de ce qu'elle lui avait dit à l'opéra, au cours de cette conversation inconvenante et érotique qu'ils avaient eue dans le noir. Une conversation dont elle était sortie les sens en feu. Son souffle se fit haletant, et elle sortit la langue pour mouiller ses lèvres soudainement sèches.

— Le genre d'endroit où une femme pourrait être tentée de dire à un homme ce qu'elle veut ? murmura-t-elle.

Du bout du doigt, il fit lentement le tour de son mamelon, dont la pointe se tendit de désir.

— Et l'homme tenté de le lui donner.

— Oui, dit-elle dans un souffle.

Elle se cambra sous sa caresse, incapable de rester immobile sous la douce torture de son doigt.

Il rit sourdement en l'entendant répondre aussi vite, et ce bruit profond la pénétra. Dieu, ce qu'elle aimait l'entendre rire ! Il n'était jamais plus séduisant que lorsqu'il était heureux, et elle ne l'en désira que davantage.

— Que voulez-vous, Rose ? chuchota-t-il. Dites-le-moi et je vous le donnerai.

Elle déglutit. Très fort. Elle savait qu'elle aurait dû s'arrêter, mettre un terme à cette folie avant d'en perdre la maîtrise. Mais la tentation était trop forte et ses caresses, exquises.

Le cœur battant si fort qu'il pouvait l'entendre, elle en était certaine, elle murmura :

— Embrassez-moi.

— Comme vous voulez.

Il se pencha et prit son mamelon entre ses lèvres.

Elle laissa échapper un léger hoquet. La sensation de sa bouche chaude et moite sur sa peau froide la fit sursauter, et elle frissonna violemment avant de laisser encore échapper un hoquet quand, de la langue, il fit lentement le tour de son mamelon comme il l'avait fait du doigt. Ce n'était pas un baiser. C'était plus sensuel, tellement érotique que ses orteils se retroussèrent à l'intérieur de ses chaussures.

Quand la pointe de son sein fut bien dure, tendue de désir, douloureuse, son bout mouillé luisant dans la pénombre, il alla torturer son autre sein.

Elle gigotait sur ses genoux, incapable de rester immobile sous cette nouvelle caresse.

— Sebastian, protesta-t-elle en haletant, que faites…

— Chut, chuchota-t-il contre son sein sans éloigner les lèvres de sa peau nue, mais en levant la main pour lui flatter la gorge comme on le fait pour calmer un chaton sauvage.

Quand elle ouvrit les yeux pour le regarder, quelque chose s'éveilla au plus profond d'elle à la vue de sa bouche sensuelle sur son sein, un réflexe animal, le réflexe d'une femelle en rut. Le souffle coupé, elle serra les cuisses sur ce désir insoutenable.

Soudain, il cessa de jouer. Il aspira profondément son sein dans sa bouche et le suça avec avidité. Si fort, si passionnément que le feu qui brûlait entre ses cuisses monta tout le long de son corps. Elle n'arrivait plus à respirer et ses jambes étendues sur lui se mirent à trembler.

Il posa tendrement un dernier baiser sur la pointe durcie de son sein, releva la tête et la regarda dans les yeux.

– Que voulez-vous encore, douce Rose ? la questionna-t-il d'une voix rauque.

– Caressez-moi, exigea-t-elle si doucement que ce fut à peine si un son sortit de ses lèvres.

Il continua de la regarder dans les yeux encore un moment, et un plaisir primitif fit étinceler ses sombres iris à présent presque noirs. Puis, il baissa la tête et jeta un souffle froid sur son sein mouillé.

Cette sensation inattendue la fit sursauter et elle laissa échapper un cri. Elle eut un mouvement de recul, mais la main qui l'avait tendrement caressée la retenait à présent prisonnière sur ses genoux. Il souffla sur l'autre sein et elle gémit sous la torture. Qui eut cru qu'il pouvait la bouleverser autant sans même la toucher ?

– Sebastian, gémit-elle.

Elle fit mine de vouloir interrompre ses caresses, un mensonge, car c'était bien la dernière chose qu'elle voulait. Puis, elle retrouva assez ses sens en dépit de son esprit brouillé par l'excitation pour lui dire entre deux souffles haletants :

– Vous ne… faites pas… ce que je veux.

– Non. Cette fois, je fais ce que *je* veux, murmura-t-il en frottant son nez contre sa poitrine.

Puis, il reprit son autre sien dans sa bouche et le suça aussi avidement qu'un moment auparavant.

Elle arqua le dos pour enfoncer encore plus son sein dans sa bouche.

– Ce n'est… pas juste, haleta-t-elle.

Son objection arracha à Sebastian un rire sensuel, comme s'il avait su ce que son corps voulait de lui, comment la torturer de la manière la plus érotique qui soit. Le son grave de son rire lui chatouilla le sein et roula tout le long de son dos.

Ce n'était *pas* juste. Elle avait des seins qu'il pouvait aisément dénuder, exciter, torturer, pétrir avec ses mains et sucer avec sa bouche. *Les hommes.* Même au lit, ils étaient avantagés. De son côté, elle ne pouvait pas lui enlever sa chemise et lui rendre la pareille…

Une idée lui traversa l'esprit, une idée absolument séduisante. Elle faillit éclater d'un rire espiègle tant cette idée était diabolique. Oh, elle aussi allait le tourmenter ! Si lui avait le droit d'inventer de nouvelles règles, elle aussi le pouvait.

Elle se tortilla sur ses genoux pour se faire de la place et inséra la main entre leurs deux corps jusqu'aux boutons de sa braguette, qu'elle défit prestement.

Il se tendit, le regard sombre d'excitation.

— Que faites-vous ?

— Autre chose, affirma-t-elle en reprenant ce qu'elle lui avait dit à l'opéra.

S'autorisant à être audacieuse et dévergondée, sans tenir compte du tremblement nerveux de ses doigts, elle glissa la main dans son pantalon sans lui laisser le temps de l'arrêter.

Il inspira brusquement entre ses dents serrées et son corps se tendit aussitôt. Avec un rire de gorge, elle referma la main sur son sexe et le sortit du pantalon, blotti contre sa paume sous les plis de sa chemise.

— Miranda, lui déconseilla-t-il sourdement d'une voix rauque, mais il ne fit rien pour l'arrêter.

Elle était trop fascinée par son membre dur pour se rendre à quelque conseil que ce soit. Si doux à l'extérieur, dur comme l'acier sous la peau, long, épais et tellement chaud… Elle crut le sentir palpiter contre sa main tel un cœur qui bat, et quand elle le caressa du bout des doigts de bas en haut, elle découvrit qu'une goutte s'était formée dans la petite fente. Elle referma les doigts et serra.

Il tressaillit, laissa échapper un juron et jeta la main sur celle de Miranda.

Elle ouvrit la bouche pour protester. De quel droit osait-il enlever sa main alors qu'elle avait supporté ses exquises tortures ? À la pensée qu'il puisse mettre fin à ce moment si merveilleux…

— Comme ça, lui indiqua-t-il.

Il replia sa main sur celle de Miranda et lui montra comment étendre la goutte sur sa peau pour que son sexe soit glissant sous ses doigts, comment le serrer et le caresser… De haut en bas, depuis le bout gonflé jusqu'à la base, durement et rapidement. Il poussa un petit grognement.

— Oui… comme ça.

Les yeux fermés, la tête renversée en arrière, il savoura le plaisir qu'elle lui donnait. Il aimait si manifestement qu'elle le caresse que Miranda sentit sa poitrine se dilater à l'idée d'avoir un tel pouvoir sur lui.

Il détacha sa main de celle de Miranda. Il releva ses jupes jusqu'à ses genoux, ne pouvant pas la remonter plus haut en raison de la façon dont elle était assise sur lui. Assez haut toutefois pour exposer la dentelle bordant ses bas, assez haut pour glisser la main dessous et aller caresser la peau nue de la face interne de sa cuisse. Elle laissa échapper une plainte, prise du désir indécent qu'il la caresse entre les cuisses, qu'il pose la main sur la zone palpitante où elle attendait depuis trop longtemps qu'elle se pose.

— Je vais vous toucher, annonça-t-il en haletant tandis qu'elle continuait à le masturber. Si vous voulez que j'arrête…

— N'arrêtez pas !

La perspective que ses mains se détachent de son corps lui était insoutenable.

— Je vous en prie, Sebastian. Je le veux.

La main de Sebastian frôla son entrejambe et quand ses doigts s'attardèrent sur les replis de son sexe, elle gémit tant il était indécent, mais incroyablement bon, qu'il la touche là.

— Oui… continuez.

— Rose, grogna-t-il en l'embrassant tendrement.

Les caresses de Sebastian se firent plus audacieuses, ses doigts s'aventurant de plus en plus loin jusqu'à ce qu'ils se glissent en elle. Elle poussa un cri de surprise et l'intérieur de son sexe se mit à palpiter, tous ses petits muscles se contractèrent autour de ses doigts qui la pénétraient langoureusement.

Avec un gémissement de plaisir, elle ferma les yeux et écarta les jambes autant que ses jupes le lui permettaient. Elle se comportait de manière terriblement scandaleuse, dévergondée…

Et elle s'en contrefichait.

C'était trop bon. Ses doigts exploraient l'intimité de son sexe, exacerbaient son désir, ses baisers étaient trop ardents, trop mouillés, et rien n'aurait pu convaincre Miranda de lui demander d'arrêter. Toute son existence se résumait au va-et-vient de ses longs doigts en elle, à son odeur mâle qui excitait ses sens, au tressaillement de ses cuisses dures et musclées sous elle. Elle n'aurait jamais cru que se rendre pouvait être une telle victoire. Lui non plus, à en juger par les petits grognements de plaisir que ses caresses lui arrachaient.

— Sebastian, prononça-t-elle en haletant.

Elle en voulait plus, elle voulait quelque chose qu'elle ne pouvait nommer, mais elle savait qu'il pouvait le lui donner.

Elle se cabra sur ses cuisses, son corps implorant en silence d'être soulagé de ce feu dévorant qu'il avait allumé en elle.

Il tourna le pouce et le posa sur le bouton niché tout en haut des replis de son sexe. Le choc de sa jouissance fut si violent, si immédiat, qu'elle cria.

Il étouffa ses cris d'un baiser, mais la main de Miranda se referma avec force sur son sexe en érection, le serra brutalement. Elle l'entendit grogner contre ses lèvres, le sentit sursauter contre sa paume ; et un liquide chaud se répandit sur ses doigts.

Pendant un moment, elle fut incapable de bouger. Elle resta allongée là, à jouir des dernières vagues de plaisir. Son corps était à la fois saisi par ce qui venait d'arriver et totalement détendu, et elle se laissa aller sur ses cuisses, les seins nus et les jambes écartées. Elle respira profondément et lentement et finit par retrouver son souffle, savourant le battement fou de son cœur dans sa poitrine et le feu qui s'apaisait lentement entre ses jambes.

Elle ouvrit enfin les yeux. Il la regardait, une expression indéchiffrable sur son beau visage. Puis, elle comprit… Elle leva la main et vit ses doigts qui luisaient dans la pénombre.

— Oh, murmura-t-elle d'une voix si douce qu'elle était à peine plus qu'un souffle.

Alors, elle se rendit compte de ce qu'elle avait fait (de ce qu'*ils* avaient fait) et elle rougit violemment. Effarée par sa propre audace, elle tenta de se relever. Mais comme elle était encore allongée sur ses cuisses et déséquilibrée par sa robe enroulée autour des jambes, elle ne réussit qu'à lui donner un coup de coude dans le ventre.

— Oh !

Sous l'impact, il expira précipitamment, mais au lieu de l'aider à se relever, il la retient d'une main par l'épaule. De son autre main, il entreprit de défaire sa cravate tout en la regardant d'un air incertain.

— Vous allez bien ? demanda-t-il doucement en enlevant sa cravate.

Si elle allait bien ? Non, elle n'allait pas bien. Elle venait… dans une voiture ! Seigneur… Elle cligna des yeux pour refouler ses larmes en priant le ciel qu'il ne puisse pas les voir dans le noir.

— Je vais bien, mentit-elle alors qu'il lui prenait la main et essuyait doucement ses doigts avec sa cravate.

Il détourna les yeux d'un air coupable avant de lui dire posément :

— Ne vous inquiétez pas. Vous êtes encore pure.

Une larme coula sur la joue de Miranda. Non, elle ne l'était plus. Elle était loin de l'être. Bien sûr, ce n'était pas ce qu'il avait voulu dire, mais le torrent d'émotions qui se déchaînait en elle l'empêchait d'y voir clair.

Il se tourna et jeta la cravate par la vitre.

— Je n'avais pas prévu… Et merde !

— Qu'y a-t-il ?

Elle se releva précipitamment et suivit son regard.

— Nous sommes sur Audley Street ! s'écria-t-elle.

Il fit la grimace et rabattit brusquement sa robe sur ses jambes.

— Arrangez-vous. *Vite !*

Elle se glissa de ses genoux sur le banc d'en face, les doigts tremblant si fort qu'elle peina à lacer son corset, tandis qu'il reboutonnait sa braguette. Elle se sentait affreusement accablée. Dieu, qu'avaient-ils fait ? C'était sa première saison,

son premier séjour à Londres, et si jamais quelqu'un la voyait dans cet état, elle serait à tout jamais déshonorée, tout ça à cause de son orgueil et de sa colère. À cause de son attirance pour un homme qu'elle n'aurait même pas dû désirer.

— Permettez, dit-il.

Il la fit tourner sur son siège et boutonna prestement sa robe.

Elle passait la dernière manche quand la voiture s'arrêta. Quelques secondes plus tard, le palefrenier ouvrit la portière.

Elle se précipita en dehors de la voiture sans attendre que Sebastian la conduise à l'intérieur. Elle marchait si vite qu'elle faillit trébucher sur les marches en courant vers la porte. Humiliée, pressée de fuir, elle ne se préoccupait pas de manquer de grâce et n'osait pas regarder derrière elle pour vérifier s'il était sorti de la voiture pour la voir partir. Car elle n'aurait pas supporté qu'il ne le fasse pas.

Heureusement, le majordome avait déjà ouvert la porte. Elle se hâta d'entrer, traversa le hall d'entrée et gagna directement l'escalier. Elle tremblait si fort qu'elle ignorait comment elle arrivait à mettre un pied devant l'autre, profondément perturbée par ce qu'elle avait fait. Il lui fallait atteindre sa chambre avant de fondre en larmes. Ou de rugir de colère contre elle-même. Elle était si bouleversée qu'elle ne savait pas lequel…

— Miranda ?

Oh, non ! La toute *dernière* personne qu'elle avait envie de voir à cet instant… Elle s'arrêta en entendant derrière elle la voix douce qui l'appelait et, tout en refoulant son envie pressante de pleurer, elle s'obligea à sourire et se tourna vers la sœur de Sebastian.

Josephine Carlisle Matteson, marquise de Chesney, était appuyée contre le cadre de la porte de son boudoir, en robe de chambre et les cheveux déjà brossés et tombant sur ses épaules. Elle tenait un livre et un sourire éclairait ses traits. Elle avait l'air heureuse et satisfaite d'avoir passé la soirée à la maison avec ses enfants.

— Vous rentrez tôt. Les autres ne sont pas avec vous ? l'interrogea-t-elle en jetant un regard étonné derrière Miranda, dans l'escalier.

— Ils sont restés à Vauxhall, déclara-t-elle

Elle pria le ciel que Josie ne remarque pas le léger désordre de sa coiffure ni les plis dans son corsage, car elle n'avait pas eu le temps de serrer son corset autant qu'il l'aurait fallu. Ni ses lèvres rougies par les baisers. Ni le froissement de sa jupe. Oh, ciel, elle aurait voulu mourir !

— Sebastian m'a raccompagnée à la maison. Je…

Elle inventa un mensonge, se détestant de mentir à la femme qui avait toujours été une sœur pour elle.

— J'ai la migraine.

Josie la regarda d'un air soucieux en fronçant les sourcils.

— Vous vous sentez mal ? s'inquiéta-t-elle en lui prenant la main. Dois-je faire venir le docteur Brandon ?

— N'en faites rien, je vous prie.

Elle avait l'impression d'avoir une pierre dans l'estomac, parce que la culpabilité de mentir à sa grande amie s'ajoutait à la culpabilité de ce qui s'était passé dans la voiture. Elle s'obligea à sourire.

— Je me sens déjà mieux.

— Bien.

Josie lui serra la main avant de la lâcher.

— C'est sans doute à cause du bruit et de l'animation qui règnent à Vauxhall. C'est assez parfois pour vous faire perdre la tête.

Ça, elle le savait mieux que quiconque.

— En effet.

— Pourquoi ne venez-vous pas prendre un chocolat chaud avec moi ?

Sans lui laisser le temps de refuser, Josie la prit par le bras et la fit entrer dans le boudoir. Miranda retint un grognement d'exaspération. Une vraie cloche ! Elle ne réussissait même pas à courir se réfugier lâchement dans sa chambre.

— Higgins vient tout juste de monter le plateau, c'est encore tout chaud. Le chocolat m'aide toujours à dormir.

Josie s'assit au bord du canapé, prit la théière et versa deux tasses de chocolat. Elle en tendit une à Miranda.

— Cela vous soulagera peut-être de votre migraine.

— Merci, souffla Miranda, sincèrement touchée par la gentillesse de Josie.

Mais tout de même accablée par ce qu'elle avait fait avec son frère ce soir. Elle s'était laissée emporter par le charme du moment, par sa façon de lui faire comprendre combien elle était belle et combien il la désirait, et aussi par ses propres sentiments plus ou moins clairs pour lui. Elle avait cessé de réfléchir et s'était abandonnée.

Josie lui fit signe de s'asseoir dans le fauteuil en face d'elle. Comme elle y prenait place, Miranda, en se souvenant de ce qu'elle avait fait, sentit des larmes lui monter aux yeux. Elle cilla, reconnaissante de pouvoir, au besoin, les mettre sur le compte de sa migraine. Elle prit la tasse de chocolat, sans savoir qu'en faire, car elle n'avait pas envie d'en boire.

Le front barré d'un pli soucieux, Josie s'adossa contre les coussins et demanda doucement :

– Il s'est passé quelque chose aux jardins, n'est-ce pas ? Quelque chose qui vous a donné la migraine ou, ajouta-t-elle d'un air entendu, quelqu'un.

Miranda leva très vite les yeux vers elle alors même que son estomac tombait au fond de sa poitrine.

– Je ne…

Elle déglutit. Très fort. Mais la boule d'émotions confuses resta coincée dans sa gorge.

– Je ne comprends pas ce que vous voulez dire.

– Vous avez les joues rouges, et votre robe est chiffonnée.

Josie lui adressa un sourire compréhensif.

– Nous sommes entre nous ce soir, vous pouvez donc vous confier à moi si vous le voulez.

Miranda se sentit de nouveau coupable de trahir Josie alors qu'elle faisait preuve d'une telle gentillesse envers elle. Elle aurait dû être ravie que Josie veuille entendre ses confidences, comme à Chestnut Hill, quand elles étaient encore fillettes. Mais c'était impossible. Aussi, elle se tut et porta la tasse à ses lèvres pour dissimuler ses sentiments et ses remords à l'égard de Sebastian.

– Thomas est à Strathmore House avec le colonel et Kate, et mère ne rentrera qu'après la fin des feux d'artifice. C'est ce qu'elle préfère à Vauxhall. Vous pouvez donc me dire…

Josie se pencha en avant, les yeux brillants de curiosité, et demanda sur le ton de la confidence :

– S'agit-il de ce charmant M. Downing ?

Miranda cilla, l'esprit vide.

— M. Downing ?

Puis, elle reprit son souffle. Dieu du ciel ! Elle avait complètement oublié que Charles lui avait envoyé ses regrets à la dernière minute. Fallait-il qu'elle soit odieuse pour avoir laissé tomber le pauvre homme ?

— J'ai vraiment la migraine, insista-t-elle, mentant encore.

Quoique, à en juger par la douleur qui palpitait derrière ses orbites, ce serait bientôt vrai.

Le sourire de Josie s'accentua. Elle n'en croyait rien.

— Sauf si vous me dites que j'ai tort, je vais finir par croire que vous avez succombé au charme romantique des jardins.

Les yeux brillants, elle but une gorgée de son chocolat.

— C'est courant.

Miranda baissa les yeux sur son chocolat. Elle n'avait pas succombé au charme des jardins, mais à ceux d'un vieux duc ennuyeux. Un duc qui, tout compte fait, n'était ni si vieux ni si ennuyeux.

Son cœur se serra. Le pire (vraiment le pire !) était qu'elle ne pouvait même pas se reprocher d'avoir succombé à la luxure, car c'était le fait que ce soit arrivé avec Sebastian qui avait rendu la chose si merveilleuse. Avec un homme intelligent, vif d'esprit, attentionné qui, pendant quelques trop rares moments, avait cessé d'être un duc pour ne plus être que lui-même.

— *C'était* donc une rencontre romantique, alors.

Josie, excitée par le secret, posa son chocolat.

— Et l'homme ? demanda-t-elle sans oser dire un nom, bien que Miranda savait qu'elle songeait à Charles Downing.

— Il vous plaît ?

— Non, nia très vite Miranda. Je veux dire, oui… non!

Oh, elle n'arrivait pas à y voir clair! Elle grogna, troublée et frustrée, et se prit la tête entre les mains.

— Je n'en sais rien.

Josie s'avança au bord du canapé et baissa la voix :

— Quand il vous a embrassée, vos orteils se sont-ils retroussés ?

Oh, Sebastian avait fait bien plus que cela! Il avait mis feu à son corps, tout son corps, comme, commençait-elle à croire, lui seul aurait pu le faire.

— Oui, reconnut-elle. Je crois, ajouta-t-elle avec hésitation dans un souffle, que ses orteils à lui se sont aussi retroussés.

— Ah, vous lui plaisez! s'exclama Josie, radieuse.

— Non.

La tristesse l'envahit, s'ajoutant aux autres émotions pas très claires qui faisaient rage en elle. Elle n'était pas assez naïve pour s'imaginer qu'il l'aimait. Pas dans le sens où Josie l'entendait. Malgré ce qu'ils avaient fait dans la voiture, et même si Sebastian avait reconnu la désirer, il lui avait aussi clairement fait comprendre qu'il ne l'épouserait jamais. Pas le duc convenable en quête de la parfaite duchesse. Mais pendant un moment, quand elle s'était abandonnée entre ses bras, elle aurait voulu qu'il ne soit qu'un homme ordinaire.

— Je vois, murmura Josie avec la compassion d'une sœur. Mais est-il au courant de vos sentiments à son endroit? s'enquit-elle d'une voix douce.

— Oh, non!

Miranda aurait été vexée qu'il l'apprenne!

— Je ne peux pas le lui dire.

D'autant plus qu'elle ne savait pas vraiment ce qu'elle ressentait au juste. Mais elle savait qu'il aurait de la pitié pour elle si elle le lui disait.

— Mais comment le saura-t-il si vous ne le lui dites pas ?

Les yeux brillants à la perspective de jouer les marieuses, Josie haussa les épaules.

— Qu'avez-vous à perdre ?

— Ma fierté, l'informa Miranda en poussant un gros soupir.

Josie lui sourit gentiment.

— Je ne crois pas...

Le bruit de la porte d'entrée qui s'ouvrait interrompit leur conversation.

— Thomas est rentré, souligna Josie avec un sourire radieux.

L'heure des confidences était terminée. Josie se leva gracieusement pour aller accueillir son mari. L'amour qui éclairait son visage en entendant son mari rentrer à la maison rendit Miranda affreusement jalouse. Connaîtrait-elle un jour une telle affection, un amour aussi profond ? Le genre de relation où son mari serait non seulement son amant, mais aussi son complément ?

Miranda déposa sa tasse et se dirigea vers la porte en s'excusant auprès de Josie. Elle ne voulait rien de plus que de rabattre les couvertures sur sa tête et rester au lit jusqu'au mois d'août.

— Miranda ? lança Josie, désireuse de lui donner un dernier conseil. Si vous aimez réellement cet homme, vous devez le lui dire. Je sais que montrer son cœur à quelqu'un est terrifiant, mais vous ne devez pas rater cette chance.

Demandez-vous ce que vous préférez avoir : votre fierté ou la chance d'être aimée ?

Miranda pensa à Sebastian et se mordit les lèvres. Laquelle des deux, en effet ?

CHAPITRE 11

Avec un grognement exaspéré, Sebastian donna un coup dans son oreiller, roula sur le dos et contempla le baldaquin.

Miranda Hodgkins… *Bon sang de bonsoir.*

Il avait perdu la tête. C'était la seule explication plausible à ce qui s'était passé dans la voiture. Cette femme l'avait exaspéré au point qu'il en avait perdu la raison et la maîtrise de lui-même. Elle l'avait poussé à bout. Et au-delà.

À un certain moment, alors qu'il avait le regard ailleurs, Miranda avait grandi et était devenue une femme. Une femme mûre, une séduisante tentatrice, qui savait très, très bien comment l'exciter, mieux qu'aucune autre femme avait réussi à le faire. Mais ce qui le mettait le plus en rogne, ce qui le faisait toujours bouillir des heures plus tard, était que même s'il savait qu'elle n'était pas faite pour lui, il n'en continuait pas moins à la désirer. De toutes les façons possibles. Pas seulement physiquement.

C'était ce qui l'exaspérait le plus. Elle était certes ravissante, surtout quand elle avait cet air de séduction innocente, quand elle se mordait les lèvres en le regardant. Mais il avait connu des femmes beaucoup plus belles que Miranda, et aucune ne l'avait bouleversé comme elle. Avec Miranda, c'était plus qu'une affaire d'attirance physique. C'était sa vitalité et son enthousiasme qui l'attiraient, probablement parce qu'il n'en avait guère lui-même depuis quelque temps. Quand il était avec elle (seul avec elle, à rire ou à discuter de poésie, à débattre de politique, ou tout simplement à marcher en silence dans le parc), il n'était pas le duc de Trent. Il était Sebastian. Et il était heureux.

C'était ce qu'il voulait : l'avoir toute à lui, de toutes les manières. Des manières qui étaient interdites au duc. Y compris dans son lit. Pas pour une seule nuit.

Pure folie !

Il posa son avant-bras sur ses yeux. Peu importait ce qui était la cause de cette folie (ces cheveux indisciplinés qui n'arrivaient pas à décider s'ils étaient blonds ou roux, son rire qui s'échappait d'elle au mauvais moment, sa façon de lui tenir tête quand la plupart des hommes avaient le bon sens de s'incliner, sa faculté de le mettre en rogne d'un seul mot ou de le faire rire tout aussi facilement), au matin, il lui faudrait se ressaisir. Ils devraient en arriver à un accord. Il lui présenterait ses excuses ; il lui expliquerait calmement que ce qui s'était passé entre eux ne pourrait se reproduire, que c'était une erreur…

Une erreur ? Il ricana amèrement. N'était-ce pas justement ce mot qui l'avait entraîné dans ce pétrin ? Dieu seul savait ce qui risquait de se passer s'il le lui disait une seconde fois.

Alors même qu'il était allongé dans le noir, la culpabilité lui tiraillait les entrailles. Il s'était comporté comme un goujat, avait failli la déshonorer (deux fois, en fait) alors qu'il savait fort bien qu'il ne l'épouserait jamais. Il lui fallait une femme convenable et une duchesse, une femme que son père aurait approuvée. Sûrement pas la nièce orpheline d'un métayer qui ne serait jamais acceptée par la haute société. C'était ce qui le culpabilisait le plus ; car même s'il savait qu'il avait des obligations envers son rang et sa famille, savait que s'il la déshonorait, Miranda arriverait difficilement à se trouver un mari… égoïstement, il continuait à avoir faim d'elle et soif du bonheur qu'elle lui apportait.

Il était si las d'être le duc de Trent, si las du fardeau qui l'accablait, si las de se demander s'il était à la hauteur des attentes de son père. Quand il était avec Miranda, il pouvait être lui-même. Non plus un pair dont chacun dépendait et attendait qu'il soit respectable, fort et parfait…

Mais il *était* Trent. Il le serait toujours. Il n'y avait rien à y faire.

Avec un grognement d'exaspération, il donna encore un coup de poing dans son oreiller et renonça au sommeil.

Le déclic d'une porte qui s'ouvrait rompit le silence de la chambre, suivi du bruissement d'un léger mouvement.

Il poussa un soupir agacé. Son valet était un homme bon et dévoué, mais ce soir, Sebastian n'avait pas envie qu'il vienne attiser le feu ou tirer les rideaux. Il voulait qu'on le laisse mariner dans son malheur.

— Qu'y a-t-il, Barlow ?

Comme le valet ne répondait pas, Sebastian s'assit en ravalant un juron, le couvre-lit retomba sur ses hanches… et il se figea.

Miranda.

Debout devant la porte, coiffée d'un chapeau à large bord et vêtue d'un long pardessus, elle avait l'air éthéré d'un fantôme dans la pénombre. Mais il aurait reconnu n'importe où ce nez mutin, ce menton insolent et ces poings serrés sur ses flancs. Une Furie déguisée en homme.

De colère, Sebastian plissa aussitôt les yeux. Elle n'en avait pas eu assez de le faire souffrir en lui donnant, dans la voiture, un avant-goût de ce qu'il n'aurait jamais. Voilà qu'elle venait le tenter jusque chez lui.

— Que faites-vous là ? demanda-t-il avec impatience.

— Ravaler ma fierté, prononça-t-elle énigmatiquement d'une voix aussi douce que les ombres que le feu jetait sur ses traits.

Elle retira son chapeau et le jeta par terre. Ses cheveux ruisselèrent sur ses épaules et sur son dos. Le sexe Sebastian se dressa aussitôt.

Sous le couvre-lit dissimulant la moitié inférieure de son corps nu, son membre se durcit au souvenir de ce qu'ils avaient fait dans la voiture, avec une telle soudaineté qu'il inspira de douleur entre ses dents serrées. Il la regarda (et c'était un tourment suave) se pencher pour enlever sa chaussure gauche, la laisser tomber, pour faire de même avec sa chaussure droite. Avec chaque morceau qu'elle enlevait, le désir de Sebastian montait d'un cran.

— Vous devez partir, ordonna-t-il d'une voix plus rauque qu'il en avait l'intention, et pas très convaincante.

— Après avoir essayé toutes les portes de l'étage avant de trouver celle de votre chambre ? Non.

— Si quelqu'un vous découvre ici…

— Je suis lasse de vos mises en garde, Sebastian, l'interrompit-elle en soutenant hardiment son regard. À compter de maintenant, je vais faire comme bon me semble.

De ses doigts tremblants, elle défit les boutons du long pardessus. Chaque bouton défait révélait un bout de peau ou d'étoffe transparente, et chaque fois, le bas-ventre de Sebastian se serrait un peu plus. Inconsciente de lui infliger une telle torture en se déshabillant devant lui, elle fit glisser le manteau de ses épaules et le laissa choir par terre. Puis, elle resta aussi immobile qu'une statue, comme si elle avait voulu qu'il la regarde à loisir. Elle portait la même robe qu'au soir du bal masqué. La bouche de Sebastian se dessécha.

Que le ciel ait pitié de lui. Lady Rose était de retour.

Conscient qu'il devait la faire sortir de la chambre au plus vite s'il ne voulait pas refaire la même erreur que dans la voiture, même s'il le souhaitait ardemment, il tenta de la réprimander.

— Vous prenez la mauvaise habitude d'entrer dans ma chambre par accident.

— Pas par accident.

Elle haussa l'épaule, une épaule presque nue sous les rubans de satin qui retenaient en place le corsage un peu lâche.

— Cette fois, j'ai trouvé la bonne chambre.

Le sexe de Sebastian la désirait douloureusement, et sa tête tournait sous le coup d'émotions trop contradictoires. Elle avait tout à fait tort... mais parfaitement raison.

— Ce que nous avons entrepris dans la voiture, commença-t-elle doucement, nous ne l'avons pas achevé. L'affaire est demeurée en suspens.

Sebastian ne pouvait en tolérer davantage. Ravalant un juron, il sortit du lit et chargea comme un taureau à travers la pièce. Elle poussa un petit cri en voyant qu'il était nu et détourna les yeux, tout en reculant jusqu'à ce qu'elle touche du dos le mur à côté de la porte.

Sebastian, exaspéré et furieux, la retint là. Il plaqua ses mains de chaque côté de ses épaules, sans se soucier de ce qu'elle pouvait penser du fait qu'un homme nu soit assez près d'elle pour quasiment la toucher. Non seulement nu, mais en pleine érection. Pour l'heure, sa colère attisée par la tentation qu'elle représentait et ramassée en lui comme un ressort prêt à se détendre, il s'en contrefichait.

— Ne pensez pas que je vais vous épouser parce que je vous ai caressée, gronda-t-il entre ses dents serrées. Si c'est la raison de votre présence...

— Je ne suis pas venue pour vous mettre la corde au cou.

Indignée, elle releva le menton sans toutefois oser encore le regarder.

Il lui prit le menton et la força à le regarder. Les yeux de Miranda lançaient des flammes dans la pénombre, exprimant la même colère qui devait étinceler dans les siens.

— Alors, pourquoi ?

— Parce que j'ai des sentiments pour vous, confessa-t-elle si doucement que ses mots n'étaient guère plus qu'un souffle ténu, beaucoup plus que je le devrais.

Le cœur de Sebastian bondit dans sa poitrine, et il la regarda, momentanément abasourdi. Il n'osait pas croire qu'il avait bien entendu. Il ne *pouvait pas* avoir bien entendu. Parce que sinon... Dieu du ciel ! Être si près du bonheur, et savoir qu'il ne pourrait jamais...

— Miranda, dit-il d'une voix rauque, incapable d'en dire plus tant sa gorge était serrée.

Elle n'avait pas idée de la tentation qu'elle représentait pour lui, ni de la torture qu'elle lui infligeait.

— Et j'ai pensé..., murmura-t-elle en tremblant de tous ses membres.

— Quoi ?

Il baissa la tête jusqu'à ce que leurs yeux soient à la même hauteur et leurs bouches si proches qu'il pouvait sentir la chaleur de ses petits soupirs haletants lui chatouiller les lèvres.

— Oh, ce que vous êtes agaçant !

Elle lui donna une poussée sur l'épaule, mais il ne broncha pas.

— Je veux le faire encore, bon ! Ce que nous avons fait dans la voiture…

Sa voix se brisa sous le coup de l'exaspération et de l'embarras.

— Je suis venue parce que j'espérais que je vous plaisais, moi aussi, assez pour…

Il fondit sur sa bouche.

Impuissant à lui résister plus longtemps, il glissa la main dans ses cheveux et saisit ses boucles soyeuses entre ses doigts pour lui garder la tête immobile sous son baiser exigeant. Il avait faim d'elle, faim de son goût, faim de sa vivacité qui l'attirait comme jamais une autre femme ne l'avait attiré, et il dévora son baiser à pleine bouche.

Miranda laissa échapper un gémissement de désir. Sebastian but sa plainte et, consumé de désir, il plongea la langue entre ses lèvres pour savourer sa douceur. Elle l'électrisait. Elle était exaspérante, éprouvante, agaçante au possible… et tout à fait irrésistible. Elle avait des sentiments pour lui, non pas pour son titre, mais pour l'homme qu'il s'était lui-même éduqué à devenir. Par ce seul aveu prononcé dans un murmure, elle l'avait complètement désarmé.

Avec un grognement qui lui déchira la gorge, il s'avoua vaincu et se rendit à elle. À cet instant, avec le corps doux de Miranda pressé contre son corps dur, avec sa vulnérabilité qui s'offrait à lui, il n'en avait rien à faire de son duché ni de ses biens ; tout ce qu'il savait, c'était qu'il avait besoin d'elle pour échapper à la prison qu'était devenue sa vie, ne serait-ce que le temps d'une nuit. *Tout entière.*

Il s'arracha à sa bouche pour mordiller son cou gracile et flatter son corps sur toute sa longueur. Maintenant qu'elle était là, avec lui, il n'avait de cesse de la toucher, comme s'il avait craint qu'elle ne soit effectivement qu'un fantôme et s'évanouisse dans la nuit.

— Je ne veux pas faire ce que nous avons fait dans la voiture, indiqua-t-il d'une voix sourde tout en léchant le creux de sa gorge où il sentait son cœur battre follement.

À cause de lui. Cette pensée accrut son désir.

Agrippée à lui, désorientée, elle tenta de reprendre son souffle haletant.

— Non ? Mais je croyais…

— J'en veux beaucoup plus, souffla-t-il avec passion contre ses lèvres avant de l'embrasser langoureusement, touché par sa douce protestation. Je vous veux entièrement, comprenez-vous ?

Il prit son sein en coupe dans sa main à travers le fin tissu et elle frissonna.

— Je veux chaque souffle, chaque frisson, chaque rire, chaque sourire…

Il baissa la tête pour prendre son mamelon entre ses lèvres, et l'excita doucement jusqu'à ce qu'il se durcisse contre sa langue à travers le crêpe. Quand il releva la tête, un cercle humide marquait sa robe là où il avait posé sa bouche, trace de possessivité qui révélait son mamelon foncé sous le tissu rendu translucide.

— Chaque secret de chaque centimètre, promit-il contre ses lèvres avant de reprendre sa bouche.

Une plainte s'échappa des lèvres de Miranda et elle arqua le dos pour presser ses seins contre lui. Il palpita à ce délicieux spectacle, de voir ses yeux clos comme si elle ne supportait pas cette promiscuité et ses lèvres pleines entrouvertes par le désir d'être prises. Superbe contradiction, à l'image de la femme forte mais douce qu'elle était. Farouche et fragile. Une femme qui ne serait jamais la sienne… sauf pour cette nuit.

— Si vous voulez partir, faites-le maintenant, dit-il d'une voix affaiblie et assourdie par le désir. Si vous restez, vous serez déshonorée. Et je ne peux pas vous épouser.

Elle ouvrit les yeux et le regarda. Le vert profond de ses pupilles n'était plus qu'un océan agité de joie et de désir, d'excitation et de nervosité. Il caressa du pouce sa lèvre inférieure.

— Je ne veux pas partir, souffla-t-elle doucement.

Il prit son visage entre ses mains, posa le front sur le sien et ferma les yeux sous le coup de l'émotion. Le soulagement, l'affection et la culpabilité se livraient bataille en lui, mais il la désirait malgré tout, avait malgré tout besoin d'elle, tout en sachant qu'il ne pouvait lui garantir un avenir sans trahir la confiance de son père. Ce qu'il ne ferait plus avec aucune femme. Même pas avec Miranda.

— Je ne veux plus de vos mises en garde, Sebastian. Je sais ce que je veux.

Elle glissa les lèvres le long de sa mâchoire et alla lui murmurer à l'oreille :

— Je veux vous inspirer.

Il expira longuement pour tenter de ralentir les battements de son cœur, qui s'étaient furieusement accélérés.

— Vous m'inspirez déjà, Rose, murmura-t-il. Plus que vous croyez.

— Montrez-le-moi alors.

Avec un sourire taquin, il descendit la main tout le long de son corps et la glissa sous sa jupe pour la caresser tendrement entre les cuisses.

—Vous voulez dire ainsi ?

Elle gémit et rejeta la tête en arrière.

— C'est un bon début, haleta-t-elle en se passant la langue sur les lèvres comme son sexe frémissait sous ses doigts.

— Oh, oui… C'est bon… C'est *très* bon…

Avec un rire sourd, il allongea la main vers la porte et la verrouilla.

• • •

Miranda retint un gémissement tandis que les doigts de Sebastian continuaient à la caresser doucement entre les jambes. Ah, ces doigts experts ! Son corps était en feu, et l'excitation qu'il faisait naître du bout de ses doigts était encore plus intense qu'elle l'avait été dans la voiture, car elle savait maintenant combien c'était bon d'avoir ses doigts sur elle, d'être masturbée, pénétrée. Elle poussa un petit cri quand il frôla le bouton sensible niché en haut de ses replis, et elle mit les bras autour de son cou pour ne pas tomber.

Tout à coup, sa main s'éloigna. Incapable de supporter cette soudaine absence, elle poussa une plainte et remua les hanches pour l'inviter à continuer.

— Chut, murmura-t-il contre sa tempe en lui flattant d'un geste apaisant les bras puis les hanches. Nous avons toute la nuit devant nous, chérie. Rien ne presse.

— Mais je veux…

— Moi aussi…

Il la prit dans ses bras et la porta jusqu'au lit. Il la posa sur le matelas puis se mit sur elle.

— Très fort.

Il l'embrassa sur les lèvres.

— Très.

Ses lèvres glissèrent sur sa gorge et allèrent embrasser le creux entre ses seins.

— Très, très fort.

— Sebastian, gémit-elle d'une voix plaintive, le ventre brûlant, en glissant les doigts dans ses cheveux soyeux tandis qu'il continuait à couvrir sa gorge de baisers.

Être l'objet des attentions de Sebastian était encore plus agréable qu'elle l'avait imaginé, et ce temps passé seule avec lui, encore plus précieux.

— C'est la robe du bal masqué, marmonna-t-il en posant un baiser gourmand sur le renflement interne de ses seins.

— Oui.

Elle avait du mal à respirer, sans comprendre toutefois comment un simple baiser pouvait lui couper le souffle.

— Vous aviez dit que vous l'aimiez.

— Beaucoup, confirma-t-il avec un sourire sensuel, touché par son attention. Lady Rose.

Elle ne put s'empêcher de caresser du bout du doigt son sourire et éclata de rire quand il lui mordit le doigt par jeu. Il était tellement différent du Sebastian si sombre et si réservé depuis la mort de son père, tellement différent du duc qui s'était montré avec elle si austère et réprobateur ces dernières semaines. Il était l'homme dans les bras duquel elle voulait être ce soir, celui à qui elle voulait se donner, certaine qu'il se montrerait tendre et délicat avec elle.

Il s'appuya sur le coude à côté d'elle pour lui flatter le côté du corps.

— Vous savez ce qui me plairait encore plus que de vous voir dans cette robe ?

La peau de Miranda s'enflammait partout où il posait la main.

— Quoi ?

— De vous voir sans cette robe, murmura-t-il ardemment.

La respiration de Miranda s'accéléra et la nervosité la gagna en entendant ces mots. Il l'avait vue nue jusqu'à la taille, mais jamais au complet.

Il tira gentiment sur sa jupe.

— Ce n'est que juste.

Le regard ardent de Sebastian l'enflamma.

— Puisque je ne porte rien.

Dieu du ciel, en effet ! Le ventre de Miranda se serra d'appréhension. Si *elle* n'avait pas osé baisser les yeux sur lui, pas sur *ça*, elle avait l'impression que lui ne se gênerait pas pour la regarder sous toutes ses coutures. Elle se mordit la lèvre.

— Mais si…

— Hum ? émit-il en flattant son corps et en en profitant pour relever sa jupe d'un cran.

Elle trembla sous la chair de poule qui parcourut ses jambes.

— Et si vous n'aimez pas ce que vous voyez ? s'enquit-elle en osant lui avouer ses craintes, mais d'une voix si douce que ses lèvres formèrent à peine les mots.

Le regard de Sebastian s'adoucit. Il comprenait.

— Mais je vais aimer cela, la rassura-t-il en relevant sa jupe jusqu'à ce que l'ourlet repose au sommet de ses cuisses. En fait, j'en suis absolument certain.

Elle tremblait de tous ses membres, le corps raide d'appréhension. Elle ne voulait pas qu'il s'arrête, mais…

— Mais sinon ? Pourrais-je…

Sa voix s'étrangla, car il venait de repousser l'ourlet encore plus haut, exposant son triangle bouclé de femme à l'air froid de la nuit. Heureusement, il ne la regardait pas dans les yeux. Elle n'aurait pas pu le supporter.

— Pourrais-je remettre ma robe ?

Il gloussa, et le son chaud la caressa.

— Oui, vous le pourrez.

L'étoffe glissa de ses hanches sur son ventre.

— Mais vous ne le voudrez pas.

Il dénoua les rubans sur ses épaules pour que son corsage se relâche, puis fit passer la robe par-dessus la tête de Miranda, qui avait fermé les yeux. Elle ne voulait pas voir son expression quand il la verrait pour la première fois. S'il la comparait aux ravissantes femmes qu'il avait connues, et estimait qu'elle manquait…

— Seigneur Dieu… que vous êtes belle.

Elle sourit et laissa échapper un petit rire de bonheur et de soulagement. Sebastian trouvait qu'elle était *belle* ! Même nue. Elle avait eu raison : il ferait de cette nuit une nuit de rêve pour elle, comme aucun autre homme ne l'aurait pu.

Elle ouvrit les yeux. Une ardeur sauvage se répandit en elle. Sebastian la regardait, les traits altérés par un désir brut dont l'intensité la fit frissonner. Son regard errait sur le corps de Miranda, et partout où il se posait, elle sentait de petites flammes jaillir sous sa peau. C'en était presque affolant.

— Désolé, commença-t-il avec une gravité feinte en lui caressant la lèvre du pouce, mais j'ai bien peur que votre robe reste là où elle est. Toute la nuit.

– Sebastian ! le réprimanda-t-elle en rougissant instantanément.

En riant, il baissa la tête et frotta sa joue contre la sienne, et sa barbe de minuit érafla sensuellement sa peau douce. Si viril. Et pour l'instant, tout à elle. Le cœur de Miranda se gonfla de joie.

– Vous ai-je déjà dit combien j'aime vous voir rougir ?

Il l'embrassa sans la laisser lui répondre.

– Combien je trouve cela *inspirant* ?

Ce qui eut pour effet de la faire rougir davantage et de la laisser sans voix.

– Cela commence ici, dit-il en embrassant sa pommette. Se propage jusqu'ici, poursuivit-il en posant un baiser sur sa mâchoire. Puis, là, continua-t-il en caressant des lèvres son cou. Et cela s'arrête ici, acheva-t-il en glissant ses lèvres sur sa poitrine.

Il prit son mamelon entre ses lèvres et le suça. Elle s'arqua sur le lit avec un cri étranglé.

Oh, cette bouche diabolique ! Il savait précisément comment la torturer et lui donner du plaisir tout à la fois, comment sucer avec douceur tout en faisant naître une excitation qui se propageait jusqu'à son sexe. Comment la faire gémir du désir d'en avoir plus sous l'assaut incessant de sa langue, de ses suçons, de ses petites morsures.

– Vous êtes si jolie quand vous rougissez, marmonna-t-il contre son sein. Et je me demande…

Elle se mordit les lèvres pour ne pas céder à sa curiosité, même si elle savait qu'il lui tendait un piège.

– Quoi ? demanda-t-elle, n'en pouvant plus, sans cesser de caresser ses épaules et son dos nu dont elle raffolait sentir les muscles sous ses doigts.

– Si vous rougissez aussi ailleurs.

Elle se tendit. Il ne voulait quand même pas dire…

– Comme ici.

Il se pencha pour tracer des cercles lents et voluptueux sur son ventre tout en lui caressant l'intérieur de la cuisse.

– Ou là.

Ciel ! Il ne voulait pas dire… Il ne pouvait pas, ne pouvait certainement pas ! Pas *là* !

D'une poussée sur la tête du lit, elle se glissa sous lui jusqu'à ce que leurs yeux soient à la même hauteur et que ses orteils reposent sur ses mollets. Elle lui enroula les épaules de ses bras pour qu'il reste là.

– Et vous ? Rougissez-vous ? questionna-t-elle d'une voix langoureuse bien qu'un peu nerveuse pour faire dévier la conversation. Là, par exemple ?

Elle posa un baiser au milieu de sa poitrine, et il gloussa. Mais quand elle glissa les lèvres jusqu'à son mamelon plat d'homme, le prit entre ses lèvres et le suça comme il avait sucé le sien, son rire s'étrangla dans sa gorge.

Lui rendre la monnaie de sa pièce n'était que justice. Il tressaillit quand elle prit son mamelon entre ses dents et le mordilla ; oh, ce qu'elle aimait leur jeu !

– Ou là ? murmura-t-elle en allant prendre ses fesses dures entre ses mains en coupe.

Elle serra, et il inspira brusquement. Il prononça doucement son nom comme pour la mettre en garde. Mais il l'avait mise en garde toute la semaine (toute la saison, en fait) et elle était lasse de ses mises en garde.

S'il tenait vraiment à la mettre en garde, alors elle allait lui fournir une bonne raison de s'inquiéter.

– *Ici.*

Elle glissa la main entre leurs deux corps et referma les doigts sur son sexe dur, lui arrachant un grognement plaintif. Avec un rire diabolique, elle le caressa comme il le lui avait enseigné dans la voiture.

— Doux Jésus, murmura-t-il en se mettant à quatre pattes au-dessus d'elle pour qu'elle puisse le caresser à loisir.

Il penchait la tête et avait les yeux fermés.

Son sexe était gros et dur dans la main de Miranda, et avec chaque caresse, il semblait devenir plus gros et plus dur. Comme par magie. Elle le caressa de la paume et des doigts comme elle voulait qu'il fasse pour elle d'ici la fin de la nuit. *Toute* la nuit, lui avait-il promis. Elle avait bien l'intention d'en savourer chaque seconde.

Timidement, mais encouragée par les sourds grognements de plaisir qui s'échappaient de la gorge de Sebastian, elle glissa l'autre main entre ses jambes et la posa en coupe sur ses testicules. Il tressaillit, ce qui la grisa. Une sensualité qu'elle ignorait posséder s'empara d'elle et, tout en continuant à caresser son sexe d'une main, elle serra doucement sa bourse.

Il jura.

Il attrapa les mains de Miranda et les releva au-dessus de sa tête.

— Continuez ainsi, articula-t-il d'une voix rauque, et la nuit se terminera beaucoup plus vite que nous le voulons, vous et moi.

Elle éclata de rire et leva la tête pour passer la langue sur sa clavicule. Son goût exquis la rendit encore plus audacieuse, plus sûre d'elle-même. Pour le mettre à l'épreuve, elle remua les hanches. Il grogna et la cloua au lit avec son bassin.

— Je suis désolé, s'excusa-t-il d'une voix rauque avant de l'embrasser de nouveau, durement et urgemment.

Tout son corps tressaillait.

— De quoi ?

Elle se figea aussitôt, et son cœur se mit à battre à la fois de nervosité et d'excitation. Avait-il changé d'avis ? Peut-être ne voulait-il plus d'elle ?

— Je ne peux plus attendre.

Il lui prit la jambe droite de la main et la passa autour de sa taille, puis fit de même avec la gauche, jusqu'à ce qu'il se retrouve niché au creux de ses cuisses.

— Je voulais prendre le temps de vous savourer, mais je vous désire trop.

Il la caressa entre les jambes et elle trembla de plaisir en sentant ses doigts sur son sexe, ses caresses exquises qui lui donnaient le vertige. Seul Sebastian pouvait lui donner l'impression d'être unique.

— Vous êtes déjà toute mouillée et toute chaude…

Il suça la lèvre inférieure de Miranda.

— Si bonne, ronronna-t-il.

— Bonne ?

Offusquée par le qualificatif, elle rougit une fois de plus.

— Tellement bonne, grogna-t-il.

Quand elle le sentit écarter des doigts les douces lèvres de son sexe et y glisser le bout de sa verge, elle comprit ce qu'il avait voulu dire.

— Sebastian, souffla-t-elle.

Elle lui toucha la joue pour lui montrer combien il comptait pour elle, combien il lui était devenu cher. Sans hésiter, certaine que cette nuit était la bonne et que tout irait pour le mieux uniquement parce que c'était lui, elle le pria de faire ce qu'elle désirait plus que tout.

— Je vous en prie.

Il baissa les hanches et la pénétra sans se presser, un centimètre à la fois.

Elle retint son souffle et se laissa lentement envahir. Elle mit ses bras autour de ses épaules et enfouit son visage dans son cou pendant que son corps s'élargissait pour l'accueillir. Avec chaque poussée, ses hanches s'écartaient, et elle remua pour tenter de se détendre. Ce n'était pas vraiment douloureux, mais la pression croissante était décidément inconfortable. Elle songea que cette nouvelle intimité était loin d'être aussi agréable que ce qu'ils avaient fait dans la voiture, mais réprima aussitôt cette légère déception. Il n'empêchait qu'être près de Sebastian était merveilleux, et elle tenta de savourer sa force tranquille et sa douce chaleur.

Soudain, il cessa de bouger et, toujours appuyé sur les avant-bras, il s'immobilisa au-dessus d'elle.

Elle ouvrit les yeux, s'attendant à ce qu'il lui sourie, mais il avait les yeux fermés, la mâchoire serrée et les traits durcis par l'effort qu'il faisait pour se retenir. Chaque centimètre de son corps était tendu et crispé, dur et lisse comme du marbre. Le cœur de Miranda se mit à battre d'incertitude.

— Sebastian ? souffla-t-elle.

Le doux son de son nom rompit le silence entre eux et se mêla au martèlement conjoint de leurs cœurs.

Il ouvrit les yeux et la regarda. Le désir fou qu'elle vit au fond de ses iris bleu foncé lui coupa le souffle. Il murmura son nom et avança les hanches contre les siennes, plongeant tout son sexe en elle et déchirant la faible résistance que lui opposait son hymen.

Miranda poussa un cri sous la douleur aiguë qu'avait causé son sexe en la pénétrant si vite et si entièrement, sous le poids de ses hanches posées sur ses cuisses écartées ; mais il posa sa bouche sur la sienne dans un baiser le plus doux, le plus tendre, pour apaiser ses cris. Le contraste entre les deux sensations lui fit tourner la tête.

Il recommença ensuite à bouger, en balançant les hanches contre les siennes pour aller et venir lentement et doucement en elle, et la douleur se transforma en un immense plaisir. Oh, c'était *merveilleux !* Il lui faisait avec son sexe ce qu'il avait fait avec ses doigts dans la voiture, sauf que c'était encore *plus*… plus plein, plus soyeux, plus délicieusement lourd. Tout son corps la caressait avec chaque poussée et chaque retrait, comme s'il lui faisait l'amour de tout son être. Les doutes qu'elle aurait pu entretenir sur le bien-fondé de se donner à lui et de lui exprimer avec son corps ce qu'elle n'osait lui dire à voix haute se dissipèrent comme le brouillard dans le soleil du matin.

Elle enfouit le visage contre son épaule, respira à fond son odeur qui excitait tant ses sens, et lécha d'un petit coup de langue sa peau moite et salée. *Délicieux.* Il était impossible qu'une autre femme se soit sentie aussi comblée qu'elle avec Sebastian en elle, impossible qu'un autre homme soit autant fait sur mesure pour elle, tant dans son corps que dans son cœur. Elle faillit éclater de rire à cause de cette joie incroyable qui pétillait en elle. Sebastian Carlisle, l'homme le plus improbable au monde pour elle, s'avérait en fait l'homme idéal avec qui vivre ce moment.

— Vous êtes si belle, Miranda, chuchota-t-il contre sa tempe.

Miranda sentit des larmes lui mouiller les cils.

— Vous aussi, affirma-t-elle d'une voix étranglée.

Cette erreur d'accord le fit rire doucement, puis il l'embrassa, avec une telle ardeur, une telle possessivité, qu'elle en frissonna. Comment aurait-elle pu rester insensible à cet homme alors qu'il lui donnait l'impression d'être à ce point unique ? Savait-il l'effet qu'il lui faisait ? Elle détacha sa bouche de la sienne pour lui caresser la joue de ses lèvres afin qu'il ne voie combien elle était émue, parce qu'elle savait ne jamais pouvoir le lui avouer.

Il grogna, et de ses grandes mains, il la prit par les hanches pour qu'elle s'accorde à leur rythme commun, primitif. Le corps de Miranda savait d'instinct ce qu'il attendait de lui. Elle se cambra sur le lit pour aller à la rencontre de chacune de ses poussées jusqu'à ce qu'elle soit presque épuisée. Pourtant, elle n'en avait pas encore assez. Elle voulait qu'il lui donne la jouissance qu'il lui avait donnée plus tôt, cette même jouissance qu'elle savait désormais pouvoir lui donner.

— Sebastian, gémit-elle.

Elle se déplaça sous lui pour l'amener le plus près possible de ce point qui palpitait en elle, impuissante à réprimer l'intensité douloureuse qui envahissait son corps et la chaleur qui grandissait dans son cœur.

— Oui, chérie, murmura-t-il comme s'il avait su très précisément ce qu'elle voulait.

Il mit les bras derrière les genoux de Miranda, releva ses jambes de sorte qu'elle repose sur le haut de son dos.

— Tout ce que vous désirez.

Il releva ses hanches et la pénétra durement, frottant son pelvis contre le sien, ce qui déclencha en elle une longue secousse de plaisir. Elle hoqueta de le sentir si profondément en elle, dans cet angle nouveau, si proches, si unis, qu'elle en perdit le souffle.

Il se retira jusqu'à ce que seul son gland soit en elle, puis il la pénétra encore. Cette fois, mon Dieu, cette fois…

Des points noirs dansèrent devant les yeux de Miranda. Un courant électrique la traversa de part en part, jusqu'au bout de ses doigts et de ses orteils. Son corps se convulsa violemment autour du sexe de Sebastian, ses replis intimes tressaillant de tous les petits muscles qui les tapissaient le serrèrent très fort, puis elle jouit avec une intensité telle qu'elle laissa échapper un cri de plaisir.

Il l'embrassa, but ses cris, tout en continuant à aller et venir en elle. Miranda se sentait incapable de faire quoi que ce soit, si ce n'était de jouir encore des spasmes de plaisir qui ne cessaient de se propager en elle. À présent, il la pénétrait plus vite, plus profondément, et ses petits grognements qui appelaient sa propre jouissance excitèrent Miranda, lui donnèrent le vertige et l'engloutirent.

Une dernière et vigoureuse poussée ; puis, avec un grognement, il se retira très vite. Il la serra très fort contre lui pendant qu'il jouissait, et elle sentit des jets de liquide chaud contre l'intérieur de sa cuisse quand il éjacula sur le matelas sous elle. Il s'affaissa sur elle, le corps lourd et le front posé sur son épaule, et tenta de reprendre son souffle.

Ébahie par ce qui venait de se passer, tentée pendant un moment de croire qu'elle avait rêvé, Miranda lui caressa le dos. Des gouttes de sueur lui mouillèrent le bout des doigts. Elle sourit, l'embrassa sur la tempe et resserra les bras autour du corps frémissant de Sebastian. Pourquoi s'était-elle méfiée de cet homme si merveilleux alors qu'elle avait le pouvoir de le faire trembler ainsi ? Comment avait-elle pu être à ce point aveugle pendant toutes ces années ?

Éperdue de bonheur de se trouver dans ses bras, encore grisée par le plaisir qu'il lui avait donné, elle laissa échapper un petit rire de pur bonheur.

Il leva la tête pour lui sourire, les yeux brillants de contentement, de douceur et d'affection.

– Qu'y a-t-il, chérie ?

– J'étais en train de penser, expliqua-t-elle en repoussant du bout du doigt la mèche de cheveux blonds trempés de sueur qui était sur son front, qu'une scène d'amour aurait fait d'*Hamlet* une pièce parfaite.

Il éclata de rire puis l'embrassa avec une langueur et une sensualité qui avaient le goût du bonheur, du plaisir et... Était-ce de la possessivité ? Mais, supposa-t-elle, il avait sans doute le droit de se sentir possessif, étant donné qu'elle s'était totalement donnée à lui ce soir, corps et âme. Elle n'en regrettait rien.

Mais quand il se déplaça pour s'allonger à côté d'elle, Miranda comprit qu'elle devait se protéger le cœur. Sebastian ne voudrait jamais qu'elle soit sienne sauf physiquement. Il ne s'en était pas caché. Évidemment, il se montrerait gentil et attentionné, mais ça s'arrêterait là. Elle le savait ; elle s'était fait une raison avant même de venir le retrouver. Pourtant, tandis que de ses bras vigoureux il la retournait de manière que son dos s'appuie sur sa poitrine, et que ses lèvres se posaient ici et là sur sa nuque, elle dut reconnaître que c'était bon d'être avec lui.

Très bon.

Si bon qu'elle pourrait facilement s'habituer à être avec lui de cette façon, enveloppée et protégée par ses bras puissants, le cou chatouillé par son souffle chaud, son cœur battant paisiblement contre son dos nu. Comme s'il n'avait pas voulu la laisser partir.

Mais elle ne pouvait pas rester. Des larmes lui mouillèrent les yeux à la pensée qu'il ne serait jamais rien de plus pour elle. Un ami, un amant… quelqu'un avec qui partager des rires et de l'affection, mais pas d'avenir. Sebastian était peut-être heureux avec elle, mais le duc de Trent se devait de faire sa vie avec une autre femme.

Elle cligna fortement des yeux.

— Je dois partir, murmura-t-elle dans le noir comme sa peine s'intensifiait.

— Restez.

Il allongea la main pour tirer le couvre-lit sur elle et l'obliger à rester avec lui, puis il l'embrassa délicatement sur l'épaule.

— Nous avons toute la nuit à nous, ne l'oubliez pas.

Elle lui opposa la seule explication lui permettant de ne pas lui avouer ce qu'elle ressentait.

— Je dois retourner à Audley House avant que les domestiques se réveillent et me voient rentrer en douce par la porte de la cave.

— Je vais veiller à ce que vous retourniez chez vous sans problème.

Il resserra les bras autour d'elle.

— Mais cette nuit, je veux vous garder près de moi.

Il avait eu du mal à prononcer ces mots tant il était épuisé, et sa voix était lourde de sommeil. Alors, elle resta, parce qu'elle savait qu'il dormirait bientôt et qu'elle pourrait alors s'en aller sans le déranger. Sans qu'il voie les larmes qui allaient certainement couler sur ses joues. Elle ne regrettait rien… *rien.* Elle ne regretterait *jamais* une seule seconde de cette nuit. Mais elle savait qu'elle regretterait à jamais tout ce qu'ils ne pourraient jamais vivre ensemble.

Sebastian Carlisle… Qui aurait cru que c'était avec *lui* qu'elle perdrait sa virginité ? Pendant des années, elle n'avait pensé qu'à Robert ; elle n'aurait jamais imaginé que c'était Sebastian qu'elle désirerait embrasser, avec lui qu'elle aimerait échanger des propos scandaleux à l'opéra et au théâtre, de lui dont elle…

Serait *amoureuse.*

Comprenant soudain combien leur situation était sans issue, elle sentit son cœur se briser.

C'était impossible, elle le savait, tout comme elle savait en venant le retrouver qu'elle éprouvait pour lui bien plus que de l'attirance physique. À un moment donné, lentement, sans qu'elle s'en rende compte, elle était tombée amoureuse de l'autre frère Carlisle.

C'était un amour sans espoir.

CHAPITRE 12

Un coup de tonnerre retentit dans la chambre silencieuse et sortit Sebastian du sommeil. Il ouvrit lentement les yeux sur la sombre grisaille d'une averse matinale tambourinant sur les fenêtres ; dans la cheminée, le charbon était froid. Mais le lit était chaud. Il sourit en s'étirant avec volupté. Ce matin, il se réveillait plus heureux qu'il l'avait été depuis des années, et son corps lui faisait agréablement mal là où il n'avait pas eu mal depuis trop longtemps. Tout ça grâce à Miranda.

— Rose, murmura-t-il avec béatitude en roulant sur lui-même, êtes-vous…

Le lit était vide. Il rejeta le couvre-lit, se leva d'un bond et partit aussitôt à sa recherche. Elle n'était pas dans le boudoir contigu ni dans la chambre communicante à celui-ci. Il eut l'impression de recevoir une douche glacée.

Elle était partie.

Il mit à la hâte un pantalon, passa une chemise et sortit précipitamment de la chambre, déterminé à fouiller la maison et à la trouver. Mais la maison baignait dans le silence et rien n'indiquait qu'elle y avait été, à l'exception d'une petite tache de sang sur le drap où il lui avait pris sa virginité et le parfum d'eau de rose qui imprégnait encore sa peau.

Il s'élança au rez-de-chaussée. Elle l'avait abandonné au milieu de la nuit, sans lui donner l'occasion de lui dire adieu ou de lui expliquer ce qui allait se passer entre eux dorénavant. Elle l'avait *laissé,* bon sang! Alors qu'elle aurait dû passer la nuit avec lui, alors qu'elle aurait dû se laisser aller à ses émotions et s'accrocher à lui comme toute autre femme aurait fait. Ah, mais non, pas elle! Elle restait imprévisible, même dans l'intimité. Elle était partie en douce, profitant de l'obscurité, comme si elle n'avait jamais été là. Comme si cette nuit n'avait aucune signification pour elle.

C'était ce qui l'ennuyait le plus.

Il ouvrit brusquement la porte de la pièce où ils prenaient le petit-déjeuner et vit du coin de l'œil quelqu'un bouger.

— Miranda!

Quinn se détourna du buffet, une assiette comble à la main, et engloutit un petit pain.

— Pourquoi Miranda serait-elle ici? marmonna-t-il la bouche pleine.

Pourquoi, en effet? Plus déçu qu'il voulait le reconnaître, Sebastian baissa les épaules. Il s'était fait une joie de passer cette matinée avec elle, de prolonger leur nuit. Il s'était senti plus détendu et plus paisible cette nuit, avec Miranda, qu'il l'avait été de sa vie avec une femme. Il se sentait plus vivant qu'il l'avait été depuis des années. Le temps de quelques heures, elle l'avait débarrassé du poids qui l'accablait, et il aurait voulu que cette sensation de légèreté et de liberté dure aussi longtemps que possible avant que son fardeau ne lui retombe dessus. Déjà, il sentait son dos se raidir.

Quinton continuait de le regarder d'un air perplexe et d'attendre sa réponse.

Il se força à hausser les épaules avec désinvolture.

— Hier soir, mère a laissé entendre que Miranda viendrait porter quelque chose ce matin, marmotta-t-il en s'affaissant sur sa chaise.

Voilà qui était plutôt vague. Mais cette réponse parut satisfaire Quinn, qui, déjà, regardait avec appétit l'amoncellement de hareng fumé sur son assiette.

— J'ai cru entendre la porte d'entrée s'ouvrir.

— Sans doute Saunders est-il allé chercher le courrier.

Quinn s'assit à table et attrapa l'édition d'aujourd'hui du *Times,* que le majordome avait repassée et posée sur la table à la place occupée par Sebastian. Il leva les yeux et fronça les sourcils d'un air soucieux.

— T'as une mine affreuse, ce matin.

— Merci, grommela Sebastian en chipant sur l'assiette de son frère une tranche de bacon dans laquelle il mordit.

Il se sentait *affreux,* ce matin.

— Alors… tu as reçu une femme dans ta chambre cette nuit.

Sebastian s'étrangla.

Quinn le tapa dans le dos avec un sourire complice.

— Tu t'envoies en l'air avant de te faire couper les ailes ?

Il leva les yeux au ciel. Quinn avait le don de ramener sur le tapis son éventuel mariage alors qu'il n'y avait plus pensé depuis qu'il avait quitté Lady Jane à Vauxhall. Ce qui lui semblait remonter à des années et non pas à la veille, et être arrivé à quelqu'un d'autre que lui.

Quinton arqua le sourcil, les yeux brillants d'espièglerie.

— Comment se porte Lady Jane, ce matin ?

— Il ne s'agissait pas de Jane Sheridan, corrigea-t-il en grognant, même s'il savait que Quinn voulait uniquement lui tirer les vers du nez. C'était une femme de Vauxhall, ajouta-t-il pour le faire taire, mais sans vraiment mentir.

Il aurait dû se douter qu'il était impossible que Miranda ne fasse pas de bruit, pas avec toute cette passion qui l'habitait. D'ailleurs, il ne le souhaitait pas. Il raffolait de son exubérance. Il se versa une tasse de café, avala une bonne rasade du liquide noir et le laissa lui brûler la gorge.

— Jane Sheridan n'est pas du genre à avoir un rendez-vous galant dans la chambre d'un homme.

— Dommage.

Quinn soupira d'un air exagérément désolé et reprit sa lecture du *Times*.

— Tu penses l'épouser quand même ? demanda-t-il avec une gravité feinte.

Au lieu de rire de la taquinerie de son frère (ou de le fusiller du regard), Sebastian, envahi par la culpabilité, baissa les yeux sur son café. Ce qui s'était passé la nuit dernière avec Miranda était unique et extraordinaire, un cadeau précieux qu'il n'était pas certain de mériter. Mais cela ne changeait rien au fait qu'il avait promis à son père d'épouser une femme apte à faire une duchesse convenable et à représenter le titre et le legs de la famille. Ni au fait que Miranda, avec ses jeux de pirate et son rire éclatant, n'était pas cette femme.

Cependant, il savait maintenant sans l'ombre d'un doute que Lady Sheridan ne serait jamais sa femme.

— Non, dit-il d'un air sombre en passant la main dans ses cheveux en désordre. Je ne vais pas épouser Jane.

Quinn cessa brusquement de mastiquer et reporta vivement son regard sur son frère.

— Tu en es certain ? Elle semble parfaite.

— Elle l'est.

Jane *était* parfaite à tous égards ; parfaite pour un autre homme que lui.

Quinn fronça les sourcils, ahuri.

— Je croyais qu'elle était la favorite.

— Elle l'était. Mais elle ne l'est plus.

Il engloutit la moitié de sa tasse de café en souhaitant que Quinton parle d'autre chose que de sa recherche d'une épouse. Ce matin, il n'arrivait même pas à imaginer qu'il puisse courtiser quelqu'un, pas alors que sa peau portait encore l'odeur de Miranda. Pas alors qu'il était encore douloureusement déçu qu'elle ne soit pas là avec lui.

— Mais tu projettes tout de même de te marier cette saison ? insista Quinn.

— Oui, grommela-t-il le nez dans son café.

Mais il ignorait comment il y arriverait alors que Miranda était la seule femme à occuper ses pensées.

— Et la femme de cette nuit...

— N'est pas le genre de femme que père aurait voulu comme duchesse de Trent, coupa-t-il d'une voix ferme pour mettre un terme définitif à l'interrogatoire de Quinn.

Il n'avait pas du tout envie de parler de Miranda Hodgkins avec son frère, d'autant plus qu'il n'avait aucune idée de ce qu'il ressentait pour elle. Si ce n'était qu'elle l'avait plongé dans la confusion la plus totale. Le tonnerre qui grondait et la pluie qui crépitait contre les fenêtres assombrissaient encore plus son humeur, lui qui était déjà attristé par le fait de savoir que si Miranda était parfaite pour lui quand ils étaient seuls, elle ne l'était pas par ailleurs.

Si lui se sentait bouleversé par ce qui était arrivé pendant la nuit, Dieu seul savait ce que Miranda devait ressentir.

Parce que si lui n'avait jamais connu une autre femme comme Miranda, elle n'avait jamais connu un autre homme, point.

Quinn retourna à sa lecture et, comme chaque matin, parcourut du regard la rubrique des terres à vendre, toujours en quête d'une propriété qu'il pourrait acheter pour son propre compte. Sebastian savait que son frère n'appréciait guère les contraintes que lui imposaient les responsabilités qui étaient les siennes depuis deux ans, même s'il avait géré avec brio le duché, et qu'il désirait ardemment faire sa vie loin du joug de la famille Carlisle. Sebastian le comprenait fort bien. Il s'attendait à ce que d'ici la fin de la saison mondaine, Quinn ait décidé où il irait faire sa vie, et autant cette possibilité réjouissait Sebastian, autant il en était jaloux.

— N'oublie pas que tu pourras toujours avoir une maîtresse une fois marié, lança Quinn pour le réconforter tout en jetant une framboise dans sa bouche et en suivant du doigt la liste qu'il parcourait. La plupart des pairs en ont une. On s'y attend presque de la part d'un duc.

Une maîtresse... Pendant qu'il regardait son café, une pensée trouble, désespérée surgit dans son esprit, une façon d'avoir à la fois la duchesse de ses rêves et une maîtresse passionnée. La dame que recherchait le duc et la femme que désirait l'homme. Quinn avait peut-être raison pour une fois. Il pourrait prendre Miranda comme maîtresse et...

Non.

Une vague de dégoût envers lui-même l'envahit. Elle méritait mieux que d'être sa maîtresse, et jamais il ne l'utiliserait ainsi. Tout comme il savait qu'une fois marié, il n'irait pas voir ailleurs, que ce soit par plaisir ou par besoin d'avoir une compagne. Il aspirait à une relation comme celle de ses parents, une relation d'amitié, de soutien mutuel et d'amour. *Une maîtresse ?* Bon sang, à quoi pensait-il ?

Il ne pensait pas, c'était là le problème. Quand il était question de Miranda, il perdait la faculté de réfléchir raisonnablement. En ce moment même, elle l'accaparait, le distrayait, soulevait plus de questions qu'elle fournissait de réponses. Elle était venue à Londres pour conquérir Robert, mais hier, c'était vers lui qu'elle était venue. Elle savait qu'il ne pouvait se lier à elle, pourtant elle lui avait donné sa virginité sans rien demander en retour. Elle avait avoué avoir de l'affection pour lui, pourtant elle s'était enfuie dans la nuit sans un mot.

Son orgueil de mâle voulait des explications.

Mais son cœur voulait seulement la revoir.

Il posa sa tasse et, comme un plan commençait à se former dans son esprit, il demanda d'un ton aussi indifférent que possible :

— Tu sais ce que les femmes ont au programme ce soir ?

— Elles assistent à une conférence au musée avec Emily Grey, répondit Quinn en tournant la page. Robert et moi projetons d'aller sur St James Street.

Sebastian réprima son envie de lui demander si c'était sage, compte tenu du nombre de nuits que ses frères avaient récemment passées dans les clubs. Mais il n'avait pas de temps à perdre à se faire du souci pour eux. Pas alors qu'il devait se préparer à affronter la tempête que soulèverait Miranda.

— Nous passerons sans doute la nuit chez Boodle's, précisa Quinn.

Il leva les yeux de son journal et adressa à Sebastian un sourire entendu. Une façon pas très subtile de lui signaler qu'il aurait toute la maison à lui s'il souhaitait réinviter la femme de la nuit passée.

— *Toute* la nuit.

Sebastian grimaça, les yeux toujours fixés sur son café. Il aurait dû se réjouir que ses frères veuillent le couvrir, comme ils l'avaient toujours fait l'un pour l'autre, peu importait le pétrin dans lequel ils s'étaient mis. Mais cette fois, il était agacé parce que cela lui rappelait la dernière fois où il avait vu une femme en secret. Il s'était juré de ne plus jamais le refaire, de ne pas trahir la mémoire de son père en faisant passer une femme avant sa famille. Pourtant, c'était précisément ce qu'il avait fait avec Miranda la nuit précédente ; il avait été incapable de se refuser une nuit de bonheur avec elle, et ce matin, il en concevait du mépris pour lui-même.

Elle méritait mieux de sa part. Bon sang, *il* méritait mieux.

Mais il ne l'en désirait pas moins.

— Nous ne rentrerons probablement qu'au petit matin, ajouta Quinn en feignant de continuer à parcourir les mises en vente.

— Je vais sans doute me joindre à vous, répondit sèchement Sebastian, désireux de mettre un terme aux soupçons de son frère.

— Tu n'en feras rien, rétorqua Quinn avec un sourire entendu avant de relever le journal entre eux.

• • •

Miranda inspira profondément et s'efforça de se concentrer sur les propos de la conférencière. Toute la semaine, elle s'était fait une joie d'entendre Georgiana Bradford raconter ses plus récentes aventures africaines et de faire la connaissance de la célèbre aventurière, mais voilà qu'à présent, elle n'arrivait pas à se souvenir d'un seul mot de ce qu'elle avait dit. Quelque chose à propos de crocodiles, de rapides, de pyramides et… Oh, il lui était impossible de se concentrer !

Elle ferma les yeux avec une grande tristesse. Elle avait perdu sa virginité. Avec Sebastian Carlisle, qui plus est. En repensant une fois de plus à la nuit précédente, elle dut faire un effort pour réprimer un grognement et pour ne pas interrompre la conférence.

Elle ne regrettait pas d'avoir été avec lui. Comment l'aurait-elle pu ? La nuit avait été un conte de fées. Il s'était montré tendre et attentionné envers elle, allant jusqu'à rire avec elle pour la mettre à l'aise, et pendant ces quelques heures précieuses qu'ils avaient passées ensemble, il avait été plus détendu qu'elle l'avait vu depuis des années. Si même elle l'avait déjà vu détendu. Cela avait été merveilleux non seulement pendant qu'elle avait fait l'amour avec lui, mais aussi après, quand il l'avait tenue dans ses bras, lui avait dit de sa voix profonde qu'elle était belle, et qu'elle avait ressenti un grand bonheur à être tout bonnement allongée près de lui. Être avec lui avait été plus extraordinaire et plus excitant qu'elle avait imaginé cela possible quand on était avec un homme. Justement parce que cet homme était Sebastian.

C'était Sebastian qui lui plaisait, pas le duc de Trent. À croire qu'elle était partie en voiture de Vauxhall avec un homme et avait quitté les bras d'un autre trois heures plus tard. Deux hommes, en effet : le duc de Trent, qui voulait une femme mondaine, de bonne famille et bien éduquée comme épouse ; et Sebastian, qui la voulait, *elle,* une femme qui était tout le contraire. Le duc de Trent, qui l'agaçait avec son souci exagéré pour son duché et son statut social; Sebastian, dont elle était amoureuse. Peu importait qu'elle rêve de passer sa vie avec Sebastian, le duc de Trent rendait la chose impossible.

Ce qu'elle était sotte! Elle avait beau savoir qu'elle n'avait aucun avenir avec lui, elle ne pouvait s'empêcher de revivre en esprit tous les merveilleux moments qu'ils avaient passés ensemble, toutes les douces caresses et tous les tendres baisers, tout le bonheur et tous les rires. Elle souhaitait ardemment le revoir, et pas seulement pour le plaisir d'une nuit. Elle voulait vivre avec lui, fonder une famille où il y aurait de l'amour, de la douceur, des rires, des enfants… beaucoup d'enfants!

Elle ne voulait rien de moins que son amour. Mais il ne s'autoriserait jamais à le lui donner.

Dieu du ciel, mais *à quoi* songeait-elle? Cette fois, elle se prit la tête entre les mains et laissa échapper un grognement.

Lady Emily Grey, qui était assise à côté d'elle, lui demanda en chuchotant d'un ton inquiet:

— Vous allez bien?

Elle rassura d'un hochement de tête la belle-sœur de Josie qui l'avait accompagnée à la conférence. Même si Miranda avait circulé seule dans les rues de Mayfair la veille au soir, non pas une fois mais bien deux, elle n'osait pas sortir dans le monde sans chaperon. Aussi, quand les autres femmes s'étaient désistées, elle avait presque forcé Emily à l'accompagner parce qu'elle ne voulait pas rater la conférence… et parce que le fait de passer une soirée tranquille à la maison, entourée de la famille de Sebastian, aurait été pour elle une véritable torture.

Donc, voilà qu'elle était assise au balcon du British Museum, à s'interdire de laisser son regard se poser sur Lady Jane Sheridan, qui était assise avec sa mère et sa sœur dans la première rangée, et à s'efforcer d'écouter la conférence dont elle n'entendait pas un seul mot.

Lady Emily fronça les sourcils.

— Vous avez l'air malade.

— Ce n'est qu'un mal de tête, dit-elle.

C'était bien ce que Sebastian était. Son mal de tête personnel, son grand problème, son brise-cœur.

Emily lui pressa la main.

— Nous pouvons partir, si vous préférez.

— Non, j'aimerais rester, répondit Miranda en s'obligeant à sourire. Je trouve la conférence passionnante. Sincèrement.

Emily lui jeta un regard dubitatif. Mais elle n'insista pas.

— Bien. Mais si votre mal de tête empire, nous partirons.

Emily avait à peine quelques années de plus que Miranda, mais elle avait l'attitude d'une mère expérimentée et l'autorité incontestable de la femme d'un colonel.

Son inquiétude arracha à Miranda un sourire sincèrement affectueux.

— Promis.

Emily lui lâcha la main et jeta un coup d'œil sur la rangée, à quelques fauteuils de celui de Miranda.

— Oh, c'est Olivia Sinclair. J'ai promis de lui donner un coup de main dans la préparation de sa garden-party. Auriez-vous l'obligeance de m'excuser quelques minutes afin que j'aille en discuter avec elle ?

— Je vous en prie, faites.

Miranda allait peut-être trouver enfin la force d'écouter ce que miss Bradford avait à dire sur l'Égypte ancienne. N'était-ce pas la raison de sa présence ici ? Et non pour se complaire dans son malheur.

Emily se leva et alla retrouver la comtesse de St James. Les deux femmes s'engagèrent aussitôt dans une discussion intime, en penchant la tête l'une vers l'autre pour mieux comprendre leurs chuchotements.

Miranda reporta son attention sur la jeune femme qui, debout sur le devant de la pièce, tenait le crâne impressionnant d'un crocodile dans ses mains. Georgiana Bradford était une femme exceptionnelle. Elle comptait au nombre des aventuriers les plus remarquables de son époque, avait accompli des exploits rivalisant avec ceux d'un homme, et était assez brave pour parcourir le monde, aller à la rencontre d'indigènes vivant dans la jungle, et affronter le désert et ses tempêtes de sable… tandis que, pour sa part, Miranda semblait incapable de survivre à une saison mondaine londonienne. Ou de trouver le moyen de sauver son cœur.

Un frisson sur sa nuque lui signala qu'il était là avant même qu'elle ne le voie…

Sebastian.

Elle se permit de jeter un coup d'œil par-dessus son épaule pour vérifier et le regretta aussitôt tant elle n'était pas préparée à la décharge électrique qui la traversa en le voyant. Debout à l'entrée du balcon, il était superbe dans son habit de soirée ; il portait un gilet de brocard marron, une veste noire de lainage extrafin, et le saphir ornant son épingle à cravate rappelait le bleu de ses yeux et mettait en valeur les reflets dorés de ses cheveux. Il était vêtu avec une élégance digne d'une soirée en ville… ou d'une nuit de volupté dans sa chambre.

Elle se retourna avant qu'il ne la voie. Elle se liquéfiait, mais elle garda le regard fixé sur miss Bradford même si son cœur venait de faire une chute vertigineuse. Mais que faisait-il ici ? Une conférence au musée n'était certainement pas un évènement susceptible d'attirer l'un des frères Carlisle, et la présence inattendue du duc suscitait plus d'intérêt dans l'auditoire que la conférence.

Le cœur de Miranda descendit encore d'un cran quand elle se rappela que Lady Jane était présente. De même que les autres femmes figurant sur sa liste. Il était donc normal qu'il soit là. La nuit dernière n'avait en rien amoindri sa détermination à se trouver une duchesse, ce qui eut l'heur d'accroître la jalousie qui habitait déjà Miranda. Cette fois, son cœur tomba au niveau du sol.

Mais Sebastian ne se dirigea pas vers Lady Jane. Tandis que des murmures et des chuchotements de salutation s'élevaient sur son passage, Miranda remarqua qu'il marchait dans une autre direction… dans *sa* direction. Avec chaque pas qui le rapprochait d'elle, la nervosité lui serrait de plus en plus le ventre. Elle soupira de soulagement en le voyant s'engager dans une autre rangée que la sienne, mais pour sentir presque aussitôt l'appréhension s'emparer d'elle quand il vint s'asseoir dans le fauteuil directement derrière le sien.

Quand la rumeur qui avait suivi son arrivée se fut apaisée et que les gens eurent reporté leur attention sur miss Bradford, il se pencha en avant et lui murmura à l'oreille :

– Vous n'étiez pas au petit-déjeuner ce matin.

Des papillons se mirent à battre des ailes dans le ventre de Miranda, et une douce chaleur se répandit en elle à cette allusion chuchotée dans ce langage qui était le leur et qu'aucune des femmes assises autour d'eux n'aurait pu décrypter.

Ni même soupçonner. Tout le monde savait que la duchesse de Trent était sa marraine pour la présente saison, tout comme tous savaient que Sebastian se cherchait une épouse ; en fait, plusieurs paris étaient déjà inscrits au registre de White's quant au moment où il allait annoncer ses fiançailles et le nom de la fiancée, la plupart engagés par Robert et Quinton. Par conséquent, personne ne s'étonnerait qu'il vienne la retrouver, persuadé qu'en l'absence de sa mère, il prenne de ses nouvelles avant de se rendre au club.

En prenant grand soin de rester impassible, elle lui répondit à voix basse :

– Je n'avais pas faim.

– Vous étiez pourtant affamée cette nuit.

Sans relever le sous-entendu, qui pourtant déclencha un frémissement brûlant le long de son dos au souvenir de combien ils avaient été affamés l'un de l'autre, elle fixa un point devant elle. Elle n'osait pas le regarder, de crainte de rougir et d'ainsi les dénoncer. Ou de voir du regret dans ses yeux.

– Je me suis fait du souci, insista-t-il toujours à voix basse. Vous ne vous sentez pas bien ?

Il était vain de feindre. Elle avait adoré leur nuit, et il le savait pour avoir senti la réaction de son corps sous le sien, même s'il était inconscient de son affection pour lui.

– Je vais très bien, merci, déclara-t-elle d'une voix plus rauque qu'elle l'aurait voulu.

Du coin de l'œil, elle le vit sourire d'un air satisfait de lui-même, et la rougeur redoutée lui chauffa la nuque. Que le diable l'emporte !

– Moi aussi, reconnut-il d'une voix sensuelle qui lui coupa le souffle.

– Chut !

La femme âgée assise à la droite de Miranda se retourna dans son fauteuil pour leur intimer le silence, les regardant l'un après l'autre d'un air réprobateur.

Miranda ne vit pas la réaction de Sebastian, mais la femme se raidit brusquement, puis sourit comme une écolière et ses joues rougirent un peu. Elle s'éventa vivement et se retourna vers la conférencière.

Miranda leva les yeux au ciel. On pouvait compter sur Sebastian pour amadouer d'un seul sourire le cœur de la plus stricte des douairières. Une preuve de plus que cet homme était une force de la nature.

Elle fronça les sourcils et se retourna enfin pour le regarder.

— Pourquoi êtes-vous ici ?

— Mes frères vont passer la nuit chez Boodle's, expliqua-t-il.

Le cœur de Miranda tressaillit et un élan de désir palpita en elle. Elle avait compris ce qu'il voulait dire : Park Place serait tout à eux pour la nuit et il était venu pour elle. Elle n'avait qu'à dire oui et elle aurait droit à une autre nuit magique avec lui. Il avait sans doute demandé au cocher de les attendre et préparé une excuse pour Lady Emily de manière à pouvoir partir avec elle.

Les yeux fermés, elle secoua la tête, à la fois pour décliner son invitation et pour repousser la tentation de l'accepter. Qu'en retirerait-elle ? Une autre nuit de rêve entre ses bras, le sentiment d'être belle et unique comme lui seul pouvait le lui donner, pour se rappeler l'aube venue qu'il ne serait jamais à elle sauf pendant quelques heures trop brèves dérobées à la nuit… puis plus jamais quand il aurait choisi sa femme.

— Lady Sheridan est ici, l'informa-t-elle d'une voix aussi unie que possible.

Elle ne voulait qu'il se rende compte de la jalousie insupportable qui l'accablait, ni qu'il se moque qu'elle ait l'audace d'être jalouse d'une femme supérieure à elle socialement au point de lui être incomparable.

— Je suis certaine que vous voudrez aller la saluer.

Un silence froid accueillit sa remarque. Tout en retenant son souffle dans l'attente d'une réponse acerbe, elle sut qu'elle avait visé juste et qu'il bouillait derrière elle. En quelques semaines, depuis leur arrivée à Londres, elle en était venue à le connaître si bien qu'elle pouvait percevoir son état d'esprit sans même le regarder.

La conférence prit fin. La foule se leva pour applaudir miss Bradford qui faisait la révérence.

Mais quand Miranda fit mine de se lever, il posa les mains sur ses épaules pour l'en empêcher et lui murmura à l'oreille :

— Mais la nuit, la rose est ma fleur préférée.

Les yeux de Miranda brûlèrent quand elle l'entendit dire une telle chose alors qu'il ne voulait toujours pas d'elle comme épouse. Qu'il projette de passer la nuit avec elle alors que la femme qu'il voulait épouser était assise à quelques pas de là.

— Il est regrettable, dans ce cas, marmonna-t-elle en se libérant d'un haussement d'épaules et en se levant, sans plus se soucier qu'il la croie jalouse, que les ducs préfèrent les roses *cultivées.*

Elle s'éloigna, mais il la prit par le bras et l'arrêta.

— Je vous prie de me lâcher, demanda-t-elle poliment.

Il lui était impossible de secouer le bras pour se libérer devant tous ces gens qui les regardaient. Elle se trouva une piètre excuse.

– Je veux aller retrouver miss Bradford. Votre mère a eu la générosité de m'offrir l'un de ses livres et je veux lui dire combien j'ai aimé le lire.

Il leva les yeux vers la foule qui déjà était rassemblée autour de l'audacieuse aventurière.

– C'est votre première saison, lui rappela-t-il comme si c'était nécessaire ! Vous aurez l'air d'un bas-bleu en allant discuter d'un livre devant tous ces gens.

– C'est parfait, parce que c'est précisément ce que je suis. Et il est temps qu'on le sache. Surtout vous, lança-t-elle, incapable de se retenir.

Il arqua un sourcil perplexe.

– Je sais qui vous êtes, Miranda.

Quel mensonge éhonté ! Il pensait la connaître sous prétexte qu'il l'avait vue nue. Mais alors même que ses mains et sa bouche la caressaient, que son corps pesait délicieusement sur le sien, il n'avait vu que la femme qu'il voulait voir. Non la femme qu'elle était en réalité. Une femme capable de se montrer aussi raffinée et convenable que toutes ces dames qui l'entourait. Une femme qui serait pour lui une épouse tout aussi bien ; *meilleure,* en fait. Tandis que ces dames ne voyaient en lui qu'un titre, Miranda voyait l'homme. Tandis qu'elles ne désiraient que son titre et sa fortune, Miranda désirait le rendre heureux.

Soudainement consciente de tous ces gens qui les entouraient, et désireuse de partir avant qu'il ne s'aperçoive de son désarroi, elle le supplia :

— Je vous en prie, laissez...

— Passez la nuit avec moi, riposta-t-il en baissant brièvement la bouche aussi près de son oreille qu'il l'osait. Nous ne ferons pas l'amour si vous ne le voulez pas. Nous nous assoirons et nous parlerons.

Son regard se fit doux.

— Je veux simplement être avec vous, cette nuit, de quelque façon que ce soit.

Elle le regarda, bouche bée, tellement surprise par ces mots auxquels elle ne s'attendait pas que son cœur frémit d'angoisse. Elle ne savait pas si elle devait rire ou pleurer.

Que Dieu ait pitié d'elle ! Alors même qu'elle avait le cœur brisé de ne pas pouvoir être ouvertement à lui, elle ne l'en désirait pas moins. Elle voulait encore entendre cette voix de velours, sentir son corps robuste, ressentir ce bonheur et cette paix qu'elle ressentait quand elle était seule avec lui, rire avec lui, savourer la joie qu'il lui apportait.

Elle jeta un œil vers le devant de la salle, d'où Lady Jane les observait en souriant d'un air patient à Sebastian, certaine qu'il viendrait la saluer. Comme il se devait. Bien sûr, il irait. Sa place était aux côtés de Jane et non à l'arrière de la salle avec elle.

Elle secoua la tête.

— Je ne crois pas que ce soit une bonne idée.

— Moi, je le crois. C'est même une excellente idée.

— Sebastian, le supplia-t-elle, mais d'une voix exprimant toute l'étendue de son désir.

Elle voulait être avec lui comme il le lui proposait, à l'abri dans la chaleur de ses bras puissants, passer la nuit à parler et à se confier. Mais une nuit de bonheur valait-elle la peine d'avoir le cœur en lambeaux ?

Elle se détourna afin qu'il ne voie pas son émoi et dit d'une voix étranglée :

— Je ne peux pas.

— Oui, vous le pouvez, insista-t-il.

— Non. Je veux être avec *vous*, Sebastian, riposta-t-elle, la poitrine dilatée par le chagrin. Pas avec le duc.

— Je *suis* Trent, lança-t-il avec irritation.

En secouant lentement la tête, elle leva le regard. Il fut surpris en voyant ses yeux brillants de larmes.

— Quand vous êtes avec moi, quand vous riez et souriez et vous sentez libre… qui êtes-vous ?

Elle fit appel à toute sa volonté pour refouler les larmes qui rendaient flou son séduisant visage.

— Parce que c'est avec cet homme que je veux être, cet homme que je veux voir heureux, maintenant et à jamais. Ce qu'il y a de terrible, c'est que lui-même ne le veut pas assez pour s'accorder ce droit.

Elle dégagea son bras et passa devant lui très vite afin qu'il ne puisse la retenir une seconde fois devant ces dames extrêmement convenables sans causer un scandale.

Elle cilla rapidement pour refouler ses larmes tout en se faufilant entre les fauteuils pour mettre entre eux la plus grande distance possible. Alors même qu'elle se dirigeait vers l'avant de la salle, elle pouvait sentir la chaleur de son regard sur son dos, aussi ardente que si cela avait été ses mains. Elle frissonna et ferma les yeux.

Quelle sotte elle avait été ! De l'avoir poussé à bout dans la voiture la veille, d'être ensuite allée dans sa chambre… D'avoir revêtu la robe qui avait mis le feu aux poudres… D'avoir voulu qu'il l'accepte telle qu'elle était. Après cette nuit, d'avoir sottement espéré dans un petit coin de sa tête qu'il renoncerait à son idée d'épouser une femme de la noblesse et qu'il la choisirait, elle. Mais rien n'avait changé, sauf qu'elle était à présent désespérément amoureuse d'un homme qui lui était inaccessible.

Elle balaya du regard la salle et toutes ces jeunes filles et leurs marieuses de mères qui protégeaient leur vertu avec la férocité d'un chien de garde. Elles lui donnaient le goût de rire. Elle aurait voulu leur dire ce qu'il en était en vérité de la sexualité. Que le véritable danger n'était pas de tomber dans le caniveau, mais de tomber amoureuse.

Sebastian et elle devaient mettre un terme à cette énorme bêtise dans laquelle ils s'étaient enfoncés. Il n'y avait pas d'autre issue. Ils redeviendraient ce qu'ils avaient toujours été, c'est-à-dire des amis et des voisins, sans plus. Ce serait difficile (par le ciel, ce serait déchirant !), mais ça devait être fait. Sans plus attendre.

Mais quand, après avoir inspiré profondément, elle se retourna, Sebastian était parti.

CHAPITRE 13

Sebastian rentra à Park Place d'humeur aussi morose qu'il en était parti quelques heures plus tôt. Sauf qu'à présent, il empestait le cigare et le whisky pour avoir passé des heures à chercher à se distraire avec Robert et Quinn chez Boodle's, où il s'était rendu directement en sortant du musée. Après avoir été rejeté par Miranda.

— Bonsoir, Votre Grâce.

Saunders l'accueillit à la porte avec un hochement de tête imperturbable, sachant en majordome chevronné qu'il serait mal avisé de sa part de commenter le regard sombre ou l'apparence de Sebastian.

— Dois-je appeler Barlow ?

Sebastian le renvoya d'un geste de la main.

— Je vais me déshabiller seul ce soir. Je ne veux pas le déranger.

Il tira sur sa cravate tout en montant vers ses appartements. Non, pas *ses* appartements. Ceux de son père. Il grimaça. Même pas ceux de son père, qui n'avait vécu que deux ans à Park Place. Les appartements du *duc,* voilà ce qu'ils étaient en réalité. Leur occupant était aussi interchangeable que les draps du lit. Sebastian n'était rien d'autre que celui qui en portait le poids. Un poids qu'il n'avait jamais moins désiré que ce soir.

Au diable Miranda et sa remarque cinglante sur les roses cultivées ! Comprenait-elle la situation insoutenable dans laquelle il se trouvait ? Qu'il se devait de faire passer le duché avant quoi que ce soit d'autre, y compris avant ses propres volontés et ses propres désirs ? Mais qu'est-ce que cette femme agaçante attendait de lui, bon sang de bonsoir, qu'il l'épouse ?

Miranda Hodgkins, duchesse de Trent. Bonté divine, qu'en penserait son père ?

C'était *là* le problème. Parce que même s'il refusait de le reconnaître, c'était ce qu'il voulait. Parce que même si Miranda n'était pas la femme qu'il lui fallait, elle était la femme parfaite pour lui. Pendant ces trop rares heures qu'il avait passées avec elle, il s'était senti libre, délivré de ses obligations. À présent, satisfaire aux exigences de son titre lui semblait au-delà de ses forces. Quand elle lui souriait ou qu'elle le faisait rire, il se détendait et pouvait être lui-même, sans craindre de jugement ou de récrimination, comme il ne pouvait l'être avec personne d'autre. Elle le rendait tout simplement… heureux. Le fait de savoir que ce bonheur était fugitif le rendait malheureux.

Il ouvrit la porte de son boudoir et se figea.

Pendant un moment, son cœur aussi.

Miranda était assise dans son fauteuil de lecture au coin du feu, vêtue non pas de la robe du bal masqué, mais d'une modeste chemise de nuit de coton qui l'enveloppait du cou jusqu'aux poignets, et sûrement jusqu'aux chevilles, ce qu'il ne pouvait voir, car un châle de cachemire recouvrait ses jambes. Ses pieds étaient repliés sous elle. Ses longs cheveux, tressés et retenus par un ruban vert, tombaient sur son épaule, et elle le regardait par-dessus ses lunettes perchées sur son nez mutin. Elle lisait le livre de miss Bradford. Elle n'aurait pu être plus différente d'une dame ou de Lady Jane. Pourtant, elle avait l'air parfaitement à sa place là, comme si elle avait ainsi attendu chaque soir qu'il rentre à la maison.

Il eut le souffle coupé de la voir ainsi, à son aise et prête à se mettre au lit. Ce qu'il avait été stupide de passer ces dernières heures à supporter les singeries de ses frères chez Boodle's alors qu'il aurait pu être ici, au lit, avec elle.

Il ferma la porte et lui dit d'une voix traînante avec un sourire en coin :

— Je ne vous ai pas reconnue sans votre déguisement.

Elle sourit nerveusement, mais la lueur de taquinerie dans les yeux de Sebastian lui réchauffa le cœur.

— Je peux laisser ma carte de visite et revenir demain, si vous préférez. Pour que ça se fasse dans les règles.

Il n'en était pas question. Ce soir, il ne la perdrait pas de vue un seul instant.

— Comment faites-vous pour vous introduire ici ?

Il s'avança vers elle en laissant tomber sa cravate par terre. À vrai dire, peu lui importait de savoir comment elle faisait. Il était follement heureux qu'elle soit là.

— Devrais-je interroger Saunders sur nos mesures de sécurité ? Car si une frêle femme réussit à s'introduire dans ma chambre pour me torturer, ne puis-je pas craindre d'être à la merci de quiconque voudrait me faire du mal ?

Sa plaisanterie arracha un sourire radieux à Miranda dont la nervosité se dissipa aussitôt. Elle eut un petit rire joyeux, et les épaules de Sebastian se détendirent de soulagement. Voilà qui était mieux. C'était là la Miranda qu'il connaissait et qu'il aim…

Non. Il ne l'aimait *pas.*

Il avait de l'affection pour elle; il le reconnaissait. En ce moment même, la chaleur de sa présence lui réchauffait le cœur et dénouait la tension dans ses épaules. Naturellement, il la désirait passionnément, même s'il lui avait promis qu'ils se contenteraient de discuter si c'était ce qu'elle souhaitait. N'empêche qu'il priait le ciel qu'elle veuille faire autre chose que bavarder. Mais cela ne signifiait en rien qu'il était amoureux d'elle. C'était *impossible*. L'aimer aurait été une souffrance sans nom puisqu'il devait en épouser une autre.

— J'ai la clé de la porte ouvrant sur la terrasse, répondit-elle, inconsciente du trouble de Sebastian.

Le feu qui brûlait dans la cheminée faisait briller ses yeux vert émeraude. Sebastian ne l'en trouvait que plus attirante.

— Josie a pensé que ce serait bien d'en garder une à Audley House étant donné que la famille est répartie dans deux maisons cette saison. C'est plus facile pour chacun d'aller et venir à son gré, souligna-t-elle avec une touche d'amusement.

Il hocha la tête avec une gravité feinte, très heureux que sa sœur soit aussi prévoyante.

— Ma sœur est une femme avisée.

— Très avisée, acquiesça-t-elle en poussant un grand soupir.

L'encolure de sa chemise de nuit glissa sur son épaule et révéla un centimètre à peine de sa peau crémeuse, mais il n'en fallut pas davantage pour que la verge de Sebastian s'anime. Elle pencha la tête sur l'épaule avec curiosité en le voyant retirer sa veste.

— Vous vous déshabillez toujours dans votre boudoir?

— Non.

Mais je suis trop impatient de vous séduire… Il eut cependant le bon sens de ne pas le dire à voix haute de crainte de l'effaroucher.

— Il y a une pièce-penderie contiguë à ma chambre.

Il désigna de la tête les portes coulissantes ouvertes à sa gauche et la chambre qui se trouvait de l'autre côté, où l'on pouvait voir le contour du lit dans la pénombre. Puis, poussé par un sombre désir de se punir, il montra d'un geste les portes closes sur le mur opposé de sa chambre.

— Là, ce sera la chambre de la duchesse, qui aura elle aussi sa propre pièce-penderie.

Il était fou de joie qu'elle soit là, mais il valait mieux lui rappeler ce qui l'attendait. Avant qu'elle se mette à espérer ce qu'il ne pourrait jamais lui donner.

— Qui se trouve à être plus grande que la mienne.

— Comme il se doit, approuva-t-elle posément. Après tout, ce sera elle la duchesse. Vous ne serez que le duc.

Il eut un sourire arrogant.

— Je crois que quelque chose vous a échappé quand vous avez lu le Debrett's. Je serai d'un rang supérieur à la duchesse.

Elle secoua la tête à tant de naïveté.

— Votre père était duc. Était-il d'un rang supérieur à votre mère ?

Il se tut, la réponse négative sur le bout de la langue. Puis, il reconnut qu'elle avait raison en haussant les sourcils.

— Touché.

Quand il commença à déboutonner son gilet, elle s'assit plus droite. Le châle de cachemire glissa par terre.

— Avez-vous besoin de Barlow ? Dois-je attendre dans une autre pièce…

— Non.

Il soutint son regard et sentit le poids du titre, de la fortune et de la réputation de sa famille tomber de ses épaules et se retrouva à n'être plus qu'un homme sous son doux regard, ne serait-ce que pour la nuit. À cet instant, il comprit ce qu'elle avait voulu dire à la conférence, qu'elle souhaitait n'être qu'avec l'homme et non pas avec le duc.

Il répondit d'une voix douce :

— Je veux que vous restiez là.

Elle s'adossa lentement et le regarda déboutonner son gilet en suivant chaque mouvement de ses doigts. Sous son regard attentif, le cœur de Sebastian se mit à battre plus vite et son sang, à bouillir dans ses veines. Qui aurait cru que se déshabiller sous le regard d'une femme pouvait être aussi excitant que la déshabiller elle ? Mais n'était-ce pas ce que Miranda avait le don de faire ? Cette femme mettait le monde sens dessus dessous.

— Je ne m'attendais pas à vous voir ce soir, admit-il posément en retirant son gilet.

— Je ne pensais pas venir. Mais je n'arrivais pas à dormir. Je ne cessais de penser à vous et à ce que je vous avais dit à la conférence. Je le regrette.

— Vous n'avez pas à vous en excuser.

Il n'aurait pas dû aller la surprendre ainsi à la conférence. Mais il n'avait pu s'en empêcher. S'il y avait une infime possibilité qu'elle accepte de le voir ce soir, il devait tenter sa chance.

Grâce au ciel, il avait réussi.

— Je savais que je n'arriverais pas à dormir de la nuit, continua-t-elle, à moins que je vienne vous le dire.

Il réprima le sourire de plaisir qui lui chatouillait les lèvres.

— Vous attendez depuis longtemps ? s'enquit-il en tirant sa chemise de lin de son pantalon. On le dirait bien.

Son regard erra sur elle. Sa vue lui était à la fois délicieusement réconfortante et étrangement excitante. Il aurait dû être furieux de la découvrir là, dans sa chemise de nuit. Si elle avait porté une banale robe de mousseline, il aurait pu trouver une explication à sa présence si on les avait surpris ensemble. Mais dans sa chemise de nuit… *scandaleux*. Pourtant, il sourit, admirant encore une fois sa faculté à faire fi des convenances.

— Deux heures, répondit-elle.

Tout en faisant passer sa chemise par-dessus sa tête, il se sentit coupable.

— Si j'avais su, je serais rentré plus tôt.

Bon sang, il ne serait pas parti du tout.

— Ce n'est rien, murmura-t-elle en dévorant impudiquement du regard sa poitrine nue et son ventre plat. J'ai eu le temps de lire, déclara-t-elle en repoussant ses lunettes sur son nez pour mieux le voir.

Son avidité fit rire Sebastian, dont le cœur se gonfla d'affection.

Il alla la retrouver, lui retira doucement ses lunettes et les posa sur le manteau de la cheminée. Il plaça les mains sur les accoudoirs du fauteuil et se pencha pour l'embrasser doucement. Elle entrouvrit les lèvres et accueillit son baiser avec un soupir d'aise.

À la maison, songea-t-il avec contentement. Elle me donne le sentiment de rentrer à la maison…

Il s'assit sur le plancher à ses pieds et retira ses bottes. Puis, il se pencha vers le fauteuil, appuya une épaule contre sa jambe et ferma les yeux.

– C'est bon, murmura-t-il lorsqu'elle lui passa les doigts dans les cheveux sur ses tempes.

– Quoi ? souffla-t-elle quand il posa la tête contre le siège rembourré du fauteuil. Avoir retiré vos vêtements ou que je vous caresse les cheveux ?

– Oui.

Il tourna la tête et lui embrassa la paume.

Elle éclata d'un rire léger, et ce doux bruit le réconforta. Comment avait-il réussi à survivre à ces deux dernières années sans elle ? Dieu du ciel, comment ferait-il pour vivre sans elle quand elle retournerait à Islingham ? La perspective de cette séparation l'accablait au plus profond de lui. Lui brisait le cœur.

Elle se pencha en avant et entreprit de masser ses épaules affreusement nouées.

– Vous vous êtes bien amusé chez Boodle's ?

– Non.

Il pencha la tête en avant pour lui donner un meilleur accès à ses épaules, heureux de sentir ses mains sur lui, même pour un contact aussi innocent. La sensation qu'elle lui donnait en le pétrissant de ses doigts était tout bonnement exquise, et il savait qu'il aurait vite fait de s'habituer à être choyé ainsi.

– Mais Quinton et Robert, eux, se sont follement amusés.

Ils s'y trouvaient toujours, en fait. Quinn ne lui avait pas menti. À le voir aller, ils y resteraient jusqu'au petit matin. *Bien.*

— Ça ne m'étonne pas, remarqua-t-elle en massant de ses pouces chaque côté des vertèbres de son cou pour en effacer la raideur. Vous êtes tellement différent d'eux, vous l'avez toujours été.

Elle se pencha pour lui parler à l'oreille et un frémissement brûlant de désir parcourut le dos de Sebastian.

— Vous avez toujours été le plus sérieux des trois, même enfant. Même quand je vous ai connu, alors que vous n'aviez que quatorze ou quinze ans, vous aviez l'air plus âgé. Pourquoi êtes-vous si différent de vos frères ? demanda-t-elle en cessant brièvement de le masser.

— Parce qu'il fallait bien que quelqu'un les empêche de se tuer.

Il prit l'une de ses mains, la tira par-dessus son épaule et lui embrassa le bout des doigts.

Comme elle ne riait pas de sa plaisanterie, il pencha la tête en arrière pour la regarder. L'inquiétude assombrissait son joli visage, et l'idée qu'elle se fasse du souci pour lui le chagrina. Il n'osait pas penser que ses sentiments pour lui soient plus que des sentiments d'amitié. Il ne le pouvait pas. Sinon, il lui aurait fallu se détester de ne pas pouvoir lui rendre la pareille.

— Parce que j'étais l'aîné, reconnut-il, lui avouant à voix haute ce qu'il n'avait jamais dit à personne, même pas à ses parents.

Se confier à Miranda lui était facile, et avec chaque mot, ses épaules devenaient plus légères.

— Parce que je savais être l'héritier, devoir un jour porter la responsabilité du titre, de Chestnut Hill et de notre patrimoine, du bien-être de ma famille. Quand un homme se soucie de sa famille et de sa réputation, cette responsabilité le transforme, ajouta-t-il sobrement.

Plusieurs de ses pairs ne se souciaient ni de leur famille ni des biens qu'ils possédaient. C'étaient des hommes gâtés et arrogants qui perdaient leurs journées à des frivolités et leurs nuits à courir le guilledou, à boire et à jouer non seulement leur fortune, mais aussi l'héritage de leurs enfants. Jamais il ne se permettrait d'être l'un d'eux.

– Tout ce qu'il fait, toutes les décisions qu'il prend ont des conséquences non seulement pour lui, mais pour ceux qu'il chérit. Et ce poids est…

Il secoua la tête, incapable de trouver les mots pour décrire ce fardeau qui l'accablait et l'accablerait toujours, qui lui nouait sans relâche la poitrine, ce sentiment de responsabilité qu'il nourrissait non seulement envers sa famille, mais envers chacun des villageois et des métayers du duc de Trent. Sauf, étrangement, quand il était avec Miranda.

– Ça finit par user.

Elle l'embrassa doucement sur la tempe et il ferma les yeux, apaisé par sa compréhension et son réconfort.

Miranda le comprenait mieux que quiconque. Toutefois, quand elle le prit par le cou pour le rapprocher d'elle, il se sentit coupable à l'idée qu'elle puisse, même en ce moment, craindre qu'il s'éloigne d'elle et l'abandonne.

– Mais mon petit doigt me dit qu'autre chose vous trouble, lança-t-elle en lui caressant la tempe. Qu'y a-t-il? Qu'est-ce qui vous rend si malheureux?

Il inspira profondément, bouleversé qu'elle puisse lire aussi facilement dans son cœur.

– J'ai promis à mon père que, lorsque j'hériterais le duché, je ferais tout en mon pouvoir pour honorer l'héritage des Carlisle.

– C'est ce que vous avez fait, affirma-t-elle doucement. Votre père était très fier de vous. Certes, il aimait Robert et Quinn, et Josie a toujours été sa fille chérie, mais *vous*, Sebastian…

Elle lui caressa les deux côtés du visage du bout des doigts.

– Quand il vous regardait, ses yeux brillaient de fierté, et il bombait le torse. S'il pouvait vous voir aujourd'hui, il serait immensément fier du respect que vous avez gagné pour votre famille, de tout le bien que vous avez fait pour les métayers et les villageois, des responsabilités que vous assumez au Parlement pour le bien de l'Angleterre.

Au lieu de le réconforter, ses mots ne firent que réveiller une grande tristesse en lui, une tristesse qu'il combattait depuis la mort de son père et depuis que sa vie avait cessé de lui appartenir.

– Vous ne comprenez pas. Il s'attendait à ce que je fasse preuve d'abnégation en tout, dans chacune de mes décisions, que je fasse passer le duché avant tout, y compris avant mes propres besoins.

– Il ne voulait pas dire avant votre bonheur, contra-t-elle en secouant la tête. Il n'a certainement jamais voulu que le fait de tenir votre promesse vous rende malheureux ni, ajouta-t-elle doucement, la voix brisée par l'émotion, qu'elle vous contraigne à épouser une femme que vous n'aimez pas.

Il lui prit la main et la posa sur son cœur, là où il savait qu'elle pouvait le sentir battre. Et qu'elle arriverait, espérait-il, à apaiser son angoisse.

– C'est possible, reconnut-il amèrement, mais il tenait à la respectabilité. À tout prix.

Les doigts de Miranda se raidirent sous les siens, et il l'entendit inspirer brusquement.

— Tout de suite après qu'il a obtenu le duché, mère est tombée malade, vous vous souvenez ? demanda-t-il doucement.

— Oui.

Elle lui serra la main avec compassion et ce petit geste le réconforta. Mais pas assez pour dissiper l'angoisse que ce souvenir ravivait en lui.

— Quand père est venu m'en avertir, il m'a trouvé avec une femme. Une femme qu'il n'approuvait pas, une femme qu'il estimait indigne de notre famille.

— Projetiez-vous de l'épouser ?

— Non, parce qu'elle était déjà mariée, indiqua-t-il aussi doucement que possible de crainte qu'elle le désavoue.

Il retint sous souffle dans l'attente de sa réponse, mais heureusement, elle ne dit rien, même s'il eut mérité une remarque désobligeante de sa part. Mais, bien sûr, Miranda n'aurait jamais agi ainsi. Elle était toujours gentille, même quand il ne le méritait pas.

Il expira en poussant un long soupir.

— Mère s'est remise, et père et moi avons eu un long entretien sur mes responsabilités envers la famille et notre nom, envers le titre et ses obligations. C'est alors que je lui ai fait cette promesse, mais à l'époque, je n'en comprenais pas encore la portée, ni l'effet qu'elle aurait sur ma vie. J'étais un Carlisle. Je n'allais certainement pas obéir à la raison, pas en ce qui avait trait aux femmes que je fréquentais. J'ai donc repris mes habitudes, mais en veillant à effacer mes traces.

Il referma la main sur celle de Miranda et la serra en murmurant :

— J'ai si bien réussi que la nuit où mon père est tombé de cheval et s'est blessé à la tête, personne n'a pu me trouver. Je m'étais bien caché, cette fois avec une actrice. Que j'avais rencontrée à Covent Garden. Quand je suis rentré à Park Place, père était mort, et je n'avais pas pu lui dire adieu.

— Oh, Sebastian, souffla-t-elle, si attristée pour lui qu'elle en avait du mal à parler.

Elle l'entoura de ses bras et posa la joue sur la sienne. Il sentit ses larmes sur sa joue, mais au lieu d'aggraver sa culpabilité et son angoisse, ses larmes étaient pour lui une absolution, un baume sur la plaie encore ouverte qu'il avait au fond de lui depuis deux ans.

— Sa mort a tout changé. Tout, répéta-t-il gravement après une courte pause.

Les doigts de Miranda se raidirent entre les siens, et il sut qu'elle comprenait ce que cela impliquait. Elle s'adossa lentement et essuya ses larmes de sa main libre.

— C'est pourquoi vous vous croyez obligé d'épouser une femme comme Lady Jane, souffla-t-elle si doucement qu'il peina à l'entendre, mais chaque mot lui transperça le cœur comme si elle avait enfoncé ses ongles dans sa poitrine. À cause de ce qui s'est passé cette nuit-là.

— Je dois à mon père de trouver une duchesse digne de ce nom, l'informa-t-il posément.

— Vous vous devez à vous-même d'être heureux, peu importe qui vous épouserez.

Elle prit une longue inspiration tremblante et ajouta, comme pour les en convaincre tous les deux :

— C'est ce que votre père voudrait.

— Je serai suffisamment heureux.

Son bonheur n'entrait pas en compte. Robert pouvait courtiser et épouser Diana Morgan uniquement parce qu'elle lui plaisait, et Quinn, ne jamais se marier si tel était son bon vouloir. Mais pas lui. Avant même de prendre la décision de se trouver une épouse pendant la présente saison, il avait su que le choix de sa future femme ne lui appartenait pas. Que son bonheur, et moins encore l'amour, ne seraient pas des critères.

— Vous avez choisi Jane Sheridan, à ce que je comprends.

Son murmure n'était pas une question.

Quand elle tenta de retirer sa main, il la serra plus fort, refusant de la lâcher. Pour cette nuit, au moins, elle était à lui.

— Non. J'ai décidé de ne pas l'épouser.

Elle en resta bouche bée.

— Vous avez renoncé à vous marier ?

Il y avait dans sa voix un soupçon d'espoir qui fit plus honte à Sebastian que tout ce qu'elle avait pu lui dire auparavant.

— Non.

Puis, parce qu'il ne voulait qu'il y ait de secrets entre eux, et qu'il lui devait au moins cette marque de respect, il ajouta :

— Je dois toujours me trouver une épouse d'ici la fin de la saison.

Alors, Miranda le perdrait à tout jamais. Il n'en ferait pas sa maîtresse, et après avoir prononcé ses vœux, il ne tromperait jamais sa femme. Il voulait que son mariage soit comme celui de ses parents, fondé sur la loyauté et la fidélité, la confiance et le réconfort, et s'il n'était pas amoureux de sa femme au jour de leurs épousailles, cela viendrait un jour. Mais il épouserait une femme digne de son titre.

Dans ce cas, pourquoi avait-il l'impression d'être sur le point de tout perdre ?

Voyant que Miranda avait l'air déçue, il lui dit :

— Ça suffit, je ne veux plus parler de mariage.

Il lui serra la main.

— Pas ce soir.

Heureusement, une douce lueur de bonheur brillait de nouveau dans ses yeux quand elle le regarda.

— De quoi voulez-vous parler ?

— Eh, si nous *devons* parler, commença-t-il d'un ton taquin en se tournant vers elle, j'aimerais mieux que nous parlions de vous.

— Ce n'est pas un sujet très intéressant. Peut-être devrions-nous plutôt parler de pêche au saumon, ajouta-t-elle pour adoucir cette remarque peu flatteuse.

Il éclata de rire, ravi qu'elle ait donné un tour plus joyeux à leur conversation jusque-là un peu sombre. Il se mit sur les genoux pour que son visage soit à la hauteur du sien et lui effleura la joue de ses jointures.

Elle ferma les yeux sous cette douce caresse, comme si elle était insupportable, et le cœur de Sebastian se serra. Elle était incroyablement sensible à son toucher… Et ses lèvres pleines et roses, si douces… Quand il lui prit le menton pour lui incliner la tête, elles s'entrouvrirent sur un souffle haletant si invitant qu'il ne put résister à l'envie de l'embrasser. Leurs lèvres se touchèrent à peine, dans une caresse si douce qu'elle n'était plus que cela, une caresse, mais dont la pureté lui coupa le souffle.

— Miranda, prononça-t-il d'une voix sourde et rauque, vous êtes la femme la plus intéressante que je connaisse.

Elle ouvrit les yeux et le regarda d'un air dubitatif en se mordant la lèvre, à la fois timide et provocante. Un mélange contradictoire exquis, tout comme la femme.

— Par exemple, poursuivit-il en suivant du doigt l'encolure de sa chemise de nuit, vous avez mis cela pour séduire un homme.

— Je ne l'ai pas mise pour vous séduire, idiot, contra-t-elle en souriant d'une telle absurdité. C'est ce que je porte normalement pour dormir et j'avais tellement hâte de vous voir que je n'ai pas pris le temps de me changer.

Elle haussa l'épaule.

— Comme de toute façon, il était probable que je finisse au lit, pourquoi me serais-je changée ?

Il réprima un sourire. Seule Miranda pouvait faire preuve d'un tel gros bon sens.

— Si vous êtes fatiguée, vous pouvez aller dormir dans l'une des chambres d'amis, proposa-t-il d'un air impassible tout en tentant de deviner quelles étaient ses intentions, ou rentrer chez vous en voiture et aller dormir dans votre propre lit.

Un sourire entendu éclaira brièvement les traits de Miranda, comme si elle s'attendait à cette réponse. Elle ferma les yeux et secoua la tête.

— Étant donné ce que vous m'avez confié ce soir, je comprendrais fort bien que…

Il se pencha vers elle pour l'embrasser.

— Mais pas avant que je vous aie fait l'amour, articula-t-il d'une voix remplie d'un ardent désir en dépit de son ton grave. Plusieurs fois.

Elle leva brusquement les yeux vers lui dans un mélange d'étonnement, d'excitation et de désir.

— Vous me… désirez tout de même ?

La vulnérabilité que trahissait ce souffle faillit briser le cœur de Sebastian. S'il la désirait ? Doux Jésus, elle n'avait aucune idée de ce qu'il éprouvait pour elle. C'était beaucoup plus que du désir, un sentiment qu'il avait du mal à décrire. Un sentiment dont l'intensité le terrifiait.

— Oui, répondit-il en posant la main sur sa joue, qu'il effleura de ses lèvres. Énormément. Et, navré de vous contredire, ajouta-t-il en se reculant pour l'examiner avec sensualité et, du coup, la faire rougir, je vous trouve très séduisante dans cette chemise de nuit.

Il glissa son doigt sur son cou, entre ses seins et sur le bas de son ventre, ce qui la fit tressaillir.

— Parce que je sais combien vous êtes belle sous cette chemise, corps et âme.

Le feu dans la cheminée éclaira les larmes qui brillaient dans les yeux de Miranda, et cette vue transperça la poitrine de Sebastian.

— Je peux donc rester ?

— Si vous le voulez.

— Je le veux, beaucoup, confirma-t-elle en souriant.

Lui aussi. Mais il leur restait une question à régler.

Faisant fi de la jalousie qui lui brûlait les entrailles chaque fois qu'il pensait à Robert et aux sentiments qu'elle avait pour lui, il inspira profondément et lui demanda doucement :

— Je dois savoir une chose.

Il porta la main de Miranda à ses lèvres et lui suça le bout des doigts. Elle avait le goût d'un glaçage à la vanille, une saveur suave et enivrante.

— Vous aimez Robert, mais vous êtes venue à moi. Pourquoi ?

— Je ne suis pas amoureuse de Robert, confessa-t-elle d'une voix douce qui était à peine plus qu'un souffle. Je croyais l'être, mais ce n'était pas de l'amour. Je sais à présent que ce n'était qu'une toquade, une habitude.

— Et moi ?

Elle hésita à lui répondre. Il lui caressa la paume du bout de la langue et elle frémit.

Sa réponse fut d'une telle honnêteté qu'elle le transperça, lui causa une vive et profonde douleur.

– Je ne peux m'en empêcher.

– Moi non plus, murmura-t-il, puis il entreprit de défaire sa tresse.

• • •

Le cœur de Miranda se mit à battre très fort sous le regard ardent qu'il lui lança alors qu'il dénouait le ruban et défaisait lentement sa tresse. Elle ferma les yeux pour mieux savourer la sensation délicieusement érotique de ses doigts jouant dans ses cheveux, glissant dans chaque croisement, jusqu'à ce que sa chevelure retombe en un épais rideau autour de ses épaules.

Il prit l'ourlet de sa chemise de nuit et la remonta lentement le long de son corps pour le livrer à la caresse du feu. Elle leva les bras pour lui faciliter la tâche. Elle resta assise, immobile, afin qu'il puisse admirer à loisir son corps doré par la douce lumière. Une dame convenable aurait sans doute été embarrassée, songea-t-elle, de se laisser ainsi regarder. Mais elle n'était pas une dame. Elle n'était que Miranda. Jamais elle ne serait embarrassée qu'il la regarde ainsi.

– Vous êtes magnifique, murmura-t-il en la caressant sensuellement, depuis ses orteils jusqu'au cou, avant de redescendre lentement.

Il la touchait comme si c'était la première fois, et l'intensité de sa caresse la fit trembler.

— Comment se fait-il que je ne m'en sois pas aperçu avant cette saison? murmura-t-il en flattant du bout des doigts ses bras, le galbe de ses hanches et ses cuisses.

— Vous ne regardiez pas, souffla-t-elle, la peau en feu.

— Eh bien, je vous regarde maintenant, affirma-t-il.

Partout où il la touchait, la peau de Miranda se hérissait, comme par magie. Quand il l'embrassa sur l'épaule, un feu liquide se répandit dans son corps et elle frissonna. La sensation était purement paradisiaque.

Il la lâcha, se mit à genoux devant elle et de ses mains grandes ouvertes, il la caressa jusqu'aux cuisses. Quand il lui écarta doucement les genoux, elle jeta les mains en avant pour les poser sur ses épaules et l'arrêter.

— Que faites-vous? s'écria-t-elle, le ventre soudain serré d'angoisse.

— Je vais vous embrasser, rétorqua-t-il doucement en se penchant pour lui caresser le genou de ses lèvres.

Ciel, il n'avait tout de même pas l'intention de l'embrasser *là*! Elle secoua catégoriquement la tête et posa ses poings serrés sur ses épaules nues. Il n'en était pas question!

— Je ne... Je veux dire, je ne crois pas que vous vouliez..., bafouilla-t-elle d'une voix étranglée par la gêne.

— Mais je le veux, déclara-t-il, en posant les lèvres sur sa cuisse et en remontant lentement plus haut. Vraiment beaucoup. Vous êtes magnifique, Miranda, et je veux vous embrasser partout.

La nervosité la fit frissonner si violemment que tout son corps se raidit. Il posa la tête sur ses cuisses et la regarda.

— Si vous ne voulez pas, je ne le ferai pas, mais...

Ses yeux s'adoucirent de compréhension.

– Pourquoi ne voulez-vous pas, ma chérie ?

– C'est différent de ce que nous avons fait jusqu'à présent, souffla-t-elle.

Elle était sûre que toutes les autres femmes avec qui il avait été savaient comment lui plaire, mais elle ne le savait pas. Sa frustration et sa jalousie mêlées à sa gêne lui brûlèrent les joues.

– Et si je vous décevais ?

– Vous ne me décevrez jamais, riposta-t-il d'une voix étrangement rauque.

Elle le regarda dans les yeux, éperdument désireuse de le croire. Pourtant…

– Je ne sais pas quoi faire.

– Je vais vous montrer.

– Mais vous…

Vous ne passerez jamais une autre nuit comme celle-ci avec moi. Mais elle ne supportait pas de le dire à voix haute. La douleur aurait été intolérable.

– Vous n'êtes guère patient, dit-elle à la place.

Elle ne voulait pas gâcher la nuit en exprimant des vérités qu'il valait mieux ne pas dire. L'aube viendrait bien assez vite le leur rappeler.

– Faites-moi confiance, ma chérie.

Il posa la bouche sur sa cuisse et reprit son cheminement vers ce point qui palpitait au centre d'elle.

– Je suis très…

Il embrassa le haut de sa cuisse…

– Très…

Il suivit de la langue le creux entre sa cuisse et son pelvis.

– Patient.

Ses lèvres trouvèrent son sexe, et elle laissa échapper un soupir. Un frisson de nervosité et d'excitation la parcourut, et elle hoqueta sous ce baiser incroyablement intime qui l'électrisa du bout des cheveux jusqu'au bout des orteils. Ce contact scandaleusement érotique rendait anodin tout ce qu'ils avaient fait auparavant, et elle ne put s'empêcher de se tendre de nervosité.

Mais à mesure que les lèvres de Sebastian continuaient à l'embrasser avec douceur, tous ses doutes se dissipèrent et elle se détendit sous sa bouche avec un long soupir tremblant. Ce qu'il lui faisait était absolument exquis ! À en croire les petits bruits qu'il laissait échapper, lui aussi aimait ça. Énormément.

— Sebastian, chuchota-t-elle.

Ses mains, avec lesquelles elle l'avait retenu, lui pétrissaient à présent les muscles pour l'encourager à poursuivre. Dans tout ce qu'elle avait imaginé qu'un homme et une femme puissent faire ensemble, unir leurs corps pour se donner du plaisir, jamais elle n'avait rêvé d'une chose aussi érotique. Cette nouvelle caresse la faisait trembler de tout son corps, et elle s'affaissa comme une poupée de chiffon dans son fauteuil.

— Vous êtes délicieuse, murmura-t-il contre sa peau entre deux baisers. Délectable. Comme du glaçage sur un gâteau.

— Du glaçage ? répéta-t-il, l'esprit trop embrouillé par l'excitation pour comprendre.

Il la lécha et plongea profondément la langue dans son sexe.

Les hanches de Miranda sursautèrent.

– Sebastian !

Mais il rit doucement et, refusant de mettre un terme à cette douce torture, il lui garda les jambes écartées de ses grandes mains tout en continuant à la lécher en rond. Elle ferma les yeux, et toute son existence se résuma à la chaleur de cette bouche douce contre elle, à cette langue qui allait et venait sur sa peau, de plus en plus profondément dans son sexe, qui tournait sur son sexe, dans son sexe, et la rendait folle.

– C'est… bon, haleta-t-elle. C'est…

À court de mots, elle laissa échapper une plainte sous l'assaut de sa langue qui s'enfonçait en elle et propageait jusqu'au bout de ses doigts et de ses orteils la douleur qui pulsait entre ses cuisses. C'était à mourir de plaisir !

Son désir pour lui la consumait, exacerbé par ces bruits mouillés que faisait sa bouche contre son sexe. Elle n'arrivait pas à retenir ses plaintes de désir et ses gémissements de plaisir, pas alors que son sexe pulsait si fort qu'elle haletait très vite au lieu de respirer, pas alors qu'incapable de rester immobile dans son fauteuil, elle se pressait contre sa bouche. Chaque centimètre de son corps palpitait, électrisé et vivifié.

Les lèvres de Sebastian se posèrent sur le bouton de son sexe blotti entre ses replis, se refermèrent sur lui et le sucèrent…

La sensation la terrassa. Elle hoqueta et perdit le peu de souffle qui lui restait.

Puis, il suça encore, plus longuement et plus fortement, et le plaisir déclenché fut stupéfiant. Le corps de Miranda se tendit instantanément, et elle jouit si violemment qu'elle cria. Impuissante, elle s'affaissa dans son fauteuil ; son corps tressaillait avec chaque pulsation de plaisir qui le traversait.

La joue posée sur la cuisse de Miranda, Sebastian reprit lentement son souffle. Elle eut tout juste la force de lever la main et de lui toucher la joue, remplie de gratitude pour cet amour qu'elle éprouvait pour lui et qui s'épanouissait en elle, qui grandissait jusqu'à la remplir totalement, jusqu'à s'emparer de son âme. Si le fait de se donner à lui ce soir était sa dernière chance de lui montrer combien il comptait pour elle, combien ses sentiments pour lui étaient profonds, alors elle le lui montrerait. Elle n'aurait pu supporter de faire autrement.

— Sebastian, souffla-t-elle doucement en cillant pour refouler ses larmes, faites-moi l'amour.

— Tout ce que vous voulez, ma chérie.

Il la prit dans ses bras, la tira du fauteuil et posa son corps fondant sur le plancher près de lui.

Il l'allongea sur l'épais tapis posé devant la cheminée et s'écarta d'elle le temps de retirer son pantalon. Il la couvrit de son corps nu et lui écarta doucement les jambes. Elle se tendit quand il la pénétra, se souvenant de la douleur de la veille, mais cette fois, son sexe glissa doucement en elle d'une seule poussée. Elle n'éprouva aucune douleur. Uniquement la sensation d'être remplie par sa chaleur et son membre, la sensation de son corps qui se dilatait pour l'accueillir. Cette fois, quand il commença à aller et venir en elle, elle poussa un gémissement et s'abandonna totalement.

— Miranda, grogna-t-il à son oreille tout en veillant à ne pas l'écraser de son poids même si elle l'enveloppait de ses bras et de ses jambes pour le tirer vers elle. C'est si bon… vous ne savez pas à quel point.

Oh, elle le savait, car si c'était pour lui à moitié aussi bon que ce l'était pour elle… *ciel* ! Elle voulait ne plus jamais revenir sur terre.

— Vous êtes si chaude, si serrée, murmura-t-il.

Elle gigota sous lui. Il rit et grogna de plaisir.

— Et si avide.

Elle rit de joie, incapable de se retenir. Sebastian lui faisait l'amour, et elle voulait graver dans sa mémoire chaque détail… l'odeur musquée de leurs deux corps unis, le jeu des muscles puissants de son dos sous ses doigts, les grognements virils qu'il lui soufflait à l'oreille chaque fois qu'il plongeait en elle et faisait tressaillir ses replis autour de son membre épais.

Mais elle en voulait encore plus. Elle voulait qu'il laisse sa marque sur elle, quelque chose qu'elle emporterait bien après l'aube venue.

— Apprenez-moi une chose nouvelle, chuchota-t-elle en lui caressant la joue. Quelque chose de spécial.

Il s'immobilisa et scruta son visage éclairé par le feu de ses yeux bleus assombris par le plaisir.

— Bien, dit-il en lui embrassant la paume. Quelque chose de spécial.

Sans se retirer d'elle, il la serra dans ses bras et roula sur le dos de manière qu'elle soit au-dessus de lui. Surprise par ce mouvement brusque et son membre toujours à l'intérieur d'elle, elle posa les pieds de chaque côté de sa taille.

Elle le regarda, les lèvres arrondies d'étonnement.

Quand elle comprit pourquoi cette position était spéciale, qu'elle leur permettrait de voir le bonheur qu'ils s'apportaient mutuellement, ses lèvres s'incurvèrent dans un sourire. Avec un rire joyeux, elle commença à bouger, d'abord avec de petits balancements de ses hanches qui arrachèrent à Sebastian de sourds gémissements de plaisir. Puis, elle s'enhardit et ses poussées se firent plus fougueuses, et Sebastian dut lui agripper les hanches pour ne pas jouir. Elle replia les jambes sous elle en guise de levier, se leva et se baissa, se mit à aller et venir sur son membre dur, jusqu'à presque le faire sortir d'elle pour aussitôt redescendre et le reprendre entièrement au creux de son sexe chaud.

Prise d'une joie folle, elle rejeta la tête en arrière, posa les mains sur sa poitrine et enfonça les doigts dans ses muscles durs. Quelle position exquise ! Le battement de son cœur sous ses doigts, les pulsations de sa verge entre ses jambes ; tout ça lui donnait le goût d'être sensuelle, érotique, audacieuse pour lui. Il n'y avait plus d'hésitation maintenant, seulement la liberté de l'exciter avec son corps et d'être excitée en retour, d'attiser leur jouissance sans la laisser éclater.

Il s'appuya sur les coudes et souleva le dos jusqu'à ce qu'il puisse l'embrasser.

— Jouissez, ma chérie, souffla-t-il d'une voix ardente sans cesser de remuer les hanches sous elle. Je veux vous voir jouir.

Ses mots la pénétrèrent tels mille doigts en flamme qui l'embrasèrent. Avec un cri de désir vorace, elle se mit à remuer avec fureur. Chaque poussée trahissait son plaisir et son avidité, son besoin et sa faim, et elle galopait de toutes ses forces vers l'orgasme…

Elle vola en éclats. La tête rejetée en arrière, elle jouit en criant son nom, puis elle gémit quand il la pénétra profondément et se frotta contre elle pour prolonger son orgasme. Tous les replis de son sexe se contractèrent autour de celui de Sebastian toujours en érection, le pompèrent pour en tirer le maximum de plaisir.

Il la pénétra si puissamment qu'il la souleva de terre. Elle s'agrippa à lui, désireuse d'unir son âme à la sienne, de lui montrer combien elle l'aimait. Elle jouit une seconde fois, laissa échapper un second cri de capitulation. Elle l'entraîna dans son orgasme, et il se retira de sa chaleur pour jouir un battement de cœur après elle.

Il se laissa retomber sur le tapis et elle s'affaissa sur sa poitrine, épuisée et comblée. Pendant un moment, elle fut incapable de respirer, non pas à cause de son épuisement, mais en raison des émotions qui se bousculaient en elle. Qui l'engloutissaient, la faisaient tournoyer dans l'espace et faisaient battre son cœur de manière incontrôlable...

Quand elle eut retrouvé son souffle et qu'elle ouvrit les yeux, elle était sur le dos et Sebastian était allongé sur elle, comme si lui non plus ne voulait pas que ça se termine. Les doigts emmêlés aux siens, il lui tenait les bras écartés loin du corps et la clouait au sol sous lui. Il la regardait. Ses yeux brillaient dans la pénombre et il entrouvrit les lèvres, comme pour lui dire quelque chose, mais sans trouver les mots.

Pendant un long moment, ils restèrent ainsi, dans un silence uniquement rompu par les battements de leur cœur qui se faisaient écho.

Puis, elle éclata en sanglots.

— Oh, mon dieu, Miranda, murmura-t-il en roulant sur le côté.

Il la tourna vers lui, lui prit le visage entre ses mains, et la regarda pleurer doucement d'un air soucieux. Il se faisait des reproches, ça se voyait.

— Je vous ai fait mal.

Il l'embrassa tendrement sur les lèvres et sur les joues, comme s'il avait voulu prendre sa peine à sa place.

— Je suis désolé...

— Vous ne m'avez pas fait mal.

Elle ferma les yeux, mais ses larmes continuèrent de couler. Elle n'arrivait plus à maîtriser le torrent d'émotions qui la submergeait. Son cœur n'était pas préparé à lui, à ce bonheur infini que sa présence lui apportait. Ni à la terrible angoisse.

— Vous êtes merveilleux.

Il essuya ses larmes avec des baisers, mais la détresse de Miranda n'en demeura pas moins palpable.

— Qu'y a-t-il alors ? Dites-moi.

Elle secoua la tête, embarrassée et rougissante.

— Je suis sotte, c'est tout, murmura-t-elle.

Elle se blottit contre son épaule pour lui cacher son visage de crainte qu'il découvre la vérité… qu'il voie qu'elle l'aimait même si elle savait que lui ne l'aimerait jamais.

— Je ne m'attendais pas à cela.

— Vous êtes certaine qu'il n'y a pas autre chose ? la pressa-t-il d'une voix lourde d'inquiétude en l'enveloppant de ses bras et en l'attirant vers lui d'un geste protecteur. Vous tremblez.

— J'ai froid, mentit-elle, incapable de lui dire la vérité.

Alors même que son odeur d'homme imprégnait son corps, que le plaisir qu'il lui avait donné s'attardait en elle, elle n'arrivait pas à le lui dire.

— Que puis-je faire ?

Il lui caressa le front de ses lèvres chaudes avec une telle tendresse qu'elle sentit de nouvelles larmes lui monter aux yeux.

Elle lui toucha la joue en s'efforçant d'ignorer le désespoir insoutenable qui lui griffait le cœur.

– Me mettre au lit? Je serai au chaud sous les couvertures.

Il la prit dans ses bras et la souleva du sol.

– Vous ne partirez pas, cette nuit, lui intima-t-il gentiment mais fermement en la portant jusqu'à la chambre. Vous resterez toute la nuit, cette fois. C'est entendu?

– Je ne peux pas, chuchota-t-elle avec regret en posant sa joue sur l'épaule de Sebastian. Je dois retourner à Audley House avant qu'on se réveille et qu'on remarque que je ne suis pas là.

– Vous aurez amplement le temps de rentrer chez vous, murmura-t-il d'un ton possessif contre la tempe de Miranda. Mais je veux accueillir l'aube en vous tenant dans mes bras, Rose.

Rose. Le cœur de Miranda se gonfla d'amour. Cette fois, il n'avait pas employé son surnom pour la taquiner ou pour la séduire, mais par affection, ce qui fit battre son cœur si fort qu'elle en eut mal à la poitrine.

Elle hocha la tête contre son épaule. Elle ne voulait pas le laisser. Ni ce soir, ni demain…

Tout en repoussant le couvre-lit d'une main, il la déposa sur le lit. Il se pencha vers elle et l'embrassa en lui mordillant le coin de la bouche pour lui faire comprendre que leur nuit de plaisir était loin d'être achevée.

– Sebastian? souffla-t-elle timidement.

– Hum?

Il se mit au lit, tira le couvre-lit sur eux et s'installa derrière elle, le nez dans son cou, la poitrine contre son dos, son grand corps l'enveloppant de sa chaleur et de sa force.

– Vous devriez être heureux.

– Je le suis, murmura-t-il en lui flattant la hanche d'une main possessive. Très heureux.

— Non, je veux dire…

Elle inspira profondément et lâcha dans un murmure :

— Je vous aime, et je veux que vous soyez heureux.

Elle le sentit se raidir contre elle, même s'il ne bougea pas. Il garda les bras autour d'elle, les lèvres sur sa nuque, mais elle le connaissait si bien qu'elle sentit le changement dans son corps.

— Je ne m'attends pas à ce que vous ayez les mêmes sentiments à mon égard, murmura-t-elle en espérant que si elle continuait à parler son silence ne lui briserait pas le cœur. Je sais bien que non, mais…

Sa voix s'étrangla.

Il la retourna lentement sur le dos afin de la regarder. Dans la pénombre, son expression était impénétrable, mais ses yeux brillaient autant que les braises dans la cheminée. Pendant un trop long et pénible moment, ni l'un ni l'autre ne bougea, et le seul bruit qu'entendait Miranda était le battement de son cœur dans sa poitrine et celui du sang dans ses oreilles. Elle retint son souffle. Elle avait commis une terrible erreur. Quelle sotte elle avait été de lui dire…

Puis, il pencha la tête et l'embrassa si tendrement, avec une telle affection et une telle douceur qu'elle en trembla. Il ne l'avait jamais embrassée ainsi, et son pauvre cœur ne savait plus s'il devait bondir de joie ou se briser à jamais.

— Personne n'a jamais… pas une seule fois…, murmura-t-il contre sa bouche.

Elle sentit sa surprise sur ses lèvres.

Il releva la tête juste assez pour lui caresser affectueusement la lèvre du bout des doigts, comme s'il n'osait pas croire qu'elle venait de prononcer ces mots. Puis, il lui sourit, avec une joie si pure, si enfantine, que l'inquiétude de Miranda céda la place à un sentiment plus chaleureux. À l'espoir.

Il lui prit le visage dans sa main en coupe et frotta sensuellement sa bouche contre la sienne.

— *Vous* me rendez heureux, ma Rose chérie.

Le cœur de Miranda se dilata, cette fois parce qu'elle savait ne plus devoir craindre de passer après Lady Jane ni aucune autre femme figurant sur sa liste. Elle pouvait désormais l'aimer, librement, ouvertement ; il finirait par comprendre qu'elle serait pour lui une épouse aussi convenable que n'importe quelle fille de bonne famille. Meilleure, en fait ; parce qu'elle l'aimait, *lui,* l'homme derrière le titre.

— Vous ne savez à quel point vous êtes exceptionnelle, n'est-ce pas ? émit-il tout en continuant à la flatter avec amour. Pour moi, vous êtes unique, Miranda, plus que vous le croyez.

Pendant qu'il l'embrassait et la caressait, elle ferma les yeux sur de nouvelles larmes. Son cœur débordait tellement d'amour pour lui qu'il brûlait à la fois d'un plaisir et d'une douleur qui menaçaient de la consumer tout entière.

— Montrez-le-moi, alors, chuchota-t-elle.

Il murmura son nom et se pencha sur elle pour lui faire l'amour. Autour d'eux, l'univers s'effaça jusqu'à ce qu'il ne reste plus qu'eux. Leurs deux cœurs qui battaient à l'unisson proclamèrent la joie de Miranda comme le tambour d'un héraut, et elle s'agrippa à lui, refusant de le laisser partir.

CHAPITRE 14

Sebastian ouvrit les yeux et sourit. Miranda était toujours dans son lit.

Le soleil du matin éclairait à peine la chambre derrière les rideaux fermés, assez cependant pour lui permettre de voir son corps nu à côté de lui. Miranda, allongée sur le flanc, lui tournait le dos et ses cheveux d'or vénitien semblables à de la soie couvraient l'oreiller. La pauvre était épuisée, et c'était sa faute, parce qu'il l'avait réveillée au beau milieu de la nuit pour qu'ils recommencent ce quelque chose de spécial qu'il lui avait enseigné. Grâce au ciel, cette fois, il n'y avait pas eu de larmes, uniquement des cris de passion. Il ne croyait pas être capable de supporter qu'elle sanglote une seconde fois dans ses bras.

Il sourit contre sa tempe. La nuit dernière avait été faite pour lui d'une succession de surprises, depuis l'instant où il l'avait trouvée dans sa chambre en rentrant jusqu'à sa façon posée de lui avouer son amour pour lui.

Elle *l'aimait*... Dieu du ciel. Il n'arrivait toujours pas à y croire. Non seulement le lui avait-elle dit, mais il l'avait senti dans ses baisers et dans sa façon de se montrer vulnérable avec lui. Aucune femme ne le lui avait dit avant, ni ne lui avait fait l'amour avec autant d'affection et de passion.

Mais il fallait dire qu'aucune autre femme n'était comme Miranda.

Il ne savait pas ce qu'il allait faire d'elle ni de ses propres sentiments grandissants pour elle. Égoïstement, il ne voulait pas songer à l'avenir. En ce moment, avec elle qui dormait à côté de lui, toute chaude et délicieusement épuisée, avec son grisant parfum de rose et celui musqué de l'amour, il était en paix. Il était heureux, plus heureux qu'il l'avait jamais été. Il ne voulait pas savoir que le monde continuait de tourner de l'autre côté de la porte.

Elle s'étira dans son sommeil et se rapprocha de lui jusqu'à ce que son derrière soit blotti contre ses hanches. Il l'enlaça et sourit dans ses cheveux comme elle se réveillait en poussant un long et doux soupir.

— Sebastian, murmura-t-elle en roulant sur le dos, le corps encore chaud et doux de sommeil.

— Bonjour, Rose, murmura-t-il.

Il se déplaça au-dessus d'elle et en fut récompensé par le charmant spectacle de ses adorables seins caressés par la lumière du matin. Il pencha la tête et posa un baiser sur son mamelon rose.

— Oui, souffla-t-elle, bonjour.

Les yeux toujours fermés, réveillée mais dérivant à la limite du sommeil, elle laissa échapper un autre soupir et arqua les reins vers lui.

— Un *très* bon jour…

Il gloussa doucement. Incapable de se priver de ce petit plaisir qu'elle lui offrait sans pudeur, il prit son mamelon entre ses lèvres et le suça doucement. Il ferma les yeux et savoura ce moment de quiétude où elle était toute à lui.

Son corps émergea du sommeil jusqu'à ce qu'elle soit excitée et légèrement haletante. Si le fait que le bout de son sein durcisse contre sa langue était une indication, elle avait très envie qu'il la pénètre. Bien. Parce qu'il projetait de lui faire encore l'amour avant qu'elle ne quitte son lit.

Un peu à contrecœur, il cessa de l'embrasser, leva la tête et murmura son nom. Elle ouvrit les yeux en cillant, et le bonheur qu'il vit dans leur iris d'un vert profond lui coupa le souffle.

Oui, elle l'aimait. S'il n'y prenait garde, il finirait par l'aimer à son tour.

Elle lui caressa la joue du bout des doigts.

— Vous vous réveillez souvent de cette façon le matin ?

— Non, dit-il en posant ses lèvres sur les siennes et en souriant. Mais quand je suis avec vous, c'est celle que je préfère.

— Mais vous ne vous êtes jamais réveillé avec moi.

Pour la taquiner, il lui répéta ce qu'elle lui avait dit à l'opéra.

— C'est pourquoi c'est celle que je préfère.

Miranda éclata d'un rire joyeux, puis elle se mordit la lèvre d'un air à la fois timide et provocant qui fit battre le cœur de Sebastian.

— La mienne aussi.

Elle glissa la main derrière le cou de Sebastian et lui caressa les cheveux tout en tournant la tête pour regarder par la fenêtre.

— Le soleil est levé, murmura-t-elle.

Ses traits perdirent leur expression de bonheur, et cette absence atteignit Sebastian en pleine poitrine.

– Je devrais être partie depuis longtemps.

Il lui mordilla la gorge pour la distraire et sentit aussitôt son pouls battre plus vite sous ses lèvres. Diable, cette femme était insatiable, mais il l'était également avec elle.

– Je vous raccompagnerai chez vous plus tard.

Déjà, son esprit s'affairait à trouver le moyen de la garder au lit avec lui pour le reste de la journée.

Elle arqua un sourcil dubitatif.

– Comment expliquerez-vous à votre mère que je ne sois pas à Audley House quand elle me réclamera ?

Il pencha la tête pour lui embrasser une fois de plus les seins.

– Nous lui dirons que son fils aîné est un incorrigible débauché…

Il prit son mamelon dans sa bouche et le mordilla jusqu'à ce qu'un délicieux frémissement d'excitation la parcoure.

– Qui vous a enchaînée nue à son lit toute la nuit et vous a fait l'amour encore et encore jusqu'à ce que vous lui demandiez grâce.

– Bref, répondit-elle sans broncher, vous lui direz la vérité.

Il rit et effleura son sein de la joue, heureux de sentir sa barbe matinale érafler sa peau douce. Il ne se rappelait pas la dernière fois qu'il avait autant ri au lit avec une femme ; si même cela s'était produit. Elle ne cessait de le surprendre…

La porte s'ouvrit toute grande. Quinton entra d'un pas vif dans la chambre.

– Je pense aller chez Tattersall's aujourd'hui et…

Il s'arrêta, le regard fixe.

– Seigneur, veuillez me pardonner ! Je croyais que tu serais seul à cette heure. Je vais…

Il fit demi-tour et marcha vers la porte, puis il s'arrêta brusquement. Regarda en arrière. La stupéfaction altéra ses traits.

— Miranda ?

Elle poussa un petit cri offusqué et tira le couvre-lit sur sa tête.

— Sors ! lui ordonna Sebastian, pris d'une colère glacée.

— Mais… mais…, bégaya Quinn, le regard incrédule. *Miranda ?*

— Dehors !

La porte claqua, et Sebastian inspira profondément pour reprendre son sang-froid. Très inquiet pour Miranda, il repoussa lentement le couvre-lit et vit qu'elle avait les mains sur la figure. Elle tremblait violemment.

— Tout ira bien, prononça-t-il d'un ton aussi rassurant que possible. Ce n'est que Quinn. Je vais m'en occuper.

— Qu'allez-vous faire ?

Sa voix sortit d'entre ses doigts en un souffle affolé, et Sebastian en eut le cœur serré. Elle était à ce point humiliée qu'elle n'arrivait pas à ouvrir les yeux et à le regarder.

— Je vais tout lui expliquer et lui faire promettre le secret.

Si ce plan échouait, il l'assassinerait et jetterait son corps dans la Tamise.

— C'est Quinn. Il ne vous ferait de mal pour rien au monde.

— C'est Quinn ! lança-t-elle avec exaspération, car elle connaissait son frère aussi bien que lui. Depuis quand est-il capable de garder un secret ?

— Depuis maintenant, répondit-il avec conviction. Restez là. Je reviens tout de suite.

Il sortit du lit et mit prestement son pantalon. Quand il se tourna pour la regarder tout en se dirigeant vers la porte, elle avait remis le couvre-lit sur sa tête. De la voir ainsi lui arracha le cœur parce qu'il sentait son chagrin et son humiliation. Ce qui eut pour effet d'attiser sa colère comme il s'élançait derrière son frère.

– Quinton ! beugla-t-il tout en dévalant l'escalier.

Il trouva son frère dans l'entrée, prêt à s'esquiver en douce. Il l'attrapa par le bras et le plaqua contre le mur. Il bouillait de colère… contre Quinton qui était entré dans sa chambre et les avait découverts, contre lui-même qui, trop envoûté par Miranda, avait négligé de verrouiller la porte.

– Tu n'as rien vu, lança-t-il d'une voix menaçante entre ses dents en l'agrippant par la cravate.

– Mais Seb… *Miranda* ? répliqua Quinn avec incrédulité en cillant de perplexité et d'étonnement. Depuis quand… Je veux dire… Quand…

Il bredouillait tant il était sous le choc.

– Bonté divine ! On a grandi ensemble. Elle a joué dans notre chambre d'enfants jusqu'à l'âge de douze ans.

– Elle n'a plus douze ans, cracha Sebastian.

Bon sang ! Ses frères étaient-ils à ce point incapables de voir qu'elle était devenue une femme ?

Quinn haussa le sourcil.

– À l'évidence.

Sebastian le serra plus fort par le col.

– Ça ne te regarde pas, et elle ne mérite pas d'être déshonorée. Si tu en parles à qui que ce soit, si jamais mère ou Josie l'apprennent, je te jure, Quinton, que je vais te pendre entre deux arbres à Hyde Park et…

— Je ne leur dirai rien, promit Quinton, et Sebastian le lâcha. Seigneur, Seb, je ne dirai rien qui puisse lui faire du mal. Ni à toi. Tu le sais bien.

Quinn secoua les épaules et tira sur sa cravate en laissant échapper un soupir exaspéré à l'idée que Sebastian puisse avoir une aussi piètre opinion de lui.

— J'ai de l'affection pour Miranda.

Sebastian respira avec effort et se rendant compte des sentiments qu'il ressentait pour elle, il baissa les épaules.

— Moi aussi.

Quinton sourit.

— À l'évidence.

Sebastian grogna et le repoussa contre le mur.

— Elle n'est jamais venue ici, et tu n'as rien vu, articula-t-il lentement en détachant chaque mot en guise de mise en garde glaciale. T'as compris ?

— Elle n'est jamais venue ici, répéta gravement Quinn, sachant qu'il valait mieux ne pas provoquer Sebastian s'il tenait à la vie. Et je n'ai rien vu.

Sebastian se recula, respira profondément pour se calmer et trouver ce qu'il allait dire à Miranda à son retour dans la chambre. Bon sang, elle devait être profondément mortifiée. Et terrifiée à l'idée d'être déshonorée. Qu'on la découvre ainsi…

Robert sortit de la salle du petit-déjeuner et donna un coup de coude dans les côtes de Quinn.

— Qu'est-ce que tu n'as pas vu ?

— Que Sebastian couche avec Miranda, répondit aussitôt Quinn.

Robert cligna des yeux d'un air perplexe.

– Hodgkins ?

Sebastian regarda tour à tour ses frères d'un air furieux en se demandant lequel il allait tuer en premier.

– Pas un mot, vous avez compris ? ordonna-t-il d'une voix lourde de menace, en serrant et en desserrant les poings, pas tout à fait calmé encore. Tous les deux ! Vous n'en glissez pas un mot à quiconque.

– *Hodgkins ?* répéta Robert, abasourdi.

Sebastian leva les yeux au ciel. Il n'avait jamais autant souhaité être enfant unique.

– C'est une femme bonne et gentille qui ne mérite pas de souffrir à cause de moi. Sa seule erreur est de m'avoir fait confiance alors que j'ai deux frères comme vous.

Ils s'étaient si souvent couverts mutuellement dans le passé pour des histoires de femmes. Sebastian pria le ciel de pouvoir compter sur le fait qu'ils le protégeraient une dernière fois. Et elle aussi. Mais pour s'en assurer, il frappa sèchement Quinn sur l'épaule, et son frère retourna sagement se coller le dos au mur.

– Pas un mot. À personne. Si jamais on lui fait du mal à cause de vous…

– Je croyais que tu te cherchais une épouse, l'interrompit Robert, toujours abasourdi.

– C'est le cas.

Une douleur aiguë transperça la poitrine de Sebastian lorsqu'il prononça ces mots ; il ne s'attendait pas à ce que l'idée de trahir Miranda lui fasse aussi mal.

– Rien n'a changé de ce côté.

Robert fronça les sourcils.

– Si je comprends bien, tu n'épouseras pas Miranda ?

Quinn sourit.

— Mère va s'évanouir en apprenant cela !

— Elle n'en saura rien, vous avez compris ?

Sebastian se passa la main sur la figure comme s'il pourrait ainsi effacer les émotions qui le bouleversaient. Ou la culpabilité qui menaçait de le réduire en cendres. Le poids du duché lui retomba brutalement dessus, et ses épaules s'affaissèrent sous ce terrible fardeau. Un fardeau encore plus lourd qu'avant, parce que la nuit dernière, pendant quelques heures précieuses, il avait goûté au bonheur, et il savait à présent combien sa vie serait vide sans elle.

Robert secoua la tête, visiblement soucieux pour Miranda.

— Mais Miranda…

— Je ne vais pas épouser Miranda, grogna-t-il.

Sa colère refaisait surface à mesure que sa culpabilité cédait le pas à un déchirement innommable et à une exaspération accablante. Ces deux-là ne pouvaient-ils pas cesser de parler de Miranda et de mariage ?

— Miranda le sait-elle ? demanda Quinn d'une voix pressante.

— Ça ne vous regarde pas, gronda-t-il.

Le dépit que lui faisait ressentir l'inquiétude de Quinn s'ajoutait à boule d'émotions déjà grosse qui l'empêchait de respirer.

— Et vous allez oublier ça, vous deux, dit-il en lançant un regard assassin à Robert et à Quinn. Je vais épouser la fille d'un pair, tout comme j'en avais l'intention. Miranda n'a rien à voir avec cette décision. Ça n'a jamais été le cas, ni ne le sera jamais, peu importe ce qui s'est passé entre nous.

Peu importe qu'elle le rende heureux. Ou qu'elle l'aime, plus profondément que toute autre femme l'ait aimé. Ou qu'il n'ait jamais ressenti une paix et un réconfort comparables à ceux qu'il avait ressentis dans ses bras.

Elle était la nièce orpheline de l'un de ses métayers. À vrai dire, son statut social n'était guère supérieur à celui d'une serveuse, d'une fille travaillant dans une boutique, d'une couturière… Son père ne l'aurait jamais acceptée à titre de duchesse.

Il répéta, plus pour s'en convaincre que pour en convaincre ses frères :

— Jamais.

— Miranda le sait-elle ? répéta Quinn, ce qui eut l'heur d'agacer Sebastian.

Robert répondit d'un air grave en montrant de la tête l'escalier.

— À présent, oui.

Sebastian se retourna et aperçut Miranda, debout en haut de l'escalier. Elle portait le manteau de cocher qu'elle avait revêtu l'avant-veille et qui la couvrait du cou jusqu'aux chevilles. Mais ses cheveux, qui retombaient autour de ses épaules en une cascade de boucles d'or rose, rappelèrent à Sebastian comment elle était au matin, quand il l'avait réveillée, si douce, si amoureuse. Si heureuse.

Sa poitrine se déchira en voyant le terrible chagrin qui altérait ses traits. Même à deux étages de distance, il pouvait voir ses yeux verts brillants de larmes de douleur tandis qu'elle le regardait. Le sentiment de trahison qu'exprimait son visage l'anéantit.

— Miranda, prononça-t-il d'une voix rauque de regret, je ne voulais pas dire…

Elle tourna les talons et s'enfuit dans le couloir.

Les entrailles révulsées par le remords, Sebastian monta précipitamment l'escalier et la trouva dans son boudoir. De ses mains tremblantes, elle était en train de nouer ses cheveux avec le ruban vert qu'il lui avait retiré la veille. Elle avait les joues ruisselantes de larmes et elle tournait la tête pour ne pas lui montrer son angoisse. Le cœur brisé, Sebastian la regarda tenter de se ressaisir avant de partir. De le quitter.

— Miranda, l'implora-t-il.

Il traversa le boudoir et alla poser les mains sur ses épaules. Son chagrin lui déchirait le cœur.

— Je vous en prie, écoutez…

Elle se libéra d'un mouvement brusque et s'éloigna de lui jusqu'à ce que la moitié de la pièce les sépare. Il comprit d'instinct qu'il ne devait pas la suivre.

— Vous avez dit que j'étais unique, souffla-t-elle d'une voix assourdie par les larmes alors même qu'il savait mériter des cris et des reproches. Je sais que ce n'est pas de l'amour, mais…

Elle ravala un sanglot et ce bruit ténu atteignit Sebastian comme un poignard.

— Je n'ai jamais pensé que c'était ce que vous vouliez dire.

Le ton accusateur de sa voix le fit chanceler.

— Ce ne l'était pas.

Elle se retourna vers lui, les yeux brillants de larmes et de colère.

— Qu'est-ce qui ne l'était pas, Sebastian ? lui jeta-t-elle. Le fond ou la forme ?

Il la regarda dans les yeux en se sentant coupable de retourner la peine qu'il voyait dans leur profondeur orageuse et en se détestant d'en être la cause. Il se passa rageusement la main dans les cheveux pour s'empêcher de la tendre vers elle.

— Que voulez-vous de moi, Miranda ?

Ses épaules s'affaissèrent d'impuissance sous le poids insupportable de sa vie. De son amour à elle.

— Quoi que ce soit, je ne peux pas vous le donner.

Rien n'avait changé pour lui, peu importait combien il aimait être avec elle. Peu importait combien il était en paix dans ses bras ou combien ses sourires rieurs le mettaient en joie. Il était toujours duc, et il ne serait jamais libre d'épouser qui il voulait.

— Je vous veux *vous*, Sebastian, prononça-t-elle dans un murmure à fendre l'âme.

Ses mots le transpercèrent tout en lui causant un tel plaisir et une telle souffrance qu'il en perdit le souffle. À cet instant, il vit tout l'amour et tout le bonheur que le sort agitait sous son nez sous la forme de cette femme pleine d'entrain, aux boucles d'or rose en pagaille et au nez couvert de taches de rousseur ; pour les lui enlever aussitôt. Pareil déchirement était insoutenable.

— Je ne peux pas vous le donner, répéta-t-il d'une voix étranglée.

— Même maintenant ? murmura-t-elle d'une voix triste à briser le cœur le plus dur. Même après cette nuit et ce que nous avons vécu ensemble ?

— Même maintenant, répondit-il calmement en se maudissant.

Elle chancela aussi fortement que s'il l'avait frappée, et ce qui restait de cœur à Sebastian s'effrita en lambeaux.

— Mais vous n'épouserez pas Lady Jane, murmura-t-elle en cillant pour refouler ses larmes. Vous m'avez dit cette nuit que vous…

Sa voix se brisa. Elle venait de comprendre. Sebastian, qui l'observait, vit son goût de se battre la déserter, emportant l'énergie et la vivacité qu'il aimait tant. Elle se transforma sous ses yeux ; la femme magnifique prête à vivre pleinement tout ce que la vie lui offrait devint l'ombre terne d'elle-même. Jamais n'avait-il détesté le duché, et lui-même, autant qu'à cet instant.

— Ce n'est pas que vous préfériez Lady Jane, murmura-t-elle d'une voix presque inaudible, mais dont chaque mot s'enfonça comme une dague dans le cœur de Sebastian. C'est seulement que vous ne vouliez pas de *moi*.

— Ce n'est pas ça, cracha-t-il du fond de sa peine et de son propre mécontentement, et vous le savez fort bien.

Par l'enfer ! Ne comprenait-elle pas combien il se trouvait dans une position délicate ? Que voulait-elle qu'il fasse ? Qu'il jette aux orties ses obligations envers sa famille pour épouser par pur égoïsme la femme qu'il désirait au lieu de celle qui servirait au mieux les intérêts du duché ? N'était-ce pas déjà assez pénible qu'il doive se sentir à jamais coupable de ne pas s'être trouvé aux côtés de son père agonisant ? Voulait-elle que sa pensée le hante, lui rappelle constamment le bonheur et l'amour qu'il perdrait en même temps qu'elle ?

Il avait autrefois fait passer une femme avant sa famille, et il avait perdu sa dernière chance de parler à son père. Plus *jamais* il ne ferait passer une femme avant sa famille. Peu importe combien il l'aimait.

— Je vous épouserais si je le pouvais, Miranda.

Cet aveu le jeta dans un désarroi si intense qu'il en grimaça.

— Je vous donnerais volontiers un foyer et une famille et passerais le reste de mes jours à vous choyer. Mais je n'ai pas cette liberté, et vous le savez. Avant même que nous ne partions d'Islingham, vous saviez que je devais me trouver non seulement une épouse, mais une duchesse.

— Mais vous devez épouser une femme avec qui vous serez heureux, chuchota-t-elle à travers ses larmes. C'est ce que je souhaite le plus au monde, vous rendre heureux.

Sa voix s'étrangla et sa phrase se termina sur un sanglot.

— Vous n'êtes pas responsable de mon bonheur, Miranda. Personne ne l'est.

Il avait parlé d'une voix aussi douce que possible pour amoindrir la dureté de ses propos, mais il fallait qu'il lui fasse comprendre combien ses sentiments pour lui étaient vains, même s'ils étaient bien intentionnés.

— Vous voulez aider les gens, et c'est très altruiste et louable. Mais vous ne pouvez pas sauver tout le monde, tout comme vous n'auriez pas pu sauver vos parents. Vous ne pouvez pas sauver certains d'entre nous, et vous devez renoncer à eux.

Il fit une pause en la regardant dans les yeux tandis que cette douloureuse vérité altérait les traits de Miranda.

— Vous devez renoncer à *moi.*

Elle le regarda comme si elle le voyait pour la première fois, et il vit ses derniers espoirs l'abandonner. Puis, elle baissa ses yeux pleins de larmes, incapable de soutenir son regard une seconde de plus, et elle essuya de la main ses joues ruisselantes de larmes. La douleur qu'il ressentait était insoutenable. Ciel, ce qu'il détestait la voir pleurer ! À chacune de ses larmes, quelque chose se déchirait en lui, jusqu'à ce qu'il n'en reste plus rien.

— Vous ne pouvez pas passer le reste de vos jours à racheter la mort de vos parents.

— Vous non plus, souffla-t-elle.

Par ces mots pourtant dits d'une voix douce, elle lui creva le cœur et le blessa plus durement qu'il l'aurait cru possible.

Puis, avec un petit cri de détresse et d'exaspération et sans plus se donner la peine d'essuyer ses larmes, elle attrapa ses lunettes sur le manteau de la cheminée et les mit dans sa poche tout en marchant très vite vers la porte.

Incapable de se retenir, il s'élança derrière elle.

— Miranda, attendez. Je vous en prie !

Elle se retourna pour le regarder, son beau visage ravagé par la colère et le chagrin. La férocité de son regard le cloua sur place.

— Je sais pourquoi je suis venue ici, pourquoi je me suis donnée à vous. Je voulais être avec *vous*, Sebastian. Parce que j'aime être avec vous, et pour aucune autre raison. À un certain moment, entre les baisers et les taquineries, et malgré toutes vos mises en garde… je suis tombée amoureuse de vous, admit-elle calmement, les poings serrés de chaque côté d'elle. Vous saviez qui j'étais. Nous ne portions pas de masques cette fois. Alors, demandez-vous donc, puisque je suis aussi peu faite pour vous, pourquoi *vous*, vous êtes-vous donné à *moi* ?

Puis, elle s'en alla.

Il s'élança dans le couloir, mais vit que la porte de l'escalier de service était ouverte. Il était inutile de la suivre. Elle serait déjà loin quand il arriverait au rez-de-chaussée. Elle devait avoir fini de descendre l'escalier, être sortie dans le jardin et courir vers Audley House aussi vite qu'elle le pouvait. De toute façon, qu'aurait-il pu lui dire pour la consoler de la peine qu'il venait de lui infliger ?

En jurant contre lui-même, contre ses frères, contre elle (contre tout ce qui les avait mis dans cette situation impossible), il se précipita dans sa chambre. Là, il laissa la colère l'envahir, remplir ce trou béant dans sa poitrine, le trou où s'était trouvé son cœur, parce qu'il savait que faire de la colère. Alors qu'il ne savait que faire de l'amour.

Il s'arrêta et regarda autour de lui, frappé par le fait que sa chambre était fort différente de ce qu'elle était quelques minutes avant, quand ils étaient encore heureux, qu'elle reposait en sécurité dans ses bras. Son absence la remplissait tout entière, impression accentuée par le silence et le vide qui régnaient dans la maison quand elle n'était pas là. C'était d'autant plus affreux que rien n'indiquait qu'elle avait été dans la chambre, qu'elle lui avait avoué son amour pour lui. Même sa chemise de nuit avait disparu. Il ne restait d'elle que son parfum d'eau de rose et son maudit livre.

Avec un juron amer, il prit le livre sur le plancher et le jeta sur le fauteuil. Il s'ouvrit, et un bout de papier aplati jaillit d'entre ses pages. Son cœur cessa de battre. C'était la rose de papier mâché qu'il lui avait donnée à Vauxhall.

Il la regarda fixement, le souffle coupé par la douleur glacée qui lui serrait la poitrine comme un poing et qui menaçait d'anéantir la dernière parcelle de vie encore enfouie au plus profond de lui.

Cette fautrice de trouble exaspérante, embêtante était amoureuse de lui et voulait passer sa vie à le rendre heureux et lui, de son côté, aurait tout donné pour la laisser faire.

Il n'y pouvait rien.

• • •

– Où est Miranda ? demanda l'après-midi même Sebastian en entrant à grands pas dans le salon d'Audley House où sa sœur, Josephine, regardait par la fenêtre.

Ils n'avaient plus rien à se dire, Miranda et lui, mais il tenait à la voir pour s'assurer que sa réputation était toujours intacte. C'était du moins ce qu'il se racontait. La vérité était qu'elle lui manquait déjà et qu'il voulait vérifier qu'elle allait bien, tout en se détestant lui-même de lui avoir fait autant de peine.

Josephine se retourna pour le saluer, et il l'embrassa sur la joue.

– Il semble bien que ce soit la question du jour, marmonna-t-elle, soucieuse.

– Que veux-tu dire ?

Le cœur de Sebastian s'affola. Impossible qu'ils sachent déjà ce qui s'était passé entre eux. Sauf si Miranda elle-même… *Bonté divine.* Les pires possibilités lui traversèrent l'esprit.

– Où est-elle ?

Il balaya le salon du regard.

– Où est mère ?

– Mère est avec Thomas dans la voiture.

Elle tritura nerveusement son pendentif en or, un pli d'inquiétude entre les sourcils.

— Ils sont partis à la recherche de Miranda.

Cette fois, le cœur de Sebastian cessa carrément de battre.

— À sa recherche ? répéta-t-il, glacé d'angoisse. Où ?

Elle secoua la tête et, comme si elle avait senti son inquiétude, lui posa une main rassurante sur le bras.

— Miranda n'était pas dans sa chambre quand la domestique est allée y allumer le feu. Mère et moi avons cru qu'elle s'était levée tôt pour aller se promener dans le parc.

Il se contraignit à rester impassible en dépit de l'inquiétude qui lui tordait les entrailles. Non, elle n'était pas au parc. À l'aube, elle était encore auprès de lui dans son lit.

Mais cela n'expliquait pas où elle était allée après son départ de Park Place ni où elle se trouvait en ce moment. Il sentit l'effroi le gagner.

— Tu as dit que Chesney et mère étaient partis à sa recherche.

Josie hocha la tête en fronçant les sourcils d'un air soucieux.

— À un moment donné, elle est rentrée à la maison, a fait sa valise et est repartie. Pour Islingham.

Elle prit un mot qui traînait sur la table à thé et le lui remit.

— Elle avait laissé ce mot sur son lit. Elle prétend que sa saison a été une erreur et qu'elle devait retourner au village.

Il n'eut pas à lire la lettre pour se sentir coupable d'avoir non seulement gâché sa saison et pris sa virginité, mais aussi de l'avoir poussée à partir. Sa perte était déjà pour lui une plaie béante, et il se doutait que cette plaie ne se refermerait jamais.

— Mère a tenu à partir à sa recherche avec Thomas, expliqua Josie. Elle espérait rattraper la malle-poste et ramener Miranda à la maison.

— Ils ne la rattraperont pas, déclara-t-il gravement.

Étant donné sa détermination quand elle s'était enfuie de Park Place, sa détresse et sa colère, il leur faudrait courir jusqu'au Lincolnshire pour la retrouver.

Josie secoua la tête d'un air perplexe en se mordant la lèvre.

— Je ne comprends pas. Tout allait si bien pour elle. Il y avait même des prétendants qui venaient la voir. Notamment, M. Downing.

Sebastian évita le regard de sa sœur. Non, pas M. Downing. Il avait lui-même fait en sorte de le décourager quand, le lendemain matin après l'opéra, Downing était venu lui demander la permission de la courtiser pour éventuellement la demander en mariage. Il s'était comporté comme un hypocrite et un jaloux, veillant à ce que Downing se décommande à la dernière minute de leur sortie à Vauxhall. Savait-il déjà inconsciemment qu'il voulait Miranda pour lui ?

— Je croyais que c'était sérieux, marmonna Josie en triturant encore son pendentif. J'étais certaine qu'il allait la demander en mariage et qu'elle accepterait.

— Qu'est-ce qui te le faisait croire ?

Il jeta un coup d'œil sur la lettre pour faire comme s'il ne s'intéressait pas à la question et pour cacher son inquiétude croissante pour Miranda. Elle était fort capable de voyager seule, il n'en doutait pas. Au cours des dernières semaines, il avait vu la jeune fille dépendante et impulsive qu'elle était à son arrivée à Londres se transformer en femme assez sûre d'elle-même pour agir à son gré, et il avait compris qu'elle était très capable de prendre soin d'elle-même. Mais c'était de l'état de son cœur qu'il s'inquiétait. Si jamais il avait étouffé de façon permanente la flamme qui l'animait, il ne se le pardonnerait jamais.

– Eh bien, il l'a embrassée, répliqua Josie, et un peu plus, apparemment.

Il reporta vivement les yeux sur elle.

– Qu'as-tu dit ? demanda-t-il sèchement, fou de jalousie à l'idée que Downing, ou tout autre homme, l'ait touchée. Quand ?

– Le soir où vous êtes allés à Vauxhall.

Sans remarquer qu'il se tendait soudainement, Josie lui prit le mot des mains et le reposa sur la table.

– Quand elle est rentrée, elle était troublée et ses vêtements étaient froissés, et elle a admis qu'il l'avait embrassée.

Il grimaça de douleur.

– Ce n'était pas Downing.

– Oh ?

Elle le regarda en cillant, légèrement perplexe.

– C'était qui, alors ?

– Ce n'était pas Downing, répéta-t-il fermement dans l'espoir que le ton de sa voix la découragerait de poursuivre.

Elle le regarda d'un air curieux pendant un moment, puis secoua la tête.

– De toute façon, je suppose que M. Downing n'a plus d'importance à présent. Mais j'ai cru… Peut-être, reprit-elle en cherchant une autre explication, est-elle partie parce qu'elle était malade. Elle a de ces migraines…

– Elles ne sont pas graves, la rassura-t-il.

La seule chose qui lui donnait mal à la tête (et lui blessait le cœur) était lui.

– Sans doute avait-elle le mal du pays.

Ainsi que le cœur brisé. À cause de lui.

Josie secoua la tête, peu convaincue par son explication.

— Emily m'a dit que tu étais allé à la conférence et avais parlé à Miranda. T'a-t-elle confié qu'elle était malheureuse et qu'elle voulait rentrer chez elle ? Vous avez passé beaucoup de temps ensemble dernièrement.

Elle le regarda d'un air accusateur, du même air qu'elle regardait ses frères chaque fois qu'ils essayaient de lui cacher quelque chose, depuis le jour où ils lui avaient dérobé ses poupées pour en faire les cibles de leur tir à l'arc.

— *De quoi* lui as-tu parlé à la conférence ?

— De fleurs, indiqua-t-il simplement, sans aller plus loin.

Il aimait sa sœur et détestait lui cacher des choses, mais il n'avait pas l'intention de lui traduire le sous-texte de leur conversation.

— Nous avons parlé de fleurs.

Josie le regarda d'un air incrédule.

— Tu dois bien avoir une idée de ce qui a pu la bouleverser à ce point, insista-t-elle. Vous ne vous êtes pas lâchés d'une semelle depuis qu'elle… depuis qu'elle…

Ses mots restèrent coincés dans sa gorge et elle écarquilla les yeux en le regardant d'un air à la fois entendu et incrédule. Il ne put que lui retourner gravement son regard. Chaque centimètre de sa personne trahissait sa culpabilité, et il savait mériter tant son silence stupéfait que les reproches qu'elle lui adresserait dès qu'elle aurait retrouvé l'usage de la parole.

Elle se couvrit la bouche de la main et le regarda, les yeux ronds.

— Mon Dieu, c'était toi, murmura-t-elle entre ses doigts. Cette nuit-là, à Vauxhall, avec Miranda… C'est *toi* l'homme qui lui a fait retrousser les orteils !

Il leva les yeux au ciel en jurant dans sa barbe. *Fait retrousser les orteils ?* Il avait fait beaucoup plus. Mais il avait du mal à regretter ces heures précieuses passées avec elle, même s'il regrettait amèrement lui avoir fait de la peine.

– Tu as embrassé Miranda ?

Puis, un sourire de joie éclaira ses traits. La possibilité que son frère et sa meilleure amie aient pu vivre un moment romantique au jardin la réjouissait profondément.

– Oh, Sebastian, *jamais* je n'aurais…

Elle se figea et les mots s'étranglèrent dans sa gorge. Il se raidit d'appréhension, attendant qu'elle établisse le lien entre l'absence de Miranda dans sa chambre ce matin et le fait qu'il soit venu la relancer. Qu'elle comprenne qu'il avait fait plus que l'embrasser. Il sut qu'elle venait de le comprendre quand sa main retomba mollement à côté d'elle.

Josie le regarda, temporairement sans voix. Puis, comme pour le supplier de la détromper, elle chuchota :

– Sebastian ?

Il la regarda gravement, sans dire un mot sous son regard parfaitement incrédule. Il était vain de nier sa culpabilité alors qu'elle connaissait la vérité, et vain d'essayer de lui expliquer ce qu'elle ne pouvait pas comprendre. Lui-même ne comprenait pas.

– Oh, Sebastian, répéta-t-elle d'une voix empreinte de compassion et d'affection.

Il remercia le ciel de ne pas voir de reproche dans ses yeux.

– C'est à cause de toi qu'elle est partie, n'est-ce pas ?

– Oui, déclara-t-il.

Ses épaules s'affaissèrent sous le poids de la culpabilité et du chagrin de l'avoir perdue. Elle avait fui Londres parce qu'elle ne pouvait pas supporter de se trouver près de lui. C'était la pure vérité, et une vérité cruelle.

— Alors, tu dois aller la retrouver !

Comprenant l'urgence la situation, elle le prit par le bras et l'entraîna vers la porte.

— À cheval, tu pourras facilement la rejoindre avant la nuit et…

Mais il ne broncha pas d'un centimètre. Elle lui lâcha le bras et revint sur ses pas pour le regarder. Cette fois, ses yeux exprimaient les reproches qu'il attendait.

— Tu n'as pas l'intention de l'épouser, l'accusa-t-elle doucement.

— Non, confirma-t-il, incapable d'en dire davantage.

Sa récente dispute avec Miranda au sujet du mariage l'avait épuisé. Il ne croyait pas avoir la force de remettre ça une seconde fois avec sa sœur.

L'air accusateur de Josie s'accentua.

— Mais tu le dois.

Elle baissa la voix de crainte qu'on l'entende, même s'ils étaient seuls dans la pièce.

— Tu l'as *déshonorée.*

L'accusation le déchira.

— Je ne peux pas l'épouser, réitéra-t-il posément d'une voix âpre. Tu le sais. Elle le sait. Elle l'a toujours su.

Il vit à son expression qu'elle avait compris, expression qui fut aussitôt remplacée par de la compassion pour lui et de l'inquiétude pour Miranda. Pour les gens de la haute, Miranda n'était pas mieux qu'une serveuse, une domestique ou une fille travaillant dans une boutique. Mais pas pour lui. Il savait combien elle était exceptionnelle, combien elle était raffinée et majestueuse à sa façon. Mais cela ne changeait rien à l'écart social qui les séparait ni à son devoir d'épouser celle qu'on attendait qu'il épouse. Peu importait ce qu'il éprouvait pour elle, ou combien il était heureux avec elle, elle ne pourrait jamais être sa duchesse.

Josie se radoucit, les yeux débordant de tristesse. Elle posa gentiment la main sur le bras de Sebastian et tenta encore de le persuader.

— Mais vous avez des sentiments l'un pour l'autre...

— Je suis duc, lança-t-il en se tournant vers elle.

En lui, l'exaspération et la culpabilité avaient atteint le point d'ébullition.

— Elle est la nièce de mon métayer, la directrice d'un orphelinat. Crois-tu vraiment que c'est ce que père avait en tête quand il pensait à mon épouse ? À ton avis ?

L'impossibilité de vivre avec Miranda et la perte du bonheur qu'elle lui aurait apporté le mettaient dans une rage telle qu'il ne put la contenir plus longtemps, et il continua avec fureur :

— J'ai promis à père que je ferais tout en mon pouvoir pour honorer mon titre, ce qui signifiait aussi trouver une épouse convenable. En toute honnêteté, dis-moi si Miranda Hodgkins était celle que père imaginait devenir la duchesse de Trent ?

La violence de ses mots et la profonde douleur qu'ils exprimaient firent sursauter Josie. Elle retira lentement sa main, son regard jusque-là affectueux se durcit, et elle le regarda comme s'il avait été un étranger.

Il regretta aussitôt de s'en être pris à elle. Avec un soupir rendu tremblant par le remords, il lui expliqua tristement :

— Je n'ai pas le choix, et tu le sais. Je dois me trouver une épouse convenable. C'est ce que la société attend de moi.

Autour de son cœur, sa poitrine se serra si fort qu'il grimaça.

— Et père me l'a ordonné. Quand j'aurai trouvé la femme qui convient, je l'épouserai. D'ici l'automne, j'aurai une duchesse et, si Dieu le veut, d'ici un an, j'aurai un héritier.

Josie se redressa et le regarda en plissant les yeux d'un air hautain.

— Félicitations, dit-elle d'une voix glaciale. Te voilà enfin devenu un vrai pair. Aussi arrogant et sans cœur que tous les autres.

• • •

Miranda était assise dans la malle-poste surchargée qui allait à Islingham, écrasée contre le mur par les cinq autres passagers. L'air malheureux, elle regardait par la fenêtre, avec sur ses genoux la petite valise qu'elle avait faite à la hâte avant de s'enfuir. Pendant que la ville défilait à l'extérieur, elle repensait à tout ce qui s'était passé depuis la nuit du bal masqué, ce qui eut pour effet d'ajouter à la profonde humiliation qu'elle avait éprouvée aux propos de Sebastian, et au terrible désarroi qui la transperçait à l'idée qu'elle ne serait jamais assez bonne pour lui.

Elle avait eu raison. La nuit du bal masqué avait bel et bien causé sa perte, mais pas de la façon dont elle l'entendait.

L'ironie de la situation était d'une cruauté sans nom. Depuis cette nuit où elle était entrée par erreur dans la chambre de Sebastian, elle avait perdu sa virginité, eu le cœur brisé, été reçue à la cour et humiliée dans la maison de la seule famille qu'elle avait jamais connue, cessé d'aimer Robert et était tombée amoureuse de Sebastian.

Certes, elle l'aimait encore. Elle en était certaine. Car seul l'amour pouvait la rendre si malheureuse.

Elle s'essuya les yeux de sa main gantée, ces jolis gants que Katherine Westover, duchesse de Strathmore, avait eu la gentille de lui offrir en guise de cadeau de bienvenue à son arrivée à Londres pour ce qui devait être la saison de ses rêves. Tout comme le reste de sa vie, la situation s'était retournée. Pendant la saison mondaine londonienne, une jeune fille était censée se trouver un mari, et non pas donner son cœur à un homme qui refusait de l'épouser alors même qu'il le souhaitait.

Sebastian allait se marier comme il le projetait depuis le début. Mais pas avec elle. Il épouserait la fille d'un pair issue d'une vieille et riche famille, un chouchou de la haute qui serait un trophée à son bras partout où il irait avec elle. Il y aurait un grand mariage, probablement à Chestnut Hill et à cette magnifique période de l'année quand août cédait la place à septembre et que l'ancien manoir de brique était de toute beauté. Évidemment, on s'attendrait à ce qu'elle y assiste. Sinon, la famille Carlisle au complet y verrait une insulte, mais arriverait-elle à le supporter ? À rester assise là, à regarder Sebastian donner sa vie à une femme qu'il n'aimait pas, qui n'éveillait aucune passion en lui, avec qui il continuerait à vivre de cette façon destructrice qui était la sienne depuis la mort de son père ?

Une femme qui ne serait pas elle.

Ses larmes coulaient à flots à présent, et elle tourna la tête afin que les autres passagers ne voient pas sur ses traits le désarroi et le chagrin qui menaçaient de la submerger. Ses épaules tremblaient de manière incontrôlable et elle pressa la main sur sa poitrine. Bonté divine, elle avait si mal qu'elle peinait à respirer ! Être avec lui était censé lui apporter du plaisir. Mais à présent, elle ne ressentait que douleur et malheur.

Elle avait dit à Sebastian désirer être avec lui, et elle le pensait. De toute son âme, de tout son être. Elle l'aimait et voulait passer le reste de ses jours avec lui, lui créer un foyer rempli d'amour et porter ses enfants. Le faire rire et sourire. Le rendre heureux, tout simplement.

Mais jamais il ne serait à elle. Elle avait été sotte d'y croire.

Elle ouvrit les yeux et regarda, la vue brouillée par les larmes, Londres disparaître comme la malle-poste se dirigeait vers le nord, au-delà de Hampstead Heath.

À son arrivée à Londres, la ville lui avait paru si riche de promesses, de plaisir et de bonheur. À présent, comment arriverait-elle à penser à Londres sans penser à Sebastian ?

C'était le problème avec Londres, songea-t-elle en refermant les yeux et en inspirant profondément dans une vaine tentative de ravaler ses larmes. Depuis l'extérieur, la ville semblait si invitante, excitante, merveilleuse… tout comme les plaisirs qui se succédaient sous les lanternes chinoises scintillantes de Vauxhall Gardens.

Mais, tout comme à Vauxhall, les lanternes s'éteignaient et, sous le soleil qui se levait, tout ça n'était plus qu'une affreuse illusion. Tout comme l'amour, ce n'était qu'un rêve à jamais irréel.

CHAPITRE 15

Sebastian, assis dans la pénombre du bureau de Chesney à Audley House, regardait le portrait de son père accroché au-dessus de la cheminée. C'était la copie du portrait de Chestnut House pour lequel sa mère avait obligé son père à poser quand on lui avait octroyé le duché, tout comme Josie avait insisté pour en avoir une copie chez elle après la mort de leur père. Elle avait offert à Sebastian d'en faire faire une seconde copie pour Park Place, mais Sebastian avait décliné. Le souvenir de son père l'accaparait déjà assez.

Mais ce soir, il se sentait tellement coupable qu'il avait besoin d'être là ; il n'arrivait plus à savoir où sa culpabilité envers son père s'arrêtait et celle envers Miranda commençait.

Pourquoi vous êtes-vous donné à moi ? Ses derniers mots le hantaient, et il n'arrivait pas à les faire taire ni à oublier les larmes qui ruisselaient sur ses joues, ses larmes de colère, de rejet et de déception. Dieu ! Il savait précisément *pourquoi.* Parce qu'elle était belle et attirante, et qu'il la désirait. C'était aussi simple. La bonne vieille luxure. Rien d'autre n'aurait pu le pousser à…

Un foutu mensonge.

La vérité était qu'il voulait être libre avec elle, partager sa vie avec elle, vivre avec elle dans cette exubérance qui s'était éteinte en lui avec son père. Parce qu'ils étaient des amis, et étaient devenus plus encore… et que c'était merveilleux. Si merveilleux qu'il n'en avait pas remis en cause le bien-fondé jusqu'à ce qu'il soit trop tard.

En poussant un juron, il s'extirpa du fauteuil et se rendit à la desserte où Chesney gardait son meilleur cognac. Il en remplit à ras bord un verre qu'il vida à moitié dans l'espoir de s'engourdir.

En vain. Alors même qu'il s'essuyait la bouche du revers de la main, l'image de Miranda lui revint avec encore plus de force ; Miranda reposant entre ses bras dans le lit, avouant dans un souffle presque inaudible *Je vous aime*. Il ferma très fort les yeux sur l'image suivante, celle de Miranda, debout dans ses appartements, en larmes. Que diable attendait-elle de lui ? Il ne pouvait pas l'épouser et elle le savait. Elle le savait depuis le début.

Mais, bon sang de bonsoir, lui aussi. Il savait qu'il devait épouser la fille d'un pair, une lady de bonne famille et d'un rang élevé. Une femme que Richard Carlisle aurait été fier d'appeler sa fille. C'était la duchesse qu'il lui fallait.

Mais ce qu'il *voulait* comme femme… Il ravala un grognement de colère et d'exaspération. Tout ce qu'il devait à son père et à sa famille, à leur patrimoine et à leur réputation… Par l'enfer ! N'avait-il pas droit à une certaine compensation pour les responsabilités qui l'accablaient ? N'avait-il pas droit à un peu de bonheur en retour ? Pendant combien de temps devrait-il se punir pour une seule erreur ?

— Sebastian ?

La voix douce de sa mère lui parvient dans la pénombre. Il sursauta.

— Mère.

Il se tourna vers elle comme elle entrait dans la pièce et refermait la porte derrière elle, les plongeant tous les deux dans le noir. Malgré l'heure tardive (il était plus de minuit), elle restait majestueuse et digne, se déplaçait avec assurance et grâce. Tout en elle trahissait la duchesse qu'elle était.

— Je savais que tu serais ici, prononça-t-elle posément en allant le retrouver.

Arrivée près de lui, elle leva la tête pour l'embrasser sur la joue. La mine sombre, elle lui demanda, mais d'un ton qui était plus affirmatif qu'interrogatif :

— Il y a trop de fantômes à Park Place ce soir, n'est-ce pas ?

Plus qu'elle le croyait. Il s'obligea à sourire et leva son verre vers elle.

— Le cognac de Chesney est meilleur que le mien.

Il sut à sa façon de se taire qu'elle avait décelé son mensonge.

— Dans ce cas, verse-m'en un peu, veux-tu ?

Elle lui pressa le bras dans un geste maternel et marcha vers la cheminée.

— Je crois que nous en avons tous les deux besoin ce soir.

Il arqua le sourcil, étonné par sa demande, mais il obtempéra et alla verser un doigt de cognac dans un verre qu'il lui apporta. Il ne se rappelait pas avoir vu sa mère boire ce genre d'alcool.

Elle prit le cognac, et il fronça les sourcils en regardant l'âtre froid.

— Vous voulez que je demande à un valet de venir allumer un feu ?

Elle secoua la tête d'un air nostalgique.

– Tu sais, quand j'étais jeune, nous devions allumer nos propres feux.

Avec une grimace, Sebastian prit cela pour un indice. Il posa son verre sur le manteau de la cheminée et entreprit de remuer les charbons avec le tisonnier.

– Il y avait toujours du travail à faire à la ferme, nous devions donc tous mettre l'épaule à la roue et faire notre part, continua-t-elle, un sourire nostalgique aux lèvres. Y compris allumer les feux.

Quand les premières flammes léchèrent le charbon, Sebastian rajouta quelques morceaux de combustible dans l'âtre.

– J'avais oublié que vous aviez grandi sur une ferme.

– Pas n'importe quelle ferme. Ton grand-père était le métayer du comte de Spalding, ton grand-oncle.

Son petit sourire s'épanouit en sourire amoureux quand elle regarda le portrait de son défunt mari.

– C'est ainsi que j'ai rencontré ton père. Richard est venu au domaine remercier la famille de l'avoir aidé à obtenir son grade de commandant, et nous avons fait connaissance alors qu'il chevauchait sur l'allée. Il était terriblement séduisant dans son uniforme rouge. Je n'avais jamais vu un homme tel que lui, si grand, si impérial. Fort et puissant.

Son sourire se fit mélancolique.

– Et l'homme le plus gentil de la terre.

Il remit le tisonnier sur le support et s'essuya les mains. Il avait le cœur serré à la perspective de ne pas avoir avec son épouse la même relation qu'avait eue son père avec sa mère. Il sentait déjà ce renoncement aussi douloureusement que s'il avait perdu un membre.

– Et cela a été le coup de foudre.

— Oh, non! Pas du tout, le corrigea-t-elle avec un petit rire à l'étonnement de Sebastian. À l'époque, il y avait beaucoup de soldats, tous plus séduisants les uns que les autres dans leur uniforme. J'étais beaucoup trop maligne pour choisir le premier venu.

Il porta son verre à ses lèvres en cachant son sourire.

— Évidemment.

— Mais ton père était aussi têtu que moi, et au cours des mois qui ont suivi, il m'a fait une cour assidue jusqu'à ce que j'accepte de l'épouser.

Les flammes grandissantes éclairaient doucement la pièce à présent, et il vit qu'elle souriait d'un air amusé, les yeux toujours fixés sur le portrait et le cœur aussi amoureux de son mari qu'au jour de leur mariage.

— Je n'ai pas été tendre avec lui quand il a commencé à me courtiser. Je voulais être certaine qu'il n'hésiterait pas à se battre pour moi et qu'il me soutiendrait comme un mari le devait selon moi.

— Cela a porté fruit, observa-t-il posément.

Son père avait été totalement dévoué à sa mère jusqu'au jour de sa mort.

Elle tourna la tête vers lui et ses traits s'adoucirent d'inquiétude.

— J'ai entendu dire, commença-t-elle doucement, qu'une femme te cause du souci.

— Josie vous l'a dit, maugréa-t-il. Elle n'avait pas le droit.

— Tu l'as bouleversée.

Il baissa les épaules d'un air coupable. De ce temps-ci, il semblait bouleverser toutes les femmes de sa vie. Il laissa échapper un lourd soupir.

— J'irai lui présenter mes excuses au matin.

— Ce serait bien de ta part, mais je ne crois pas qu'elle tienne à tes excuses autant qu'elle souhaite savoir si tu vas bien. Elle se fait du souci pour toi. Et, ajouta-t-elle après avoir marqué une pause compatissante, pour Miranda.

Il baissa les yeux sur son verre, qu'il fit lentement rouler entre ses paumes, observant les reflets dorés et rouges du cognac sous le feu.

— Il n'y a aucun souci.

— Hum.

Elle porta son verre à ses lèvres et en prit précautionneusement une gorgée.

— Il me semble à moi qu'il y en a beaucoup, au contraire.

Il serra les dents et tourna sa colère contre lui-même.

— C'est ma faute. Je vais veiller à ce que Miranda soit protégée. Elle n'a pas à payer pour mon erreur.

— Et toi, Sebastian ?

Elle passa pensivement le bout du doigt sur le bord de son verre tout en lui jetant un regard en coin.

— Dois-*tu* payer pour avoir osé t'intéresser à cette fille ?

Il soutint son regard le temps d'un battement de cœur puis reporta les yeux sur le portrait de son père.

— Oui.

Il vida son verre d'un trait, mais il n'y avait pas assez de cognac en ce bas monde pour engourdir sa douleur. Ou pour le soulager de sa culpabilité.

— Je dois reconnaître que j'ai été surprise quand ta sœur m'a raconté ce qui s'était passé, insista-t-elle doucement. Pas tant parce que tu as été attiré par Miranda, mais parce que tu t'es permis d'être intime avec elle.

Il secoua la tête, embarrassé.

— Ce n'est *pas* le genre de conversation que je devrais avoir avec ma mère.

Les yeux de sa mère brillèrent d'amusement.

— Mon cher garçon, d'où crois-tu venir ? D'une cigogne ?

— Oui, émit-il très vite en haussant largement le sourcil.

Bon sang, il avait besoin d'un autre verre de cognac.

— Oui, c'est ce je croyais. Et les autres aussi.

Il marqua une pause pour réfléchir.

— Sauf Quinton, qui a été abandonné par des romanichels.

Elle sourit. Grâce au ciel, elle laissa tomber le sujet et tourna les yeux vers le portrait.

Le silence dura quelques instants. Puis, elle cessa de sourire et déclara d'un air pensif :

— Elle doit beaucoup compter pour toi pour que tu te mettes dans cet état.

— En effet, répondit-il posément.

Il était vain de mentir à sa mère. Elle le connaissait trop bien.

— Hum. Qu'as-tu l'intention de faire à ce sujet ?

Que pouvait-il faire ?

— Rien.

— Parce que tu es un duc, poursuivit-elle calmement, et qu'elle est la nièce de l'un de tes métayers… et qu'elle allume sans doute ses feux elle-même.

Cette discrète rebuffade le fit grincer des dents.

— Ce n'était pas pareil, et vous le savez. Père n'avait pas encore été anobli quand vous l'avez épousé. Il était officier dans l'armée et libre d'épouser qui il voulait.

Elle posa son verre, n'ayant tout compte fait pas envie de cognac.

– Tu as des sentiments pour elle, Sebastian ? vérifia-t-elle calmement mais sans détour. Ou a-t-elle été une simple aventure d'un soir ?

Il baissa les yeux vers le feu, incapable de regarder le portrait de son père alors qu'il admettait :

– Je l'aime.

Sa mère en resta bouche bée. Elle était trop sous le choc pour dire quoi que ce soit.

– Je sais, reconnut-il en poussant un gros soupir. J'en suis aussi étonné que vous.

Cherchant quelque chose à faire, il posa son verre vide et reprit le tisonnier même si le feu n'avait pas besoin d'être attisé.

Après avoir remué mollement les charbons à quelques reprises, il renonça, raccrocha le tisonnier et commença à faire les cent pas.

– Elle n'est pas du tout comme je pensais qu'elle était, admit-il. Elle n'est pas le moindrement écervelée, mais seulement exubérante, et parfois un peu trop enthousiaste quand elle est emportée par l'excitation du moment.

Le souvenir de la soirée à l'opéra lui revient vivement en mémoire et il se rappela combien elle avait été enthousiaste ce soir-là. Un petit sourire lui étira les lèvres.

– Savez-vous qu'elle lit Milton et réécrit Shakespeare ?

Sa mère cilla.

– Elle *réécrit* Shakespeare ?

– Il devrait y avoir une scène de pirates dans *Hamlet*, expliqua-t-il.

N'était-ce pas là l'évidence même ? Le sourire qu'il réprimait s'élargit soudainement en un grand sourire de fierté.

— Et vous seriez enchantée de ce qu'elle fait pour les orphelins.

— Je le suis, souligna-t-elle doucement. Toutes les femmes du conseil de l'orphelinat affirment qu'elle fait un travail remarquable.

— Elle n'est plus du tout la fillette embêtante de la porte d'à côté.

C'était bien là le problème. Au cours des quelques derniers mois, Miranda était devenue une femme à part entière.

— Te rend-elle heureux ?

Il cessa de faire les cent pas et se tourna vers elle en se retenant d'aller remplir son verre.

— Plus que je croyais qu'une femme le puisse.

Sa mère hésita, prit le temps d'assimiler cette révélation, puis lui demanda doucement :

— Sait-elle ce que tu ressens à son endroit ?

— Elle sait que je ne peux l'épouser.

— Que tu ne *peux* pas ou que tu ne le *feras* pas ?

Considérant ce qu'était sa vie à présent, il n'y avait aucune différence.

— J'ai besoin d'une duchesse, pas uniquement d'une épouse, dit-il en secouant la tête. Une fille de la campagne qui ne savait rien de la haute société et de ses règles avant le début de cette saison… Comment pourrait-elle devenir la duchesse qu'il me faut ?

Sa mère le regarda avec compassion.

— De la même façon dont la fille de campagne que *j'étais* est devenue une duchesse, rétorqua-t-elle calmement. Un jour à la fois, avec le soutien et l'amour de mon mari.

Il secoua la tête. Il aurait tellement voulu la croire. Il aurait tellement voulu croire qu'il serait heureux avec la femme qu'il choisirait comme épouse, mais la situation n'était pas aussi simple que sa mère le laissait entendre.

— C'est la nièce orpheline de l'un des nos métayers, remarqua-t-il. Pour la haute société, elle n'est pas supérieure à une boutiquière, à une serveuse ou à…

— Une actrice ? le coupa-t-elle doucement.

Il se figea, le corps tétanisé. Les évènements qui s'étaient passés la nuit de la mort de son père lui revinrent brutalement en mémoire et il peina à respirer sous le poids de sa culpabilité. Elle savait… Sa mère savait ! Mais… c'était impossible. Il avait si bien effacé ses traces, et il n'avait jamais revu la femme.

— Tu étais avec une actrice le soir de la mort dc ton père. Une actrice rencontrée au théâtre, lui rappela-t-elle, le regard doux. Et tu ne te l'es jamais pardonné.

Ses mots, quoique dits d'une voix douce, le transpercèrent comme un poignard, et il la regarda, en quête de réponses. Depuis quand le savait-elle ? Ciel, depuis combien de temps souffrait-elle en silence de son impardonnable indélicatesse ?

Il ferma les yeux pour refouler ses souvenirs, mais cela n'eut aucun effet sur sa douleur.

— J'aurais dû me trouver avec ma famille, pas avec elle.

Elle posa doucement la main sur son épaule.

— Comment aurais-tu pu savoir ce qui allait se passer cette nuit-là ? Même si tu avais été là, tu n'aurais pas pu empêcher l'accident de se produire. Personne ne l'aurait pu.

Les mots qui l'angoissaient s'échappèrent de lui en le déchirant.

— J'aurais pu lui dire adieu.

— Mon pauvre garçon.

Elle prit son visage entre ses mains et l'embrassa sur la tempe.

— C'est de cela que tu te punis, n'est-ce pas ? murmura-t-elle d'une voix mouillée de larmes. C'est ce que tu te reproches… tu te dis que si tu ne t'étais pas trouvé avec cette femme, tu aurais pu être à son chevet. Mais de cela non plus, nous ne pouvons être certains.

— Je le suis.

Il ouvrit les yeux pour la regarder, et le visage de sa mère se brouilla quand il lança son accusation.

— Si je ne m'étais pas caché, si je ne vous avais pas menti sur l'endroit où j'étais, vous auriez su où me trouver. Vous auriez pu envoyer quelqu'un, et j'aurais pu…

— Arriver quand même trop tard, acheva-t-elle dans un souffle, trop chagrinée par cet aveu pour parler plus fort.

Voyant les épaules de Sebastian s'affaisser, elle lui caressa doucement le front et repoussa une mèche de cheveux qui s'était égarée.

— Tu dois cesser de te punir à cause de cela. Tu as été un bon fils pour ton père. Il était si fier de toi.

— Fier ?

Il ne put retenir le rire amer qui lui monta aux lèvres.

— De quoi, mère ? D'une succession de flirts avec des femmes de réputation douteuse, alors même que je lui avais promis de faire passer le titre et la famille avant toute chose ? Ou du fait que je vous ai menti à tous deux parce que je savais que vous n'approuveriez pas les femmes que je fréquentais ?

Elle le regarda en silence, les yeux remplis de compassion et de chagrin.

— La nuit où mon père est mort, au lieu d'être à son chevet pour vous réconforter, vous et lui, j'étais au lit avec une actrice.

Une fois de plus, cet aveu lui fit mal.

— Une femme qui, et je le savais, n'aurait pas reçu l'approbation de père. J'ai accordé préséance à mes désirs égoïstes au détriment de mes obligations envers le titre, et j'ai laissé tomber ma famille.

— Depuis, tu ne t'es pas permis de vivre un seul instant de bonheur, conclut-elle avec douceur avant d'ajouter, sauf avec Miranda. Et tu es rongé par la culpabilité, n'est-ce pas, mon garçon ? Parce que tu crois avoir été maudit la nuit où ton père est mort.

— Je le sais, admit-il en s'éloignant d'elle. Je savais ne pas pouvoir épouser Miranda. Je n'ai tenu compte du duché, sinon je n'aurais jamais…

Il passa une main tremblante dans les cheveux.

— Je n'ai songé qu'à moi, pas au titre.

— Mais Sebastian, lui rappela-t-elle tendrement, *tu* es le titre à présent. Comment le fait d'être malheureux te sera-t-il utile ?

La poitrine de Sebastian se contracta si violemment qu'il eut du mal à respirer. Son bonheur… la même inquiétude que Miranda avait eue à son endroit la veille. Ce soir, la réponse était la même. Ce qu'il voulait en tant qu'homme n'avait aucune importance. Ses volontés et ses désirs avaient cessé d'exister la nuit où son père était mort, lorsqu'il était devenu Trent.

— Père n'aurait jamais accepté que Miranda devienne la duchesse de Trent.

— Au contraire.

Il la regarda avec incrédulité.

— Elle n'est pas de notre rang.

— En effet.

Elle reporta son regard sur le portrait, ses traits illuminés par l'amour.

— Son seul souci aurait été que ce soit une femme bonne, qui t'aime pour toi-même et qui te rende heureux.

L'incertitude le gagna.

— Mais l'actrice…

— *Elle,* il n'en aurait certes pas voulu. Mais cela n'aurait pas été à cause de sa profession.

Elle se tourna vers lui.

— Si je sais pour elle et pour cette nuit-là, c'est qu'elle est venue à Chestnut Hill quelques semaines après la mort de ton père. Elle te cherchait. Elle avait appris que tu avais hérité, et elle caressait le projet de devenir la maîtresse du nouveau duc. Elle ne se souciait pas de toi ni du respect de la société envers elle. Elle ne voulait que ton argent.

Un sourire satisfait ourla ses lèvres.

— Je l'ai envoyée promener si vite que je crois l'avoir effrayée.

— Je n'en savais rien, murmura-t-il, surpris que sa mère ait protégé sa famille avec une telle férocité au moment le plus sombre de sa vie.

— À ce moment-là, je n'avais aucune raison de t'en parler. Tu n'avais pas à porter ce fardeau en plus de tous les autres qui pesaient déjà sur toi.

Elle fronça les sourcils, la mine assombrie par le remords.

— Mais je crois à présent que me taire a été une erreur.

Songeuse, elle se tut pendant un long moment.

— Que veut de toi Miranda ?

— Elle me veut, moi, admit-il tranquillement, encore incapable d'y croire lui-même.

Sa mère se tendit et plissa les yeux.

– Elle veut être duchesse ?

– Non, précisa-t-il posément en regardant son père, elle veut que je sois heureux, et elle veut que je l'aime. Le duc ne l'intéresse pas.

Il grimaça en se rappelant combien ses mots avaient été pour lui une douche froide.

– Elle me veut, *moi.*

– Je crois bien, commença-t-elle en lui souriant affectueusement, que son désir pourrait être exaucé si tu le veux.

Il se raccrocha de toutes ses forces au faible espoir qui commençait à naître en lui. Il connaissait mieux que personne les obstacles qui se dressaient malgré tout entre eux. Même si cette possibilité réjouissait son cœur, il secoua la tête, refusant d'y croire.

– La haute société va la réduire en pièces.

– Mon chéri, tu es un Carlisle. Ton père était soldat, ta sœur était une friponne et tes deux frères se sont donné pour mission de détruire St James Street, un club après l'autre.

Avec un sourire complice, elle l'embrassa sur la tempe puis se dirigea vers la porte.

– Depuis quand, dans cette famille, quelqu'un se soucie-t-il sincèrement de ce que pense la haute société ?

Il baissa les yeux sur son verre. Ses doigts tremblaient tant ce qu'il avait appris ce soir était renversant. Pour la première fois depuis deux ans, l'espoir chassait la froideur qui l'habitait. Pouvait-il oser espérer que sa vie soit plus qu'un fardeau ? Être enfin heureux ?

– Elle doit me détester, murmura-t-il, exprimant en ces quelques mots sa pire crainte. Je lui ai fait tellement mal... Comment vais-je pouvoir me racheter ?

— Commence donc par lui dire que tu l'aimes.

Elle marqua une pause et sourit.

— C'est ainsi que ton père a fait avec moi.

Elle sortit.

• • •

— Oh, et puis, zut!

Miranda baissa les yeux sur la colonne de chiffres toute barbouillée du livre comptable de l'orphelinat et faillit fondre en larmes. Encore.

Elle repoussa le livre à l'autre bout du bureau et se prit la tête entre les mains. Elle était affreusement malheureuse, et la seule chose qui l'empêchait d'éclater une fois de plus en sanglots était que, depuis son retour à Islingham quatre jours plus tôt, elle n'avait fait à peu près que cela, pleurer. Ainsi que penser à Sebastian. Pour se remettre aussitôt à pleurer… jusqu'à ce qu'elle n'ait plus de larmes.

Même son travail à l'orphelinat n'arrivait pas à la distraire. Elle avait espéré que mettre à jour la comptabilité, se plonger dans les chiffres, les sommes et les colonnes, accaparerait assez son esprit pour qu'elle oublie. Mais il avait continué à vagabonder, et son travail en avait souffert. Trois cents livres pour du savon? Oh, elle n'aurait jamais dû venir travailler.

Mais si elle était restée chez elle, elle aurait fini par perdre la raison.

Tante Rebecca et oncle Hamish avaient été surpris par son retour inopiné; et ils s'étaient fait du souci, même s'ils avaient eu la gentillesse de ne pas l'interroger sur les raisons qui l'avaient provoqué. Elle s'était contentée de leur dire que sa saison ne s'était déroulée comme prévue et qu'Islingham lui manquait. Ce qui était vrai. Elle avait passé les quatre derniers jours chez elle, à faire les cent pas, à pleurer, à refaire les cent pas, jusqu'à ce que le silence et le calme de la maison la poussent vers le village et l'orphelinat.

Mais même là, parmi les bruits familiers et le chahut des enfants, ses pensées faisaient des leurs.

Maintenant, Sebastian devait certainement avoir trouvé une femme à courtiser officiellement, et elle devait avoir accepté en sachant qu'il projetait de l'épouser. Une femme sensée pouvait-elle refuser un homme tel que lui ? Si un duc séduisant, aux cheveux dorés, à l'esprit brillant, à l'humour vif, dont la famille était charmante et qui était doté d'une passion ne demandant qu'à se déclarer lui avait demandé à *elle*...

Mais il ne l'avait pas fait.

Ne le ferait jamais.

Incapable de ne pas s'apitoyer sur son sort, elle croisa les bras sur sa poitrine et s'étreignit elle-même très fort tout en se demandant si Sebastian pensait parfois à elle.

Bien sûr que non. Elle s'en voulut d'être aussi sotte et s'essuya les yeux, qui semblaient malgré tout avoir quelques larmes en réserve. Pourquoi le ferait-il ? Ce qu'ils avaient vécu ensemble était précieux mais fugace, surtout pour un homme comme lui qui, pendant des années, avait laissé dans son sillage une ribambelle de cœurs brisés. D'ici août, il aurait sans doute oublié tout ce qui s'était passé entre eux.

Mais *elle* n'oublierait jamais. Pour cette raison, elle ne pouvait pas rester ici.

Son foyer était à Islingham, et après avoir connu la déception à Londres, elle n'avait guère envie d'en repartir et y aurait volontiers passé le reste de ses jours, avec les orphelins et les gens qu'elle aimait. Mais ce n'était plus possible. Il lui faudrait se trouver un emploi ailleurs, en tant que gouvernante ou institutrice, peut-être comme directrice d'un autre orphelinat. Mais elle devait s'en aller avant août. Il le *fallait*. Voir Sebastian avec sa femme, voir les enfants qu'elle aurait voulu lui donner et le foyer qu'ils auraient pu créer ensemble à Blackwood Hall… Miranda ferma les yeux et posa la main sur sa poitrine et le cœur en miettes qu'elle renfermait… *Ciel !* Jamais elle ne pourrait le supporter.

— Mademoiselle !

M. Grundy, visiblement très agité, se précipita dans son bureau, le chapeau à la main.

— Mademoiselle, venez vite !

Elle se redressa et s'essuya les yeux en espérant qu'il n'ait pas vu ses larmes.

— Qu'y a-t-il, M. Grundy ?

— Il faut que vous veniez dans la cour arrière. Tout de suite.

Elle fut aussitôt prise de panique et, redoutant le pire, elle sentit l'effroi dissiper son chagrin. Les enfants ! Ils avaient été tranquilles toute la matinée, et même si on les avait mis en lieu sûr dans leur salle de classe, ils avaient été *trop* tranquilles. Ce qui n'était jamais de bon augure. Elle avait été trop prise égoïstement par ses propres problèmes pour remarquer que quelque chose ne tournait pas rond. Si jamais il était arrivé quelque chose aux enfants parce qu'elle s'était apitoyée sur son sort, elle ne pourrait jamais se le pardonner !

Elle se leva d'un bond et traversa l'orphelinat au pas de course, ouvrit la porte de la cuisine, s'élança dans la cour… et s'arrêta.

La cour avait été transformée. Le petit bout de gazon entouré de murs où la bonne mettait normalement le linge à sécher et où les enfants jouaient ressemblait à un jardin enchanté. Des banderoles de satin rose flottaient au vent entre les draps blancs semblables à des rideaux, et des rubans rouge foncé se balançaient doucement dans la brise chaude de l'après-midi. Il y avait des roses partout... en nombre incalculable, de toutes couleurs et de toutes tailles, dans des seaux et des vases, dans des pichets et des barils, dans tout ce qui pouvait en contenir, même dans des tasses à peine assez grandes pour recevoir une seule fleur. Leur parfum remplissait l'air et enveloppait Miranda comme un doux nuage descendu du ciel. Au centre, faite de papier mâché et de bois, se dressait une minuscule tribune, réplique exacte de celle de Vauxhall.

Les enfants attendaient autour et tous tenaient des roses rouges. Quand ils la virent, leurs visages s'illuminèrent d'excitation et ils commencèrent à chanter.

– Mais qu'est-ce que c'est que ça ?

Sidérée, Miranda posa la main sur le bras de M. Grundy, qui la conduisit doucement vers le centre de la cour, un sourire radieux sur ses traits usés. Elle se mit à rire d'un air incrédule ; la joie des enfants et de M. Grundy était contagieuse en dépit du poids qui lui oppressait la poitrine. La lui oppresserait à jamais.

– De quelle pièce s'agit-il ? Je croyais qu'on étudiait *Roméo et Juliette* cette...

– En effet.

Son souffle resta coincé dans sa gorge et son cœur cessa de battre au son de cette voix grave.

Sebastian.

Tel un spectre issu de ses cauchemars, il sortit lentement de derrière les enfants et s'avança vers elle. Il lui tendit la main.

Mais Miranda ne broncha pas. Elle ne pouvait que rester là, à regarder cette apparition, la main pressée sur la poitrine comme pour empêcher son cœur qui battait tel un tambour fou de flancher. Parce qu'il ne pouvait pas être réel. C'était *impossible.* Il se trouvait à Londres, avec sa famille…

Pourtant, l'épouvantable tourment qui tourbillonnait dans sa poitrine lui disait qu'il *était* réel, qu'il n'était pas le fruit de son esprit fiévreux, un rêve issu de son ardent désir de le revoir. Pendant qu'elle le regardait, chaque battement de son cœur était douloureux, et chaque pas qui le rapprochait d'elle décochait une nouvelle flèche empoisonnée dans sa poitrine. Malgré tout, en dépit du souvenir cuisant de ses mots d'adieu, elle ne pouvait détacher son regard de lui.

Quand il s'arrêta devant elle, il détacha doucement sa main de sa poitrine et la prit dans la sienne.

Elle chancela sous ce contact brûlant. Elle ne put s'en empêcher, tout comme elle ne put empêcher ses doigts de trembler. Ni retenir un gémissement de douleur quand il porta sa main à ses lèvres et en embrassa la paume. Elle distinguait à peine son visage séduisant à travers ses larmes qui, à présent, ruisselaient sans retenue sur ses joues. L'avoir laissé à Londres avait été déchirant, mais qu'il revienne ainsi vers elle… c'était insoutenable !

— Miranda, murmura-t-il d'un air soudainement soucieux en posant la main sur sa joue et en essuyant ses larmes du pouce.

Derrière lui, les enfants continuaient à chanter et, autour d'eux, les draps dansaient dans la brise. Mais en elle, la douleur était si aveuglante, si terrible, qu'elle en avait du mal à respirer.

— Ne pleurez pas, chérie. Vous savez combien je n'aime pas que vous pleuriez. Tout ceci était censé nous rendre heureux.

Heureux ? Elle s'obligea à ravaler un sanglot désolé. Comment avait-il pu croire que la torturer ainsi pourrait les rendre heureux ? Sauf… sauf s'il espérait ainsi ne pas avoir à se sentir coupable chaque fois qu'il la croiserait au village, s'il pensait que lui offrir ses excuses avec flafla les réconcilierait comme s'il ne s'était rien passé entre eux. Était-ce pour ça il était là, *pour s'excuser* ? Évidemment, si elle acceptait d'oublier ce qui s'était passé, de ne plus jamais y songer et de redevenir une simple amie, la vie leur serait plus facile, à lui et à son épouse. Son pardon *le* rendrait heureux, même s'il *la* mettait en pièces.

Elle sentit la colère l'envahir et elle recula, rompant le contact entre eux, incapable de le supporter une seconde de plus. Oh, voilà qui était typique des frères Carlisle et de leur manière de se faire pardonner leurs erreurs. Plus la faute était grande, plus spectaculaires devaient être leurs excuses afin de rétablir l'équilibre. Mais il n'y avait pas assez de roses dans tout le Lincolnshire pour réparer les dommages que Sebastian avait infligés à son cœur. Et elle doutait de lui pardonner un jour. Elle aurait dû se moquer de lui… voilà ! Lui montrer qu'il ne signifiait rien pour elle. Ou le gifler de l'avoir encore humiliée en montant un pareil spectacle.

Mais jamais elle ne lui ferait de mal, car même maintenant, son idiot de cœur continuait de l'aimer.

— Vous n'avez pas à vous faire de souci à mon sujet, Votre Grâce, murmura-t-elle dans ce qui était à peine plus d'un souffle.

En tournant la tête pour qu'il ne voie pas la peine qu'il lui causait, elle aperçut la cuisinière et la gouvernante qui les observaient par la fenêtre. Zut ! Voilà qui rendait son humiliation complète.

— Je… je m'en vais, annonça-t-elle d'une voix étranglée. J'ai décidé de quitter Islingham afin de ne pas vous importuner.

La mine sombre, il s'avança pour réduire la distance qui les séparait.

— J'espère bien que non, riposta-t-il en lui caressant la joue du pouce. Ce serait dommage que je sois obligé de vous courir encore après après avoir fait tout ce chemin.

— Me courir après…

Perplexe, elle cilla très fort pour refouler les larmes qui lui brûlaient les yeux, mais cela eut pour seul effet d'en faire jaillir de nouvelles.

— Je ne… Je… Je ne comprends pas, bégaya-t-elle entre ses sanglots. Dites-moi franchement pourquoi vous êtes là, Sebastian. Pourquoi vous vous êtes donné tout ce mal pour… pour…

Pour mettre un terme définitif à ce que nous avons vécu ?

Incapable d'achever sa phrase, elle posa la main sur sa bouche et ferma les yeux…

— Pour vous demander en mariage, compléta-t-il doucement.

Elle ouvrit vivement les yeux et chercha une réponse sur son visage brouillé par ses larmes.

— En mariage ?

Elle n'osait pas espérer; c'eut été beaucoup trop idiot de sa part, trop absurde... Mais son cœur ne lui obéissait pas quand il était question de cet homme. Ce serait toujours le cas.

– Moi?

Il rit doucement et lui prit une fois de plus la main.

– Oui, chérie, vous.

Elle tenta de lui arracher sa main, mais il la tint fermement, refusant de la lâcher. Elle avait peur qu'il entende son cœur tressauter furieusement sous le choc.

– Mais vous avez dit que vous ne pourriez jamais m'épouser.

– Je me suis trompé.

Ses larges épaules s'affaissèrent sous le coup d'un profond regret, et il lui embrassa tendrement les doigts, comme pour obtenir son absolution.

– Depuis la mort de mon père, j'ai cru devoir honorer sa mémoire en étant un fils parfait, ce qui voulait dire être un duc parfait.

– Et épouser une duchesse parfaite, ne put-elle s'empêcher de rétorquer sèchement lorsqu'elle éprouva une pointe de jalousie.

Il lui avait fait très mal, et d'une manière inexcusable.

– Ce que vous avez cru que je ne pourrais jamais être.

– Oui, reconnut-il, la mine coupable. Parce que je m'étais fait des idées fausses sur ce que mon père attendait de moi. Certes, son titre comptait pour lui, et il voulait que son héritage soit honoré. Mais il savait aussi combien il est difficile d'être duc, et que j'aurais besoin de soutien pour supporter mes obligations et veiller sur ma famille.

— Mais il ne pensait pas à moi, murmura-t-elle en baissant la tête.

— Peut-être pas nommément. Mais il aurait certainement voulu que j'aie une femme qui m'aime comme vous m'aimez, qui me fasse sourire et rire, qui me rende heureux, maintenant et à jamais.

Il posa la main sur la joue de Miranda.

— Vous faites tout ça, et plus encore. Je vous prie de me pardonner, Rose, de ne pas avoir eu foi en vous jusqu'à ce qu'il soit presque trop tard.

Elle secoua la tête, le cœur une fois de plus brisé.

— Mais je ne suis pas… je ne suis pas assez bonne pour vous, souffla-t-elle d'une voix presque inaudible.

La colère assombrit les traits de Sebastian.

— Ne dites plus jamais cela, vous m'entendez ?

Il prit le visage de Miranda entre ses mains.

— C'est moi qui ne suis pas assez bon pour vous. Mais si votre cœur arrive à me pardonner, je vous promets de passer le reste de mes jours à vous prouver le contraire.

Il se pencha et l'embrassa doucement sur les lèvres. Miranda tressaillit en sentant son profond émoi.

— Pardonnez-moi, chérie, murmura-t-il contre ses lèvres.

Elle secoua la tête, trop bouleversée pour trouver les mots justes.

— Vous étiez pourtant très déterminé à épouser une fille de la haute pour en faire votre duchesse…

— *Vous* êtes la femme que je choisis pour être ma duchesse, déclara-t-il en la regardant avec des yeux brillants d'une indiscutable certitude. Vous êtes la sensation de la saison londonienne et la tendre gardienne de ces orphelins.

Une femme ayant une telle foi en l'amour qu'elle n'hésite pas à se glisser dans la chambre d'un homme pour l'obtenir.

Les joues de Miranda s'empourprèrent et elle détourna la tête. Finirait-il un jour par la laisser tranquille à ce sujet ?

Il lui prit le menton pour ramener son visage vers lui.

— Quand vous chantez à l'église le dimanche, vous rêvez d'être cantatrice, et quand vous lisez ou regardez une pièce de théâtre, vous rêvez de monter sur la scène. Vous semez la pagaille partout où vous allez, et il n'y a pas en Angleterre un seul pair qui ne risque pas que vous renversiez votre vin sur lui.

Elle le regarda, bouche bée, n'en revenant pas qu'il croie que c'était là un compliment.

— Vous êtes la femme que j'aime, ajouta-t-il tendrement. La seule femme que je veux comme épouse.

Elle laissa échapper un sanglot. Le cauchemar s'était transformé en rêve.

— Je vous aime, et j'ai besoin de vous à mes côtés pour me guider, me conseiller, argumenter avec moi, me défier et m'aimer… pour me sauver.

Il lui prit les deux mains et ses yeux bleu saphir se firent suppliants.

— Venez à mon secours, douce Rose.

Il mit un genou par terre et tira une chaussure rouge de sous sa veste. La chaussure rouge qu'il gardait en otage depuis janvier. Il s'était passé tant de choses au cours des dernières semaines qu'elle avait complètement oublié la chaussure et le marché qu'ils avaient conclu de s'aider mutuellement à trouver l'amour. Qu'il lui avait dit qu'il ne la lui redonnerait que quand il aurait trouvé la femme qu'il voulait épouser et qu'elle aurait accepté sa demande. Elle éclata de rire malgré ses larmes.

— Miranda, acceptez-vous de m'épouser ?

Il lui prit la jambe et la souleva doucement pour enlever la chaussure qu'elle portait et lui mettre délicatement la rouge.

— Dites oui afin que je puisse aller très vite supplier à genoux votre oncle Hamish de bien vouloir m'accorder votre main.

Elle avait du mal à respirer tant elle était bouleversée et tant son amour pour lui remontait à la surface et la comblait entièrement.

De ses doigts tremblants, elle lui toucha la joue.

— Sebastian…

— Dites oui ! s'écrièrent les enfants encouragés par M. Grundy, qui tournait autour d'eux et agitait les bras pour les inciter à crier encore plus fort.

Incapables de contenir plus longtemps leur curiosité, la gouvernante et la cuisinière se précipitèrent dans la cour et se joignirent à eux.

— Oui ! Oui !

Elle regarda ces gens qui l'aidaient à diriger l'orphelinat et qui s'étaient donné beaucoup de mal pour rendre ce moment le plus romantique possible, puis elle regarda les enfants qu'elle aimait tant ; finalement, elle regarda Sebastian, et sa manière de l'observer l'atteignit en plein cœur. Il ne voyait plus en elle la fillette imprévisible avec ses tresses, ni la séductrice avec son masque… Il voyait enfin en elle la femme qu'elle était et le rôle qu'elle pourrait jouer dans sa vie. Et il l'aimait.

— Oui, acquiesça-t-elle d'une voix étranglée en recommençant à pleurer, mais de joie cette fois.

Elle s'avança entre ses bras en riant, et posa la tête sur son épaule.

— Oui, j'accepte de vous épouser !

Il l'entoura de ses bras et l'attira sur le gazon près de lui. Puis, il se pencha vers elle et lui donna un baiser scandaleusement passionné qui arracha des cris de joie aux enfants.

— Vous saviez que j'allais dire oui si vous me le demandiez, murmura-t-elle en lui prenant le visage entre ses mains. Vous savez combien je vous aime.

Il lui décocha un petit sourire en coin.

— À vrai dire, je l'espérais.

— Alors, pourquoi tout ceci ? s'enquit-elle en montrant d'un geste la cour transformée, la charmante tribune et les enfants qui s'étaient remis à chanter. Vous vous êtes donné beaucoup de mal.

— Parce que vous le méritez, rétorqua-t-il en la serrant étroitement dans ses bras. Et parce que je sais combien les enfants sont importants pour vous. Je tenais à ce qu'ils participent. Par ailleurs, ajouta-t-il les yeux brillants en se penchant pour l'embrasser encore, il manquait une scène de demande en mariage à *Roméo et Juliette*.

ÉPILOGUE

Chestnut Hill
Par une belle journée d'août

Miranda éclata de rire, la jupe de sa robe rose relevée afin qu'elle ne trébuche pas. Sebastian l'entraînait en courant dans le couloir. Ils s'étaient échappés de leur petit-déjeuner de mariage pour s'offrir un moment d'intimité.

– Chut, la gronda-t-il avant de prendre sa bouche comme il ouvrait la porte de sa chambre et l'attirait à l'intérieur. Ils vont nous trouver.

Il lui caressa la gorge de ses lèvres.

– Je ne veux surtout pas qu'on nous trouve.

Elle non plus. Mais incapable de contenir sa joie, elle éclata encore de rire même s'il continuait de l'embrasser, même s'il la faisait reculer jusqu'au lit. À présent *leur* lit, et le cœur de Miranda bondit de joie à cette pensée.

Par la fenêtre, grande ouverte pour laisser entrer l'air frais de cette chaude journée d'été, elle entendit la rumeur montant de la réception qui se déroulait en bas, sur la pelouse, et elle tenta de ne pas se sentir coupable d'avoir abandonné leurs invités. Mais quand la main de Sebastian se posa sur son corps et le caressa par-dessus la robe de satin en s'attardant sur ses courbes, elle renonça à ressentir autre chose en ce jour que du bonheur à l'état pur.

Il posa les lèvres sur celles de Miranda.

— Ferme les yeux.

Elle obtempéra sans hésitation, assez confiante en lui pour, après lui avoir donné son cœur, lui confier sa vie et son avenir. Elle le sentit s'éloigner d'elle, l'entendit traverser la chambre et ouvrir un tiroir… Sa curiosité piquée, elle attendit avec impatience qu'il revienne vers elle.

— À présent, tu peux les ouvrir.

Elle ouvrit les yeux et poussa un petit cri en voyant le collier qu'il tenait devant elle. Une rose taillée dans un rubis monté en pendentif ; le plus joli bijou qu'elle ait vu de sa vie, à l'exception, bien sûr, de son anneau de mariage.

— Oh, Sebastian, c'est magnifique.

— Je suis ravi qu'il te plaise, dit-il avec un grand sourire.

Il lui fit signe de se retourner et passa délicatement la chaîne en or autour de son cou.

— Parce que c'est ton cadeau de mariage.

De ses doigts tremblants, elle effleura le bijou. Des larmes de joie lui montèrent aux yeux, comme cela avait été le cas toute la matinée depuis l'instant où elle était sortie du lit à l'aube, trop excitée pour dormir une seconde de plus. Même pendant que Josie et Elizabeth l'avaient aidée à mettre sa robe et accompagnée en voiture jusqu'à l'église communale, elle avait eu l'impression de rêver. À présent, elle savait que ce n'était pas un rêve.

Elle ne rêvait pas. Elle était au paradis.

— Merci, souffla-t-elle, incapable de parler plus fort en raison de la boule coincée dans sa gorge.

— Je l'ai fait faire pour toi.

Il l'embrassa sur la nuque et la chaleur de ses lèvres la fit frémir de délices.

— Une rose pour ma Rose.

— C'est parfait, soupira-t-elle.

En ce jour, tout était d'une perfection absolue. Grâce à Sebastian. Comment était-il possible d'aimer autant quelqu'un ?

Il agrafa le fermoir.

— D'ailleurs, où as-tu trouvé ce nom… Rose ?

Puis, ses mains suivirent le dos de Miranda pour défaire la rangée de petits boutons en forme de perle qui fermaient le corsage moulant de sa robe à l'ancienne. Si moulant, en fait, qu'on ne pouvait mettre ni camisole ni corset à cause de son profond décolleté et sa taille ajustée, ce qui arracha un grognement de joie à Sebastian quand il s'en rendit compte. Les lèvres de Miranda s'incurvèrent dans un sourire coquin ; c'était précisément la réaction qu'elle attendait de lui.

Sebastian fit glisser le satin sur ses courbes et le laissa tomber aux pieds de Miranda, jusqu'à ce qu'elle n'ait sur elle que ses bas et le collier dont le rubis reposait entre ses seins.

— Tu ne le sais pas ?

Sa tête roula quand il l'attira de dos contre lui et commença par lui caresser les seins, puis les hanches et enfin le point sensible qui palpitait entre ses jambes. Il glissa les doigts dans son sexe, et elle frissonna, désirant déjà qu'il la pénètre, pressée de faire l'amour avec lui en tant que sa femme.

Il la posa sur le lit et, sans cesser de l'embrasser, il se déshabilla rapidement et se plaça au-dessus d'elle. Le rayon de soleil qui tombait sur le lit faisait étinceler le pendentif en forme de rose reposant entre ses seins et jetait des reflets dorés dans les cheveux de Sebastian, qui avait baissé la tête pour lui embrasser la poitrine.

Il prit un de ses mamelons dans sa bouche et le suça. Miranda gémit et se cambra sous lui pour aller à sa rencontre. Oh, le vilain ! Enfin tout à elle, maintenant et à jamais.

Son avidité arracha à Sebastian un petit rire qui lui chatouilla le sein.

— Je croyais que le nom faisait partie de la mascarade.

Il passa la langue sur son mamelon, lui arrachant une plainte qui trahissait son désir d'en avoir plus.

Elle se tortilla sous lui tout en griffant les draps et en luttant pour contenir la vague qui menaçait de l'emporter. C'était la première fois qu'ils faisaient l'amour en tant que mari et femme, et elle voulait que l'expérience dure le plus longtemps possible.

— Rose est mon deuxième prénom, haleta-t-elle comme il plaçait son corps entre ses cuisses, la preuve de son désir pour elle pressée sur le bas de son ventre.

Il s'appuya sur les coudes pour la regarder tendrement de ses yeux bleus étincelants.

— Miranda Rose Carlisle, murmura-t-il, ses lèvres contre les siennes pour souffler ce nom en elle. Ma Rose.

Il l'embrassa encore, cette fois plus longtemps, avec une ardeur à couper le souffle, et elle frémit de désir et d'excitation.

— Duchesse de Trent.

Un autre baiser, celui-ci lui ouvrant la bouche pour y plonger la langue et la prendre dans un baiser qui disait qu'elle était à lui et seulement à lui.

— Baronne Althorpe.

Elle le prit par le cou, les cuisses tremblantes de douce anticipation, et murmura, trop heureuse pour parler plus fort :

— Ta femme.

— Et le prénom de notre première fille.

Il baissa les hanches et la pénétra.

Elle rejeta la tête en arrière, emportée par une joie absolue et, avec un gémissement, elle enroula les jambes autour de sa taille et posa les chevilles dans le creux de son dos. Elle accueillit son sexe au plus profond du sien, avide et possessive, et son gémissement se transforma en rire de pur bonheur :

— Mais je ne suis pas enceinte.

— Bientôt, mon amour, murmura-t-il comme elle s'abandonnait entre ses bras, son amour pour lui refusant d'attendre une seconde de plus. Très bientôt.

À PROPOS DE L'AUTEURE

Anna Harrington est tombée amoureuse des romances historiques (et de tous ces élégants héros de la Régence anglaise) alors qu'elle vivait à Londres, où elle étudiait en littérature et en théâtre. Elle aime voyager, piloter des avions, faire des randonnées et, quand elle n'est pas en train d'écrire son prochain roman, s'occuper de ses roses.

Pour en savoir davantage (en anglais seulement) :

www.AnnaHarringtonBooks.com
Twitter : @AHarrington2875
http://facebook.com/annaharrington.regencywriter

NE MANQUEZ PAS LA SUITE

Un moment de faiblesse

CHAPITRE 1

Cumbria, Angleterre, près de la frontière écossaise
Septembre 1822

Annabelle se promenait dans les jardins de Castle Glenarvon en compagnie de Lady Ainsley. Elle s'arrêta pour contempler le soleil de cette fin d'après-midi descendre lentement vers l'horizon. Encore une journée de passée.

– Il ne reste plus qu'un mois, murmura-t-elle le cœur serré.

La douairière mit son bras autour de Belle et lui tapota l'épaule avec un hochement de tête réconfortant.

– C'est plus qu'il n'en faut.

Belle n'en était pas aussi convaincue. Les quatre dernières années s'étaient écoulées en un clin d'œil, et voilà qu'à un mois de son anniversaire et la prise de possession de son héritage, elle était toujours sans époux.

Elle inspira profondément tout en regardant, au-delà des jardins, le paysage majestueux du comté de Cumbria qu'elle aimait tant, avec sa rivière et ses vallons, et plus loin encore, ses champs de bruyère qui s'étendaient jusqu'aux pieds des montagnes bleutées tout au fond. Offert en cadeau à un favori du roi pendant la guerre civile anglaise, il devait être un rempart contre l'invasion écossaise. La famille du défunt Lord Ainsley avait hérité de ce précieux mais peu rentable domaine situé tellement au nord qu'un violent coup de vent aurait suffi à le faire basculer en terre d'Écosse.

Pourtant, Annabelle en chérissait chaque caillou, chaque touffe de bruyère. Après une enfance passée à déménager, parfois en pleine nuit pour fuir les créanciers de son père et souvent en ne sachant pas quand serait le prochain repas, l'aspect paisible et permanent de Glenarvon avait été le paradis pour elle. Dans un petit mois, quand elle atteindrait ses vingt-cinq ans, le domaine lui appartiendrait.

À la condition qu'elle se marie.

Sinon, elle le perdrait à jamais. L'Église en hériterait et Belle perdrait tout… les montagnes et la contrée sauvage, les jolis moutons et leurs pâturages, jusqu'au petit étang dans lequel elle allait nager tous les soirs d'été. Le seul véritable foyer qu'elle avait jamais eu.

Elle se trouvait dans une situation intenable. Elle savait que l'amour en était la cause.

Sensible à sa détresse, la veuve ajouta posément :

— Nous n'avons toujours voulu que votre bien, très chère.

— Je sais.

Belle lui pressa la main avec affection en se détournant pour lui cacher ses larmes.

Lady Ainsley et son mari, à présent décédé, avaient toujours chéri Belle, depuis le jour où elle était venue vivre chez eux à l'âge dix ans. Un accès de fièvre avait emporté sa mère, et son père, qui n'avait jamais fait partie de sa vie sauf pour lui apporter des ennuis, avait été jeté en prison deux ans auparavant. Elle n'avait aucune famille pour prendre soin d'elle.

Parce que sa mère avait autrefois travaillé pour le vicomte, Lady Ainsley, qui n'avait pas d'enfants, avait volé à son secours et décidé d'en faire sa dame de compagnie. Ils l'avaient donc recueillie et élevée comme ils l'auraient fait de leur propre fille. Avec autant de soin que les trois filles que Lord Ainsley avait eues d'un précédent mariage ; ils avaient veillé à ce qu'elle reçoive une excellente éducation, lui avaient donné toutes les robes et tous les accessoires qu'elle désirait, un foyer sûr et stable. Ils avaient également tenu à ce qu'elle ne manque de rien jusqu'à la fin de ses jours. Aussi, Lord Ainsley lui avait légué Castle Glenarvon, dont l'actuel vicomte était fiduciaire ; mais à la condition qu'elle soit mariée au plus tard à vingt-cinq ans. Alors, le domaine tomberait sous la supervision de son mari et échapperait à son brigand de père.

Mais l'enfer est pavé de bonnes intentions, et en voulant la protéger, ils l'avaient mise en péril. Parce qu'elle allait avoir vingt-cinq ans dans un mois et qu'elle n'était toujours pas mariée.

— Nous avons élaboré une stratégie et elle portera fruit, lui rappela Lady Ainsley.

Elle parlait de la suite de thés et de réceptions qu'elles avaient décidé d'organiser. Tous les célibataires les plus en vue de la région y seraient invités, ce qui donnerait à Belle l'occasion de les rencontrer et de décider si l'un d'eux ferait un mari convenable. Une sorte de mini-saison concentrée.

Naturellement, le moment était venu de révéler que Castle Glenarvon lui avait été légué. Avec l'aval de la vicomtesse, Belle n'en avait jamais parlé, sauf à quelques rares personnes de confiance devant être mise au courant, comme le contremaître du domaine, l'avoué de la famille, et le propriétaire du domaine voisin, Sir Harold Bletchley. Elle craignait d'être harcelée par des coureurs de dot plus intéressés par la propriété que par elle, et ainsi se retrouver coincée dans une union comme celle de sa mère. Un mariage sans amour qui tournerait au cauchemar.

Mais à présent, en raison de l'échéance imminente et de la pénurie de prétendants, elle n'avait d'autre choix que de l'annoncer officiellement. Ni d'autres choix que d'envisager un mariage de convenance.

– Il y a toujours Sir Harold, proposa mine de rien Lady Ainsley. Il ferait un bon époux.

Belle se raidit. Sir Harold serait certainement un bon époux. Mais pas pour elle. Pas si elle voulait pouvoir s'entretenir avec son mari d'autres choses que de chasse et de meute de chiens.

Certes, Sir Harold était un homme bien. Mais il n'était le genre d'homme avec qui elle serait heureuse. Un homme considérant sa femme comme une véritable partenaire, une égale ayant son mot à dire dans la gestion du domaine et méritant le respect.

Lady Ainsley énuméra ses qualités comme si elle avait lu le Debrett's.

— Lui-même possède un domaine et une fortune considérable, le respect de ses pairs, et il est issu d'une excellente famille... Tout bien considéré, il serait tout à votre avantage de l'épouser. Vous devriez réfléchir à sa demande.

Belle réprima l'envie de pleurer. Lady Ainsley était bien intentionnée. Elle n'avait pas tort. Une jeune femme ayant l'ascendance de Belle (ou plutôt *l'absence* d'ascendance) ne pouvait épouser un noble que si elle apportait un domaine en dot. Mais Belle ne s'était jamais souciée de son rang ni de sa place dans la société, sauf pour plaire à Lady et à Lord Ainsley. Elle n'avait cure que la haute société la snobe pour le reste de ses jours ou qu'elle l'accueille à bras ouverts. Elle lui avait tourné le dos six ans plus tôt quand la société lui avait tourné le dos. La seule chose qui lui importait était de pouvoir continuer à vivre ici même, dans cet endroit qu'elle adorait, entourée des gens qu'elle chérissait.

Elle n'avait pas songé que, pour y parvenir, elle devrait se jeter contre son gré dans un mariage dont elle ne voulait pas.

— Je ne crois pas que lui et moi soyons bien assortis, rétorqua-t-elle avant que Lady Ainsley ne prenne son silence pour un acquiescement. Il me faut chercher ailleurs.

— Pourvu que vous continuiez de chercher, rétorqua Lady Ainsley avec l'inquiétude et l'affection d'une vraie mère. Je crains que vous vous opposiez au mariage.

— Je ne suis pas contre le mariage, protesta Belle. C'est une belle institution.

Cependant, elle n'avait jamais été de ces jeunes femmes qui le recherchent âprement, qui passent leur vie à se faire belles et à comploter pour mettre le grappin sur le meilleur mari, soit un homme de haut rang et de belle fortune.

— Mais je veux d'un mariage fondé sur le respect, l'amitié, des points communs... l'amour.

Puis, elle ajouta doucement, certaine que la vieille dame entendrait dans sa voix l'admiration qu'elle ressentait pour les deux personnes qui étaient devenues ses deuxièmes parents :

— Un mariage comme celui que vous et Lord Ainsley avez eu.

Se marier par amour était certes une idée loufoque, une idée qui n'était guère à la mode dans un monde où l'affection n'était pas un critère pour les jeunes dames se cherchant un mari. Néanmoins, avec sa mère, Belle s'était trouvée aux premières loges pour voir ce qui arrivait quand une femme se retrouvait la proie d'un homme pour qui le mariage était loin d'un véritable partenariat.

Belle n'était pas forte en calcul, mais elle savait compter jusqu'à neuf mois et se doutait que son arrivée prématurée avait obligé ses parents à s'épouser. Il n'y avait pas d'amour entre eux, et Marcus Greene croyait avoir le droit de gérer sa femme, si ce n'était pas en lui donnant des ordres et en l'insultant, en se servant de ses poings. Il ne leur avait jamais fourni un toit ni les moyens d'acheter du pain et des vêtements. Il préférait passer ses nuits à boire et ses journées à errer de boulot en boulot sans en garder un seul plus de quelques semaines. Sa femme et sa fille avaient été traînées dans son sillage, sans pouvoir s'échapper. Son alcoolisme avait empiré, les coups s'étaient faits plus violents et plus fréquents, jusqu'à ce qu'il soit arrêté pour vol et jeté en taule.

Son emprisonnement avait été synonyme de liberté pour sa famille.

Mais si la situation de sa mère illustrait ce que le mariage pouvait avoir de pire, Belle avait en contrepartie eu la chance de voir Lady et Lord Ainsley vivre un véritable partenariat. Certes, ils se disputaient. Ils se lançaient des mots durs, et, une fois, la vicomtesse était restée dans son boudoir une semaine entière jusqu'à ce que Lord Ainsley lui présente ses excuses. Mais le vicomte ne l'aurait jamais injuriée ni frappée. Ils s'aimaient profondément, et cet amour changeait tout.

Au bout du compte, l'amour était la clé, Belle en était certaine.

Tout comme l'absence d'amour.

Étant donné ce dont elle avait été témoin, entre épouser un homme qui ne l'aimait pas et rester célibataire, Belle aurait préféré devenir une vieille fille.

Mais elle ne pouvait pas l'avouer, car Lady Ainsley en aurait eu le cœur brisé. Dans les circonstances actuelles, avec son foyer en jeu, elle ne semblait plus avoir le choix.

— Je veux aussi que vous ayez un bon mariage, reconnut Lady Ainsley. C'est pourquoi j'ai invité Quinton Carlisle.

Belle trébucha.

Tout en luttant pour retrouver l'équilibre, elle se tourna pour regarder la vicomtesse, les yeux ronds et la bouche ouverte. Sous le choc, à court de mots, elle finit par couiner :

— *Pourquoi ?*

— Pour vous aider à trouver un mari, naturellement, répliqua Lady Ainsley, le regard fixé devant elle.

ÉDITIONS

www.ada-inc.com
info@ada-inc.com

www.facebook.com/EditionsAdA
www.twitter.com/EditionsAdA